DANIELLE STEEL

Loving

TRADUIT DE L'ANGLAIS
PAR CLAIRE BEAUVILLARD

PRESSES DE LA CITÉ

Titre original :
LOVING

© Danielle Steel, 1980.
© Presses de la Cité, 1989, pour la traduction française.

LOVING

Danielle Steel, jeune femme dont le charme n'a d'égal que l'élégance, est née à New York en 1949. Elle a vécu une grande partie de son enfance en France et reçu une éducation à la française. Puis, elle est retournée à New York achever ses études. Elle a suivi à la fois les cours de l'université et ceux d'une grande école new-yorkaise de stylisme de mode. Mais c'est finalement vers l'écriture qu'elle se tournera. Vingt-cinq best-sellers en dix-huit ans... cent cinquante millions de livres vendus, dont quatre-vingts millions aux Etats-Unis... Trois livres simultanément sur la liste des best-sellers du *New York Times*. Ses livres sont publiés dans vingt-sept pays... A la renommée et au succès de Danielle Steel se sont ajoutés les honneurs et les hommages. En 1981, elle a été élue l'une des « dix femmes les plus influentes du monde » par les étudiants d'une université. Ses romans ont occupé quatre places prestigieuses parmi les dix premières des « meilleures ventes » 1984 du *New York Times*. Danielle Steel a toujours fait passer sa vie de famille avant son œuvre d'écrivain. John Traina, son mari, est l'un des administrateurs les plus en vue de Californie, et les Traina aiment rester chez eux, avec leurs neuf enfants, dans leur domaine de Californie.

Paru dans Le Livre de Poche :

LA FIN DE L'ÉTÉ.
IL ÉTAIT UNE FOIS L'AMOUR...
ALBUM DE FAMILLE.
AU NOM DU CŒUR.
LA MAISON DES JOURS HEUREUX.
SECRETS.
UNE AUTRE VIE.
LA RONDE DES SOUVENIRS.
TRAVERSÉES.

À Beatrix

Puisses-tu toujours être fière de toi-même, car tu es la femme la plus charmante que je connaisse.
Avec tout mon amour,

Maman.

*À jamais pleine d'espoirs,
de rêves,
de projets tout neufs,
si neufs,
d'ombres tendres
et de cieux clairs
la première lueur de l'amour
dans tes yeux
s'estompe aussitôt,
et tu fuis,
tu me laisses
seule
avec moi-même,
avec mes peurs,
avec tes mots
comme des flots brûlants
dans ma tête.
Privée de tout
ce que nous avions en partage,
mon âme
si vieille,
si jeune,
si nue,
a peur de toi,
de moi,
de la vie,
des hommes...
jusqu'à ce que
les rêves
tout neufs
reviennent.
Le paysage
jamais tout à fait le même,
et notre jeu qui finit par s'altérer,
consciente enfin
de ce que je sais,
de ce que je pense,
de ce que je suis,
de ce que je sens,
le don d'amour,
enfin réel.*

– La réalité n'est pas ce dont on est fait, dit le Cheval de Peau. C'est une chose qui vous arrive. Quand un enfant vous aime, longtemps, très longtemps, pas seulement pour jouer, qu'il vous aime VRAIMENT, alors on devient Réel.

– Est-ce que cela fait mal ? demanda le Lapin.
– Parfois, répondit le Cheval de Peau, qui était toujours franc. Mais quand on est Réel, on se moque d'avoir mal.
– Est-ce que cela arrive d'un seul coup, comme la disgrâce ou progressivement ?
– Cela n'arrive pas d'un seul coup, dit le Cheval de Peau. On le devient. Il faut du temps. C'est pourquoi cela n'arrive pas souvent à ceux qui cassent facilement, qui ont les bords coupants ou dont il faut prendre soin. Généralement, quand arrive le moment où l'on devient Réel, on a perdu sa fourrure à force d'avoir été caressé, on a les yeux arrachés, les articulations usées, on est en piteux état. Mais cela n'a aucune importance parce qu'une fois qu'on est Réel, on ne peut pas être laid, sauf pour les gens qui ne comprennent pas... mais une fois qu'on est Réel, on ne peut pas redevenir irréel. C'est pour toujours.

Margery Williams
Le Lapin de velours

1

BETTINA DANIELS jeta un regard circulaire dans la salle de bains de marbre rose, soupira, puis sourit. Elle avait exactement une demi-heure devant elle. D'habitude, il lui fallait se dépêcher davantage pour transformer la jeune fille, l'étudiante, la simple mortelle en oiseau de paradis, en hôtesse de charme. Cette métamorphose lui était familière. Depuis l'âge de quinze ans, elle servait d'aide de camp à son père, le suivant partout, écartant de lui les journalistes, prenant les messages de ses petites amies et se tenant dans les coulisses lorsqu'il participait à une émission tardive pour le lancement d'un de ses livres. Non qu'il eût besoin de ce genre de promotion. Avec une rapidité déconcertante, ses sept derniers ouvrages étaient arrivés en tête de la liste des meilleures ventes du *New York Times*. Mais il aimait ça. Il adorait parader, briller, recevoir flatteries et compliments, plaire aux femmes, qui le trouvaient irrésistible parce qu'elles le confondaient avec les héros de ses livres.

Justin Daniels pouvait passer pour un héros de roman. C'était d'ailleurs un peu l'image que s'en faisait Bettina. Il était étonnamment beau, toujours charmant, spirituel, drôle, de compagnie agréable. On en oubliait parfois son égoïsme, son égocentrisme et son caractère impitoyable. Bettina connaissait ces deux aspects de sa personnalité. Elle ne l'en aimait pas moins.

Depuis des années, son père était son héros, son compagnon et son meilleur ami. Elle n'ignorait rien de ses défauts, de ses manies, de ses fautes ni de ses peurs. Mais Bettina appréciait la beauté de cet homme, son brio, sa douceur. Elle l'aimait de tout son être et savait qu'il en serait toujours ainsi. Il l'avait pourtant trahie parfois, blessée. Petite, jamais il n'était là aux moments importants, où elle aurait voulu qu'il soit présent. Pas une seule fois il n'avait assisté à un concours, à une compétition sportive, ou à une représentation théâtrale. Les jeunes l'ennuyaient, disait-il en la traînant avec ses propres amis. Il l'avait fait souffrir en poursuivant ses rêves de splendeur. L'idée que sa fille eût un droit à l'enfance, aux pique-niques et aux plages, aux goûters d'anniversaire et aux promenades l'après-midi, ne l'avait pas effleuré. Elle pique-niquait au *Ritz* ou au *Plaza-Athénée* à Paris. Ses plages, c'étaient Deauville ou South Hampton. Pour son anniversaire, il invitait ses amis à lui au *21* à New york ou au *Bistro* de Beverly Hills. Et en guise de promenades, il l'emmenait en croisière, ces croisières auxquelles il était systématiquement convié. Bien sûr, Bettina n'était pas à plaindre, mais les proches de Justin lui reprochaient d'avoir donné une telle éducation à son enfant, de l'avoir privée de tant de choses. Elle devait se sentir seule, à suivre sans répit les pas de ce père célibataire, toujours en chasse. À dix-neuf ans, Bettina était encore étonnamment enjouée, innocente, avec ses grands yeux d'émeraude où l'on décelait pourtant les reflets d'une sagesse intemporelle. Non qu'elle eût beaucoup vécu, mais elle en avait tant vu! Bettina était un bébé qui avait été témoin d'une opulence, d'une décadence, d'une existence dont la plupart des femmes deux fois plus âgées qu'elle n'avaient pas la moindre idée.

Elle avait tout juste quatre ans quand sa mère était morte d'une leucémie. Celle-ci n'avait plus été dès lors qu'un visage sur le tableau accroché au mur de la salle à manger, un sourire rieur avec d'immenses yeux bleus et des cheveux blonds. On retrouvait, chez la fille, quelques rares traits de la mère. Bettina ne ressemblait en effet ni à Tatiana ni à Justin. Il y avait quelque chose de Tatiana Daniels chez Bettina, mais rien de frappant. Bettina ne ressemblait pas non plus vraiment à son père, dont elle avait hérité les yeux verts. Simplement, elle était elle-même. Elle avait une chevelure auburn, aux reflets de cognac, un vieux et excellent cognac. Sa silhouette fine et menue, délicate, contrastait avec celle de Justin, longue et anguleuse. Un halo de boucles souples renforçait encore cette apparence fragile.

De nouveau, Bettina consulta sa montre et procéda à un rapide calcul. Vingt minutes. Elle serait à l'heure. Plongeant dans son bain chaud, elle essaya de se détendre en regardant tomber la neige dehors. On était en novembre et c'était la première neige.

C'était aussi la première réception de la « saison ». Elle se devait donc d'être réussie. Bettina y veillerait. Elle passa en revue la liste des invités et se demanda si certains seraient retenus par les intempéries. Une telle éventualité lui parut improbable. Les soirées de son père étaient trop réputées, les invitations attendues avec trop d'impatience pour que quiconque manquât à l'appel ou prît le risque de ne plus y être convié. Ces fêtes constituaient une partie essentielle de l'existence de Justin Daniels. Entre deux livres, il en donnait au moins une par semaine. Les personnalités présentes, l'élégance ambiante, les incidents qui y survenaient, les affaires que l'on y concluait en faisaient des moments inoubliables, un peu comme ces lointains voyages dont on a longtemps rêvé.

Tout y était spectaculaire, le luxe scintillant et la splendeur baroque du décor, les maîtres d'hôtel et les musiciens. Bettina, la maîtresse de céans, omniprésente, allait de groupe en groupe, au gré des désirs et des besoins. Elle était fascinante, vaporeuse, belle, unique. Seul son père n'en avait pas conscience. À ses yeux, toutes les femmes valaient sa fille. Cette désinvolture ne laissait pas d'irriter son ami le plus intime. Ivo Stewart adorait pourtant Justin Daniels. Mais il ne lui pardonnait pas son manque d'intérêt réel envers Bettina, le peu de cas qu'il faisait de son besoin d'être reconnue, félicitée, louée. Justin se contentait de rire quand Ivo lui faisait part de ses réflexions, ce qui arrivait fréquemment. Il hochait la tête en agitant, au nez de son interlocuteur, une main bien manucurée.

– Ne sois pas ridicule. Ce qu'elle fait pour moi, elle le fait volontiers, par plaisir. Courir les théâtres, les bals, les soirées en ma compagnie, rencontrer des gens intéressants... elle adore ça. Je la ferais rougir si je lui exprimais ma gratitude de manière trop insistante. Elle sait que je lui suis très reconnaissant. On le serait à moins.

– Alors il faut le lui dire. Écoute, mon vieux, elle te sert de secrétaire, de femme d'intérieur, d'agent. Elle fait tout le travail d'une épouse. Plus même.

– Et mieux! rétorqua Justin en riant.

– Je ne plaisante pas, répliqua Ivo d'un air sévère.

– Tu devrais. Tu t'inquiètes trop pour elle.

Et toi, pas assez, eut envie de dire Ivo. Mais il se tut. Justin faisait preuve d'une aisance, d'une désinvolture, qui contrastaient avec la gravité existentielle d'Ivo. Ce sérieux cadrait avec son métier.

Il était directeur du *New York Mail*, l'un des journaux les plus importants du monde. Plus âgé que Justin, Ivo n'était plus un jeune homme. Il avait perdu sa première femme, divorcé d'avec la seconde et n'avait jamais voulu avoir d'enfants. Leur imposer un monde aussi difficile lui semblait une injustice. À soixante-deux ans, il ne regrettait pas cette décision... sauf quand il se trouvait en présence de Bettina. Pour elle, il était plein de tendresse, allant jusqu'à se demander s'il n'avait pas commis une erreur. Peu importait. Il était trop tard pour pouponner, et sa vie le satisfaisait. À sa manière, il était aussi libre que Justin Daniels.

Les deux hommes allaient ensemble au concert, à l'opéra, dans les soirées mondaines. Ils passaient parfois un week-end à Londres, quelques semaines en juillet sur la Côte d'Azur. Ils s'entouraient des mêmes illustres amis. Il y avait entre eux une solide amitié, de celles qui font que l'on peut tout se dire, les joies comme les peines. C'est pourquoi, lors d'un déjeuner à *La Côte Basque*, Ivo avait critiqué Justin pour son attitude à l'égard de Bettina.

– Si j'étais à sa place, mon vieux, je te plaquerais. Que lui apportes-tu ?

– Des domestiques, du confort, des voyages, des gens extraordinaires, une garde-robe qui vaut vingt mille dollars...

– Et alors ? l'interrompit Ivo. Crois-tu qu'elle y attache la moindre importance ? Pour l'amour du ciel, Justin, regarde-la. Bettina est charmante, mais elle est souvent dans la lune, ailleurs. Elle rêve, elle songe, elle écrit. Elle se fiche pas mal des conneries qui te passionnent !

– Absolument pas ! C'est sa vie, depuis toujours.

Bettina n'avait pas eu la même enfance que Justin qui, né pauvre, avait fait fortune dans la littérature et le cinéma. Il avait connu des périodes d'abondance et de vaches maigres, très maigres même, mais au fil des ans, ses dépenses s'étaient considérablement accrues. Le luxe dont il s'entourait lui était indispensable. À la fin du déjeuner, Justin leva les yeux de sa tasse de café.

– Sans ce que je lui donne, elle serait incapable de se débrouiller, ne fût-ce qu'une semaine, Ivo.

Un jour, Bettina serait une femme remarquable et, chaque fois qu'il y pensait, Ivo Stewart souriait.

Bettina se sécha avec une grande serviette rose, brodée à ses initiales. À présent, il lui fallait se hâter. Elle avait déjà préparé la robe fourreau de soie mauve pâle, qui lui descendait des épaules aux chevilles d'une manière quelque peu provocante. Elle se glissa à travers soie et dentelles, enfila des sandales du même mauve, avec de minuscules talons dorés. Cette robe était superbe. Bettina l'admira à nouveau en faisant bouffer ses cheveux caramel sombre. Après s'être assurée de la parfaite harmonie des teintes, elle agrafa un collier d'améthystes autour de son cou et mit le bracelet assorti à son poignet. Deux petits diamants scintillaient à ses oreilles. Elle décrocha de son cintre une lourde tunique de velours vert, agrémentée d'un liséré du même mauve moiré que la robe. Une symphonie de lilas et de vert Renaissance. L'hiver précédent, son père lui avait rapporté ce somptueux ensemble de Paris. Mais elle le portait avec aisance et simplicité, comme s'il s'agissait d'un vieux jean usé. Après avoir contemplé une dernière fois son reflet dans la glace, elle cessa d'y penser. Mille autres choses fourmillaient dans sa tête. Elle jeta un coup d'œil à la chambre, douillette et raffinée, s'assura que le pare-feu était devant l'âtre encore crépitant et regarda par la fenêtre. Il neigeait toujours. La première neige avait tant de charme! Bettina descendit l'escalier, un sourire aux lèvres.

Elle se rendit d'abord à la cuisine pour vérifier que le buffet était prêt. La salle à manger était superbe. La jeune fille contempla avec satisfaction les petits canapés empilés sur d'innombrables plateaux d'argent. On eût dit des confettis géants éparpillés pour un carnaval. Au salon, tout lui parut en ordre. Suivant ses consignes, on avait déplacé le mobilier du bureau, et les musiciens y accordaient leurs instruments. Les domestiques étaient impeccables, l'appartement somptueux. Partout, les meubles Louis XV, des pièces de musée, rivalisaient avec les cheminées de marbre, les bronzes et autres merveilles devant lesquelles on ne pouvait que s'extasier. Des soies damassées couleur crème aux velours café, abricot ou pêche, tout n'était que splendeur, luxe et chaleur, grâce aux soins et au bon goût de Bettina.

– Tu es ravissante, ma chérie.

La jeune fille exécuta une pirouette, puis s'immobilisa.

– N'est-ce pas le truc que je t'ai ramené de Paris, l'année dernière? demanda Justin Daniels en souriant à sa fille.

Celle-ci lui rendit son sourire. Il n'y avait que son père pour appeler « truc » cet exquis ensemble de Balenciaga, qui avait dû lui coûter les yeux de la tête.

– Oui. Je suis ravie qu'il te plaise. Moi, je l'adore, ajouta-t-elle d'une voix hésitante, presque timide.

– Parfait. Les musiciens sont là? s'enquit-il en jetant un coup d'œil dans le sanctuaire lambrissé que constituait le grand bureau.

– Ils se préparent. Ils vont jouer d'une minute à l'autre, j'imagine. Tu veux boire quelque chose?

Jamais l'écrivain ne cherchait à savoir si Bettina

avait telle ou telle envie. Elle, en revanche, anticipait toujours ses désirs.

– Je préfère attendre un peu. Dieu que je suis fatigué aujourd'hui!

Justin Daniels s'effondra dans une confortable bergère. Bettina le regarda. Elle aussi était épuisée. Levée à six heures du matin pour veiller aux préparatifs de la réception, elle était partie à huit heures et demie pour l'université, puis elle était rentrée au pas de course pour prendre un bain, s'habiller et s'assurer que tout allait pour le mieux. De tout cela, elle ne dit rien. Comme d'habitude.

– Tu travailles à ton nouveau livre? demanda-t-elle en lui lançant un regard ébloui.

– Un sujet qui te passionne, n'est-ce pas?

– Oui.

– Pourquoi?

– Parce que tout ce qui te concerne m'intéresse.

– C'est la seule et unique raison?

– Non. Tu écris des livres merveilleux, que j'aime beaucoup. – Elle se pencha pour l'embrasser sur le front. – Et toi, je t'aime tout court! ajouta-t-elle avec un petit rire.

Son père sourit en lui caressant tendrement le bras. La sonnette de la porte d'entrée retentit, et Bettina se dégagea promptement.

– Notre premier invité!

Une inquiétude naquit soudain dans son esprit. Son père lui paraissait plus fatigué qu'à l'ordinaire.

En une demie-heure, la maison s'emplit de gens qui riaient, bavardaient, buvaient, rivalisaient d'esprit, d'humour, de méchanceté, ou des trois à la fois. Il y avait là une flopée de robes du soir déclinant toutes les teintes de l'arc-en-ciel, de bijoux dont l'éclat contrastait avec la véritable armée d'hommes en habits noirs et chemises blanches, ornées de boutons de perle, d'onyx, de saphirs ou de minuscules diamants. Une centaine de visages célèbres et deux cents inconnus dégustaient du champagne, se régalaient de caviar, dansaient ou cherchaient Justin Daniels ou quelque autre célébrité. On rêvait de les apercevoir, peut-être même de leur être présenté.

Au milieu de cette cohue, Bettina passait presque inaperçue. Elle allait de l'un à l'autre, s'assurant du bon déroulement de la soirée. Son père avait-il son whisky, son cognac, ses cigares à portée de main? Quand il faisait la cour à une femme, elle s'éloignait discrètement et vite, le prévenait lorsque des hôtes de marque arrivaient. Elle remplissait sa tâche à merveille. Et pour Ivo, elle était la plus belle. Il aurait aimé qu'elle fût sa fille, non celle de Justin. Ce n'était pas la première fois que cette idée lui venait à l'esprit.

– Alors, Bettina? Toujours sur la brèche? Épuisée? Au bord de l'anéantissement?

– Ne sois pas stupide. J'adore ça.

Mais Ivo distingua les premiers signes de vraie fatigue, qui dessinaient de grands cernes sous ses yeux.

– Désires-tu autre chose à boire?

– Ne me traite pas en invité, Bettina. Consentirais-tu à t'asseoir quelques secondes en ma compagnie?

– Tout à l'heure. Plus tard.

– Non, maintenant.

– D'accord, Ivo, d'accord.

Elle leva les yeux vers le tendre visage que, depuis tant d'années, elle avait appris à aimer et guida Ivo vers une banquette installée près de la fenêtre. En silence, ils regardèrent tomber la neige. Puis Bettina se tourna vers lui. Ses cheveux blancs, épais, étaient parfaitement coiffés. Ivo Stewart était toujours impeccable. Grand, mince, beau, enjoué, avec des yeux bleus rieurs et des jambes interminables. Ivo le Grand. Elle l'avait surnommé ainsi quand elle était petite. Fronçant les sourcils, elle laissa paraître son inquiétude.

– As-tu remarqué comme papa a l'air fatigué ce soir ?

Ivo hocha la tête.

– Non, mais j'ai remarqué que toi, tu as l'air épuisée. Qu'est-ce qui ne va pas ?

– Les examens, répondit-elle en souriant. Pourquoi faut-il que tu aies l'œil à tout ?

– Parce que je vous aime tous les deux et que ton père est un imbécile qui ne voit rien. Les écrivains ! On pourrait tomber raide mort à leurs pieds. Ils vous piétineraient en marmonnant quelques mots quant à la deuxième partie du chapitre quinze ! Ton père est de cette race-là.

– Il écrit mieux que les autres.

– C'est une excuse, je suppose.

– Il n'a pas besoin d'excuse, fit Bettina sans hausser le ton, tandis que son regard croisait celui de son interlocuteur. C'est un merveilleux auteur.

« Même si ce n'est pas le meilleur des pères, pensa-t-elle, c'est un écrivain remarquable. » Mais ces mots-là, jamais elle ne les aurait prononcés à voix haute.

– Toi aussi, tu es formidable.

– Merci, Ivo. Tu as toujours un mot gentil pour moi. Bon, il faut que j'y aille. – Elle se leva à contre-cœur et défroissa sa robe. – Mon rôle d'hôtesse m'attend.

La soirée se prolongea jusqu'à quatre heures du matin. Bettina était fourbue quand elle monta l'escalier. Son père était encore dans le bureau avec deux ou trois vieux copains. Mais elle avait rempli sa mission et pouvait décemment aller se coucher. Les domestiques avaient déjà presque tout rangé, les musiciens, après avoir reçu leur cachet, étaient rentrés chez eux, et on avait embrassé et remercié les derniers invités.

D'un pas lent, elle se dirigea vers sa chambre, s'immobilisa un court instant pour regarder par la fenêtre. Tout était beau, blanc, silencieux. Avec soin, elle suspendit l'ensemble de Balenciaga à un cintre et se glissa dans une chemise de nuit de soie rose avant de se couler dans son lit. Elle pensa à la soirée qui venait de se terminer. Tout s'était bien passé. Comme toujours. En bâillant, elle songea à la prochaine réception. Qu'avait-il dit à ce sujet ? La semaine qui venait ? Dans quinze jours ? Et l'orchestre, au fait ? L'avait-il apprécié ? Elle avait oublié de le lui demander. Et le caviar... oui, le caviar... était-il aussi bon que celui de... ? Elle s'endormit dans un soupir, toute petite et fragile au milieu de ses draps fleuris.

2

« Ça te dit de venir déjeuner avec nous? Au *21*, à midi. »

Bettina lut le message en terminant son café, puis elle se saisit du lourd manteau rouge qu'elle portait pour aller à l'université. Elle était vêtue d'un pantalon de gabardine, d'un cachemire bleu marine et de bottes qui, espérait-elle, résisteraient à la neige. Elle griffonna quelques mots au verso de la feuille.

« J'aurais bien aimé, mais désolée, les examens! Amuse-toi bien. A ce soir. Je t'embrasse. B. »

Toute la semaine, Bettina lui avait parlé de ses examens. Mais on pouvait difficilement demander à Justin Daniels de s'intéresser aux petits détails de l'existence de sa fille. Il pensait déjà à son prochain roman, ce qui était amplement suffisant. Et logique. La vie d'étudiante n'avait rien de palpitant. Bettina elle-même avait du mal à y trouver un intérêt. En comparaison de ses activités mondaines, tout lui paraissait d'une platitude absolue. Il y avait pourtant quelque chose de rafraîchissant dans la simplicité de cette vie-là. Mais elle demeurait en retrait. Jamais elle ne participait, préférant observer. Trop de gens connaissaient son identité. Devenue objet de curiosité, de fascination, point de mire, elle se sentait indigne de cette attention. C'était son père, l'écrivain. Pas elle.

Bettina referma doucement la porte. En chemin, il faudrait qu'elle revoie les notes qu'elle avait prises en vue de l'examen. N'ayant dormi que deux heures et demi, elle n'était pas au mieux de sa forme. Mais elle s'en tirerait quand même. Bettina avait toujours d'excellents résultats ce qui creusait encore l'écart avec les autres. Elle se demanda pourquoi elle avait accédé au désir de son père de la voir poursuivre des études. Tout ce qu'elle voulait, c'était trouver un coin tranquille pour écrire sa pièce de théâtre. Elle sourit tandis que l'ascenseur la déposait au rez-de-chaussée. Une pièce *à succès*, qui plus est, cela prendrait plus de temps... disons vingt ou trente ans.

— Bonjour, mademoiselle.

Elle adressa un sourire au gardien qui la saluait et songea un court instant à retourner dans l'immeuble, bien au chaud. C'était l'une de ces premières journées glaciales où le premier souffle d'air vous déchire la gorge. Bettina héla un taxi. Aujourd'hui, elle n'essaierait pas de prendre le bus pour se prouver Dieu sait quoi. Elle s'adossa à la banquette et, d'un air décidé, se plongea dans ses notes.

— Bettina n'a pas pu venir? demanda Ivo, surpris, tandis que Justin le rejoignait dans l'immense bar du *21*, où ils avaient l'habitude de se retrouver.

— Apparemment pas. J'ai oublié de lui en parler hier soir. Elle m'a laissé un mot pour me dire qu'elle passait des examens. C'est la seule raison, je suppose.

— Qu'est-ce que tu insinues?

— J'espère qu'elle ne s'est pas entichée d'un jeune blanc-bec.

L'un et l'autre savaient que, jusque-là, il n'y avait eu personne dans la vie de Bettina. Justin ne lui en laissait pas le temps.

– Tu t'imagines qu'elle va rester célibataire toute son existence ? fit Ivo d'un air dubitatif.

– Pas vraiment. Mais je voudrais qu'elle fasse le bon choix.

– Pourquoi en serait-il autrement ?

Ivo regarda attentivement son ami, nota le regard las mentionné la veille par Bettina.

– Les femmes ne sont pas toujours sages, Ivo.

– Et nous ? répondit celui-ci amusé. As-tu le moindre indice qui te permette de penser qu'elle a rencontré quelqu'un ?

Justin Daniels hocha la tête.

– Non, mais sait-on jamais. Je déteste ces petits crétins qui hantent les campus à la recherche des filles avec qui s'envoyer en l'air.

– Des garçons dans ton genre, répliqua Ivo Stewart avec un sourire.

Justin lui lança un regard noir et commanda un whisky.

– Peu importe. Je ne suis pas dans mon assiette aujourd'hui.

– La gueule de bois ? demanda Ivo qui ne semblait pas inquiet outre mesure.

– Peut-être. J'ai l'estomac retourné depuis hier soir.

– C'est l'âge !

– Tu te crois malin ?

Les deux hommes éclatèrent de rire. Leurs divergences de vue quant à Bettina ne les empêchaient pas d'être bons amis. Ce sujet était leur pomme de discorde.

– Que dirais-tu d'un voyage à Londres, le week-end prochain ?

– Pour quoi faire ?

— Je ne sais pas, moi, draguer, claquer du fric, aller au théâtre. La routine, quoi.

— Je croyais que tu travaillais à ton nouveau roman.

— Je piétine et j'ai envie de m'amuser.

— On verra. Tu ne l'as sans doute pas remarqué mais, outre les coups d'État, il y a quelques petites guerres ici ou là de par le monde, qui pourraient exiger ma présence au journal.

— Que tu partes en week-end ne changera rien à l'histoire. Et puis le journal, c'est *toi*. Tu es ton propre patron.

— Je tâcherai de ne pas l'oublier. Avec qui déjeunons-nous ?

— Judith Abbot, l'auteur dramatique. Bettina sera furieuse d'avoir manqué ça.

Justin Daniels jeta un regard sombre à son ami et commanda un second whisky. Dans ses yeux, Ivo lut de la peur.

Il resta un instant songeur, avant de poser la main sur le bras de l'écrivain.

— Justin... tu es sûr que tout va bien ?

— Non, je me sens tout drôle...

— Tu veux t'allonger ?

Il était déjà trop tard. Justin Daniels s'effondra. Deux femmes se mirent à hurler. Le visage distordu, il semblait lutter contre une douleur intolérable. Frénétiquement, Ivo lança des ordres. Il tenait son ami dans ses bras en priant le ciel qu'il fût encore temps d'agir, quand les premiers secours arrivèrent. Mais il était trop tard. La main de Justin retomba mollement sur le sol quand Ivo la lâcha. Une fois sur place, la police éloigna les curieux. Pendant une demi-heure, l'équipe médicale fit tout ce qui était en son pouvoir pour ranimer l'écrivain. En vain. Justin Daniels était mort.

Massage cardiaque, bouche-à-bouche, oxygène,

Ivo assista, impuissant, à toutes ces tentatives pour ramener son ami à la vie. Il ne pouvait que prier. Rien n'y fit. Quand on recouvrit le visage de Justin, Ivo laissa couler ses larmes. On lui demanda s'il désirait accompagner le corps à la morgue. La morgue? Justin? C'était impossible. Ce fut pourtant là qu'on l'emmena.

Une heure plus tard, Ivo sortit de l'hôpital, pâle et tremblant. Il ne lui restait plus qu'à prévenir Bettina. Cette perspective lui était insupportable. Comment lui annoncer la nouvelle? Qu'allait-il advenir de la jeune fille? Qui prendrait soin d'elle? Bettina n'avait que Justin au monde. Nul autre. Elle côtoyait le Tout-New York et connaissait plus de célébrités que le chroniqueur mondain du *Times*, mais son père était son seul soutien. Et il n'était plus là.

3

La pendule de la cheminée égrenait les secondes avec un tic-tac monotone. Ivo s'assit dans le bureau et jeta un regard sombre sur le parc. C'était la fin de l'après-midi. Le jour tombait lentement. Dans la rue en contrebas, les files de voitures avançaient, avec une lenteur d'escargots, en direction de la Cinquième Avenue, dans la cohue et le bruit. Les véhicules étaient immobilisés, au milieu d'un concert de klaxons. Dans l'appartement des Daniels ne parvenait qu'une rumeur de toute cette agitation. Ivo guettait le pas de Bettina dans l'entrée, sa voix, son rire lorsqu'elle rentrerait de l'université. Il se surprit à contempler les divers trophées, les objets artistiquement disposés sur les étagères de la bibliothèque où s'alignaient les volumes reliés en cuir que Justin chérissait. Il en avait beaucoup acheté dans les ventes aux enchères, à Londres. Pendant des années, Ivo l'avait accompagné dans ses voyages, à Munich, à Paris, à Vienne aussi. Ils avaient partagé tant de moments, tant de joies ! C'était Justin qui avait fêté ou pleuré avec lui, pendant les trente-deux ans de leur amitié, amours, divorces et succès de toutes sortes... Justin qui lui avait demandé de rester près de lui, la nuit où Bettina était née. Ils s'étaient tous deux saoulés au champagne, puis ils avaient fait la tournée des grands-ducs... Justin... qui n'était plus. Il était parti si soudainement. Ivo pensa à l'après-midi qui venait de s'écouler, aux instants passés à l'hôpital. Tout cela lui semblait tellement irréel! Puis il se rendit compte que c'était Justin qu'il attendait, et non Bettina... la voix de Justin dans le couloir vide... son élégante silhouette dans l'embrasure de la porte... ses yeux pleins de gaieté... son rire. Oui, c'était Justin qu'Ivo attendait ainsi, tranquillement assis dans la pièce lambrissée, absorbé dans la contemplation de la tasse de café que lui avait apportée le maître d'hôtel, une heure auparavant. Lui aussi savait. Tous savaient. Peu après son arrivée, Ivo avait prévenu les domestiques. Il avait également contacté l'avocat et l'agent de Justin. Personne d'autre. Il ne fallait pas que la presse et la radio répandent la nouvelle avant que Bettina soit mise au courant. Les domestiques avaient ordre de ne rien lui dire. Dès son entrée, on la conduirait dans le bureau où il attendait... dans le calme... que l'un des deux rentre à la maison. Si seulement Justin pouvait revenir, tout cela ne serait que mensonge après tout, et il ne serait pas obligé d'annoncer à... de lui dire que... ses yeux le picotaient. Il effleura du doigt le délicat motif bleu et or de la tasse en porcelaine de Limoges posée devant lui.

D'un air absent, Ivo caressa la dentelle qui bordait sa serviette. La porte d'entrée s'ouvrit brusquement. Il y eut des chuchotements, le maître d'hôtel sans doute, puis il entendit la voix claire de Bettina. Ivo l'imagina, souriante, détendue. Elle se débarrassait de son lourd manteau rouge, disait deux mots au domestique qui ne souriait qu'à « mademoiselle ». Tout le monde souriait à « mademoiselle ». Sauf Ivo. Cet après-midi-là, il en était incapable. Il se leva et s'avança lentement vers la porte. Son cœur battait la chamade. Qu'allait-il lui dire ?

– Ivo ? fit-elle, surprise de le trouver là.

Les domestiques s'étaient contentés de lui apprendre que M. Stewart l'attendait au salon.

– Que se passe-t-il ? demanda-t-elle en lui tendant les bras.

Ivo avait quitté le journal plus tôt que d'habitude, et elle le savait. Il sortait rarement de son bureau avant sept ou huit heures, un inconvénient dont il fallait tenir compte lorsqu'on l'invitait à dîner, mais dont tous semblaient s'accommoder. Le directeur du *New York Mail* avait le droit de faire des heures supplémentaires. Les tables de la ville ne lui en étaient pas moins ouvertes.

– Tu as l'air fatigué, lui dit-elle d'un ton de reproche. Papa est là ?

Il secoua la tête sans lui répondre, et ses yeux s'emplirent de larmes, quand elle lui embrassa la joue.

– Non, Bettina... pas encore, se hâta-t-il d'ajouter.

– Désires-tu autre chose que cette misérable tasse de café ?

Il y avait tant de chaleur, de douceur dans son sourire qu'il en eut le cœur déchiré. Elle s'inquiétait pour lui, ce qui le fit sourire à son tour. Bettina était si incroyablement jeune, charmante, innocente, qu'il lui répugnait de lui dire la vérité. Ses boucles auburn lui auréolaient le visage. Avec ses yeux vifs, ses joues rougies par le froid, elle semblait encore plus petite. Son sourire s'effaça. Bettina comprit qu'il s'était passé quelque chose, quelque chose de grave.

– Qu'y a-t-il, Ivo ? Tu n'as pas prononcé un mot depuis mon arrivée.

Elle le regarda dans les yeux. Doucement, Ivo la prit par la main. La jeune fille pâlit. Ivo ne parvenait plus à retenir ses larmes. Il l'attira à lui. Elle ne le repoussa pas, comme si elle était consciente qu'elle allait avoir besoin de lui, et lui d'elle. Blottie contre son épaule, elle attendit la nouvelle.

– Bettina... C'est Justin, poursuivit-il, la gorge nouée.

Il se devait d'être fort. Pour Justin. Pour elle. Il la sentit se raidir. Brusquement, Bettina le repoussa.

– Que veux-tu dire, Ivo ? demanda-t-elle, le regard affolé, les mains tremblantes. Un accident ?

Ivo ne put que hocher la tête. Puis lentement, il leva les yeux vers elle.

– Non, ma chérie, il n'est plus.

Sous le choc, Bettina se figea. Elle le fixait du regard sans bien comprendre, sans vouloir savoir.

– Je... je ne saisis pas.

Elle baissa les yeux vers ses mains qui se tordaient de nervosité. Mue par une angoisse instinctive, elle traversa la pièce en courant, comme pour s'éloigner de lui, comme si, en le fuyant, elle pouvait fuir la vérité.

– Mais, grand Dieu, qu'est-ce que cela signifie ? hurla-t-elle, la voix vibrante de colère et les yeux embués de larmes.

Bettina paraissait si fragile, si frêle, qu'il avait envie de la serrer contre lui, encore une fois.

– Bettina... ma chérie.

Ivo s'approcha d'elle, mais elle le repoussa pour ne pas penser, pour ne pas savoir, puis soudain, elle se jeta dans ses bras, le corps tout entier secoué de sanglots.

– Mon Dieu... non... papa...

C'était un long gémissement d'enfant. Ivo la tenait contre lui. Il était tout ce qui lui restait.

– Que s'est-il passé ? demanda-t-elle.

Elle ne tenait pas à le savoir. Elle aurait tout

donné pour que ce ne fût qu'un mauvais rêve. Mais ce n'était pas un rêve. Le visage d'Ivo était là pour le lui rappeler.

– Il a eu une crise cardiaque. Au déjeuner. L'ambulance est arrivée immédiatement, mais il était déjà trop tard.

– Ils n'ont rien fait ? Pour l'amour du Ciel... insista-t-elle entre deux sanglots.

Comment le croire ? La veille, ils avaient dansé dans cette pièce.

– Bettina, ils ont fait tout ce qui était en leur pouvoir. Absolument tout. Simplement...

Qu'il était pénible de lui raconter ces instants éprouvants ! C'en était presque insupportable.

– Cela s'est passé si vite ! Tout a été terminé en quelques minutes. Je te jure qu'ils ont tenté l'impossible pour le sauver. Il n'y avait pas grand-chose à faire.

Bettina hocha la tête en fermant les yeux, puis elle quitta la chaleur des bras d'Ivo. Le dos tourné, elle contempla la neige et les branches noueuses des arbres nus de Central Park, de l'autre côté de la rue. Ils semblèrent laids, décharnés, solitaires, quand tout lui avait paru si féeriquement beau la nuit précédente, tandis qu'elle attendait l'arrivée de leurs invités. Elle les haïssait à présent, ces gens qui lui avait volé sa dernière soirée... Sa dernière soirée avec lui. En serrant les paupières, elle puisa au fond d'elle-même le courage de poser une question, d'une voix à peine audible :

– A-t-il... dit quelque chose, Ivo ? Je veux dire... pour moi.

– Non, Bettina, il n'en a pas eu le temps.

Elle demeura silencieuse, puis respira profondément. Ivo se demanda s'il devait aller vers elle ou la laisser tranquille. Il craignait de la briser tant elle semblait fragile, menue, dans sa souffrance et sa solitude. Elle était seule à présent et elle le savait. Pour la première fois de sa vie.

– Où est-il?
– À l'hôpital.

Ivo dut se faire violence pour poursuivre.

– Avant de prendre la moindre disposition, je voulais t'en parler. Comment désires-tu procéder?

Ivo Stewart s'approcha lentement de Bettina et la força à lui faire face. Quand il baissa les yeux vers elle, ce fut une femme qu'il aperçut, plus une enfant.

– Bettina, je suis navré d'insister mais... Sais-tu ce que ton père aurait souhaité?

Elle s'assit et fit voler ses boucles auburn.

– Nous n'avons jamais parlé... de ça. De plus, il n'était pas croyant.

Deux grosses larmes roulèrent sur ses joues.

– La cérémonie sera intime. Je ne veux pas... ajouta-t-elle avec peine, que des étrangers soient témoins de...

Les sanglots l'étouffèrent, et Ivo la prit de nouveau dans ses bras. Il lui fallut au moins cinq minutes pour retrouver son sang-froid.

– Je veux le voir, Ivo, déclara-t-elle, le regard triste.

Celui-ci acquiesça. En silence, elle se dirigea vers la porte.

Sur le chemin de l'hôpital, la jeune fille fit preuve d'un calme terrifiant. Les yeux secs, digne, elle se tenait à l'arrière de la limousine d'Ivo, immobile. Noyée dans son manteau de renard argenté, elle semblait avoir diminué de volume. Sous le chapeau assorti, ses yeux étaient immenses, enfantins.

Elle fut la première à sortir de la voiture et, d'un bond, franchit le seuil de la grande bâtisse, attendant avec impatience qu'Ivo la rejoigne pour la conduire auprès de son père. Elle n'avait pas encore accepté la réalité et s'imaginait presque le voir vivant, prêt à l'accueillir. Ce n'est qu'en traversant le dernier couloir qu'elle ralentit l'allure. Le martèlement de ses talons noirs sur le sol s'estompa, et son regard devint fixe quand elle pénétra dans la morgue. Son père était là, recouvert d'un drap. Sur la pointe des pieds, elle s'approcha de lui, s'immobilisa, cherchant le courage de soulever le drap pour voir son visage. Ivo l'observa avant de venir à son côté

– Tu veux t'en aller? murmura-t-il en lui prenant doucement le bras.

Bettina se contenta de secouer la tête. Il fallait qu'elle le voie, qu'elle lui dise adieu. Elle aurait aimé qu'Ivo la laissât seule avec lui, mais elle ne voulait pas le blesser. Et après tout, peut-être était-ce mieux ainsi.

D'une main tremblante, elle saisit le bord du drap et lentement, très lentement, elle dégagea le sommet de la tête de Justin Daniels. Un court instant, ce fut comme s'ils jouaient à cache-cache, comme si elle retrouvait son enfance. D'un geste brusque, elle fit glisser le drap sur la poitrine. Il avait les paupières closes, les traits paisibles. Il était étrangement pâle. Les yeux écarquillés par la douleur, elle comprit enfin. Ivo n'avait pas menti. Son père était mort. En larmes, elle se pencha pour l'embrasser, puis recula. Ivo, lui entourant les épaules de son bras, l'aida à quitter la pièce.

4

CE ne fut qu'après l'enterrement que Bettina dut affronter les réalités de cette nouvelle situation. Entre la mort de son père et les funérailles s'écoulèrent deux journées épiques. Trouver un costume, passer en revue les détails de la cérémonie avec la secrétaire engagée pour la circonstance, dresser avec Ivo la liste des gens à prévenir, distribuer les tâches aux domestiques, rassurer les amis... Tous ces « préparatifs » avaient un caractère rassurant, qui l'aidaient à fuir son émotion, la vérité aussi. Elle courait de l'appartement aux pompes funèbres. Puis vint l'heure où elle se rendit au cimetière, fragile silhouette noire, une rose blanche à la main, qu'elle alla déposer sur le cercueil tandis que le reste du cortège se tenait à l'écart. Seul Ivo restait à proximité. Témoin, son ombre qu'elle apercevait près de la sienne dans la neige. Ivo. Le seul à pouvoir l'aider en ces moments difficiles, la réconforter, lui montrer qu'il y avait encore quelqu'un pour l'aimer, la sauver de sa solitude et de sa peur.

Il lui prit la main sans rien dire et la reconduisit à la voiture. Une demi-heure plus tard, elle était à l'abri dans son appartement, dans ce petit monde qui était le sien. Ensemble, ils prirent un café en contemplant la neige qui brillait sous le soleil de novembre dans le parc, seul endroit où elle était encore intacte. Il avait neigé tôt dans la saison et, en ville, la couche blanche fondait depuis trois jours. Bettina soupira, but une gorgée et regarda d'un air absent le feu qui crépitait dans la cheminée. Curieusement, elle avait l'impression de se trouver dans le même état d'esprit que son père lorsque celui-ci venait de terminer un roman. Ses « personnages » partis, elle se sentait vide, oisive, inactive. Il n'y avait plus personne pour qui se mettre en quatre, plus de crabe farci à commander, plus de cigares à apporter, plus de liste d'invités à dresser ou de billets pour Madrid à réserver selon l'humeur. Bettina n'avait plus qu'elle-même et n'était pas très sûre de savoir se débrouiller. Il y avait eu tant à faire pour s'occuper de lui !

– Bettina !

Il y eut un long silence. Ivo posa sa tasse et glissa lentement une main dans ses cheveux blancs. Il n'était pas à l'aise et elle se demanda pourquoi.

– Je sais, ma chérie, qu'il est encore tôt pour parler de ces choses-là, mais nous devons prendre rendez-vous avec tes avocats, dès cette semaine.

– Pourquoi ? fit-elle en tournant vers lui ses grands yeux verts, ce qui lui serra le cœur.

– Pour parler du testament et… il y a d'autres questions dont nous devrons nous entretenir.

Justin avait désigné Ivo comme exécuteur testamentaire, et les avocats de l'écrivain le harcelaient depuis deux jours.

– Mais pourquoi maintenant ? insista-t-elle, perplexe.

Elle se leva et marcha vers l'âtre. Épuisée, nerveuse, elle se demandait s'il valait mieux faire le tour du pâté de maisons au pas de course ou se réfugier dans son lit pour pleurer. Mais Ivo la regardait avec le plus grand sérieux.

– Tu dois être mise au courant de certaines choses, et il y a des décisions à prendre. Assez rapidement.

Pour toute réponse, elle poussa un soupir et retourna s'asseoir sur le canapé.

– D'accord. Nous irons les voir, mais je ne comprends pas pourquoi c'est tellement pressé!

Elle regarda Ivo, avec un sourire. Il lui prit la main. Lui-même ne savait pas au juste ce que les avocats de Justin avaient à leur dire. Douze heures plus tard, ils étaient au courant.

Ébahis, Ivo et Bettina se regardèrent. Les avocats observaient gravement la jeune fille. Aucun portefeuille boursier. Aucun investissement. Aucun capital. Bref, il n'y avait plus d'argent dans les caisses. Aux dires des deux hommes de loi, Justin ne s'inquiétait nullement de cette situation, car il attendait toujours des « rentrées » – qui n'arrivaient jamais. En fait, il n'avait rien engrangé depuis plusieurs années et vivait à crédit depuis trop longtemps. Tous ses biens étaient hypothéqués et il avait contracté d'énormes dettes. Avec ses dernières avances, il s'était offert des voitures, la nouvelle Bentley et la Rolls 1934, des meubles anciens, des chevaux de course, des femmes, des voyages, des maisons, des fourrures – sans compter le train de vie mené avec Bettina. L'hiver précédent, il avait acheté à un ami le pur-sang le plus cher du pays. Deux millions sept cent mille dollars, d'après les journaux. Le prix en était un peu plus élevé, mais son ami lui avait accordé un crédit sur un an. Cette dette-là non plus n'était pas remboursée. Justin savait qu'il l'honorerait. Il y aurait d'autres avances, et ses droits d'auteur, qui tombaient régulièrement, par chèques de centaines de milliers de dollars. Mais même ses futurs droits d'auteur devaient servir à rembourser les prêts consentis par ses relations les plus riches. Il était endetté jusqu'au cou, tant auprès de ses banquiers que de ses amis. Tout ce qu'il possédait ou ne possédait pas encore, biens, revenus à venir et rêves, étaient déjà hypothéqués. Qu'était-il advenu de ses économies, de ces « placements de père de famille », de ces « choses sûres » dont Bettina avait tant entendu parler ? Au fil des heures, elle réalisa que la seule chose sûre était le montant astronomique de ses dettes. Justin Daniels n'avait rien dit de tous ces emprunts. Il avait renvoyé ses conseillers financiers en les traitant d'imbéciles. Face à une situation de plus en plus confuse, Bettina ne pouvait qu'être abasourdie. Tout cela n'avait ni queue ni tête. Ce qu'elle comprit fort bien, c'était qu'il lui faudrait des mois pour clarifier les comptes de son père et que les biens fabuleux de l'illustre, charmant et bien-aimé Justin Daniels ne se montaient pas à la rançon d'un roi, mais à une montagne de dettes.

Perplexe, Bettina regarda Ivo qui paraissait désespéré. Il avait l'impression d'avoir vieilli de dix ans en quelques minutes.

– Et les biens immobiliers ? demanda-t-il en s'adressant au plus vieux des deux avocats.

– Nous devons vérifier cela, mais je suppose qu'il faudra tout vendre. Cela fait deux ans que nous l'avons conseillé à M. Daniels. Il n'est pas impossible qu'une fois vendus les immeubles et... euh... – il toussota d'un air gêné – quelques meubles et objets d'art de l'appartement de New York, le solde soit de nouveau positif.

– Restera-t-il quelque chose ?

– C'est difficile à dire.

La mimique de l'avocat était suffisamment éloquente.

– Si je comprends bien, lança avec colère Ivo, qui se demandait s'il en voulait plus à Justin ou à ses avocats, quand tout sera réglé, il n'y aura plus que l'appartement de New York. Ni actions, ni obligations, aucune épargne d'aucune sorte, rien. C'est ça?

– Oui.

Le plus âgé des deux avocats, mal à l'aise, rajusta ses lunettes, tandis que son jeune associé s'éclaircissait la gorge en s'efforçant de ne pas dévisager Bettina.

– Aucune disposition n'a été prise en faveur de Mlle Daniels?

Ivo ne parvenait pas à y croire.

– Aucune, fut la réponse de l'avocat.

– Je vois.

– Bien entendu, il y avait..., ajouta le vieil homme en cherchant dans ses papiers, dix-huit mille dollars sur le compte en banque de M. Daniels. Nous devrons faire homologuer le testament, mais entre-temps nous pouvons avancer une petite somme d'argent à Mlle Daniels pour lui permettre de faire face aux dépenses courantes.

Ivo sentit son sang bouillir dans ses veines.

– Ce ne sera pas nécessaire, rétorqua-t-il.

Il ferma sa mallette d'un coup sec et prit son manteau.

– Combien de temps faudra-t-il, selon vous, pour que nous y voyons plus clair?

Les deux avocats échangèrent un regard.

– Environ trois mois?

– Un mois, conclut Ivo d'un ton catégorique.

Ses yeux lançaient des éclairs. À contre-cœur, le plus âgé des deux hommes acquiesça.

– Nous comprenons à quel point cette situation est éprouvante pour Mlle Daniels. Nous ferons tout ce qui sera en notre pouvoir pour lui faciliter la tâche.

– Merci.

Bettina leur serra la main et quitta précipitamment le cabinet. Sans dire un mot, Ivo observait le visage de la jeune fille. Elle était d'une pâleur d'ivoire, mais elle semblait calme et maîtresse d'elle-même.

Quand ils eurent regagné la voiture, Ivo remonta la vitre qui les isolait du chauffeur, puis il se tourna vers elle.

– Bettina, as-tu compris ce qui se passe ?
– Je crois.

Ses lèvres étaient devenues livides.

– J'ai l'impression que je vais apprendre ce qu'est la vraie vie.
– Me permettras-tu de t'aider ? dit-il, tandis que la limousine s'arrêtait devant l'immeuble cossu où elle demeurait.

Elle hocha la tête, déposa un baiser sur sa joue et sortit.

Ivo la regarda disparaître dans le bâtiment en se demandant ce qu'elle allait devenir.

5

Bettina jeta un coup d'œil à sa montre. La sonnette de la porte d'entrée venait de retentir. Tout le monde était à l'heure. Souriante, elle courut accueillir Ivo. Avec son manteau noir et son feutre, il avait un peu l'air démodé face à la jeune fille en jean et en chemise de flanelle rouge.

– Vous êtes bien enjouée, ce soir, mademoiselle Daniels. Comment s'est passée cette journée?

– Bien. J'ai vu le type de chez Parke-Bernet.

Ivo remarqua son sourire fatigué et songea qu'il aurait aimé la voir plus élégante. Un mois après la mort de Justin, elle semblait avoir renoncé à son ancienne garde-robe. Elle ne sortait plus, sauf pour se rendre chez ses avocats qui ne lui apportaient, chaque fois, que de tristes nouvelles. Tout ce qu'elle désirait à présent, c'était sortir de cet embrouillamini. Elle avait pris contact avec des négociants en œuvres d'art, des antiquaires, des bijoutiers, dans l'espoir qu'ils lui permettraient d'éponger les dettes de son père.

– Ils me débarrasseront de tous ces machins, fit-elle en désignant les meubles anciens et les bibelots d'un geste vague, et de tout ce qu'il y a dans les maisons de South Hampton et de Palm Beach. Ils ont déjà envoyé quelqu'un pour l'inventaire. Je bazarderai sur place le mobilier du sud de la France, poursuivit-elle en soupirant, et je crois qu'on vendra la maison de Beverly Hills, avec tout ce qu'elle contient. L'acheteur est un Arabe qui a laissé tout ce qu'il possède au Moyen-Orient. Tout sera donc pour le mieux, pour lui comme pour moi.

– Tu ne gardes rien? demanda Ivo d'un air consterné.

– Eh non, répondit-elle avec un petit sourire. Je n'en ai pas les moyens. Je suis en train de rembourser un emprunt d'État. Quatre millions et demi de dollars, ça ne se trouve pas sous le sabot d'un cheval. Mais j'y parviendrai.

Comment Justin avait-il pu faire ça à sa fille? Se montrer aussi imprévoyant? Ne pas envisager un instant les conséquences inévitables de ses actes? Laisser Bettina se débattre dans pareil marasme financier?

– Ne t'inquiètes pas! Un de ces jours, tout sera en ordre, le rassura-t-elle.

– Oui, mais en attendant, je reste là, inutile, à te regarder mettre ta vie en pièces.

Bettina n'avait que dix-neuf ans, mais elle paraissait plus âgée, bien qu'il y eût encore quelque espièglerie au fond de ses yeux.

– Qu'est-ce que tu veux, Ivo? M'aider à faire mes bagages?

– Certainement pas, répliqua-t-il d'un ton brusque que son regard démentit aussitôt.

– Excuse-moi, Ivo. Je sais que tu veux m'aider. Je commence à fatiguer, c'est tout. J'ai parfois l'impression que ça ne s'arrêtera jamais.

– Et quand tout sera terminé, que feras-tu? Je ne t'approuve pas d'avoir abandonné tes études.

– Pourquoi? J'apprends plus ici en ce moment qu'à l'école. De plus, les études coûtent cher, ajouta-t-elle avec une pointe d'amertume.

– Bettina, ça suffit! Je veux que tu me promettes une chose.
– Quoi?
– Quand le plus dur sera passé, que tu te seras occupée de l'appartement, des meubles et du reste, je tiens à ce que tu prennes des vacances, pour te remettre sur pied et te reposer.
– À t'entendre, on dirait que j'ai cent ans.

Elle ne lui demanda pas qui paierait son voyage. Il ne lui restait plus un sou. Elle parvenait à se nourrir, mais elle n'achetait plus rien, ne sortait plus. Le matin même, elle avait pensé vendre sa garde-robe, les tenues de soirée du moins. Elle en avait deux placards remplis. Mieux valait n'en rien dire à Ivo, pensa Bettina. Il serait dans tous ses états.

– Je ne plaisante pas, je veux que tu partes, insista-t-il. Tu en as besoin. Si je le pouvais, je t'expédierais tout de suite, mais je sais que tu as encore des affaires à régler. Tu me promets d'y réfléchir?
– Nous verrons.

Elle avait ignoré les fêtes de Noël, par trop tristes cette année, et passé les vacances à ranger la bibliothèque de son père. Les livres rares seraient envoyés à Londres, pour y être vendus aux enchères, retrouvant ainsi leur lieu d'origine. Bettina espérait en tirer un bon prix. D'après l'expert, ils valaient quelques centaines de milliers de dollars. Pourvu qu'il ne se soit pas trompé!

– Que t'a dit Parke-Bernet?

Ivo était fatigué, lui aussi. Il venait la voir presque tous les jours, mais il répugnait à entendre ce qu'elle avait à lui annoncer. Vendre, emballer, liquider. Ivo avait l'impression de la voir défaire sa vie tout entière.

– La vente aura lieu dans deux mois. Ils me feront une petite place dans leur programme. Ils sont ravis de ce que nous leur proposons, déclara-t-elle en lui tendant son whisky-soda quotidien. Que dirais-tu de rester dîner?

— Tu m'impressionnes beaucoup, tu sais. J'ignorais que tu savais faire la cuisine.

— Moi aussi. J'ai découvert que j'étais relativement efficace dans de nombreux domaines. À propos, ajouta-t-elle tandis qu'Ivo sirotait son whisky, j'ai quelque chose à te demander.

Ivo sourit en se calant au fond du canapé.

— Oui. Quoi donc?

— Du travail.

Bettina avait prononcé ces mots avec un réalisme tel qu'Ivo tressaillit.

— Maintenant?

— Pas dans la minute, mais quand j'aurai réglé tout ça. Qu'en penses-tu?

— Au *Mail*? Bettina, ce n'est pas possible.

Au bout de quelque temps, il hocha la tête. Après tout, il lui devait bien ça.

— Tu veux être mon assistante?

La jeune fille éclata de rire.

— Pas de népotisme, Ivo. Je veux parler d'un véritable travail, pour lequel je serais qualifiée. Correctrice, peut-être.

— Ne sois pas ridicule. Je ne le permettrai pas.

— Bon, alors je ne te demanderai plus rien, rétorqua-t-elle avec détermination.

Elle avait réellement besoin de travailler, songea Ivo, le cœur déchiré. Bettina acceptait cette situation, il se devait de l'accepter à son tour.

— Nous verrons. Je vais y réfléchir. Il me viendra sans doute une meilleure idée que ce poste au *Mail*.

— Épouser un vieil homme très riche, par exemple? plaisanta-t-elle.

Ils éclatèrent de rire.

– Non, à moins que tu n'acceptes d'examiner ma candidature.
– Tu n'es pas assez vieux. Et si on dînait ?
– Quand tu veux.

Bettina disparut dans la cuisine pour faire griller deux steaks. Elle mit le couvert sur la longue table de réfectoire que son père avait rapportée d'Espagne et posa un vase de fleurs jaunes sur la nappe bleu vif. Tout était fin prêt quand Ivo pénétra dans la pièce.

– Tu me gâtes trop, Bettina. J'ai pris l'habitude de passer ici tous les soirs avant de rentrer chez moi. Tes petits repas fins ont avantageusement remplacé mes plats surgelés et mes sandwichs au pain rassis !

– Quand diable as-tu mangé des surgelés, Ivo Stewart ? railla-t-elle en repoussant du dos de la main ses boucles cuivrées. Je suis prête à parier qu'il y a au moins dix ans que tu n'as pas dîné chez toi. À propos, où en est ta vie mondaine depuis que tu me sers de baby-sitter ? Tu ne sors plus, n'est-ce pas ?

Le regard vague, il caressa du bout des doigts les pétales jaunes.

– Non, je n'ai pas le temps. Mon travail m'absorbe trop. Et toi ? Cela fait longtemps que tu n'es pas sortie, poursuivit-il d'une voix douce.

Bettina se détourna en hochant faiblement la tête.

– C'est différent. Je ne pourrais pas... Je ne peux pas...

Seuls les amis de son père l'invitaient, et la jeune fille ne se sentait pas encore la force de les affronter.

– Pourquoi ? Justin n'aurait pas aimé que tu te mures dans ton deuil, Bettina.

Était-ce autre chose ? Redoutait-elle leur jugement, maintenant que la vérité s'étalait dans tous les journaux ? On n'avait pu dissimuler à la presse les déboires financiers de Justin.

– Je ne veux pas, c'est tout, Ivo ! Je ne serais pas à l'aise.

– Pourquoi ?

– Je n'appartiens plus à ce monde-là, dit-elle, apparemment si désemparée qu'il se rapprocha d'elle.

– Qu'entends-tu par là ?

Les yeux de Bettina s'emplirent de larmes. De nouveau, elle lui parut très jeune.

– J'ai l'impression d'être une usurpatrice, Ivo. La vie de papa était un tel mensonge ! À présent, tout le monde est au courant. Je le sais. Je n'ai plus rien. Je n'ai plus le droit de parader dans les soirées mondaines ni de fréquenter l'élite. Je veux tout vendre, partir d'ici et travailler.

– C'est ridicule, Bettina. Ce n'est pas parce que ton père s'est endetté jusqu'au cou que tu dois te priver de tout ce qui a fait ta vie ! C'est complètement fou !

Le jeune fille hocha la tête en séchant ses pleurs avec le pan de sa chemise de flanelle rouge.

– Non, papa n'appartenait pas non plus à cet univers-là puisque, pour y rester, il lui a fallu contracter quatre millions de dettes. Il aurait dû vivre autrement.

Sa voix reflétait la douleur, les désillusions des semaines passées. Ivo l'attira contre lui et la garda au creux de ses bras. Bettina eut l'impression d'être redevenue une petite fille. Elle avait presque envie de grimper sur ses genoux.

– Justin Daniels était un écrivain remarquable, Bettina. On ne peux pas lui retirer ça. C'était l'un des plus grands esprits de son temps. Et il avait le droit d'aller où bon lui semblait, de fréquenter qui il voulait. Il n'aurait pas dû se laisser aller à de tels excès, c'est tout. C'était une star, Bettina. Une star extraordinaire, unique, tout comme toi. Rien n'empêchera cela, ni les dettes, ni les fautes, ni les échecs, ni les erreurs. Rien, tu comprends?

Elle n'en était pas certaine. Dans ses yeux, il vit un grand chagrin mêlé de perplexité.

– Pourquoi suis-je extraordinaire? Parce que je suis sa fille? Vois-tu, Ivo, c'est l'une des raisons pour lesquelles je me sens étrangère dans ce milieu. Mon père n'est plus là. Quel droit ai-je de retourner parmi ces gens? Surtout maintenant que je suis fauchée. Je ne peux plus leur offrir de somptueuses réceptions ni leur faire rencontrer les huiles de tout poil. Je n'ai plus rien à leur apporter. Je ne *suis* plus rien, conclut-elle dans un sanglot.

– Bettina, tu te trompes, répliqua-t-il d'un ton ferme, un bras glissé autour de sa taille. Tu es *quelqu'un.* Tu le seras toujours. Non parce que tu es la fille de Justin, mais parce que tu es *toi*. Sais-tu combien de gens sont venus ici pour toi, rien que pour toi? Pour te rencontrer. Tu es une sorte de légende depuis que tu es toute petite et tu ne t'en es jamais rendu compte, ce qui fait partie de ton charme. Mais il est temps que tu le comprennes, maintenant. *Toi*. Bettina Daniels. D'ailleurs j'exige que tu cesses de jouer les recluses.

D'un pas décidé, à longues enjambées, il traversa la pièce et prit une bouteille de vin, deux verres, qu'il remplit de bordeaux.

– Je viens de prendre une décision, mademoiselle Daniels, un point c'est tout. Demain soir, je t'emmène à l'opéra. Ensuite, nous irons dîner ensemble.

– Ah oui? Non, Ivo, fit-elle, horrifiée à cette perspective. Je ne peux pas. Une autre fois... peut-être...

– Demain.

Ivo Stewart lui sourit.

— Ma chère enfant, sais-tu quel jour nous serons demain ?

Bettina lui fit signe que non.

— C'est la Saint-Sylvestre. Et que tu le veuilles ou non, nous allons fêter ça, toi et moi.

Il lui tendit un verre de vin et leva le sien, comme pour porter un toast.

— L'année de Bettina Daniels. Tu dois comprendre que ta vie n'est pas finie. Ma chérie, elle vient tout juste de commencer.

Le visage radieux, la jeune fille trempa ses lèvres dans le verre.

6

Depuis la salle de séjour plongée dans l'obscurité, Bettina observait la file de voitures le long de la Cinquième Avenue. Portière contre portière, pare-chocs contre pare-chocs, c'était ainsi que les New-Yorkais commençaient les festivités. Un concert de klaxons, des sirènes hurlantes, les cris des passants et, quelque part dans la nuit, des rires. Bettina attendait, étrangement sereine, habitée par une curieuse sensation électrisante, comme si sa vie recommençait. Ivo avait raison. Elle n'aurait pas dû rester seule.

Cette impression bizarre était sans doute due aux nombreux changements qui venaient de se produire dans son existence. Elle n'était plus une enfant. Désormais elle se débrouillerait sans l'aide de quiconque. Bettina se sentit adulte, comme jamais auparavant. Sa maturité n'était plus feinte.

La sonnette retentit quelques instants plus tard et le raisonnement qu'elle se tenait lui parut soudain stupide. Ce n'était qu'Ivo après tout, et il n'y avait rien d'extraordinaire à aller à l'opéra avec lui. Elle courut lui ouvrir la porte. Il se tenait souriant sur le seuil, grand et séduisant, svelte et élancé, avec sa crinière blanche parsemée de flocons de neige. Autour de son cou, un foulard de soie couleur crème contrastait avec le manteau de cachemire noir. Bettina recula et applaudit des deux mains.

– Ivo, tu es superbe!

– Merci, ma chérie, toi aussi.

D'un geste gracieux, la jeune fille rabattit sur ses cheveux cuivrés le capuchon de velours de son manteau bleu nuit.

– Tu es prête?

Pour toute réponse, elle lui saisit le bras de sa main gantée de blanc. Un calme insolite régnait dans la maison. Disparus les domestiques qui leur tenaient la porte ou se chargeaient du vestiaire. Disparus les courbettes, le service instantané, tout ce qui l'avait protégée des réalités... du monde. Bettina chercha la clef dans sa pochette de soie marine et ferma la porte.

– Les choses ont bien changé, n'est-ce pas? fit-elle, un peu mélancolique malgré son grand sourire, ce qui attrista son compagnon.

Ils bavardèrent dans l'ascenseur, puis dans la voiture, et Ivo Stewart retrouva la Bettina qu'il connaissait. Le chauffeur s'engagea patiemment dans la longue file de véhicules, tandis qu'à l'arrière, Bettina faisait rire Ivo en lui racontant les faits et gestes de ses anciens camarades de collège.

– Ça ne te manque pas? demanda-t-il en l'observant avec attention. Tu arrives à t'en passer?

– Très facilement.

Cette fois, ses yeux ne démentaient pas son propos.

Ivo ne la comprenait pas. Elle le regarda, puis se détourna.

– La vérité, c'est que papa s'est toujours arrangé pour que je ne voie jamais d'amis de mon âge. À présent, ce sont des étrangers pour moi. Nous n'avons pas les mêmes sujets de conversation. Je ne sais pas quoi leur dire. Je n'appartiens pas à leur communauté.

Une fois encore, Ivo songea qu'être la fille de Justin lui avait coûté cher.

– À laquelle alors ?

Ivo était troublé, mais le rire cristallin de Bettina résonna dans la limousine sombre.

– Je suis on ne peut plus sérieux, Bettina. Si tu n'es pas à l'aise avec ceux de ton âge, avec qui le seras-tu ?

– Avec toi, murmura-t-elle en lui souriant.

Puis elle détourna de nouveau les yeux et lui caressa la main. Une étrange sensation parcourut le corps d'Ivo. Il se demanda si c'était l'excitation ou la peur qui le troublait ainsi. Ce n'était ni la pitié ni les regrets. Il se le reprocha. Il aurait dû la plaindre, s'inquiéter de son sort, et non éprouver cette attirance toute physique. Telle était pourtant la folle réalité. Il lutta contre son émotion et rendit son sourire à la jeune fille, tout en tapotant sa main gantée.

– Tu devrais jouer avec des enfants de ton âge, plaisanta-t-il avec espièglerie.

– J'y songerai.

Ils demeurèrent silencieux jusqu'aux portes du Métropolitan Opera.

– Tu sais, Ivo, lui dit-elle, ce sera le premier opéra que je verrai en entier, et ce depuis des années.

– Vraiment ? s'étonna Ivo.

– Chaque fois, je devais me précipiter vers la salle Belmont pour m'assurer que tout était fin prêt pour la réception de papa. Il y avait toujours des messages à prendre, les réservations pour le souper à confirmer. En général, je manquais la seconde moitié du premier acte. Au cours du deuxième acte, il pensait aux trente-six détails dont il avait oublié de me parler au premier. Encore des coups de fil à donner. Enfin, je n'assistais jamais à la fin du troisième acte parce qu'il voulait partir en avance pour éviter la cohue.

– Pourquoi te donnais-tu tant de mal? lui demanda Ivo en lui lançant un drôle de regard. L'aimait-elle à ce point?

– Parce que c'était ma vie. Parce qu'il ne s'agissait pas seulement de tout organiser, parce que ce n'était pas un esclavage comme tu sembles le croire. C'était extraordinaire, passionnant, ça me mettait en valeur et..., ajouta-t-elle, quelque peu embarrassée, j'avais le sentiment d'être importante, indispensable...

Sa voix chancela, et elle évita le regard d'Ivo.

– C'était probablement vrai, tu sais. Sans toi, il aurait été perdu. En tout cas, il n'aurait vécu ni aussi bien ni aussi confortablement. Mais on ne doit pas gâter les hommes ainsi, Bettina. Pas à ses propres dépens.

Les yeux vert de Bettina scintillèrent, telles des émeraudes.

– Ce n'était pas à mes dépens, lança-t-elle avec irritation. – Elle essaya d'ouvrir la portière. – Tu ne comprends pas.

Il comprenait fort bien, plus qu'il ne le lui avouait, plus qu'elle n'était prête à l'accepter. Il savait quelles avaient été sa solitude et sa souffrance, au milieu de ce conte des mille et une nuits.

– Puis-je t'aider? demanda Ivo en tendant la main vers la poignée de la porte.

Elle se tourna vers lui. Ses yeux lançaient des éclairs. Elle aurait aimé lui dire non, repousser sa main, insister pour le faire elle-même. Ivo lutta pour conserver son sérieux devant ce geste symbolique et dérisoire. Mais il ne put retenir son rire. D'une main, il remit de l'ordre dans les boucles qui dépassaient du capuchon de velours.

— Ce serait plus facile si tu déverrouillais la porte, mademoiselle l'indépendante. Ou préfères-tu te glisser par la fenêtre, une fois que tu auras brisé la vitre avec ta chaussure?

Elle éclata de rire, incapable de garder plus longtemps le regard assassin qu'elle lui destinait. Le chauffeur les attendait à l'extérieur. Bettina bondit hors de la limousine, défroissa son manteau et remonta son capuchon pour se protéger du vent.

Une fois devant sa loge, Ivo s'effaça pour la laisser entrer. Une bouffée de nostalgie s'empara d'elle, au souvenir des soirées qu'elle avait passées là, en compagnie de son père. Elle tenta d'oublier en se noyant dans le regard bleu d'Ivo. D'un air candide, elle lui caressa la joue. Ivo Stewart n'éprouva plus alors qu'une immense tendresse.

— Je suis contente d'être venue avec toi.

— Moi aussi, petite, répondit-il tandis que tout semblait s'être arrêté autour d'eux. Moi aussi.

Toujours chevaleresque, il l'aida à retirer son manteau. Cette fois, c'est Bettina qui sourit. Elle se souvenait du premier geste de galanterie d'Ivo à son égard, il y avait dix ans de cela, dans ce même opéra. Elle portait un manteau bordeaux avec un col en velours, un chapeau assorti, des gants blancs et des chaussures en chevreau. On donnait *Le Chevalier à la rose*. Bettina avait assisté, horrifiée, au spectacle de cette femme habillée en homme. Ivo lui avait tout expliqué, mais elle n'en était pas moins demeurée chagrine. Ce souvenir la fit rire.

— Qu'y a-t-il de si drôle? demanda Ivo, amusé.

— Te souviens-tu de la première fois que nous sommes venus ici, ensemble? De cette actrice travestie?

Ivo joignit son rire au sien, avant de redevenir soudain grave et sérieux. Il contemplait avec intensité la robe qu'elle portait. La mousseline, du même bleu nuit que le manteau, semblait flotter autour d'elle, tel un nimbe. Les longues manches moulaient admirablement ses bras et la taille resserrée s'épanouissait en volutes fluides. Elle paraissait si délicate, si belle avec ses yeux brillants comme les saphirs et les diamants qui ornaient ses oreilles.

– Tu n'aimes pas ma robe?

Bettina leva innocemment les yeux vers lui. Elle avait le plus grand mal à dissimuler son désappointement. Laissant à nouveau transparaître sa joie, Ivo lui tendit les bras. Une vraie gamine! Sa jeunesse le surprendrait toujours. Comment avait-elle fait pour sauvegarder son innocence au milieu de tous ces hommes qu'elle avait cotoyés et qui, à n'en pas douter, nourrissaient des arrière-pensées semblables à celles qu'il avait actuellement.

– J'adore ta robe, ma chérie. Je suis juste un peu... sous le charme.

– Ah oui? s'exclama-t-elle avec un clin d'œil. Et tu n'en as vu que la moitié!

Bettina pivota sur un talon et révéla, contrastant avec les longues manches, le col montant et la jupe tourbillonnante, un profond décolleté qui découvrait son dos nu, sa chair lisse d'un blanc laiteux.

– Mon Dieu, Bettina, tu es indécente!

– Ne sois pas stupide. Allons nous asseoir. L'orchestre attaque les premières notes.

Ivo rejoignit sa place en soupirant. Il ne savait plus que penser, quelle image avoir d'elle, l'enfant de ses souvenirs ou la femme assise à côté de lui. Il pouvait s'occuper de l'enfant, lui proposer une place dans sa maison. Mais la femme... Tout se compliquait... Un travail au journal? Une soirée à l'opéra en ami? Il pourrait l'aider à trouver un appartement... Mais comment le paierait-elle? Le problème était insoluble. Quand le premier acte s'acheva, il réalisa qu'il n'avait pas entendu grand-chose.

— Ivo, n'est-ce pas merveilleux ? fit-elle lorsque le rideau retomba.

— C'est charmant.

Il était incapable de penser à ce qui venait de se passer sur la scène.

— Désires-tu boire un verre au bar ?

Les spectateurs faisaient déjà la queue vers la sortie. Pour les amateurs d'opéra, le foyer était un lieu où l'on se devait d'aller, moins pour se désaltérer que voir et être vu. Ivo sentit Bettina hésitante.

— Tu préfères rester ici ?

Elle lui fut reconnaissante de cette proposition.

— Cela t'ennuie beaucoup ?

Ivo lui répondit par un geste nonchalant de la main.

— Bien sûr que non ! Ne sois pas stupide ! Veux-tu que j'aille te chercher un verre ?

Elle hocha la tête et éclata de rire.

— Attention ! Si tu me gâtes comme je gâtais papa, tu vas faire de moi un être infernal, impossible à vivre !

Ils parlèrent brièvement de Justin, puis Ivo se souvint des récits que son ami lui avait un jour montrés. Les premiers écrits de Bettina.

— Sais-tu qu'il ne tient qu'à toi de devenir un aussi bon écrivain que Justin ?

— Tu es sincère ? s'étonna-t-elle en ouvrant de grands yeux.

Le souffle coupé, elle attendait sa réponse avec impatience, tout en la redoutant. Ivo acquiesça d'un hochement de tête, et Bettina poussa un petit soupir de soulagement, à peine perceptible.

— Oui. J'ai trouvé les quatre ou cinq nouvelles que tu as rédigées en Grèce, l'été dernier, excellentes. Tu pourrais les publier, si tu le souhaitais. Je voulais te demander si tu en avais l'intention, ajouta-t-il on ne peut plus sérieusement.

Bettina le regarda, sidérée.

— Bien sûr que non. Je les ai écrites juste... juste pour les écrire. Sans raison. Papa te les a montrées ?

— Oui.

— Qu'en pensait-il ?

Il y avait de la nostalgie dans sa voix. Elle semblait avoir oublié la présence d'Ivo.

— Il ne te l'a pas dit ? s'étonna celui-ci.

Elle fit signe que non.

— C'est criminel, Bettina. Il les aimait beaucoup. Il ne t'a vraiment rien dit ? insista-t-il.

— Non, répondit-elle en le regardant droit dans les yeux. Les compliments, ce n'était pas son style.

« Il adorait pourtant en recevoir », songea Ivo, agacé.

— Enfin, l'important, c'est de savoir qu'il les aimait, conclut-il.

— Oui, fit-elle avec un sourire. Et j'en suis heureuse.

Peut-être y avait-il là un moyen de l'aider.

— Souhaites-tu les publier ? répéta Ivo.

— Je ne sais pas, fit-elle en haussant les épaules d'une manière enfantine. Mon rêve serait d'écrire une pièce de théâtre, mais je ne suis pas certaine d'en être capable.

— Tu le peux si tu le veux. Il suffit de rêver très fort, d'y penser sans cesse, de s'accrocher.

Bettina resta longtemps silencieuse et détourna le regard. Ivo se rapprocha d'elle. Elle sentit sa présence à ses côtés, sa main contre la sienne.

— Ne renonce pas à tes rêves, Bettina, jamais, jamais !

– Je n'ai plus de rêves, Ivo, murmura-t-elle, lasse, assagie.
– Ce n'est pas vrai, petite, ils ne font que commencer, rétorqua-t-il avant de déposer un baiser sur ses lèvres.

7

QUELLE soirée étrange et merveilleuse! Après l'opéra, ils avaient dîné à *La Côte Basque*, puis dansé au *Club*. Ivo et Justin y avaient adhéré dès sa fondation. Les années avaient passé, et le *Club* était resté un endroit agréable, un lieu idéal pour un soir de Saint-Sylvestre. Ils avaient repris leur relation amicale, quelque peu troublée par le baiser d'Ivo. Bettina chassa ce souvenir. Ivo était un ami très cher, un témoin du temps passé. Ils bavardèrent, rirent et dansèrent. Ils burent du champagne jusqu'à trois heures du matin. Ivo lui avoua alors sa fatigue et proposa de la reconduire chez elle. Sur le chemin du retour, ils restèrent tous deux inhabituellement silencieux. Au fond de la limousine, Bettina pensait à son père. Son absence lui paraissait incongrue. Elle ne lui avait même pas téléphoné pour lui souhaiter une bonne année. Ils remontèrent lentement l'East Side, jusqu'à la porte de l'immeuble.

– Je t'offre un cognac? demanda-t-elle, presque par habitude, entre deux bâillements.

Il était près de quatre heures du matin, et Ivo éclata de rire.

– Tu manques de conviction! plaisanta-t-il. Tu crois que tu arriveras à garder les yeux ouverts assez longtemps pour monter jusque chez toi?

— Je n'en suis pas certaine... J'ai tellement sommeil! lui dit-elle en pénétrant dans l'ascenseur. Tu es sûr que tu ne veux pas boire un petit quelque chose?

— Certain.

— Chic! Je vais pouvoir me coucher tout de suite, commenta-t-elle.

De nouveau, elle paraissait avoir douze ans. Ils eurent un rire complice.

Le vide de la maison saisit encore Bettina quand elle tourna la clef dans la serrure et, à peine la porte ouverte, elle alluma la lumière.

— Tu n'as pas peur, toute seule ici, Bettina?

— Quelquefois, lui répondit-elle avec franchise.

— Promets-moi une chose, insista Ivo, peiné. Au moindre problème, tu m'appelles. Sans tarder. Je viendrai sur-le-champ.

— Je sais que je peux compter sur toi. C'est très agréable, déclara-t-elle en bâillant.

Elle s'effondra sur le fauteuil Louis XV de l'entrée et retira ses escarpins de satin bleu marine. Ivo s'installa en face d'elle.

— Tu es très belle, Bettina, ce soir... très femme.

— Oui, je suis une femme maintenant, répliqua-t-elle en haussant les épaules comme une petite fille.

Puis avec un rire espiègle, elle lança l'un de ses souliers en l'air, le rattrapa, manquant de briser le précieux vase posé sur la console de marbre.

— Tu sais ce qui me paraît le plus bizarre, Ivo?

— Quoi donc?

— À part la solitude, c'est d'être responsable de mon sort. Je n'ai personne qui me dise quoi faire, qui me critique, qui me félicite, qui décide à ma place... Si j'avais cassé ce vase, par exemple, c'était mon problème. Il n'y aurait eu personne pour le regretter. On se sent seul parfois, à cause de cela. Comme si tout le monde s'en fichait.

Pensive, elle s'absorba dans la contemplation de sa chaussure, qu'elle laissa retomber sur le sol.

– Mais je ne m'en fiche pas! s'exclama Ivo.

– Je sais. Moi aussi, je me soucie de toi.

Ivo l'observa un moment en silence.

– J'en suis très heureux.

Puis il se leva et se mit à faire les cent pas.

– Maintenant, contrairement à ta théorie, je vais te dire d'aller te coucher, comme une gentille petite fille. Veux-tu que je t'accompagne jusqu'à ta chambre?

– Ça ne t'ennuie pas? fit-elle après avoir longuement hésité.

Il fit signe que non, d'un air grave. Elle s'avança, pieds nus, oubliant ses escarpins sur le sol. Elle portait son manteau de velours bleu sur le bras. Ivo suivit l'ovale de son dos nu. Il était maître de lui, à présent. Au cours de la soirée, il avait adopté une ligne de conduite. Arrivée en haut de l'escalier, elle regarda par-dessus son épaule.

– Tu viens me border? demanda-t-elle en plaisantant à moitié.

Ivo ne savait trop que penser de la lueur qu'il apercevait dans les prunelles vertes. Mais l'heure n'était pas aux questions.

Bettina se frotta les paupières. Elle lui parut soudain beaucoup plus âgée.

– J'ai tant à faire, Ivo! J'ai souvent peur de ne pas y arriver.

Ivo lui tapota l'épaule, ranimant son sourire.

– Tu réussiras, ma chérie, j'en suis certain. Mais d'abord, mademoiselle, tu as besoin d'une bonne nuit. Je m'éclipse donc. Dors bien.

Elle entendit son pas discret sur la moquette du

couloir. Puis ce fut de nouveau le silence. Il était sur le palier. Ses talons résonnèrent sur le marbre du rez-de-chaussée.
— Bonne nuit ! lança-t-il une dernière fois, avant de refermer la porte d'entrée.

8

BETTINA suivit la femme dans l'escalier, un sourire aux lèvres, ouvrit les portes des placards et écouta l'agent immobilier vanter les mérites de l'appartement et en énumérer les inconvénients, sans la moindre retenue. Elle n'était pas obligée d'assister à cette visite, mais c'était son choix. Elle voulait être au courant.

Quand, au bout d'une heure, l'inspection fut terminée, Naomi Liebson, qui était déjà venue trois fois dans le mois, s'apprêta à quitter les lieux. Il y avait eu d'autres visiteurs, d'autres agences, mais cette fois-ci, le client semblait mordu.

– Je ne sais pas, mon chou, je ne sais vraiment pas !

Bettina essaya de sourire, mais elle avait épuisé les charmes de ce genre de visite guidée. Il était épuisant d'accompagner, jour après jour, ce troupeau d'acheteurs potentiels. Elle n'avait personne pour la seconder. Ivo était parti en voyage d'affaires en Europe pendant trois semaines. Puis il y avait eu un congrès en Chine, auquel il se devait de participer car c'était une grande première. Et encore d'autres rendez-vous, à Bruxelles, Amsterdam, Rome, Milan, Londres, Glasgow, Berlin, Paris... Un long voyage. Son absence lui pesait beaucoup.

– Mademoiselle Daniels ?

L'agent immobilier la sortit de sa rêverie.

– Excusez-moi... J'étais ailleurs... Oui ?

Naomi Liebson avait de nouveau disparu dans la cuisine, pour y jeter un dernier coup d'œil, imaginer ce que donnerait cette pièce quand on aurait abattu deux murs. Son intention était apparemment de tout casser. Bettina se demanda pourquoi elle n'achetait pas quelque chose à son goût. Cela l'amusait sans doute. Elle avait mutilé cinq appartements en cinq ans. Mais elle les revendait avec un énorme bénéfice. Elle était donc moins folle qu'il n'y paraissait. Bettina lança un regard perplexe à la femme de l'agence.

– Vous croyez qu'elle va l'acheter ?

– Je n'en sais rien, répondit-elle en haussant les épaules. Je vous amènerai deux autres visiteurs demain. Mais je doute qu'ils soient intéressés. C'est trop grand pour eux. Il y a un couple de gens âgés, et vous avez trop d'escaliers.

– Alors pourquoi les amener ? maugréa Bettina.

Malgré sa lassitude, elle n'avait pas résisté à l'envie de poser cette question. Pourquoi diable venaient-ils tous ? Certains voulaient plus de pièces, les personnes âgées redoutaient les escaliers, les familles nombreuses souhaitaient d'autres chambres de bonne. Et l'agence les envoyait par légions, que l'appartement corresponde ou non à leurs désirs. C'était une fantastique perte de temps et d'énergie, mais visiblement cela faisait partie du jeu.

Et puis, bien sûr, c'était l'appartement de Justin Daniels. Les conjectures et les questions allaient bon train... « Pourquoi vend-on ? » chuchotaient-ils. Et la réponse, invariable : « Il est mort en laissant sa fille sur la paille. » La première fois, Bettina s'était figée, les yeux embués de larmes de colère et d'indignation... *Comment osaient-ils?* Une telle indécence était-elle concevable? Comment pouvaient-ils se comporter ainsi? Ils osaient pourtant, ils pouvaient. Elle apprit à s'en moquer. Tout ce qu'elle désirait, c'était vendre et s'en aller. Ivo avait raison. C'était trop grand. Elle y serait trop seule. Il lui arrivait d'avoir peur. Et puis elle ne pouvait plus entretenir cet immense espace ni en payer les charges vertigineuses. Chaque fois, c'est d'une main tremblante qu'elle puisait dans des réserves déjà bien entamées. Il était grand temps qu'un acheteur se présente. Naomi Liebson ou un autre.

Les autres propriétés avaient toutes été vendues après le 1er janvier. Quelques semaines plus tôt, celle de Beverly Hills l'avait confortablement renflouée. Un homme jeune, originaire du Moyen-Orient, avait tout acheté en bloc, les murs et les meubles, les miroirs XVIIIe et les tableaux avant-gardistes, curieux mélange de clinquant et de raffinement. Bettina était moins attachée à ce lieu qu'à l'appartement de New York, et la signature du contrat l'affligea peu. À l'étranger, ne restait plus que le pied-à-terre londonien, vide, d'après Ivo, qui lui avait téléphoné pour l'informer que le notaire avait un acheteur en vue; il lui donnerait de plus amples renseignements à la fin de la semaine. Elle ne possédait donc plus que l'appartement de la Cinquième Avenue qui, dans moins de quinze jours, allait lui aussi se transformer. Elle soupira en pensant à la vente aux enchères. On lui avait fait la faveur d'en avancer la date. Dans dix jours, Parke-Bernet viendrait tout emporter. Littéralement. Elle avait passé en revue chaque table, chaque bibliothèque, chaque fauteuil, ne gardant pour elle qu'une poignée d'objets sans valeur marchande, mais auxquels elle tenait beaucoup.

Après la vente, il ne lui resterait donc plus rien,

et elle espérait se débarrasser de l'appartement entre-temps. L'idée de camper dans un intérieur complètement vide lui était insupportable.

La femme de l'agence l'observait avec curiosité, tandis qu'elles attendaient patiemment le retour de Naomi Liebson. Ordinairement, le propriétaire n'assistait pas aux visites. Mais Bettina n'était pas une fille ordinaire.

– Avez-vous trouvé autre chose pour vous loger ? s'enquit-elle, sans cesser de la dévisager.

« Même fauchée, pensait-elle, après avoir vendu ce palais, elle pourra s'offrir un joli petit truc, un studio peut-être, ou une pièce au sommet d'un immeuble avec terrasse et vue sur le parc. Cela ne lui coûterait pas plus de cent mille dollars. » Elle ne se doutait pas que le moindre centime provenant de la vente de l'appartement et toutes les plus-values réalisées sur les objets vendus aux enchères serviraient à assainir la situation financière de son père.

Bettina se contenta de hocher la tête.

– Je n'ai pas commencé à chercher. Je me mettrai en quête quand j'aurai vendu celui-ci.

– Vous avez tort. Vous savez comment ça se passe. L'acheteur se fait tirer l'oreille pendant trois semaines et puis, bing ! il achète et veut prendre possession des lieux du jour au lendemain.

Bettina esquissa un pauvre sourire. Elle prendrait pension au *Barbizon Hotel*, un établissement réservé aux femmes, au coin de Lexington Avenue et de la 63ᵉ Rue, et lirait les petites annonces du *New York Times* et du *Mail* dans l'espoir de trouver quelque chose à louer. Ce serait une question de jours, de semaines peut-être. Au besoin, elle partagerait le loyer avec une co-locataire. Ensuite elle chercherait du travail. Bettina avait décidé de ne plus en parler à Ivo. Il lui proposerait un poste privilégié, pour un salaire qu'elle ne méritait pas. Elle ne voulait pas de ça. Il lui fallait une véritable situation qui lui permettrait de gagner sa vie. Cette perspective l'épuisait déjà. À ce moment-là, Mme Liebson réapparut.

– Je me demande vraiment ce qu'on peut faire avec une cuisine pareille, s'exclama-t-elle. C'est une telle pagaille !

Elle lança à Bettina un regard lourd de reproche, tout en continuant de sourire de toutes ses dents. Elle adressa un petit signe de tête à la femme de l'agence et, sans même dire au revoir, toutes deux s'en allèrent. Bettina resta là immobile un instant, pestant et fulminant. Peu lui importait que Mme Liebson soit ou non intéressée par son appartement. De toute façon, elle ne le lui vendrait pas. Elle ne voulait pas qu'elle démolisse la cuisine, ni quoi que ce soit d'autre. C'était *sa* maison, celle de son père, *leur* maison. Elle n'appartenait qu'à eux.

Bettina se laissa lentement tomber sur un fauteuil, dans le crépuscule hivernal, et contempla les objets qui l'entouraient, la superbe moquette à ses pieds. Pourquoi lui avait-il fait ça ? Pourquoi l'avait-il laissée dans un imbroglio pareil ? Ne savait-il pas ce qu'il faisait ? Le ressentiment la prit à la gorge, comme un flot amer, et elle se mit à pleurer des larmes de colère et d'épuisement. Les épaules secouées de sanglots, elle cacha son visage dans ses mains, donnant libre cours à son chagrin. Des heures venaient de s'écouler, lui sembla-t-il, quand le téléphone retentit. Elle le laissa sonner longtemps. On insistait. Elle finit par se lever et longea le couloir jusqu'au discret placard de l'entrée où se trouvait l'appareil. Encore une chose à laquelle elle devait s'habituer : décrocher elle-même, aussi mal en point fût-elle. « Disparue, notre heure de

gloire ! » songea-t-elle en s'essuyant les yeux avec un mouchoir.
- Allô !
- Bettina ?
- Oui.

La jeune fille entendait mal la voix assourdie, lointaine, de son interlocuteur.

- Tout va bien, mon ange ? C'est Ivo. Je ne te dérange pas ?

Le visage de la jeune fille s'illumina.

- Non, bien sûr, s'empressa-t-elle de répondre en séchant vite ses larmes.
- Pardon ? Je n'entends pas bien. Parle plus fort ! Ça va ?
- Bien.

Elle eut soudain envie de lui dire la vérité, toute la vérité... *Non, je suis seule, malheureuse... Dans quelques semaines, je n'aurai plus de toit.*

- Et l'appartement ? Est-il vendu ?
- Pas encore.
- Bon. Nous avons vendu Londres. L'affaire s'est conclue ce soir.

Ivo lui donna un chiffre. C'était suffisant pour rembourser une bonne partie de ses dettes.

- Cela tombe à pic. Comment se passe ton voyage ?
- Interminable.
- J'imagine, répondit Bettina en souriant. Quand reviens-tu ?

Elle ne s'était pas rendu compte à quel point elle avait hâte de le revoir.

- Je ne le sais pas encore exactement. Je devrais déjà être rentré, mais j'ai été retardé et il se peut que je sois obligé de repousser encore mon départ.

Bettina se surprit à faire la moue. Elle se moquait d'avoir une réaction de petite fille. Avec

Ivo, elle pouvait se comporter ainsi. Il la comprenait.

— Jusqu'à quand?

— Eh bien..., hésita-t-il, je vais rester deux semaines de plus.

— Oh! Ivo! C'est épouvantable!

Il était parti deux jours après la soirée du Nouvel An.

— Je sais, je sais. Je suis désolé. Je te promets de te prévenir dès mon retour.

— Tu seras là pour la vente?

— Laquelle?

— Aux enchères.

— Quand a-t-elle lieu?

— Ils l'ont avancée, à ma demande. Dans deux semaines. Le vendredi et le samedi. Il n'y aura que les objets ayant appartenu à papa.

— Et toi? Tu pars conquérir le monde avec une valise et le nom que tu portes?

— Tu parles! On voit que tu n'as pas vu mes penderies! Il me faudra plus d'une valise, rétorqua-t-elle en souriant enfin.

— Tu ne peux pas tout liquider. Et que vas-tu faire? Dormir par terre?

— Aller à l'hôtel. C'est ça ou attendre que Parke-Bernet programme une autre vente. Mais alors? Que se passerait-t-il si New York était vendu entre-temps? Je devrais payer un garde-meubles... Non, Ivo, c'est trop compliqué. Je t'assure que c'est mieux ainsi.

— Pour l'amour du ciel, Bettina, tu aurais dû attendre mon retour avant de te lancer là-dedans.

Consterné, Ivo balaya du regard sa chambre d'hôtel. À quatre mille kilomètres de là, il ne pouvait pas faire grand-chose pour l'arrêter. Après tout, elle avait le droit d'agir comme bon lui semblait. Mais il eût préféré qu'elle ne fût pas seule en une telle circonstance, même si elle avait prouvé, dans les moments difficiles, qu'elle était capable de faire face.

– Ne t'inquiète pas, Ivo. Je maîtrise bien la situation. Tu me manques beaucoup, c'est tout.

Il feuilleta son agenda pour lui donner la date exacte de son retour.

– À quelle heure arriveras-tu?

– Je prends le vol de sept heures, à Paris, ce qui me met à New York à neuf heures du matin, heure locale. Je serai en ville sur le coup de dix heures.

Elle aurait aimé lui faire la surprise de venir le chercher à l'aéroport, mais elle se rendit compte que cela lui serait complètement impossible.

– Qu'y a-t-il?

– Oh, rien! c'est le jour de la vente Parke-Bernet.

– Quand commence-t-elle?

– À dix heures du matin.

Il nota le rendez-vous sur son agenda.

– Je t'y rejoindrai.

Bettina retrouva son sourire. Contrairement à son père, Ivo ne la décevait jamais.

– Tu es sûr que tu pourras? Et ton travail?

À son tour, il sourit à l'autre bout du fil.

– Après cinq semaines d'absence, une journée de plus ou de moins ne changera pas grand-chose. Je serai là le plus tôt possible. De toute façon, je te téléphonerai avant. Bon, tu es sûre que tout va bien?

Comment pourrait-elle aller bien alors qu'agents immobiliers et acheteurs potentiels envahissaient son appartement et que Parke-Bernet était sur le point de mettre aux enchères tout ce qui lui appartenait?

Leur conversation téléphonique se prolongea encore quelques minutes.

- Je t'appellerai, Bettina, répéta Ivo.
Puis il y eut un silence étrange. Ivo hésita. Bettina retint son souffle.
- Oui ? fit-elle.
- Rien, mon ange. Je t'embrasse.

9

Le lendemain, Bettina fut réveillée par le téléphone. C'était l'agence immobilière. Deux minutes plus tard, la jeune fille était assise dans son lit, désemparée.

– Mais enfin, c'est une excellente nouvelle! s'exclama la femme de l'agence, visiblement irritée.

Bettina hocha la tête. Oui, c'était une bonne nouvelle. Mais le choc n'en était pas moins brutal. Elle venait de perdre sa maison. Contre une somme rondelette, certes. Mais pour elle, l'heure était venue de faire sa valise.

– Oui, je suppose, répondit-elle. Simplement... je n'avais pas... Je ne m'attendais pas à ce que ce soit si rapide! Quand veut-elle...?

Bettina ne parvenait pas à trouver ses mots. Elle se mit à détester cette Texane qui lui achetait son appartement. Pour un prix qui aurait dû la faire frémir de joie. L'agent immobilier enchaîna tandis que les yeux de Bettina s'emplissaient de larmes :

– Disons dans deux semaines? Cela vous donnera à toutes les deux le temps de vous organiser.

Après avoir pris date, Bettina raccrocha et resta assise, en silence, regardant autour d'elle comme si ce devait être la dernière fois.

Elle passa la semaine qui suivit à faire ses bagages entre deux crises de larmes. Le mercredi, on vint enlever les innombrables meubles et bibelots qui devaient parvenir à la sacro-sainte salle des ventes de Parke-Bernet. Le même jour, Bettina se rendit chez son avocat pour conclure la vente de l'appartement. Elle ne loua pas de lit, mais sortit d'un placard un vieux sac de couchage qu'elle avait acheté des années auparavant et dormit à même le sol. Pour trois nuits... Elle aurait pu s'installer à l'hôtel un peu plus tôt que prévu, mais elle n'y tenait pas, préférant rester chez elle jusqu'à la fin.

Le matin de la vente aux enchères, Bettina se leva de bonne heure. Elle s'étira tandis que les premières lueurs de l'aube venaient éclairer sa chambre, dont elle ne prenait même plus la peine de tirer les rideaux. Elle aimait se lever tôt et s'asseoir, en tailleur, avec son café, sur l'épaisse moquette.

Mais ce matin-là, elle était trop nerveuse pour avaler quoi que ce soit. Tel un chat, elle arpenta l'appartement, pieds nus, en chemise de nuit. Les yeux fermés, elle arrivait à se représenter chaque pièce telle qu'elle était encore la semaine précédente. Lorsqu'elle ouvrait de nouveau les paupières, tout lui paraissait étrangement nu. Le parquet était froid sous ses pieds. Peu après sept heures, elle retourna dans sa chambre et farfouilla dans sa penderie pendant presque une heure. Le jean était exclu. Avec ses vêtements de tous les jours, elle se serait faite toute petite, au dernier rang. Or elle avait l'intention d'avancer la tête haute. Ce serait la dernière apparition publique de la fille de Justin Daniels. Elle se devait d'être superbe. Comme si rien n'avait changé.

Bettina se décida pour un magnifique tailleur Dior en laine noire, avec des épaulettes, une taille marquée et une longue jupe étroite. La veste, avec son col droit, se boutonnait haut. Ses cheveux feraient comme une torche au sommet d'un chandelier sombre. Elle n'aurait pas besoin de chemisier. Son manteau de vison et ses escarpins Dior compléteraient l'ensemble.

Bettina prit un dernier bain dans la baignoire de marbre rose. Quand elle en sortit, elle sentait le gardénia. Elle se brossa les cheveux pour leur donner l'aspect luisant d'un miel sombre, se maquilla et s'habilla lentement. L'image que lui renvoyait la glace l'emplit de fierté. Qui aurait pu deviner qu'elle n'avait que dix-neuf ans et venait de perdre tout ce qu'elle possédait ?

La salle des ventes était déjà pleine à craquer, de négociants, collectionneurs, curieux, acheteurs et vieux amis. Toute conversation cessa quand elle entra dans la pièce. Deux hommes bondirent pour prendre des photos. Bettina ne cilla même pas. Elle s'avança, telle une reine, vers l'un des premiers rangs, presque en face du commissaire-priseur, puis elle jeta négligemment son manteau de vison sur le dossier de sa chaise. Il n'y avait aucune joie dans le regard de la jeune fille qui ne reconnut aucun de ceux qui tentaient d'attirer son attention. Elle n'était plus qu'une étrange silhouette noire, aux cheveux de cuivre, avec autour du cou le merveilleux, long et volumineux collier avec perles qui lui venait de sa mère, aux oreilles des boucles assorties et à la main une bague avec perles et onyx. Seuls ses bijoux avaient échappé au naufrage. Ivo lui avait juré qu'elle parviendrait à rembourser ses dettes sans se défaire de ce patrimoine affectif. Il ne s'était pas trompé.

Bettina se trouvait juste devant l'estrade. De là, elle pouvait apercevoir les objets familiers qu'elle avait mis en vente. Tableaux, divans, consoles, lampes. Dans les coins et sur les côtés, elle en avait déjà remarqué certains, des meubles trop grands pour qu'on pût les hisser sur l'estrade, des secrétaires, d'énormes buffets, la bibliothèque de son père et deux grandes horloges. Ces objets étaient pour la plupart de style Louis XV, ou Louis XVI, parfois anglais, souvent signés, toujours rares. Le catalogue parlait d'une vente « importante », ce qui allait de soi, pensa Bettina. Justin Daniels n'était-il pas un homme important? Elle aussi avait le sentiment de sa propre importance. C'était la dernière fois qu'elle se produisait en tant que fille du célèbre écrivain.

Les enchères commencèrent à dix heures sept précises. Ivo n'était pas encore là. Bettina jeta un coup d'œil à sa montre Cartier, puis son regard se tourna distraitement vers l'homme qui occupait le podium, les assesseurs, et la grande commode Louis XV avec son plateau de marbre, qui venait de partir pour vingt-deux mille cinq cents dollars. La plate-forme circulaire, installée sur l'estrade, pivota et un autre objet familier apparut. Le grand miroir XVIIe de l'entrée.

– Premier prix à deux mille cinq... Deux mille cinq... Trois mille, ici... Quatre... Cinq... Six... Sept... Sept mille cinq à gauche... Huit mille! Neuf devant... Neuf mille cinq... Dix mille au fond... Dix mille... Dix... Faut-il... Onze mille!... Onze mille cinq... et douze! Douze mille devant.

Le marteau retomba. Il avait fallu moins d'une minute pour clore l'affaire. Les enchères allaient bon train, seules compréhensibles des initiés. Les doigts bougeaient à peine, les mains ne se levaient pas. Un hochement de tête, un regard, le léger déplacement d'un stylo, d'une main... Rien n'échappait aux assesseurs, qui faisaient aussitôt signe au commissaire-priseur. L'assistance ne parvenait que rarement à repérer celui qui venait d'enchérir. Bettina ignorait qui avait acheté le miroir. Elle fit une marque sur son catalogue et s'adossa à son fauteuil pour contempler l'article suivant.

Apparurent ensuite les deux superbes bergères françaises, recouvertes d'une soie couleur café crème, qui se trouvaient dans la chambre de son père, et la méridienne assortie. Bettina, le crayon droit, attendait le début des enchères lorsqu'elle sentit quelqu'un se glisser sur le siège voisin du sien.

– Tu les veux ? lui demanda une voix familière.

Il avait l'air fatigué, triste. Mais l'atmosphère de la pièce parut s'alléger d'un coup. Bettina lui jeta les bras autour du cou et le serra contre elle. Le visage d'Ivo s'épanouit en un sourire. Elle se détacha alors, rassurée par sa présence.

– Bienvenue, noble étranger, lui murmura-t-elle à l'oreille. Je suis si heureuse que tu aies pu venir !

Ivo hocha la tête et répéta sa question d'un ton grave. Les enchères étaient déjà montées à neuf mille cinq cents dollars. Bettina fit un petit signe de la tête.

– Je veux que tu me signales tout ce que tu désires conserver, poursuivit-il en lui prenant la main. Tous les objets auxquels tu tiens. Je les achèterai et les garderai chez moi. Tu me rembourseras plus tard, si tu le souhaites... Même dans vingt ans, peu m'importe...

Il se pencha vers elle.

– Si je suis encore là, ce dont je doute, ajouta-t-il.

Il connaissait la fierté de la jeune fille et savait qu'il fallait lui proposer son aide de cette façon.

Bettina soupira une nouvelle fois. On clôtura les enchères à treize mille cinq cents dollars pour les deux bergères.

– J'espère bien que si, Ivo, le contredit-elle.

– À quatre-vingt deux ans ? Pour l'amour du ciel, Bettina, laisse-moi souffler.

Ils se regardèrent comme s'ils ne s'étaient jamais quittés, oubliant ces cinq semaines d'absence.

– Ça va ?

– Ça va. Et toi, tu n'es pas épuisé par le décalage horaire ? Le voyage en avion n'a pas été trop long ?

Un couple installé devant eux les pria de se taire. Ivo les foudroya du regard. Puis il se tourna vers Bettina.

– Interminable. Mais je ne voulais pas que tu sois toute seule ici. Combien de temps cette vente va-t-elle durer ? Toute la journée ?

Il espérait bien que non. Il avait grand besoin de quelques heures de sommeil.

– Jusqu'au déjeuner. Et puis demain matin ou après-midi.

Ivo reporta son attention sur ce qui se passait sur l'estrade. Bettina était étrangement calme, à présent. Ivo lui pressa la main. Le bureau de Justin trônait sur la plate-forme.

– Bettina ? fit-il en se penchant de nouveau vers elle.

Mais la jeune fille hocha la tête négativement et détourna le regard.

– Sept mille... Sept... Huit ? Sept mille cinq cents ! Huit !... Huit... Neuf !

Il fut vendu pour neuf mille dollars. Un prix honnête, pour un antiquaire. Mais à ses yeux, il valait bien davantage. C'était le bureau où travaillait son père, où il avait écrit ses derniers romans. Elle l'avait vu plongé dans ses manuscrits... Elle pensait au passé tandis qu'Ivo l'observait sans lui lâcher la main.

– Du calme, petite... Il est toujours à toi, dit-il avec une infinie douceur.

Perplexe, elle leva les yeux.

– Je ne comprends pas.
– Ce n'est pas nécessaire. Nous en parlerons plus tard.
– Tu l'as acheté ? insista-t-elle, ébahie.

Un instant, elle eut envie de rire. Ivo lui fit signe que oui.

– Pour neuf mille dollars ? demanda-t-elle, horrifiée.

Quelqu'un, dans le rang derrière eux, leur demanda de parler moins fort. Les enchérisseurs jonglaient avec des milliers de dollars. C'étaient des gens sérieux, qui ne souffraient pas la moindre perturbation. Tout comme les joueurs, ils prêtaient la plus grande attention à ce qu'ils faisaient. Bettina fixait toujours Ivo du regard.

– Ivo, ce n'est pas possible ! fit-elle, à voix basse cette fois-ci.
– Si.

Ivo observa l'estrade et leva les sourcils d'un air interrogateur. On venait d'apporter un second bureau.

– Où se trouvait celui-ci ?
– Dans la chambre d'ami, mais il n'est pas très beau. Ne l'achète pas, ajouta-t-elle avec gravité, en se demandant combien d'objets il avait l'intention d'acquérir ainsi.

Il lui jeta un coup d'œil amusé.

– Merci pour le conseil.

Apparemment, antiquaires et collectionneurs partageaient son sentiment. Les enchères n'atteignirent que mille huit cents dollars, une broutille, comparé au reste.

La vente suivit son cours, mais Bettina ne le laissa plus rien acheter. Enfin tout fut terminé. Du moins pour la journée. Il était midi moins cinq. Ils se levèrent tandis que l'assistance se préparait à quitter la salle. Chacun saisit son catalogue, discuta avec son voisin. Bettina sentit le regard d'Ivo

peser sur elle, ce qui lui réchauffa le cœur, tout en la mettant mal à l'aise.
– Qu'est-ce que tu regardes ?
– Toi, petite. C'est tellement bon de te voir !

Elle aurait aimé lui dire qu'il lui avait manqué mais, le rouge aux joues, elle baissa la tête.

Ivo décela une ombre dans les yeux émeraude. Que se passait-il ? Depuis son départ, quelque chose en Bettina avait changé. Mais quoi ? Il n'aurait su le dire, et ne désirait pas le savoir.
– Tu viens déjeuner à la maison avec moi, Bettina.

Elle hésita longuement, avant d'acquiescer.

Ivo Stewart fit signe à son chauffeur qui l'attendait, et ils se mirent en route vers son appartement, à quelques centaines de mètres de celui de Bettina, sur Park Avenue. Tout y était confortable. Moins luxueux que celui de Justin Daniels, mais plein de jolies choses, accueillant, chaleureux. On y trouvait de grands fauteuils de cuir et des canapés moelleux, des scènes de chasse et des rayonnages où s'alignaient de nombreux livres rares. Autour de la cheminée, des cuivres étaient accrochés au mur. Les fenêtres étaient larges et claires, inondées de soleil. De toute évidence, c'était un intérieur d'homme, néanmoins intime et assez spacieux pour recevoir. Au rez-de-chaussée se trouvaient le salon, la salle à manger et la bibliothèque. Au premier étage, Ivo disposait de deux chambres, outre son bureau. Il y avait aussi une vaste cuisine rustique, lambrissée. Derrière la cuisine, il aurait pu loger deux domestiques, mais Ivo n'en avait qu'une à son service. Employé par le *Mail*, son chauffeur vivait ailleurs. Bettina avait toujours plaisir à venir dans la tanière d'Ivo. Elle avait l'impression de se rendre dans une maison de campagne ou de pénétrer dans l'antre de son oncle préféré. Une odeur de tabac, d'eau de toilette et de cuir flottait dans l'air. Elle aimait cette atmosphère, les textures, les odeurs.

Bettina jeta un regard circulaire dans la pièce. Elle se sentait chez elle dans ce salon ensoleillé.

– C'est bon de revenir ici, Ivo! J'avais oublié à quel point c'était joli!

– Parce que tu ne me fais pas assez souvent la grâce de ta visite.

– Parce que tu n'insistes pas, le taquina-t-elle.

Heureuse, elle s'affala sur le canapé.

– Si c'est la seule raison, fais-moi confiance, j'insisterai!

Ivo sourit en essayant de ne pas prêter trop d'attention à la pile de courrier qui l'attendait.

– Mon Dieu, tu as vu ça, Bettina...

– Oui... Ça me rappelle mon père... Quand il s'était absenté quelques jours.

– Et ce n'est rien. C'est encore pire au bureau!

Il se dirigea vers la cuisine. Mathilde, qui était censée l'attendre, avait, semblait-il, mystérieusement disparu.

– Où est Mattie? s'enquit Bettina, comme si elle avait lu dans ses pensées.

C'était ainsi qu'elle appelait la cuisinière d'Ivo, depuis qu'elle était toute petite.

– Je ne sais pas. Tu veux un sandwich? Je meurs de faim.

– Moi aussi, avoua-t-elle, penaude. J'étais tellement nerveuse pendant cette vente! À présent, je suis affamée. À propos..., poursuivit-elle, et ce bureau?

Bettina regarda Ivo droit dans les yeux – un regard tendre et doux.

– Quel bureau? fit-il d'un ton désinvolte, en pénétrant dans la cuisine. J'espère qu'il y a quelque chose à manger.

– Connaissant Mattie, je suis sûre qu'il y a de

quoi nourrir un régiment. Mais tu n'as pas répondu à ma question, Ivo. Et le bureau?

– Quoi, le bureau? Il est à toi.

– Non, c'était à papa. Maintenant, il est à toi. Pourquoi ne le garderais-tu pas? Cela lui aurait certainement plu.

Ivo lui tourna le dos pour ouvrir le réfrigérateur.

– On verra. Tu pourrais y écrire ta pièce de théatre. Mais n'en parlons plus.

Il était encore trop tôt pour lui faire part de ce qu'il avait en tête.

Bettina soupira.

– Pourquoi ne me laisses-tu pas préparer le déjeuner?

Il ne put s'empêcher de lui ébouriffer les cheveux.

– Tu es ravissante aujourd'hui, petite... dans ce tailleur noir, ajouta-t-il d'une voix rauque et caressante à la fois.

Elle se tut un long moment, puis passa devant lui pour s'occuper du repas.

Ivo ne la quittait pas des yeux.

– J'ai l'impression que tu me caches quelque chose, Bettina, déclara-t-il.

À peine eut-il prononcé ces mots qu'il se reprocha sa stupidité. On vendait aux enchères tous les meubles qui avait appartenu à son père. Cela ne pouvait que la perturber. Ivo avait pourtant le sentiment qu'il y avait autre chose, une douleur qu'il lisait dans ses yeux.

– J'ai vendu l'appartement.

– Quoi? déjà?

Bettina hocha la tête en silence.

– Et quand le nouveau propriétaire entrera-t-il dans les lieux?

Elle détourna le regard en essayant de maîtriser sa respiration.

— Demain. J'ai promis que l'appartement serait libre. En fait, c'est dans le contrat.

— Et quel est l'imbécile qui t'a laissée faire ça? cria Ivo d'une voix menaçante.

Puis il tendit le bras vers elle.

— Peu importe. Je connais le responsable. C'est cet idiot d'avocat.

À présent, il la serrait dans ses bras et, pour Bettina, le monde n'était plus sur le point de s'écrouler.

— Ma pauvre chérie... Tous les meubles et maintenant la maison. Mon Dieu, ce doit être terrible, poursuivit-il en la berçant.

Blottie contre sa poitrine, Bettina se laissa soudain aller.

— Oui, Ivo... C'est... J'ai l'impression... qu'on m'enlève tout... qu'il ne restera rien... Juste moi, seule dans l'appartement... C'est déjà fini... Il n'y a plus de passé... Et je n'ai rien, Ivo, plus rien, sanglota-t-elle.

— Cela va passer, Bettina. Comme un mauvais rêve qui s'efface avec le temps. Bientôt, ce ne sera plus pour toi qu'un lointain cauchemar.

Comme il aurait aimé lui faire oublier, vite, faire disparaître sa peine! Ivo avait pris une décision avant de quitter Londres, mais il se demanda si le moment était bien choisi pour lui en faire part. Il attendit qu'elle retrouve son calme, puis il la conduisit dans la salle de séjour et la fit asseoir, près de lui, sur le canapé.

— Que vas-tu faire demain, Bettina, quand il te faudra déménager?

La jeune fille respira profondément et le regarda avec franchise.

— Aller à l'hôtel.
— Et ce soir?
— Je veux dormir là-bas.
— Pourquoi?

Elle avait envie de crier que c'était sa maison, mais en même temps cela lui paraissait ridicule. Ce n'était qu'un appartement vide, qui n'appartenait plus à personne.

— Je ne sais pas. Peut-être parce que c'est ma dernière chance.

— Mais ça n'a pas de sens, lui objecta-t-il avec une grande douceur. Tu y as vécu, tu en as gardé de bons souvenirs. Et à présent, c'est fini, parti, vide, comme un tube de dentifrice usé, pressé jusqu'au bout. Ça ne sert à rien de s'attarder, n'est-ce pas?

Ivo la regarda droit dans les yeux.

— Tu ferais mieux de partir dès aujourd'hui.

— Maintenant? fit-elle, ahurie.

Elle avait l'air d'un enfant apeuré.

— Ce soir? insista-t-elle, le regard vide de toute expression.

— Oui, ce soir, répondit Ivo.

— Pourquoi?

— Fais-moi confiance.

— Mais je n'ai pas réservé...

Bettina s'accrochait aux dernières bribes qui lui permettaient de résister.

— Bettina, je n'ai pas voulu te le demander tout de suite, mais j'aimerais que tu restes chez moi.

— Avec toi?

Ivo éclata de rire.

— Pas exactement. Je ne suis pas un vil dragueur, tu sais. Non, dans la chambre d'ami. Qu'en penses-tu?

Elle ne semblait pas avoir saisi sa proposition. Tout lui paraissait si confus.

— Je ne sais pas... Je suppose que je pourrais... Juste pour ce soir.

— Non, tu m'as mal compris. J'aimerais que tu restes ici jusqu'à ce que tu aies trouvé quelque chose de bien, de décent, et un travail qui te convienne, lui dit-il comme on donne un conseil. Mattie s'occuperait de toi. Je serais beaucoup plus tranquille si je te savais ici, en sécurité. Je ne pense pas que ton père s'y serait opposé. C'est même probablement ce qu'il aurait souhaité. Et toi?

Bettina laissa couler ses larmes, qui ruisselèrent lentement le long de sa joue.

– C'est impossible, Ivo, répondit-elle. Tu as déjà été trop bon avec moi. Jamais je ne pourrais te rembourser. Rien qu'aujourd'hui... Ce bureau... Je ne peux pas accepter.

– Chut! Aucune importance.

Il la prit de nouveau dans ses bras et lui caressa les cheveux.

– Ne t'inquiète pas.

Il s'écarta pour la contempler et lui soutira un sourire.

– Et puis si tu pleures sans arrêt, tu ne pourras pas rester à l'hôtel. On te flanquera à la porte, parce ce que tu feras trop de bruit.

– Je ne pleure pas tout le temps.

Elle renifla et prit le mouchoir qu'Ivo lui tendait.

– Je sais. En fait, tu es extrêmement courageuse. Mais je ne te laisserai pas te conduire comme une idiote, et ce serait stupide d'aller à l'hôtel. Bettina, je veux que tu restes ici, ajouta-t-il avec fermeté. C'est si terrible que ça? Cette perspective te fait-elle vraiment horreur?

Elle hocha la tête, incapable de répondre. Horreur, non. Mais peur, oui. Elle avait très envie de s'installer avec lui. *Trop* envie.

Elle hésita encore, soupira et se moucha de nouveau. Enfin elle put soutenir le regard d'Ivo. Il avait raison. C'était plus intelligent que d'aller à l'hôtel. Si seulement elle ne se sentait pas... S'il n'était pas si beau malgré son âge! Il lui faudrait se remémorer sans cesse qu'il n'avait plus quarante-sept ans, mais soixante-deux... que c'était le meilleur ami de son père... que ce serait presque de l'inceste. Elle ne devait pas céder à la tentation.

– Eh bien?

Debout devant le bar, il se tourna vers elle, tenaillé par une peur, une envie, un remords identiques.

– D'accord, répondit-elle dans un souffle. Je reste.

Leurs regards se croisèrent. Ils se sourirent. C'étaient une fin et un commencement, une promesse et la naissance d'un espoir. Pour tous les deux.

Le samedi, tout fut terminé. Ils durent retourner à l'appartement pour prendre ce que Bettina y avait laissé. Elle avait passé la nuit précédente dans la chambre qu'Ivo destinait à ses hôtes, dorlotée et choyée par la joviale et chaleureuse Mathilde, qui leur avait préparé le dîner. Le matin, elle avait apporté un plateau à Bettina. Ivo était heureux de lui procurer ce confort. Ainsi oublierait-elle peut-être l'appartement vide auquel elle s'était accrochée jusqu'à la fin.

– J'ai dit à Mme Liebson que je serais là à six heures.

Bettina regarda nerveusement sa montre. Ivo lui saisit le bras.

– Ne t'inquiète pas, nous avons le temps.

Il savait qu'il ne restait presque plus rien. La veille au soir, il était venu avec elle chercher quelques affaires. En apercevant le sac de couchage à même le sol, Ivo avait senti son cœur se serrer. Elle n'avait plus qu'une dizaine de valises, deux ou trois cartons, c'était tout. De quoi remplir à peine deux placards. Mathilde en avait déjà libéré deux. C'était largement suffisant.

Comme d'habitude, le chauffeur d'Ivo était à

son poste, derrière le volant. À toute allure, ils prirent la direction de la Cinquième Avenue et bientôt s'arrêtèrent devant la porte de Bettina. Celle-ci bondit hors de la limousine. Ivo la talonna.

– Tu tiens vraiment à m'accompagner là-haut? fit-elle, surprise.

Ivo comprit aussitôt ce qu'elle avait en tête.

– Tu préfères être seule?

– Je n'en suis pas certaine, hésita-t-elle, le regard vague.

– Alors je viens! déclara-t-il, ce qui parut la soulager.

Deux portiers furent appelés à la rescousse, et quelques minutes plus tard, tout le monde se retrouva dans l'antichambre. Aucune lampe n'était allumée, et il faisait sombre à l'extérieur.

Bettina jeta un coup d'œil à Ivo, par-dessus son épaule, puis aux deux hommes qui attendaient.

– Tout est en haut, dans la première chambre. Je reviens tout de suite. J'en ai pour une minute.

Cette fois, Ivo ne la suivit pas. Il savait qu'elle désirait être seule. Les deux portiers s'affairaient autour des valises. Il resta dans l'entrée, écoutant les pas de la jeune fille résonner d'une pièce à l'autre. Bettina faisait semblant de vérifier qu'elle n'avait rien oublié, rien égaré. C'étaient ses souvenirs qu'elle rassemblait, les instants partagés avec son père qu'elle voulait revivre une dernière fois.

– Bettina? appela Ivo.

Cela faisait un certain temps qu'il n'entendait plus le claquement de ses talons. Il la trouva dans la chambre de son père, minuscule, désemparée, aveuglée par les larmes.

Il s'approcha d'elle.

– Je ne reviendrai plus jamais, murmura-t-elle en se blottissant contre lui.

Elle avait peine à le croire. Ce qui avait été n'était plus.

— Non, petite, mais il y a d'autres lieux, d'autres gens qui, un jour peut-être, compteront autant pour toi.

— Non, jamais.

— J'espère que tu te trompes. J'espère que... que tu aimeras d'autres hommes au moins autant que lui.

Il se pencha vers elle en souriant.

— Au moins un.

Bettina ne répondit pas.

— Il ne t'a pas quittée, petite. Tu le sais. Il a continué sa route, voilà tout.

Cet argument parut la toucher. Brusquement, elle se retourna et sortit de la pièce d'un pas solennel. Sur le seuil, elle s'immobilisa pour tendre la main à Ivo. Il lui entoura les épaules de son bras et l'accompagna jusqu'à la porte d'entrée, qu'elle referma pour la dernière fois, doucement, sans heurt.

10

Le soleil inondait la salle à manger. Mathilde versa une seconde tasse de café à Bettina, qui leva vivement le nez du journal qu'elle lisait avec attention.

– Merci, Mattie, dit-elle avec un sourire.

Le mois qu'elle venait de passer chez Ivo l'avait reposée. Ses plaies s'étaient cicatrisées. Ivo lui rendait la vie plus facile. Elle avait une jolie chambre à sa disposition, trois repas par jour préparés par Mathilde, un vrai cordon-bleu, et tous les livres qu'elle souhaitait lire. Elle retrouvait Ivo le soir pour aller à l'opéra, au concert ou au théâtre. Cela ne différait guère de l'existence qu'elle menait avec son père et pourtant, à bien des égards, l'atmosphère lui semblait plus paisible. Ivo était beaucoup moins dispersé. Bettina était le centre de ses pensées et de ses attentions. Qu'ils sortent ou qu'ils bavardent devant la cheminée, Ivo restait presque tous les soirs auprès d'elle. Le dimanche, ils faisaient ensemble les mots croisés du *Times* et se promenaient dans le parc. On était en mars, et la ville était encore froide et grise. Mais un je ne sais quoi de printanier flottait dans l'air.

Ivo la regarda par-dessus son journal et lui sourit.

– Tu as une mine si réjouie que c'en est gênant,

ce matin, Bettina. Y a-t-il une raison particulière à cette joie soudaine ou penses-tu à notre soirée d'hier ?

Ils avaient assisté à la première d'une nouvelle pièce de théâtre, qu'ils avaient beaucoup aimée. Sur le chemin du retour, Bettina lui en avait parlé avec enthousiasme. Un jour, elle écrirait quelque chose de mieux encore, lui avait assuré Ivo Et elle était là à lui sourire, la tête légèrement inclinée. Elle avait achevé la lecture de *En coulisses*, un hebdomadaire d'art dramatique pour lequel elle avait traversé la moitié de la ville.

– Il y a une annonce, Ivo, dit-elle d'un air entendu.

– Quel genre d'annonce ?

– Une nouvelle compagnie se constitue, en dehors de Broadway.

– Où donc ? demanda-t-il avec méfiance.

Bettina lui donna l'adresse, ce qui ne fit qu'accroître ses soupçons.

– Mais c'est horriblement loin !

Il s'agissait d'un quartier sordide, près du Bowery, où Bettina n'avait jamais mis les pieds.

– Qu'est-ce que ça peut faire ? Ils cherchent des gens, des acteurs, des actrices et des techniciens non syndiqués. Peut-être me donneront-ils ma chance ?

– Pour faire quoi ? insista Ivo.

Un frisson lui parcourut la colonne vertébrale. Il redoutait ce genre de choses. Deux fois, il avait réitéré sa proposition de poste au journal, une situation honnête, correcte, un peu surpayée. Deux fois, elle avait refusé. La dernière fois avec une véhémence telle qu'il n'avait plus osé lui en parler.

– Je pourrais me dénicher un quelconque emploi technique, aider à monter le décor, m'occuper du rideau de scène. N'importe quoi. Je ne sais pas, moi. Ce serait une occasion unique de voir comment fonctionne un théâtre... Pour le jour où j'écrirai ma pièce.

Un court instant, il fut tenté de sourire. Elle était parfois si puérile !

– Ne crois-tu pas que tu en apprendrais davantage en allant voir les pièces à succès que l'on donne à Broadway, comme celle d'hier soir ?

– C'est différent. J'ai aussi envie de voir ce qui se passe dans les coulisses.

– Vraiment ?

Ivo essayait de gagner du temps et Bettina en était consciente.

– Oui, Ivo.

D'un pas ferme, elle se dirigea vers le téléphone qui se trouvait dans le bureau. Elle réapparut cinq minutes plus tard, rayonnante, le journal sous le bras.

– On m'a dit de me présenter aujourd'hui à trois heures.

Ivo se carra dans son fauteuil en poussant un soupir de découragement.

– Je serai rentré après le déjeuner. Tu pourras prendre la voiture.

– Pour aller là-bas ? Tu es fou ? Tu imagines leur tête s'ils me voient arriver en limousine ? Jamais ils ne m'engageront.

– Ma foi, ce ne serait pas une si mauvaise nouvelle.

– Ne sois pas stupide.

Elle se pencha pour l'embrasser et lui effleura les cheveux.

– Tu te fais trop de souci. Tout ira bien. Tu te rends compte que je vais peut-être travailler ?

– Dans ce quartier pourri ? Et comment feras-tu pour t'y rendre tous les jours ?

– Je prendrai le métro. Comme tout le monde.

– Bettina... fit-il d'un ton vaguement menaçant.

En réalité, c'était la peur qui le rongeait. Peur de ce qu'elle allait faire, voir, trouver, de ce que cela allait signifier pour lui.

– Allons, allons, Ivo...

Bettina agita l'index dans sa direction, lui envoya un baiser et disparut dans la cuisine pour s'entretenir avec Mathilde. Ivo, qui se sentait soudain très vieux, replia son journal, cria au revoir et se rendit au *Mail*.

À deux heures et demie, cet après-midi-là, Bettina s'engouffra dans les entrailles du métro. Elle attendit, dans un froid humide, qu'un train arrive. Le wagon était à moitié vide, couvert de graffiti, et dégageait une odeur forte. Les seules passagères étaient de vieilles femmes aux mentons hérissés de poils, portant des bas opaques et chargées de sacs à provisions remplis de choses mystérieuses qui semblaient peser sur leurs épaules et leur faisaient courber la tête. Il y avait aussi des adolescents en vadrouille et, çà et là, un homme endormi, branlant du chef, le visage enfoui dans le col de son manteau. Bettina sourit en imaginant la réaction d'Ivo devant ce spectacle.

Mais qu'aurait-il pensé s'il avait pu voir le théâtre en question ? C'était un bâtiment délabré, qui avait connu son heure de gloire quelque vingt ans auparavant. Entre-temps, il était resté vide, avait accueilli quelques films pornographiques. On l'avait même transformé en église. Il retrouvait sa vocation première, mais ce n'était pas une grande salle de spectacle. La compagnie n'avait pas l'intention de rénover quoi que ce fût. Les quelques dollars dont elle disposait serviraient à monter les pièces.

Bettina pénétra dans le bâtiment, habitée par un mélange d'ébahissement, de curiosité et de peur.

Elle regarda autour d'elle. Apparemment, il n'y avait personne. Seuls ses pas résonnaient sur le parquet. Tout lui semblait poussiéreux. Une drôle d'odeur, qui lui rappelait celle d'un grenier, hantait les lieux.

– Ouais?

Un homme en blue-jean et T-shirt la dévisageait de ses yeux bleus et cyniques. Sa bouche était sensuelle. Ses cheveux jaillissaient de son crâne en une masse de boucles blondes et serrées, ce qui donnait à son visage une douceur que démentait la rudesse de son regard.

– Qu'est-ce que c'est?

– Je.. Je suis venue... En fait, j'ai appelé ce matin... Je... Il y avait une annonce dans le journal...

Bettina était si nerveuse qu'elle avait du mal à trouver ses mots. Elle respira profondément et poursuivit :

– Je m'appelle Bettina Daniels. Je cherche du travail, dit-elle en lui tendant la main, presque en offrande, mais il ne la prit pas, gardant les siennes dans ses poches.

– J'ignore qui vous a répondu. En tout cas, ce n'était pas moi. Sinon je vous aurais dit que c'était inutile de vous déplacer. Nous sommes au complet. Nous avons engagé le dernier rôle féminin ce matin.

– Je ne suis pas actrice, dit-elle avec un sourire radieux.

L'homme aux boucles blondes faillit pouffer de rire.

– Au moins vous, vous êtes honnête. Ce n'est pas comme les autres. Quoi qu'il en soit, vous arrivez trop tard. Dommage. Désolé.

Il haussa les épaules et s'éloigna.

– Non, attendez... Vous n'auriez pas autre chose, comme travail?

- Quoi, par exemple ? demanda-t-il avec insolence.

Bettina se retint pour ne pas le gifler.

- Je ne sais pas, moi... Les lumières... Le rideau... N'importe quoi. Ce que vous avez.

- Vous avez une expérience quelconque ?

Elle releva le menton, juste un peu.

- Non, mais j'aimerais apprendre.
- Pour quoi faire ?
- J'ai besoin de travailler.
- Alors pourquoi n'êtes-vous pas secrétaire quelque part ?
- Ça ne m'intéresse pas. Je veux travailler pour le théâtre.
- Parce que c'est plus glorieux ?

Ses yeux cyniques se firent moqueurs. Bettina sentit la moutarde lui monter au nez.

- Non, parce que je désire écrire une pièce.
- Ah, vous aussi... je suppose que vous sortez de Radcliffe et que vous pensez gagner un Tony[1] dans l'année ?
- J'ai abandonné mes études et ne demande qu'une chose : qu'on me donne l'occasion de voir fonctionner un vrai théâtre.

Bettina, abattue, crut qu'elle avait perdu la partie. Ce type la détestait. C'était évident.

Il resta à la regarder, longuement, puis il s'approcha.

- Vous vous y connaissez un peu en éclairages ?
- Un peu, mentit Bettina.
- Un peu ?

Les yeux bleus se firent perçants.

- Pas beaucoup.
- En d'autres termes, vous n'y connaissez que

---

1. Prix du meilleur auteur dramatique de la saison, sorte de Molière.

dalle, soupira-t-il en haussant les épaules, de guerre lasse. D'accord, on va vous former. Si vous n'êtes pas trop chiante, je le ferai moi-même.

Soudain, alors qu'elle ne s'y attendait plus, il lui tendit la main.

– Je suis le régisseur et je m'appelle Steve.

Bettina hocha la tête, sans bien comprendre ce qu'il venait de dire.

– Allons, reprenez-vous, que diable! Vous avez le boulot!

– Moi? Les éclairages?

– Vous travaillerez en régie-lumières. Ça vous plaira.

Plus tard, elle apprendrait qu'il y faisait une chaleur accablante, que c'était une tâche ennuyeuse, à déconseiller aux claustrophobes. Mais à ce moment-là, ce fut une nouvelle extraordinaire.

– Merci beaucoup, fit-elle radieuse.

– Ne vous emballez pas! Vous êtes la première qui se présente pour ce poste. Si vous ne valez rien, je vous fous à la porte. Ni une ni deux.

– Cela ira, vous verrez.

– Bon. J'espère. Ça fera un problème de moins à résoudre. Présentez-vous demain. Je vous ferai visiter les lieux. Aujourd'hui, je n'ai pas le temps. Et je vous préviens. Quand nous commencerons les répétitions, à la fin de la semaine, ce sera sept jours sur sept!

– Sept? dit-elle en essayant de masquer son étonnement.

– Vous avez des gosses?

Elle se hâta de hocher négativement la tête.

– Alors, inutile de vous inquiéter. Votre vieux aura des places à moitié prix. Et puis si ça foire, vous ne serez plus obligée de bosser sept jours sur sept. D'accord? D'accord!

Il semblait avoir réponse à tout.

– À propos, vous savez que vous ne serez pas

payée. Vous avez de la veine d'être engagée. On partage la recette.

Ce fut un nouveau choc pour Bettina. Il lui faudrait ménager les six mille dollars qui lui restaient.

– Alors, à demain?

Elle fit signe que oui.

– Bon, si vous n'êtes pas là, je filerai le boulot à quelqu'un d'autre.

– Merci.

– De rien.

Il se moquait d'elle, certes, mais il y avait aussi une certaine douceur dans son regard.

– Je ne devrais pas vous dire ça, mais j'ai commencé exactement comme vous. C'est la galère. Avant, je voulais être acteur, et c'est encore pire.

– Et maintenant?

– Je veux faire de la mise en scène.

L'esprit de camaraderie entre gens du théâtre avait repris ses droits.

– Si vous êtes gentil, je vous laisserai peut-être monter ma pièce, plaisanta Bettina.

– Arrête tes conneries, fillette. Allez, salut. À demain.

Elle se dirigeait vers la porte quand il l'interpella :

– Comment tu t'appelles déjà?

– Bettina.

– Ah oui, Bettina.

Il lui adressa un signe de la main, se détourna négligemment et marcha vers la scène. Un court instant, Bettina l'observa avant de se précipiter dehors, au soleil, en bondissant de joie. Du travail! Elle avait du travail!

11

– J'OUBLIE toujours que je n'ai plus besoin de consulter les petites annonces.

Bettina leva les yeux du journal du dimanche et regarda Ivo en souriant. C'était la première fois depuis trois semaines qu'elle pouvait rester ainsi tranquille, détendue, au coin du feu. Les répétitions marchaient bien, et Bettina était libre jusqu'au soir.

– Ça te plaît vraiment?

Ivo ne parvenait pas à s'y faire. Il détestait le quartier, le projet et les horaires. Il n'appréciait pas non plus les cernes qu'elle avait sous les yeux, dus à une agitation permanente. Quand elle rentrait à la maison, le soir, elle était trop excitée pour se coucher avant trois heures du matin.

– Oui, Ivo, ça me plaît, répondit-elle avec le plus grand sérieux. – Sa voix se fit hésitante. – Comme papa avec ses livres. Si je veux écrire pour le théâtre, une pièce qui se tienne, il me faut connaître le milieu par cœur. C'est le seul moyen d'être cohérent.

– Tu dois avoir raison. Mais pourquoi ne te contenterais-tu pas d'écrire des romans, comme ton père? soupira Ivo. Je m'inquiète quand tu rentres du théâtre, à la nuit, quand tu traverses ce quartier mal famé, à des heures indues.

— Il y a du monde dans les rues, et je suis en sécurité. Il me faut une minute pour trouver un taxi.

— Je sais, mais..., fit-il, puis hocha la tête d'un air dubitatif. Qu'y puis-je? ajouta-t-il en levant les bras au ciel.

— Rien. Laisse-moi m'amuser!

— Comment pourrais-je m'opposer à quelque chose qui te plaît autant?

La joie de Bettina se reflétait sur son visage. Ivo lui-même devait le reconnaître. Et cela faisait des semaines qu'il en était ainsi.

— De toute façon, il n'y a rien à faire, c'est comme ça, déclara-t-elle en baissant les yeux sur son journal, pensive. Maintenant, il ne me reste plus qu'à me dénicher un logement.

— Déjà? s'étonna Ivo, sous le choc. Pourquoi cette hâte?

Elle posa sur lui un regard serein. Elle n'avait aucune envie de partir, mais savait que le moment était venu.

— Tu n'en as pas assez de me voir?

— Non, Bettina, jamais. Tu le sais très bien, répondit-il d'un air triste.

La seule perspective de son départ le déprimait. Mais il n'avait pas le droit de s'attacher à elle.

Bettina n'osa pas lui dire qu'il y avait deux appartements qu'elle aimerait visiter. Elle prendrait le risque d'attendre jusqu'à lundi. Elle lui devait au moins ça. De toute évidence, il était bouleversé à l'idée qu'elle vole de ses propres ailes. Mais il ne pouvait pas jouer éternellement les nounous. Chez lui, elle avait pris l'habitude d'un trop grand confort. Ce serait mieux ainsi. Elle avait même appris à maîtriser les sentiments qu'elle éprouvait à son égard. Ils étaient devenus amis, compagnons, rien de plus. Elle avait compris qu'il lui fallait dominer ses élans.

Ils allèrent se promener, comme tous les dimanches matin, oubliant leur sujet de conversation précédent.

Ils s'arrêtèrent un instant pour regarder les New-Yorkais qui faisaient du patin à roulettes, du vélo, du jogging à Central Park. Bettina s'assit sur une pelouse.

– Viens, Ivo, dit-elle en effleurant l'herbe de sa main. – Elle le contempla un long moment. – Tu es contrarié. Puis-je te demander pourquoi?

Ce n'était rien qu'il pût lui confier. Tout le problème était là. Il évita son regard.

– Les affaires.
– Tu mens. Dis-moi la vérité.
– Oh, Bettina!

Ivo ferma les paupières et soupira.

– Je suis fatigué, c'est tout. Et de temps en temps, fit-il en rouvrant les yeux, un sourire aux lèvres, je me sens très vieux. Tu sais, poursuivit-il sans bien savoir pourquoi il se laissait aller aux confidences, il y a des choses que l'on fait à certains âges précis de la vie. Avoir des enfants, se marier, grisonner, tomber amoureux. Et même si l'on mène une existence paisible, on se retrouve parfois à contretemps dans le mauvais groupe d'âge...

Bettina le regarda, perplexe. Une lueur taquine apparut dans ses prunelles.

– Allons, Ivo. Dis-moi tout. Tu es enceint?

Il ne put s'empêcher de rire, tandis que la jeune fille lui caressait tendrement la main.

– D'accord, fit-il, abandonnant toute prudence. C'est ton déménagement qui me préoccupe. Je ne parviens pas à imaginer ma vie sans toi. N'est-ce pas étrange? Tu m'as trop gâté, ajouta-t-il en souriant. Je ne me rappelle même plus comment c'était avant.

– Moi non plus, murmura Bettina en jouant

avec un brin d'herbe. Je n'ai pas envie de te quitter, mais il le faut.

Alors Ivo lui posa la question qui leur brûlait les lèvres, à tous deux :

– Pourquoi ?

– Parce que je dois être indépendante, parce qu'il faut que je grandisse, parce qu'il faut que je subvienne à mes besoins. Je ne peux pas m'installer chez toi, à demeure. Ce ne serait ni convenable ni souhaitable.

– Que faut-il faire pour que cela le devienne ?

Ivo la poussait dans ses derniers retranchements. Il voulait qu'elle le dise mais pour la première fois depuis des années, il avait peur.

– Tu pourrais m'adopter, répondit-elle.

Il la regarda gravement.

– Tu vas me croire fou. Je ne devrais probablement pas te l'avouer, mais quand j'étais en Europe, je pensais avoir trouvé la solution idéale. Depuis, je me suis évidemment rendu compte que je délirais.

Il lui sourit avec intensité puis détourna les yeux.

– Devine quelle était mon intention, Bettina ! dit-il presque pour lui-même, allongé sur l'herbe, prenant appui sur ses coudes, le regard tourné vers le ciel. J'allais te demander de m'épouser. J'étais même décidé à insister. À ce moment-là, tu habitais encore l'appartement de Justin et les choses étaient différentes. Et puis tu es venue chez moi. J'avais l'impression que tu étais à ma portée. Je ne voulais pas profiter de la situation. Je ne...

Il s'interrompit en l'entendant renifler. Elle l'observait, stupéfaite. Des larmes coulaient sur son visage. Il lui effleura la joue.

– Ne sois pas horrifiée, Bettina. Je n'ai rien fait, n'est-ce pas, grosse bêtasse ? Arrête de pleurer.

– Pourquoi ?

— Pourquoi quoi? fit-il en lui tendant un mouchoir.

Elle sécha ses larmes.

— Pourquoi ne me l'as-tu pas demandé?

— Tu plaisantes? Parce que tu as à peine vingt ans et que j'en ai soixante-deux. N'est-ce pas une raison suffisante? Mais cela m'a paru tellement bizarre que tu aies brusquement décidé de partir! J'aimerais te retenir, être capable de te dire tout ce que je pense, tout ce que j'ai ressenti ces dernières semaines, et je voudrais que tu fasses de même.

— Pourquoi diable ne me l'as-tu pas demandé? répéta-t-elle.

Elle se leva d'un bond et toisa Ivo qui en fut abasourdi.

— De m'épouser? s'étonna-t-il. Tu es folle? Je te l'ai dit et redit. Je suis trop vieux.

Il se redressa, presque en colère.

Bettina se rassit aussitôt, à ses pieds, et le fixa de ses yeux brûlants.

— Tu aurais pu au moins me donner une chance, te soucier de mes sentiments. Non, tu as tellement l'habitude de me traiter comme un bébé que tu te crois obligé de décider tout seul. Eh bien, je ne suis plus un bébé, espèce de crétin, je suis une femme. Et je suis amoureuse de toi depuis... depuis... et puis, flûte! depuis toujours. T'es-tu préoccupé de mon avis? Non! M'as-tu...

Il la fit taire par un long baiser.

— Serais-tu folle, Bettina?

— Oui, répondit-elle en lui rendant son sourire. Folle de toi. Tu ne t'en es jamais rendu compte? Tu ne l'avais pas deviné? Au Nouvel An, quand tu m'as embrassée, nous étions si bien! Et puis tu t'es éloigné de moi... Comme ça!

— Essaies-tu de me dire que tu m'aimes? Vraiment aimer, pas en tant que vieil ami de ton père?

- C'est exactement cela. Je t'aime, je t'aime...
Elle se releva d'un bond et cria en direction des arbres :
- JE T'AIME !
Ivo la plaqua au sol. Il se mit à la dévorer des yeux, puis des mains.
- Oh ! ma chérie, je t'aime, murmura-t-il en posant sa bouche sur les lèvres de la jeune fille.

12

Ils pénétrèrent dans l'appartement sur la pointe des pieds, comme deux voleurs. Bettina avait le fou rire. Ivo tenta de l'aider à retirer son manteau. Puis ils gravirent l'escalier, toujours sur la pointe des pieds.

– Mattie est allée voir sa sœur dans le Connecticut, murmura-t-il.

– Qu'est-ce que ça peut faire?

Bettina leva vers lui ses grands yeux verts et rieurs. Alors Ivo se moqua éperdument que l'on découvrît ses sentiments. Il ne se sentit même plus coupable. Il la voulait à tout prix, corps et âme. Quand ils furent tous deux dans sa chambre, il revint pourtant à la raison. Son regard se fit plus tendre. Elle était là, près de la porte, et l'observait, telle une enfant, pieds nus, en blue-jean et chandail rouge. Il s'avança vers elle et, lui prenant la main, la conduisit vers un fauteuil profond et confortable, où il s'assit avant de l'attirer sur ses genoux. Il songea vaguement qu'il l'avait déjà tenue ainsi de nombreuses fois, quand elle était petite fille.

– Bettina, ma chérie..., commença-t-il d'une voix caressante.

Il effleura son cou, puis ses lèvres. Il recula et la regarda droit dans les yeux.

— Je veux que tu me dises quelque chose... Et sois honnête. Y a-t-il déjà eu un autre homme ?

Elle hocha lentement la tête en esquissant un petit sourire.

— Non, mais ça ne fait rien, Ivo.

Bettina aurait aimé lui faire comprendre qu'elle n'avait pas peur. Qu'elle le désirait depuis si longtemps qu'elle était prête à accepter chaque moment de douleur. Qu'après la première fois, elle lui donnerait du plaisir jusqu'à la fin de ses jours. Elle se sentait incapable de penser à autre chose qu'à ce qu'elle ferait pour lui.

— Tu as peur ? demanda-t-il en l'entourant de ses bras.

Elle fit signe que non.

— Moi si, petite idiote, ajouta-t-il en riant doucement.

— Pourquoi ? s'étonna-t-elle en levant vers lui son beau regard émeraude.

— Je ne veux pas te faire de mal.

— Est-ce que je serai enceinte ?

Cela ne lui inspirait aucune crainte. Elle se posait juste la question. À son grand étonnement, Ivo lui affirma que non.

— Jamais, ma chérie. Je ne peux pas avoir d'enfants. Du moins, je ne peux plus. Je me suis occupé de cela, il y a bien longtemps.

Bettina accepta sa décision, sans chercher à en connaître les raisons. Ivo se redressa, la contempla de la tête aux pieds. Elle était dans ses bras, telle une poupée. Elle se laissa porter jusqu'au lit où Ivo la déposa avant de la déshabiller avec lenteur. La chambre s'assombrit et la nuit tomba. Il la caressait des yeux, des lèvres et des mains, en découvrant chaque parcelle de chair. Enfin, elle fut nue, petite, parfaite. Ivo était impatient de la serrer contre lui, de sentir sa peau de satin. Il remonta la couverture et se retourna pour se dévêtir dans l'obscurité.

– Ivo? fit-elle d'une voix devenue timide.
– Oui?

Dans le noir, elle imaginait son sourire.

– Je t'aime.

Heureux de l'entendre répéter ces trois mots, il se glissa entre les draps, tout contre son dos.

– Je t'aime aussi.

Ses mains parcoururent son corps lentement, doucement, voluptueusement. Il la sentit frémir puis, tournant son visage vers lui, il l'embrassa, un long baiser violent. Il voulait qu'elle le désire aussi fort qu'il avait besoin d'elle. Elle se pressa contre lui, mouvante, gémissante, caressante, presque suppliante. Il la pénétra soudain. Elle se tordit, tendue, s'agrippa à son dos, tandis qu'il avançait en elle. Il fallait qu'elle sache à quel point il l'aimait. Il le lui répéta encore et encore, jusqu'à ce qu'ils reposent ensemble, apaisés. Il y avait du sang chaud sur le drap. Peu importait. Ivo ne pensait qu'à serrer entre ses bras la jeune femme qui tremblait.

– Bettina, comme je t'aime! De tout mon cœur...

Dans l'obscurité, elle tourna les yeux vers lui et, lentement, il l'embrassa pour partager ce moment et mettre un terme à sa souffrance.

– Ça va?

Elle hocha la tête, muette, comme si elle reprenait haleine.

– Oh! Ivo...

Bettina souriait à travers les larmes qui ruisselaient sur son visage.

– Pourquoi pleures-tu, mon tout-petit?

Cela faisait si longtemps qu'il n'avait pas fait l'amour ainsi qu'il craignit de l'avoir blessée.

— Pense à ce que nous avons raté depuis un mois!

Ivo éclata de rire. Il aurait aimé lui poser une question, mais il était encore trop tôt. Pourtant il désirait lui parler, lui dire, lui demander : *et maintenant?* Il se dressa sur le côté en prenant appui sur un coude. Comme il fait jeune, songea Bettina.

— Dois-je en conclure, mademoiselle, que vous n'avez plus l'intention de déménager?

Bettina le regarda d'un air malicieux et haussa les épaules.

— C'est ce que tu souhaites, Ivo? Que je reste ici?

Il avait l'impression d'avoir vingt ans de moins.
— Et toi?

Elle se laissa retomber contre ses oreillers, heureuse comme elle ne l'avait jamais été.

— Oui.
— As-tu bien réfléchi? Je suis un vieillard, Bettina.

Elle éclata d'un rire moqueur et s'étira de tous ses membres. C'était extraordinaire. Elle n'était pas gênée en sa présence. Lui montrer son corps, c'était un peu comme s'ouvrir à la seconde moitié de son âme.

— Tu sais, Ivo, je crois que tu mens sur ton âge. Tu dois avoir à peu près trente-cinq ans, et tu te teins les cheveux en blanc... Après ce qui vient de se passer, personne ne pourra me faire croire, et toi moins que quiconque, que tu es un vieillard.

— C'est pourtant la vérité, répondit-il sérieusement. Cela t'est égal?

— Je m'en fiche.

— Aujourd'hui peut-être, mais un jour, cela aura de l'importance. Quand ce jour viendra, que je te semblerai trop vieux, que tu désireras quelqu'un de jeune, je m'effacerai. Je veux que tu t'en souviennes, ma chérie. Parce que je suis sincère. Quand notre histoire sera finie, quand tu ne seras plus d'accord, que tu voudras un autre homme, une autre vie, des enfants, je m'en irai. Je comprendrai, je t'aimerai, mais je partirai.

Les yeux de Bettina s'emplirent de larmes.

– Non.

Ivo se contenta de hocher la tête, puis il la prit de nouveau dans ses bras.

– Est-ce que tu as très mal, mon amour ? lui murmura-t-il à l'oreille.

Elle secoua la tête. Avec une infinie douceur, il s'enfonça en elle et cette fois, Bettina gémit de plaisir. Quand ils se retrouvèrent côte à côte, heureux et comblés, Ivo se souvint de ses intentions.

– Je suppose, Bettina, que tu as compris que je voulais t'épouser.

Abasourdie, la jeune femme leva les yeux vers lui. Elle l'avait espéré, elle n'en était pas assurée.

Ses cheveux de cuivre étaient ébouriffés. Elle était superbe, dans un demi-sommeil. Il y avait dans son regard des monceaux d'amour et de tendresse.

– Moi aussi, figure-toi, j'ai l'intention de t'épouser, répliqua-t-elle en le serrant contre elle.

– Madame Stewart.

En riant, elle l'embrassa.

– La troisième, marmonna-t-elle.

Ivo la regarda avec étonnement avant de l'attirer contre son torse.

– Tu es prête ? demanda-t-il en frappant doucement.

Ivo attendit tandis que, prise de panique, Bettina, en combinaison, s'agitait derrière la porte.

– Non, non, patiente encore un peu.

Mathilde se précipita vers le placard pour en

sortir la robe qu'elle fit glisser sur les étroites épaules de la jeune femme. Puis elle l'agrafa, la boutonna et remonta la fermeture Eclair sur le côté. C'était une robe que Bettina avait achetée à Paris avec son père. Elle ne l'avait jamais portée. C'était la tenue idéale pour ce jour.

Elle recula d'un pas pour mieux se voir dans le miroir, et par-dessus son épaule, elle aperçut le sourire bienveillant de la vieille Mathilde. Elle était belle dans ce fourreau de satin de couleur crème, simple, dépouillé. La jupe lui descendait à mi-mollet, le col était montant, les manches courtes et bouffantes. La veste assortie était coupée de la même façon. Elle enfila des gants blanc en chevreau et s'assura qu'elle n'avait pas oublié les deux perles qui lui servaient de boucles d'oreilles. Puis elle se pencha pour mieux contempler ses bas ivoire et ses escarpins de satin blanc. Tout était parfait. Avec un sourire, Bettina interrogea Mathilde du regard.

– Vous êtes belle, mademoiselle.

– Merci, Mattie.

Elle embrassa la joue de la vieille femme avant de se diriger à pas lents vers la porte. Elle hésita longuement, se demandant s'il était toujours de l'autre côté à l'attendre.

– Ivo? murmura-t-elle d'une voix à peine audible, qu'il entendit néanmoins.

– Oui. Tu es prête?

Avec un petit rire, Bettina hocha la tête.

– Oui. Mais ne dois-tu pas patienter jusqu'à ce que nous soyons sur place?

– As-tu l'intention de me bander les yeux dans la voiture?

Sa volonté de respecter les traditions, en dépit des circonstances, amusait Ivo. Tout ce qu'elle faisait l'amusait. Elle était soudain redevenue une délicieuse enfant, libre de tout souci. L'hiver terrible et tragique était enfin terminé. Elle était sienne à présent, avec toute une vie devant elle, une vie d'épouse choyée.

– Viens, ma chérie. Nous ne devons pas faire attendre le juge Isaacs. Et si je fermais tout simplement les yeux ?

– D'accord. Ça y est ?

– Oui.

Le sourire aux lèvres, Ivo se sentit un peu idiot, mais il obtempéra. Il entendit la porte s'ouvrir et, un instant plus tard, reconnut son parfum.

– Puis-je regarder ?

– Oui, répondit-elle après un long silence.

Ivo soupira en la voyant. Il se demanda pourquoi l'hiver de sa vie était ainsi béni des dieux. De quel droit ? Par quelle faveur ?

– Tu es ravissante.

– Tu aimes ?

– Je serais difficile.

– Est-ce que j'ai l'air d'une mariée ?

Ivo la broya entre ses bras.

– Te rends-tu compte que dans une heure, tu seras madame Ivo Stewart ? Quel effet cela te fait-il ?

Bettina semblait si petite à côté de lui !

– C'est merveilleux ! s'écria-t-elle en l'embrassant.

– Oh, j'allais oublier...

Il se retourna pour prendre un paquet enveloppé d'un papier vert pâle, qui était posé sur le fauteuil de l'entrée. Il le lui tendit en la couvant d'un regard plein de tendresse.

– Pour toi.

Elle saisit le paquet avec précaution, déchira le papier, et un merveilleux parfum se répandit dans l'atmosphère.

– Oh ! Ivo, où les as-tu trouvées ?

C'était un ravissant bouquet composé de roses blanches et de muguets.

— Je les ai fait envoyer de Paris. Elles te plaisent ?

Aux anges, Bettina allait l'embrasser, mais il l'en empêcha et lui tendit un autre paquet, moins volumineux. Elle s'empressa de l'ouvrir. Aucun mot n'aurait su décrire le solitaire qui brillait de tous ses feux sur le velours bleu nuit.

— Oh, Ivo, je ne sais pas quoi dire.

— Ne dis rien, mon amour. Porte cette bague et sois heureuse toute ta vie.

La cérémonie n'avait duré que cinq minutes. On avait échangé promesses et alliances. Bettina était devenue l'épouse d'Ivo. Elle n'avait pas voulu de réception. Après tout, ne portait-elle pas encore le deuil de son père ? Ils avaient dîné au *Lutèce* à une table tranquille, au fond du restaurant. Puis ils étaient allés danser.

— Je t'aime, lui avait-elle murmuré à l'oreille, sur la pointe des pieds.

Elle semblait si fragile, ressemblait tant à une petite fille ! Mais elle ne l'était plus. Elle était sa femme et lui appartenait entièrement. Pour toujours.

13

Avec nervosité, Bettina attacha deux clips de diamants à ses oreilles et se donna un coup de brosse. D'une main adroite, elle enroula ses cheveux autour de ses doigts et les noua en un chignon sage et lisse, aux reflets flamboyants. Quand elle eut disposé les dernières épingles, elle se leva. Dans la robe de dentelle noire qui lui tombait jusqu'aux chevilles, jusqu'aux souliers de satin noir, son corps paraissait plus mince, plus dense. Elle contempla longuement son reflet dans le miroir qui recouvrait entièrement le mur du dressing-room. Ivo lui avait fait installer cette pièce, dans le nouvel appartement qu'ils avaient acheté pour leur premier anniversaire de mariage, cinq mois auparavant. Ce duplex avec une vue superbe sur Central Park convenait parfaitement à leur mode de vie. Leur chambre s'ouvrait sur une grande et belle terrasse. Ils avaient chacun leur dressing-room, et Ivo disposait d'un bureau au premier étage. Au rez-de-chaussée se trouvaient le salon, la salle à manger lambrissée et, attenante à la cuisine, une pièce spacieuse qu'occupait Mathilde. C'était parfait sans être somptueux. Bettina l'avait aménagé à son gré, à quelques détails près, notamment le drôle de petit belvédère situé sur la terrasse et une vieille balançoire qu'il avait suspendue au rebord du toit. Ils pourraient s'y asseoir les soirs d'été, y rêver et « se bécoter », avait-il plaisanté.

Mais l'été, rares étaient les soirées passées en ville. La compagnie théâtrale dont elle était devenue assistant-régisseur et qui, le succès aidant, s'était installée dans le centre, ne donnait aucune représentation en juillet et en août. Bettina et Ivo passaient donc deux mois à South Hampton. Ils y avaient acheté une maison. Bettina, plus heureuse que jamais, menait la vie qu'elle avait connue du vivant de son père. Elle ne travaillait plus que cinq jours sur sept. Le dimanche et le lundi, ils organisaient des dîners mondains, de douze à quatorze couverts, ou se passaient des cassettes vidéo. Ivo pouvait aisément se procurer les copies des derniers films sortis. De temps à autre, ils renonçaient à la douceur du foyer pour assister à un ballet, un gala, une première, ou simplement pour passer une soirée au *Lutèce* ou à *La Côte Basque*. En dépit de leurs activités nombreuses et diverses, ils parvenaient à préserver du temps pour eux, des moments à deux, des moments précieux, après le théâtre ou dans la journée, quand Ivo pouvait s'éclipser. Jamais il ne se lassait d'elle. Parfois, il aurait aimé ne la partager avec personne. Il ne comptait ni son temps, ni son attention, ni son affection, ni ses louanges. Son amour protégeait Bettina. Ils vivaient l'apogée d'un beau rêve.

Bettina sourit à l'image que lui renvoyait le miroir. L'exquise dentelle noire ondoyait comme un fin nuage dans le vent d'été. Elle rajusta les plis de la jupe, avant de remonter la courte fermeture Eclair du corsage. C'était une robe au dos nu, à la taille resserrée à l'extrême, avec une bande d'étoffe autour du cou. Le genre de robe dont on ne peut tirer un fil ou deux sans provoquer un désastre. Un tel incident était peu probable, la qualité de la façon étant incomparable. Bettina porta de nouveau la main à ses oreilles, tapota une dernière fois son chignon lisse et fit un clin d'œil à son reflet dans la glace.

— Pas mal pour une vieille, murmura-t-elle, tandis qu'un large sourire se dessinait sur ses lèvres.

— Le mot est faible, mon amour.

Bettina se retourna, surprise. Elle n'avait pas remarqué son mari qui se tenait dans l'embrasure de la porte.

— Traître!

— Je l'ai fait exprès. Je voulais voir comment tu étais, et tu es..., fit-il, admiratif, avant de se pencher vers elle pour déposer un baiser sur sa bouche... ravissante!

Ivo recula pour mieux la contempler. Elle avait encore embelli en un an et demi.

— Nerveuse, Bettina?

Elle allait dire non, mais elle ne put s'empêcher d'acquiescer en riant.

— Peut-être un peu, reconnut-elle.

— C'est normal, ma chérie.

Sa jeunesse le stupéfiait. Dire que ce soir, on fêtait son vingt et unième anniversaire! Sans la quitter des yeux, Ivo glissa une main dans sa poche et en sortit une boîte de velours bleu marine. Depuis leur mariage, depuis leur retour d'East Hampton, où ils avaient passé leur lune de miel, il l'avait couverte de présents, gâtée, pourrie.

— Oh! Ivo... encore un cadeau? Tu m'en as déjà tellement fait!

Elle ouvrit l'écrin et s'immobilisa, le souffle coupé.

— Oh, Ivo, non!

— Mais si!

C'était le collier de perles et de diamants qu'elle avait admiré dans la vitrine de Van Cleef. Elle lui en avait parlé juste après leur mariage.

— On sait que l'on a grandi lorsque l'on possède

un collier de perles, lui avait-elle déclaré, sur le ton de la plaisanterie.

Sa théorie avait amusé Ivo. Alors Bettina lui avait décrit les femmes élégantes qui, dans les soirées de son père, arboraient des colliers de saphirs, de diamants, de rubis... Mais, à ses yeux, seules les « vraies » femmes avaient le bon goût de se contenter d'un collier de perles. Ivo n'avait pas oublié cette conversation qui l'avait réjoui, comme tout ce que lui racontait Bettina. Il avait attendu son vingt et unième anniversaire avec impatience pour lui offrir ce fameux collier de perles. Il en avait choisi un dont le fermoir de diamants, ovale, pouvait se porter indifféremment devant ou derrière, sur la nuque. Bettina essaya maladroitement de l'attacher autour de son cou. Ivo vit les larmes jaillir de ses yeux. Brusquement, elle se précipita dans ses bras. Il la serra contre lui, sa tête contre sa poitrine.

– Ce n'est rien, ma chérie... Bon anniversaire, mon amour...

Il tourna le visage de la jeune femme vers lui et lui embrassa les lèvres.

– Ne me quitte jamais, Ivo... Jamais... Je ne pourrais pas le supporter.

Ce n'étaient ni les diamants ni les perles qui l'avaient bouleversée. Ivo comprenait tout, savait tout, il était toujours là. En toute circonstance, elle pouvait compter sur lui. Mais une chose l'épouvantait. Et si un jour il disparaissait ? Cette idée lui était insupportable. Et s'il cessait de l'aimer ? S'il l'abandonnait, impuissante, sans recours, comme son père... ? Ivo devina la nature de la peur qu'il lisait dans ses yeux.

– Tant que ce sera en mon pouvoir, ma chérie, je ne te quitterai jamais. Jamais !

Ils descendirent l'escalier, Bettina blottie contre Ivo. Quelques instants plus tard, la sonnette de la porte d'entrée retentit, annonçant l'arrivée des premiers invités. Mathilde était assistée d'un barman et de deux maîtres d'hôtel, engagés pour l'occasion. Un traiteur s'était occupé du buffet. Ivo avait tout organisé. Bettina n'avait plus qu'à s'amuser comme les autres, participer pleinement à la fête.

– Ne devrais-je pas jeter un coup d'œil à la cuisine? murmura-t-elle, mais Ivo la retint d'un sourire tendre et insistant.

– Non, ce soir, je te veux ici, près de moi.

– Comme il vous plaira, Sire.

Bettina exécuta une révérence et quand elle se redressa, Ivo lui tapota gentiment les fesses.

– Dites donc, vous!

– Que veux-tu?

Depuis un an qu'ils étaient mariés, leur vie amoureuse n'avait pas connu de temps mort. Bettina le trouvait toujours excitant, séduisant. Ils passaient un temps inimaginable au lit.

Elle se tenait là, superbe et frêle, Ivo à son côté. Une flûte de champagne à la main, un doigt posé sur son collier, elle contemplait son domaine. Il lui sembla qu'elle avait pris un tournant. Elle était femme, amante, épouse.

14

– On y va après celle-là ?

Ivo se pencha vers elle en souriant. Elle acquiesça d'un signe de tête. Ils firent un dernier tour sur la piste de danse. Pour une fois, les émeraudes de ses boucles d'oreilles scintillaient plus que ses yeux. Elle semblait fatiguée, troublée, en dépit du somptueux sari moiré vert et or et de ses nouveaux clips, parfaitement assortis à la bague héritée de sa mère. Ivo les lui avait offerts pour Noël. Bettina les adorait.

Quand ils regagnèrent leur table, l'assistance se leva d'un coup et applaudit. Elle était habituée à ces applaudissements qui la rassuraient. Ce soir-là, pourtant, ils n'étaient pas destinés à la troupe de théâtre mais à Ivo. Ivo qui prenait sa retraite, après trente-six ans de bons et loyaux services, dont trente-deux à la tête du journal. Après bien des hésitations et atermoiements, il avait décidé de mettre un terme à sa carrière, à soixante-huit ans, plutôt que d'attendre l'âge légal de la retraite, deux ans plus tard. Bettina ne s'était pas encore rendu compte de l'importance de cet événement. Cela la perturbait plus qu'elle ne voulait le reconnaître. Ensemble, ils avaient vécu six années de bonheur parfait, six années d'hivers en ville, d'étés à la campagne, de voyages en Europe et de moments à deux. À vingt-cinq ans, elle profitait pleinement de l'existence. Ivo ne lui refusait rien. Mais il n'avait plus à se plier à ses désirs d'indépendance. Bettina, qui avait fait ses preuves au théâtre, avait mis de l'eau dans son vin. Elle avait même accepté qu'il envoie la limousine la chercher au théâtre, le soir, à la sortie du spectacle. Il était sécurisant de se reposer ainsi sur Ivo. Il lui rendait la vie si simple, si douce!

– Viens, ma chérie.

Il lui saisit la main et la conduisit au milieu de la foule bienveillante de ses amis, en robes du soir et en smokings. Cette main dans la sienne le réconfortait. Il renonçait à tant de choses! Il se demanda soudain s'il n'avait pas commis une erreur. De toute façon, il était trop tard pour revenir sur sa décision. Le nouveau directeur de publication avait déjà été désigné. Ivo devenait conseiller principal du président du conseil d'administration, un titre honorifique qui ne correspondait qu'à un pouvoir très réduit. Il serait un aîné respecté. Sur le chemin du retour, assis à l'arrière de la limousine aux côtés de Bettina, il était au bord des larmes.

Mais ils avaient déjà fait tant de projets! Elle avait pris trois mois de vacances. Dès le lendemain, ils partirent pour le sud de la France. Ils avaient décidé de voyager en bateau, puisque Ivo pouvait désormais consacrer davantage de temps à ses loisirs.

De Paris, ils se rendirent à Saint-Jean-Cap-Ferrat, par le chemin des écoliers. Ils avaient séjourné deux semaines au Ritz.

– Nous ne faisons que manger, lui avait dit Bettina en plaisantant.

Septembre était un mois délicieux au Cap-Ferrat. En octobre, ils rallièrent Rome. En novembre enfin, ils regagnèrent à regret les États-Unis. Ivo contacta ses nombreux amis. Il allait déjeuner avec eux au club, dans son ancien repaire. Bettina, quant à elle, retrouva la troupe. Les *Players* avaient le vent en poupe et jouissaient d'excellentes critiques. On jouait à guichets fermés et Bettina aimait son métier. Steve était devenu metteur en scène. Elle avait donc pris sa place de régisseur, et du même coup obtenu une carte syndicale. Le spectacle du moment, une œuvre originale d'un auteur inconnu, lui avait tout de suite paru intéressant, différent des autres. Il y avait une tension, un enthousiasme, une sorte de magie tangible.

– Je veux bien te croire, la taquina Ivo quand elle lui en parla en termes dithyrambiques.

– Tu viendras la voir?

– Bien sûr.

Il reporta son attention sur son journal et son petit déjeuner. La veille, il ne l'avait pas attendue pour se coucher, ce qui était fort rare. La journée avait été longue. De temps à autre, son âge lui jouait des tours, bien que rien n'eût changé dans leur vie quotidienne.

– Quand?

Ivo leva de nouveau les yeux vers elle, avec un sourire un peu triste.

– Voudriez-vous me faire le plaisir de cesser d'insister, madame Stewart?

Le visage de Bettina s'illumina.

– À une seule condition : que tu viennes. C'est une pièce fantastique, Ivo. Géniale. C'est exactement le genre de chose que j'aimerais écrire.

– D'accord, d'accord, j'irai.

– Tu promets?

– Je promets. Maintenant puis-je lire mon journal?

– Oui, fit-elle d'un air penaud.

Midi n'avait pas encore sonné qu'elle trépignait déjà d'envie. Elle regarda Ivo s'habiller en vue d'un lunch organisé par le *Press Club*, puis elle se doucha et enfila un jean. Elle lui laissa un mot pour le prévenir qu'elle était partie plus tôt et qu'elle le verrait tard dans la soirée. Peu lui importait, pensait-elle. Depuis leur retour d'Europe, il était très fatigué. Cela lui ferait sans doute du bien de passer le reste de la journée à se reposer. Et puis, il était habitué à ses horaires un peu fous.

Bettina bondit hors du taxi et termina le trajet à pied, en fredonnant. Elle sentait le vent d'hiver, mordant, dans ses cheveux. Elle les portait toujours longs, pour faire plaisir à Ivo. Ce jour-là, ils flottaient sur ses épaules, comme de délicats fils de cuivre.

– Où cours-tu, ma belle? Tu ne risques pourtant pas d'être en retard au boulot.

En entendant cette voix familière, à l'accent anglais, elle s'arrêta net, et jeta un coup d'œil par-dessus son épaule. C'était la vedette de leur nouveau spectacle. Il portait un chaud manteau de tweed et une casquette rouge.

– Salut, Anthony. Je pensais régler deux ou trois trucs, ici et là.

– Moi aussi. Sans compter la répétition, à quatre heures et demie. Ils ont l'intention de modifier le début du deuxième acte.

– Pourquoi? s'étonna-t-elle en le regardant avec intérêt.

Ils atteignirent le théâtre, et il retint la porte pour la laisser passer.

– Comment le saurais-je! fit-il en haussant les épaules comme un gamin. Je travaille ici, c'est tout! Je n'ai jamais compris pourquoi les dramaturges multiplient les notes et les changements. De la paranoïa, si tu veux mon avis. C'est comme ça, le théâtre, ma belle!

Il resta un moment devant sa loge et la dévisagea avec un sourire insistant, chaleureux. Il avait au moins une tête de plus qu'elle, d'immenses yeux bleus et des cheveux bruns et soyeux. Il y avait en lui quelque chose d'innocent et d'ensorcelant à la fois. On tombait sous le charme de ses intonations britanniques et de son regard lumineux.

– Tu as des projets, pour le dîner?

Elle prit un air pensif avant de secouer la tête.

– Non, pas vraiment. Je vais sans doute me contenter d'un sandwich ici.

– Moi aussi.

Il fit la grimace, et ils échangèrent un sourire.

– Tu viendras me rejoindre? demanda-t-il en désignant la loge derrière lui.

Elle hésita un instant avant d'acquiescer.

– D'accord, répondit-elle.

– Et ensuite?

Fasciné, il leva les yeux de son assiette de jambon fumé.

Ils bavardaient dans la loge, assis sur deux chaises cannées.

– Eh bien, j'ai travaillé pour *Le Renard dans le poulailler*, *Petite ville*, et puis..., hésita-telle, le visage pensif. Ah oui, *Clavello!*

– Tu as bossé là-dessus?

Il avait l'air très impressionné.

– Dis donc, Bett, tu as plus d'expérience que moi et ça fait dix ans que je suis dans le métier.

Elle le regarda, étonnée, tout en mordillant un cornichon.

– Dix ans? Mais quel âge as-tu donc?

Cela ne la gênait pas de lui poser cette question. Dans la demie-heure qui venait de s'écouler, ils étaient devenus amis. La compagnie d'Anthony était agréable, sa conversation amusante, ce qui était plutôt rare chez les théâtreux, comme elle avait pu le constater jusque-là. La camaraderie était de mise, mais la jalousie n'était pas exclue pour autant. Cela ne la touchait pas ou peu. Elle n'était que régisseur, après tout. Mais tout ce qui avait trait au théâtre l'intéressait. Jour après jour, c'était la même magie.

– J'ai vingt-six ans, répondit-il en la couvant d'un regard enjôleur.

Un petit garçon déguisé en homme, qui joue à être acteur.

– Ça fait longtemps que tu vis aux États-Unis?
– Je suis arrivé pour les répétitions. Il y a quatre mois.
– Tu t'y plais?

Bettina termina le jambon fumé, le cornichon, et lança négligemment une jambe par-dessus le bras du fauteuil.

– J'adore. Je vendrais mon âme au diable pour rester.
– Tu ne peux pas?
– Si, avec des visas temporaires. Mais c'est un tel casse-tête! Tu n'imagines pas les démarches interminables auxquelles il faut se soumettre pour obtenir la toute-puissante carte verte.
– Qu'est-ce que c'est? fit-elle.
– La carte de résident permanent, permis de travail, etc. Ça vaudrait une fortune si on pouvait se la procurer au marché noir. Mais c'est impossible.
– Comment l'obtient-on?
– Par miracle, je crois. C'est tellement compliqué! Je préfère ne plus en parler. Et toi?

Il tourna sa cuillère dans son café et la regarda d'un air grave. Bettina s'étonna. Ces yeux bleus lui faisaient l'effet d'une caresse.

– Quoi, moi?
– Bah! tu sais bien, fit-il en haussant les épaules. Les statistiques de base : taille, pointure, mensurations...

Elle lui sourit, de plus en plus surprise.

– Bon, voyons. J'ai vingt-cinq ans. Je chausse du trente-huit, et le reste ne te regarde pas !
– Mariée ?
– Oui.
– Zut ! s'exclama-t-il en faisant claquer ses doigts.

Ils éclatèrent de rire.
– Depuis longtemps ?
– Six ans et demi.
– Des gosses ?
– Non.
– Logique.
– Pourquoi ? Tu n'aimes pas les enfants ? fit-elle sans cacher son étonnement.
– Disons que ce n'est pas ce qui peut arriver de mieux, question carrière. De véritables petits emmerdeurs.

Par son égocentrisme, une caractéristique propre à bien des acteurs, il lui rappelait son père.
– Eh bien, Bettina, dit-il en retrouvant son sourire, je suis navré que tu sois mariée. Mais..., ajouta-t-il en levant vers elle des yeux malicieux, n'oublie pas de me faire signe quand tu divorceras.
– Ça, mon ami, tu peux toujours attendre !

Sur ces mots, elle se leva, le salua d'un geste de la main et franchit le seuil de sa loge.
– À plus tard !

Elle revit Anthony le soir même, à la sortie du spectacle. Ils remontèrent leur col pour se protéger du froid.
– On se gèle ! Dieu sait pourquoi tu veux rester aux États-Unis.
– Je me le demande parfois.

Ils se dirigèrent vers le coin de la rue, en évitant les plaques de verglas.
– Tu étais très bon, ce soir.

– Merci. – Il se tourna vers elle, l'air interrogateur. – Je te dépose quelque part?

Il était sur le point de héler un taxi.

– Non, merci.

Il haussa les épaules et poursuivit sa route. Bettina s'engagea dans une rue qui partait sur la gauche. La voiture d'Ivo l'attendait, moteur ronflant. À l'intérieur, il ferait chaud. Elle jeta un rapide coup d'œil par-dessus son épaule pour s'assurer que personne ne la verrait, puis elle ouvrit la portière et s'engouffra à l'arrière. En traversant la rue, Anthony, mû par une sorte d'instinct, se retourna pour un dernier salut. Tout ce qu'il vit, ce fut Bettina disparaissant dans une grande conduite intérieure noire. Il plongea les mains dans ses poches, fronça les sourcils et poursuivit son chemin en souriant.

15

– BONJOUR, chérie.
Le lendemain matin, au petit déjeuner, il faisait un temps superbe et lumineux. Ivo s'était endormi avant son retour, ce qui ne lui ressemblait pas. Cela faisait une semaine qu'ils n'avaient pas fait l'amour. Elle se sentit coupable de tenir une telle comptabilité, mais il l'avait tant gâtée et depuis si longtemps qu'elle ne pouvait que remarquer ce brusque changement.
– Tu m'as manqué, hier soir.
– Je décline, hein? fit-il avec une grande douceur dans le regard.
De toute évidence, il prêchait le faux pour savoir le vrai. Elle secoua vivement la tête.
– Pas du tout. Ce sont des histoires, tout ça.
Ivo retourna à son journal, et Bettina monta s'habiller. Elle songea à lui parler de son dîner avec Anthony, mais brusquement, cela lui parut indécent. Elle s'était toujours efforcée de ne pas le rendre jaloux, même s'ils savaient tous les deux qu'il n'avait aucune raison de l'être.
Trois quarts d'heure plus tard, Bettina apparut en pantalon gris, cachemire beige, bottes de daim marron et écharpe de soie assortie à sa chevelure. Ivo montait l'escalier, en robe de chambre.
– Que fais-tu aujourd'hui, chéri?

Elle avait une envie folle de glisser une main sous son peignoir. Mais il regardait sa montre et ne remarqua pas la lueur qui venait de s'allumer dans son regard.

– Mon Dieu, j'ai un conseil d'administration au journal, dans une demi-heure. Je vais être en retard.

Il serait pris toute la matinée.

– Et après? demanda-t-elle, pleine d'espoir.

– Je déjeune avec les membres du conseil. Puis une autre réunion. Ensuite, la maison...

– Zut! À cette heure-là, je serais partie pour le théâtre.

– Tu veux démissionner? dit-il d'une voix tendre mêlée de tristesse.

– Non! Mais tu me manques tellement, lui expliqua-t-elle d'un air enfantin, maintenant que nous sommes revenus aux États-Unis et que j'ai repris mon travail! En Europe, nous étions toujours ensemble et puis, tout à coup, c'est comme si nous ne nous voyions plus.

Le remords qu'il décela dans sa voix le toucha.

– Je sais, dit-il en tendant le bras vers elle. Je vais essayer d'alléger mon programme. Et si on repartait en voyage?

Il lui caressa les cheveux, lui releva le menton et l'embrassa.

– Je ne peux pas, Ivo... Le spectacle...

– Oh, ce satané...

Il s'enflamma un court instant, puis fit un geste conciliant de la main.

– Bon, bon. Ne penses-tu pas, poursuivit-il, plus sérieusement, qu'après toutes ces années, tu as engrangé suffisamment de matériaux pour écrire ta propre pièce? J'ai l'impression qu'à quatre-vingt-sept ans, tu seras toujours là à lever le rideau pour des amateurs, des marginaux.

– Ce ne sont pas des marginaux!

Bettina avait l'air si offensée qu'Ivo ne put s'empêcher de rire.

– Non, j'exagère. Mais ne crois-tu pas que cela a assez duré? Réfléchis. Nous pourrions partir six mois, et tu rédigerais ta pièce.

– Je ne suis pas prête.

– Mais si. Tu as peur, c'est tout. Tu n'as pourtant aucune raison d'avoir peur. Tu écriras quelque chose de magnifique, quand tu t'y mettras enfin.

– Oui, mais je ne suis pas prête, Ivo.

– D'accord. Mais ne te plains pas de ne plus me voir. Tu passes ta vie dans ce fichu théâtre!

C'était la première fois qu'il s'en plaignait aussi directement, et Bettina s'émut de la colère froide qu'elle décela dans sa voix.

– Chéri, ne dis pas ça.

Elle l'embrassa.

– Petite idiote, je t'aime, fit-il, radouci.

– Moi aussi, je t'aime.

Ils restèrent blottis l'un contre l'autre pendant un instant, mais Ivo, déjà en retard, alla s'apprêter.

Au théâtre, tout le monde s'affairait déjà, on courait partout, et les vedettes du spectacle arrivaient peu à peu. Bettina aperçut Anthony sur la scène, vêtu d'un jean, d'un col roulé et de son éternelle casquette rouge.

– Salut, Bett.

C'était la seule personne de la troupe à user de ce diminutif.

– Bonjour, Anthony. Comment ça se passe?

– C'est dingue. Ils veulent encore modifier des trucs.

Il s'agissait d'une nouvelle pièce, et des corrections de dernière minute étaient à prévoir. Cela ne semblait pas déranger le jeune Anglais outre mesure.

– Je voulais te demander de dîner avec moi, mais tu étais introuvable.

– J'ai apporté un sandwich, répondit-elle, un sourire aux lèvres.

– Préparé avec amour par ta mère?

Bettina rit, mais elle se voyait mal lui dire : « Non, par la bonne. »

– Peut-être me feras-tu l'honneur d'accepter de boire un café en ma compagnie, un peu plus tard?

– Désolée, pas ce soir.

Elle devait rentrer à la maison, auprès d'Ivo. Elle ne souhaitait pas s'attarder. Depuis toutes ces années, elle n'était sortie qu'une ou deux fois avec la troupe, après le spectacle.

Anthony, visiblement déçu, disparut.

Elle ne le revit qu'après la représentation, alors qu'elle rangeait les éclairages et procédait au nettoyage habituel des lieux.

– Que penses-tu de la dernière mouture, Bettina?

En l'observant avec le plus grand intérêt, il s'assit sur un tabouret. La jeune femme réfléchit un instant, plissant les yeux. Dans sa tête défilèrent toutes les scènes.

– Je ne suis pas certaine d'apprécier. Elle n'apporte rien de plus à l'ensemble.

– Exactement! C'est nu. Les auteurs sont tous paranos!

– Peut-être, dit-elle en souriant.

– Alors, ce café, on va le boire?

– Une autre fois. Je suis navrée, Anthony, je ne peux pas.

– Le petit mari attend? s'écria-t-il avec désinvolture. Leurs regards se croisèrent.

– J'espère.

Anthony était irrité, Bettina aussi. Elle enfila son manteau. Il n'avait pas le droit de se montrer désagréable parce qu'elle refusait de sortir avec lui. Aucun droit. Bettina était agacée de son agacement et craignait qu'il ne lui demande plus de l'accompagner. Elle saisit son sac, son chapeau, et sortit. Qu'Anthony Pearce aille au diable! Il n'était rien pour elle.

Elle marcha d'un bon pas vers le croisement. Un petit vent désagréable lui sifflait aux oreilles. Elle accéléra l'allure et, arrivée à hauteur de la limousine, ouvrit la portière. Elle mettait le pied à l'intérieur quand une voix résonna dans son dos. De surprise, elle fit volte-face. Anthony Pearce se tenait derrière elle, le col remonté, la casquette rouge vissée sur le crâne.

– Tu peux me déposer quelque part?

Malgré le froid, elle se sentit rougir. Il était le premier, en six ans, à éventer son secret.

– Oh!

Ce fut tout ce qu'elle fut capable de lui répondre.

– Allez, ma belle. Je me gèle les miches et il n'y a pas de taxi.

Une bruine glacée commençait à tomber. Et il l'avait prise en flagrant délit. Alors à quoi bon s'obstiner?

– D'accord, fit-elle laconiquement.

Elle monta dans la limousine, et Anthony prit place à côté d'elle.

– Où dois-je te déposer? demanda-t-elle, irritée par son sans-gêne.

D'un air dégagé, il lui indiqua une adresse à Soho.

– J'habite un loft. Tu veux le visiter?

Bettina était en colère, indignée de tant d'insistance.

– Non, merci.

— Pourquoi es-tu fâchée ? fit-il en lui lançant un regard admiratif. Je dois reconnaître, ma belle, que ça te va bien.

Dans sa fureur, Bettina releva la vitre qui les séparait du chauffeur. Puis elle lui jeta un regard meurtrier.

— Dois-je te rappeler que je suis une femme mariée ?

— Qu'est-ce que ça peut faire ? Je n'ai rien dit d'inconvenant. Je n'ai pas arraché tes vêtements. Je ne t'ai pas embrassée devant le chauffeur. Je t'ai simplement demandé de me raccompagner chez moi. Pourquoi es-tu si susceptible ? Ton bonhomme doit être jaloux comme un tigre !

— Non. D'ailleurs, ça ne te regarde pas. C'est juste que...Oh, peu importe !

Elle bouillait de rage, en silence, tandis que la voiture prenait la direction du loft. Une fois arrivés à destination, Anthony lui tendit gentiment la main.

— Je suis désolé de t'avoir ennuyée, Bettina, dit-il d'une voix douce, presque enfantine. Ce n'était pas mon intention. J'aimerais être ton ami, ajouta-t-il, tête basse.

Elle le regarda et sentit toute colère l'abandonner.

— Pardonne-moi, Anthony... Je ne voulais pas être grossière. Mais personne n'avait jamais... Je suis tellement mal à l'aise avec cette histoire de voiture... Je suis désolée, ce n'est pas ta faute.

Il l'embrassa sur la joue. Un baiser amical.

— Merci. Me gifleras-tu si..., bredouilla-t-il, je te propose une tasse de café ?

Il paraissait si sincère, si anxieux qu'elle n'osa pas refuser. Elle n'avait pourtant qu'une envie : retrouver Ivo. Mais elle s'était montrée si dure avec le jeune acteur... Elle devait se racheter.

– D'accord, soupira-t-elle. Mais vite.

Elle le suivit dans l'étroite et interminable cage d'escalier, après avoir ordonné au chauffeur de l'attendre. Quand enfin ils parvinrent à son appartement, Bettina eut l'impression d'avoir gravi assez de marches pour atteindre le ciel. Il ouvrit une lourde porte d'acier. De l'autre côté, elle découvrit un intérieur plein de charme. Il avait peint des nuages au plafond, disposé à chaque coin des plantes hautes et feuillues. Il y avait des commodes rustiques et des objets orientaux, des nattes, de petits tapis et de grands fauteuils confortables, recouverts d'un tissu bleu pâle. C'était plus qu'un appartement, c'était un refuge, un coin de campagne, un jardin intérieur, une oasis.

– Oh, Anthony, c'est magnifique! s'extasia-t-elle en arrondissant les yeux de plaisir.

– Ça te plaît?

Il lui jeta un regard innocent. Ils échangèrent un sourire.

– Beaucoup. Où as-tu déniché tout ça? À Londres?

– Oui. Et aussi ici. Un peu partout. C'est du bric-à-brac.

Pour du bric-à-brac, l'effet était superbe.

– De la crème ou du sucre?

– Ni l'un ni l'autre, merci. Noir.

– La ligne, hein? fit-il en admirant son corps de danseuse, tandis qu'elle s'effondrait dans l'un des fauteuils bleus.

Quelques minutes plus tard, il réapparaissait avec deux tasses fumantes et une assiette de fromages et de fruits.

Il était une heure et demie du matin quand, prise de panique, elle regagna la limousine au pas de course. Que dirait Ivo? Cette fois, elle pria le ciel qu'il fût endormi. Sa prière fut exaucée. Il l'avait attendue jusqu'à minuit, puis il s'était couché. Bettina le regarda en se demandant pourquoi elle ressentait cet étrange pincement au cœur. Elle avait bu un café avec l'un des membres de la troupe, un collègue. Quel mal y avait-il à cela ?

16

– Il t'a battue? la taquina Anthony.
– Bien sûr que non. Ce n'est pas son genre. Il est merveilleux, compréhensif.
– Bon. Alors, si on prenait un autre café? Mieux, si nous dînions ensemble avant le spectacle?
– On verra, fit Bettina, volontairement évasive.

Elle voulait appeler Ivo. Peut-être pourraient-ils grignoter quelque chose dans le coin? Ce matin-là, elle ne l'avait même pas vu. Quand elle s'était éveillée, elle avait trouvé une note d'explication : il avait un rendez-vous. Ils ne se voyaient presque plus. Du moins Bettina en avait-elle l'impression, ce qui ne lui plaisait pas du tout.

Quand elle téléphona à la maison, Ivo n'y était pas. Il avait appelé, l'informa Mathilde, pour dire qu'il ne serait pas là pour le dîner. Anthony attendait derrière elle pour utiliser la cabine publique. Malgré tous les efforts qu'elle fit pour être discrète, il entendit leur conversation. Lorsqu'elle raccrocha le combiné, il lui adressa un sourire désarmant.

– Puis-je me mettre sur les rangs pour dîner avec toi, Bettina?

Elle était sur le point de refuser, mais troublée par ses yeux bleus, elle se surprit à lui répondre :

– Bien sûr.

Ils se retrouvèrent autour d'une soupe et d'un sandwich pour parler du spectacle. Presque imperceptiblement, la conversation dévia. Anthony voulait tout connaître d'elle, d'où elle venait, où elle habitait, où elle était allée à l'école. Bettina lui parla de son père, dont il connaissait les œuvres. Il paraissait fasciné par chaque détail de son existence. Ils regagnèrent le théâtre à pied, puis se séparèrent. Anthony vint la rejoindre aussitôt après la représentation, alors qu'elle s'apprêtait à quitter les lieux. Elle eut le sentiment qu'il allait lui demander de le raccompagner, aussi se précipita-t-elle vers la voiture.

À la maison, Ivo l'attendait. Ils se racontèrent leurs journées respectives, puis montèrent jusqu'à leur chambre. Bettina se déshabilla sans cesser de bavarder.

– Nous nous voyons à peine, se plaignit-il, le regard chargé de regrets, mais non de reproches.

– Je sais, répondit-elle, attristée elle aussi.

Aussitôt, il s'approcha, l'aida à retirer ce qu'elle avait encore sur le dos et la rejoignit au lit. Ils firent l'amour lentement, doucement, profondément. Mais Bettina se prit à regretter la passion de leurs premières étreintes. Elle se tourna vers Ivo, cherchant une lueur dans son regard. Elle ne rencontra qu'un visage ensommeillé, un petit sourire aux lèvres. Appuyée sur un coude, elle le contempla longuement, puis elle déposa un baiser sur chaque paupière. L'esprit vagabond, elle se surprit à penser à Anthony. Implacablement, elle reporta son attention vers l'homme qui dormait à son côté.

Le spectacle marchait bien. Son amitié pour Anthony ne faisait que croître et embellir. De temps à autre, ils partageaient leurs sandwichs en coulisses et se retrouvaient dans le loft d'Anthony, pour boire un café. Plusieurs fois par semaine, il lui offrait de petits bouquets de fleurs, sans façons, comme s'il s'agissait d'un simple geste amical. Une ou deux fois, elle essaya d'en parler à Ivo, mais recula au dernier moment.

À la fin de l'hiver, Ivo vint assister au spectacle, comme poussé par le besoin de mettre un nom sur l'inquiétude vague qui lui trottait dans la tête. Incognito, il entra dans la salle obscure, et s'assit à l'avant-dernier rang. Le rideau se leva et l'évidence le frappa. Anthony avait la grâce d'une panthère noire, longue et racée, qui évoluait, comme sous hypnose, de la première à la dernière ligne de son rôle. Ivo prêta peu d'attention au texte. Il regardait et soudain, il se sentit trahi, blessé. Il comprenait. Ce n'était pas Bettina qui le trahissait, mais les tentacules du temps qu'il avait si longtemps combattu.

Ce ne fut qu'au printemps que le trouble envahit Bettina. Un soir, elle rentra tard, visiblement perturbée. Ivo attendit, ne sachant pas très bien s'il devait la harceler ou la laisser tranquille. De toute évidence, elle était préoccupée et, pour la première fois depuis leur mariage, elle refusa de se confier à lui. Elle regarda Ivo d'un air absent. Seule, elle monta au premier étage. Il la trouva accoudée à la balustrade de la terrasse, contemplant la ville, les sourcils froncés, une brosse à cheveux dans la main, objet incongru et inutile.

– Qu'est-ce qui ne va pas, chérie ?

Elle hocha vaguement la tête.

– Rien.

Puis se tournant vers lui, elle parut brusquement terrorisée.

– Si.

– Qu'y a-t-il ?

– Oh, Ivo...

Bettina s'assit dans un fauteuil de jardin et, à travers l'obscurité, le fixa de ses yeux immenses, étincelants. La lumière douce de l'appartement donnait de l'éclat aux reflets auburn de ses cheveux. Jamais elle n'avait été plus ravissante. Ivo redoutait ce qu'elle avait à lui dire. Tout l'hiver, il s'était senti abandonné, épuisé. Il s'était demandé, parfois, s'il avait bien fait de prendre sa retraite. Quand il était encore en activité, il ne se portait pas aussi mal.

– Chérie, que se passe-t-il?

Il s'approcha d'elle, lui prit la main et s'assit.

– Tu peux tout me dire, Bettina. N'oublie surtout pas que nous sommes amis.

– Je sais, murmura-t-elle, reconnaissante, les yeux embués de larmes. On m'a demandé de partir en tournée.

– Quoi? s'étonna-t-il, soulagé et amusé à la fois. C'est tout?

Elle acquiesça d'un hochement de tête.

– Qu'y a-t-il de si terrible?

– Mais, Ivo, je serai absente pendant quatre mois! Et toi? Je ne sais pas... Je ne peux pas faire ça... mais...

– Mais tu en as envie?

Ivo la regardait droit dans les yeux. D'une main, elle se mit à tripoter ses cheveux.

– Je n'en suis pas certaine. Ils ont... Oh, mon Dieu... C'est fou!

Elle semblait malheureuse, véritablement déchirée.

– Je serai l'assistante du metteur en scène. Moi, Ivo, la bonne à tout faire, l'accessoiriste, la rien du tout, après toutes ces années!

– Ils sont très malins. Ils savent que tu as fait tes preuves. Je suis fier de toi, ma chérie, ajouta-t-il avec chaleur. Tout le problème est de savoir si tu en as vraiment envie. Alors? Oui? Non?

— Et toi?

— Ne t'occupe pas de moi. Cela fait presque sept ans que nous vivons ensemble. Ne crois-tu pas que nous pouvons supporter une séparation de quatre mois? Et puis, de temps en temps, je prendrai l'avion pour te rejoindre. Après tout, être mariée à un retraité présente certains avantages.

Bettina sourit, mi-figue, mi-raisin.

— Je ne veux pas te quitter, dit-elle en lui prenant la main.

— Si, ma chérie, répliqua-t-il avec autorité. Et c'est bien ainsi. J'ai eu une vie bien remplie. Je n'ai pas le droit d'exiger que tu restes toujours à mes côtés.

— Je vais te manquer? demanda-t-elle ingénument.

— Énormément. Mais si tu en ressens vraiment le besoin, Bettina... — Il s'interrompit, pensif. — Alors je comprends. Pourquoi ne t'accordes-tu pas un délai de réflexion? Quand dois-tu donner ta réponse?

— Demain.

— Ils sont pressés, n'est-ce pas? fit-il d'un ton qui se voulait insouciant. Et quand partirais-tu?

— Dans un mois.

— Avec les acteurs qui ont créé la pièce?

— En partie. Anthony Pearce vient avec nous, ainsi que le principal rôle féminin.

Bettina poursuivit ses explications, mais il ne l'écoutait plus. Elle venait, sans s'en rendre compte, de lui révéler ce qu'il désirait savoir. Il la regarda avec une extrême tendresse et, dans la chaleur de la nuit, haussa imperceptiblement les épaules.

— La nuit porte conseil. Tu verras demain matin. À propos, Steve sera-t-il metteur en scène?

— Non. Il travaille sur une pièce de Broadway, répondit-elle.

Elle resta assise là quelques secondes, en silence, puis elle se leva et rentra dans l'appartement. Tous deux savaient ce qui allait se passer, mais ils étaient incapables d'en parler. Elle l'abandonna sur la terrasse, perdu dans ses pensées. Entre eux, quelque chose avait changé. Bettina paraissait soudain plus jeune. Ivo se sentait si vieux! Depuis un an, ils ne faisaient plus l'amour de la même façon. Ivo avait envie de maudire le ciel, mais cela aurait été injuste... Il avait vécu sept ans avec elle. C'était plus qu'il ne pouvait espérer.

Il erra dans la maison. Ce soir-là, il ne chercha pas à faire l'amour avec elle, ne voulant pas rendre la situation plus confuse. De son côté du lit, Bettina se demanda si elle devait rester ou partir. Elle perçut le souffle léger d'Ivo à ses côtés. Ivo, si gentil, si aimant! Elle lui effleura le bras et se détourna pour sécher ses larmes. Au matin, elle lui ferait part de sa décision. Il fallait qu'elle parte en tournée. C'était une nécessité. Elle n'avait pas le choix.

17

– Ivo... Tu me téléphones... Promis ?

À l'aéroport, Bettina, les yeux humides, le regarda une dernière fois.

– Et je t'appellerai aussi. Je te le jure... Tous les jours... Et quand tu viendras passer un week-end...

Brusquement incapable d'en dire plus, elle lui tendit les bras.

– Oh, Ivo, je suis désolée...

Elle n'avait pas envie de partir. Ivo était là, il la tenait contre lui, la réconfortait comme toujours, sa voix douce contre son oreille.

– Arrête, chérie. Je te verrai dans quelques semaines. Tout ira bien. Ensuite, tu écriras une belle pièce. Je serai tellement fier de toi !

Il y avait quelque chose d'apaisant dans sa voix.

– Tu crois vraiment ? demanda-t-elle en reniflant. Mais toi ?

– Nous en avons déjà discuté. Tu te souviens ? J'ai vécu longtemps avant d'avoir le bonheur de t'avoir sous mon toit. Alors profites-en ! C'est la chance de ta vie, madame l'assistante, la taquina-t-il.

Bettina retrouva enfin son sourire. Ivo la prit dans ses bras et l'embrassa.

– Maintenant, mon amour, il faut nous quitter ou tu vas rater ton avion, et ce n'est pas comme ça que l'on commence une nouvelle carrière.

La première étape était Saint Louis, où le reste de la troupe était déjà arrivé. Ils étaient partis le matin, mais Bettina avait différé son départ pour rester un peu avec Ivo.

En courant vers la porte d'embarquement, elle se retourna, comme une enfant en fuite. Il était là, solide, gentil, qui lui faisait un signe de la main. Il attendit que l'appareil disparaisse à l'horizon, puis quitta l'aéroport à pas lents. Dans sa tête défilaient cette matinée, cet été, l'année qui venait de s'écouler, les vingt-cinq ans passés. Il fut soudain pris de panique à l'idée que ce n'était peut-être pas qu'un au revoir.

Bettina atterrit à Saint Louis à seize heures trois. C'était un peu juste pour la première représentation, mais ils avaient si souvent répété que les acteurs étaient parfaitement au point. Le metteur en scène avait pris le même avion qu'eux, et Bettina ne se sentait pas en faute. Quand l'appareil se posa sur la piste, elle eut une pensée pour Ivo, soupira et se força à se concentrer sur son travail. Elle sortit très vite, impatiente de récupérer ses bagages, de les déposer à l'hôtel et de se rendre au théâtre. Elle tenait à reconnaître les lieux, à s'assurer que tout était fin prêt. La tête pleine de son spectacle, elle devança les autres passagers, marchant à pas pressés.

– Holà! pas si vite, ma belle. Vous risquez de renverser une vieille dame si vous ne faites pas attention!

Agacée, elle se retourna et... éclata de rire.

– Qu'est-ce que tu fais là? demanda-t-elle à Anthony.

Souriante, surprise aussi, elle s'immobilisa.

— Voyons, voyons, je suis venu chercher une amie, répondit-il avec un grand sourire, qui vient d'être nommée assistante de notre metteur en scène. Tu la connais? Elle a les yeux verts.

— Petit malin, va! Merci quand même.

Bettina faisait de l'esprit, mais elle était ravie de le voir. En sortant de l'avion, elle s'était sentie seule, perdue.

— Comment les choses se passent-elles au théâtre?

— Je n'en sais rien du tout. J'ai traîné à l'hôtel tout l'après-midi.

— Tout le monde va bien?

Elle avait l'air si sincèrement inquiète qu'il ne put s'empêcher de rire.

— Oui, petite mère, ils se portent comme un charme.

La gaieté d'Anthony était contagieuse. Ils récupérèrent ses bagages, puis ils montèrent dans le taxi en riant comme deux gosses. Il la taquinait, il plaisantait, il faisait l'idiot.

Elle redevenait petite fille. C'était une compensation à son enfance ratée, tous ces moments perdus.

— C'est là?

Bettina descendit du taxi et contempla l'immeuble qui se trouvait devant elle. Les organisateurs de la tournée les avaient logés dans ce qui devait être le plus vieux et le plus laid des hôtels de la ville.

— Je ne te l'ai pas dit, ma belle? Ils ont déménagé la prison de San Quentin à Saint Louis, rien que pour nous!

Anthony était enchanté de sa plaisanterie, heureux d'entendre le rire cristallin de sa compagne.

— Mon Dieu, c'est épouvantable! Et c'est aussi moche à l'intérieur?

— Pire. Il y a des cafards gros comme des chiens.

Mais ne t'inquiète pas, ma belle, j'ai acheté une laisse.

— Anthony... Je t'en prie... Tu exagères.

— Pas du tout. Viens voir.

Quand elle pénétra dans sa chambre, elle se rendit compte qu'il avait dit vrai. Les murs étaient fissurés, la peinture partait en éclats, le lit était dur et le couvre-lit crasseux et gris.

— Alors, n'ai-je pas raison? jubila-t-il, tandis qu'elle posait sa valise sur le sol.

— Je ne vois pas ce qu'il y a de si drôle.

Elle lui adressa un sourire morne, s'assit. Rien ne semblait pouvoir atteindre le moral d'Anthony qui sautait sur le lit comme un petit garçon.

— Arrête, Anthony! Tu ne fatigues donc jamais?

Elle était en sueur, épuisée, démoralisée, et se demandait pourquoi elle avait quitté New York. Pour sillonner les routes avec ce dingue et descendre dans des hôtels pouilleux?

— Jamais, au grand jamais, je ne fatigue! Car je suis jeune, moi. Et certainement moins gâté que toi, Bettina, ajouta-t-il d'une voix caressante.

Elle fit volte-face.

— Qu'entends-tu par là?

— Je n'ai pas de chauffeur et je n'habite pas dans un duplex donnant sur Central Park. J'ai passé les trois quarts de ma vie dans des bouges comme celui-ci.

Bettina hésitait entre la pitié et la colère. Elle ne savait plus que lui rétorquer.

— Ah oui? Tu m'en veux d'avoir épousé quelqu'un de... d'aisé?

Anthony la fixa de ses yeux clairs.

— Non, mais je t'en veux énormément d'être mariée à un homme trois fois plus âgé que toi.

Elle le foudroya du regard.

— Ça ne te regarde pas.

– Peut-être que si.

Le cœur de la jeune femme se mit à battre, et elle lui tourna le dos.

– Je l'aime beaucoup.

– Tu es certaine que ce n'est pas son argent que tu aimes? insinua-t-il.

Alors Bettina laissa éclater sa fureur.

– Ne répète jamais ça! Ivo m'a sauvée. C'est le seul être qui se soit jamais soucié de moi.

Un soir où ils buvaient un café ensemble, elle lui avait parlé des dettes laissées par son père.

– Ce n'était pas une raison pour l'épouser!

Anthony était vraiment en colère.

– Je l'aime. Tu comprends? s'écria Bettina, livide. C'est mon mari et c'est un homme merveilleux.

Anthony changea soudain de ton, au point de se faire caressant.

– Quand je pense que tu es la femme d'un homme qui a quarante-trois ans de plus que toi, ça me fout en l'air! dit-il, le regard triste.

– Pourquoi?

Ses tempes lui faisaient mal, mais elle essayait désespérément de retrouver son calme.

– Ce n'est pas naturel. Tu devrais avoir un mari moins vieux, être toi-même jeune et insouciante, avoir des enfants.

Elle haussa les épaules et se laissa tomber lourdement sur le lit qui protesta en gémissant.

– Anthony, je n'ai jamais été jeune et insouciante. Je connais Ivo depuis que je suis née. Il est ce qui pouvait m'arriver de mieux.

Pourquoi lui faisait-elle un pareil numéro? Pourquoi se justifiait-elle ainsi?

– J'aimerais que l'on dise cela de moi, répliqua-t-il d'un air morne.

Bettina sourit, pour la première fois depuis le début de leur discussion.

– Un jour peut-être... Si nous faisions un marché?

– Lequel?

– Cesse de dire des âneries sur Ivo, de me harceler parce qu'il est plus âgé que moi.

– D'accord, d'accord, marché conclu, répondit-il de mauvaise grâce, mais ne me demande pas de comprendre.

– Non.

Pourtant elle exigerait cela aussi, s'il désirait vraiment être son ami.

– Grouillons-nous. Il est temps d'aller au théâtre, si nous ne voulons pas être fichus à la porte.

Quelques minutes plus tard, ils avaient tout oublié de leur dispute, des mots aigres échangés. Ils avaient trop besoin l'un de l'autre pour se payer le luxe d'une mésentente.

Ils arrivaient ensemble, ils repartaient ensemble, ils prenaient leurs repas ensemble, ils regardaient la télévision ensemble, ils s'endormaient côte à côte dans les aéroports et dans les hôtels miteux où ils attendaient qu'on leur attribuât une chambre. Ils étaient inséparables. Un petit noyau dans un grand. La troupe et l'équipe des techniciens formaient un groupe, à l'intérieur duquel se constituaient inévitablement des clans et des couples. Parmi eux, Anthony et Bettina. Personne ne comprenait très bien, personne n'osait poser de questions, mais au bout de quelques semaines, tout le monde savait que si l'on cherchait l'un, on trouvait l'autre.

– Bettina?

Ce matin-là, il tambourina à sa porte. Elle lui laissait généralement un double de sa clef, et il la réveillait en lui donnant une grande tape sur les fesses. Mais la veille, elle avait oublié de la lui remettre.

– Bettina! Réveille-toi! Merde! Bettina!

— Enfonce la porte! plaisanta l'un des rôles secondaires en passant devant Anthony qui frappait de plus belle.

— Allez, vieille, lève-toi, c'est l'heure!

Enfin elle s'avança vers la porte, titubant et bâillant.

— Oh, merci, Anthony... Je suis crevée...

Il leva les yeux au ciel et pénétra dans la pièce.

— Tu m'as apporté un café?

— Tu ne vas pas me croire, mais il n'y en a pas dans cet hôtel merdique. Il faut faire cent mètres pour atteindre le premier bistrot.

— J'aurais une crise cardiaque avant, fit-elle d'un ton larmoyant.

— C'est bien ce que j'ai pensé.

Il sourit mystérieusement et disparut dans le couloir. Il revint quelques instants plus tard avec un petit plateau en plastique, deux tasses de café et du pain de mie.

— Tu es merveilleux. Où as-tu trouvé ça?

— Je l'ai volé.

— Qu'importe! Je meurs de faim. À quelle heure partons-nous? Rien n'avait été décidé quand je suis allée me coucher, hier soir.

— Je me suis demandé où tu avais disparu si brusquement.

— Tu rigoles? Si je n'avais pas dormi, je serais tombée raide morte.

On ne les avait pas prévenus qu'ils donneraient une représentation tous les soirs. C'était l'un des nombreux détails passés sous silence. C'était aussi la raison pour laquelle Ivo n'était pas encore venu la voir, bien qu'elle l'eût quitté depuis un mois. Pourquoi se donnerait-il la peine de prendre l'avion pour rejoindre une femme qui travaillait sept jours sur sept? Ils se téléphonaient quotidiennement, mais les nouvelles qu'elle lui donnait se faisaient de plus en plus vagues. Toute son existence était centrée sur cette tournée. Il lui était devenu difficile de communiquer avec les « autres », ceux qui ne faisaient pas partie de la compagnie.

– Alors à quelle heure partons-nous? répéta-t-elle.

Anthony regarda sa montre en souriant.

– Dans une heure. Mais un peu de bonne humeur, que diable! Pense que cet après-midi, nous serons à San Francisco!

– Je m'en fiche! Pour ce qu'on va y faire. Si tu crois que nous allons jouer les touristes... Non. Nous serons bloqués dans un hôtel pourri et dans trois jours, nous attraperons un autre avion.

Le charme du voyage était désormais rompu. Mais cela n'en demeurait pas moins une expérience intéressante. C'était ce qu'elle répétait, chaque jour, à Ivo.

– Pas dans trois jours, ma belle, dans une semaine. Une semaine tout entière.

Un court instant, le visage de Bettina s'illumina. Elle se demanda si elle devait avertir Ivo, le supplier de la rejoindre.

– Aurons-nous une soirée de relâche?

– Pas à ma connaissance, mais qui sait? Allez, prépare-toi. Je te tiendrai compagnie pendant que tu boucleras tes valises.

Elle lui sourit et bondit sous la douche.

– As-tu pu joindre ton agent aujourd'hui? cria-t-elle, pour couvrir le bruit de l'eau.

– Ouais! hurla-t-il en retour.

– Qu'a-t-il dit?

– Rien de bon. C'est la dernière prolongation que j'obtiendrai des services de l'Immigration et dès que le spectacle sera terminé, il faudra que je m'en aille.

– Que tu quittes le pays?

– Évidemment.

– Oh, merde !

– Exactement. C'est plus ou moins ce que je lui ai dit avec en prime quelques commentaires acerbes, ajouta-t-il en souriant.

La porte de la salle de bains était entrouverte et au bout de quelques minutes, Bettina ferma le robinet de la douche et réapparut une serviette autour du corps, une autre enveloppant ses cheveux auburn.

– Qu'est-ce que tu vas faire ? demanda-t-elle, visiblement inquiète.

Elle n'ignorait pas à quel point Anthony désirait rester aux États-Unis.

– Je n'y peux rien, ma belle. Je partirai.

Il haussa les épaules et plongea le nez dans son café, une lueur malicieuse dans le regard.

– J'aimerais t'aider, Anthony.

– Je crains que ce ne soit impossible, fit-il avec un drôle de sourire. Tu es déjà mariée.

– Ça marcherait ? s'étonna-t-elle.

– Bien sûr ! Si j'épouse une Américaine, je suis tranquille.

– Eh bien, épouse n'importe qui ! Tu divorceras vite fait, bien fait, tout de suite après. Qu'attends-tu ? Tu ne trouves pas mon idée géniale ?

– Pas vraiment. Je serai obligé de vivre avec elle pendant six mois.

– Et alors ? Il doit bien y avoir quelqu'un.

– Hélas ! non !

– Bon. Il est temps de nous mettre en campagne !

Ils éclatèrent de rire, et Bettina disparut à nouveau dans la salle de bains. Quand elle en émergea, elle portait un chemisier de soie turquoise et une jupe de lin blanc. À son bras pendait une veste assortie. Elle avait chaussé des sandales de cuir noir à talons hauts. Cette tenue estivale lui seyait à merveille, et Anthony sourit en la voyant apparaître.

– Tu es ravissante, Bettina, dit-il sur un ton respectueux, admiratif et affectueux à la fois.

– À propos, comment va ton mari ? lui demanda-t-il sur le chemin de l'aéroport. Le verra-t-on un de ces jours ?

– Il ne veut pas venir tant que je n'ai pas une journée de congé. Il a sans doute raison.

Bettina ne semblait pas désireuse de poursuivre cette conversation. Ils s'engouffrèrent dans l'appareil en semant une belle pagaille sur leur passage. Du moins réussirent-ils à s'asseoir côte à côte. Il ouvrit un magazine, elle un livre. De temps en temps, il prononçait quelques mots à voix basse. Elle riait et lui lisait un extrait qu'elle avait trouvé drôle. On les prenait sans doute pour un couple marié depuis des années.

L'aéroport de San Francisco ressemblait à tous les autres, immense, bondé et désordonné. Ils s'entassèrent dans les bus qui les conduiraient en ville, puis dans les taxis qui les déposeraient à l'hôtel. Bettina grinçait des dents à la seule idée de se retrouver dans un autre bouge. Aussi fut-elle ébahie quand le taxi s'arrêta. Cela n'avait rien du motel standard auquel on les avait habitués. C'était une petite pension de famille à la française, perchée sur une colline, avec une vue sur la baie à vous couper le souffle.

– Anthony ? fit-elle en se tournant vers lui. Tu crois qu'ils se sont trompés ?

Elle sortit lentement de la voiture et regarda autour d'elle avec un plaisir mêlé de désarroi.

– Attends que les autres voient ça !

Anthony régla le chauffeur de taxi. Bettina se tourna vers lui, subitement aux anges : il avait un drôle de regard, qu'elle ne parvenait pas à déchiffrer.

– Les autres ne viendront pas ici, Bettina, dit-il doucement.

– Que veux-tu dire ? – Elle l'observa, perplexe, refusant de comprendre. – Où sont-ils ?

– Dans un de ces établissements du centre ville. J'ai pensé que tu préférerais descendre ici, ajouta-t-il non sans une certaine tendresse.

– Mais pourquoi ? demanda-t-elle, soudain prise de panique.

– Parce que tu es habituée à ce genre d'endroit et que c'est beau. Tu y seras bien. Et puis, nous en avons tous les deux soupé des hôtels pouilleux.

C'était vrai. Mais pourquoi ici précisément ? Et pourquoi lui rappelait-il sans cesse ses habitudes ? Et pourquoi faire bande à part ?

– Tu me fais confiance ? s'écria-t-il sur le ton du défi. Ou préfères-tu t'en aller ?

Bettina hésita longuement, soupira et finit par hocher la tête.

– Je reste. Mais je ne comprends toujours pas pourquoi tu as fait ça, sans m'en parler.

Elle était fatiguée, méfiante, ne sachant trop ce que signifiait cette lueur, là, au fond de ses prunelles.

– Je voulais te faire une surprise.

– Mais que vont dire les autres ?

– Quelle importance ?

Voyant qu'elle hésitait de nouveau, il laissa retomber leurs bagages et lui prit la main.

– Bettina, sommes-nous amis, oui ou non ?

– Oui, répondit-elle.

– Alors fais-moi confiance. Pour cette fois. C'est tout ce que je te demande.

Elle obéit. Il avait déjà retenu des chambres attenantes, si jolies que Bettina se sentit une folle envie de rire, de se pendre à son cou.

– Et puis merde, Anthony, tu as raison ! C'est charmant ici !

- N'est-ce pas ?

Ils admirèrent la vue de la terrasse. Anthony paraissait heureux d'avoir gagné.

- Je suis navrée d'avoir fait tant d'histoires, dit-elle, un peu penaude. Je suis tellement crevée, et je... Oh, je ne sais plus... Il y a longtemps que je n'ai pas vu Ivo, et je m'inquiète...

- Ne t'en fais pas, ma belle, ne t'en fais pas, la rassura-t-il en lui entourant les épaules de son bras.

Bettina lui sourit et s'avança à pas lents vers une chaise longue bleu pâle où elle se posa avec volupté. Il y avait du tissu aux murs, un ravissant mobilier ancien, une petite cheminée de marbre et un lit à baldaquin.

- Comment as-tu déniché cet endroit adorable ?

- La chance, je suppose. Je l'ai découvert par hasard lors de mon premier séjour aux États-Unis. Et je m'étais promis, ajouta-t-il en contemplant ses mains, d'y revenir avec quelqu'un qui compterait beaucoup pour moi.

Il releva le nez.

- Et tu comptes beaucoup pour moi, fit-il d'une voix étranglée.

Le corps de Bettina devint brûlant. Pour elle aussi, Anthony comptait.

- Anthony, je ne devrais pas...

Elle se redressa. Elle se sentait gauche, empruntée. Au milieu de la pièce, elle lui tourna le dos. Puis elle l'entendit se rapprocher. Il posa les mains sur ses épaules et la fit pivoter jusqu'à ce qu'elle lui fît face. Sans rien dire, il l'embrassa de tout son corps, de toute son âme, dévoré par le désir.

18

BETTINA ne comprenait pas comment cela avait pu se produire, ni même ce qui l'avait poussée à agir ainsi. Bien sûr elle n'avait pas revu Ivo depuis cinq semaines, et le fait d'être sur les routes avec la troupe lui donnait l'impression de vivre dans un autre univers. Elle réalisait maintenant qu'Anthony l'avait séduite depuis longtemps, et aussi – chose difficilement avouable – combien était agréable le contact d'un corps jeune et frais contre le sien. Ils avaient faim l'un de l'autre et ils assouvirent leur désir. Bientôt, ce fut l'heure de regagner le théâtre. Bettina, étourdie, se leva, ne sachant que dire ni penser. Anthony remarqua aussitôt son désarroi et la fit asseoir sur le lit.

– Bettina, regarde-moi.
Elle refusa.
– Bettina, je t'en prie.
– Je ne sais plus où j'en suis, gémit-elle, angoissée. Pourquoi avons-nous...
– Parce que nous en avions envie. Parce que nous avons besoin l'un de l'autre, que nous nous comprenons. Je t'aime, Bettina, poursuivit-il en la fixant de son regard intense. Ne l'oublie pas. Ne cherche pas à te persuader que nous n'étions que deux corps dans un lit. Tu te mentirais à toi-même.

D'un geste ferme, il l'obligea à relever le menton.

– Regarde-moi, Bettina.

Lentement, presque honteusement, elle leva les yeux vers lui.

– Est-ce que tu m'aimes ? Réponds-moi sincèrement.

– Je ne sais pas, murmura-t-elle.

– Mais si. Tu n'aurais jamais fait l'amour avec moi si tu ne m'aimais pas. Ce n'est pas ton genre. Je me trompe ? Je me trompé ? répéta-t-il d'une voix douce.

Elle secoua la tête avec vigueur.

– Réponds-moi, insista-t-il. Est-ce que tu m'aimes ? Dis-le, dis-le, s'il te plaît...

Les paroles d'Anthony lui firent l'effet d'une caresse.

– Je t'aime.

Il l'entoura de son bras et la serra contre lui.

– Je le sais, fit-il en baissant tendrement les yeux vers elle. Maintenant nous allons au théâtre, ensuite nous reviendrons ici.

Comme pour lui rappeler ce qui se passerait alors, il lui fit l'amour, vite, là sur le lit. Il la laissa haletante, ébahie de sa propre passion, de son appétit. Elle se faisait l'effet d'une alcoolique se gavant de vin. Jamais elle ne se lasserait de lui, de son corps si satiné, si lisse sous la main. Sur la route qui menait au théâtre, elle ne pensa plus qu'à Ivo, c'était presque une obsession. Et s'il lui téléphonait ? S'il était au courant ? S'il avait demandé l'adresse de leur hôtel ? Et s'il débarquait en Californie sans crier gare ? Qu'était-elle en train de faire ? Mais chaque fois qu'elle essayait de se convaincre que c'était de la folie, elle pensait à leurs étreintes et souhaitait qu'elles n'aient jamais de fin. Au théâtre, ce soir-là, elle eut le plus grand mal à travailler, et de retour à l'hôtel, ils firent l'amour toute la nuit. Bettina se demanda comment leur relation avait pu rester aussi longtemps platonique.

– Heureuse ? demanda Anthony, en se penchant vers elle, nichée au creux de son bras.

– Je n'en sais rien, dit-elle avec honnêteté.

Au fond d'elle-même, elle avait beaucoup de chagrin pour Ivo. La culpabilité la rongeait, la faisait souffrir comme une plaie à vif.

Anthony était conscient de l'ambiguïté de ses sentiments.

– Je comprends.

Mais elle se demanda si c'était vrai, s'il possédait, dans l'art d'aimer, le même génie qu'Ivo. Il n'avait ni l'âge ni l'expérience de son mari. Un homme plus âgé présentait certains avantages. Ivo n'avait plus de méchanceté, il avait retenu les leçons de l'existence, bien avant de vivre avec elle. Il ne lui restait que la gentillesse, la douceur et l'humour. Bettina se fit plus pensive encore.

– Que vas-tu lui dire ? insista-t-il, comme s'il avait suivi le cours de ses pensées.

– Rien. – Elle se tourna vers Anthony, qui paraissait froissé. – S'il était plus jeune, ce serait différent.

– Mais n'est-ce pas là le problème ? En partie du moins ?

Qu'elle était difficile à convaincre ! Anthony réalisa que la lutte serait dure.

– Je n'en suis pas certaine.

Il ne la harcela plus, ce soir-là. Ils avaient mieux à faire. Bettina se surprit à penser d'abord à Anthony, à Ivo, puis de nouveau à Anthony. C'était un cercle vicieux dont elle ne parvenait à sortir qu'en se jetant dans les bras du jeune acteur. De toute la semaine, elle ne téléphona pas à Ivo. La culpabilité qu'elle éprouvait était trop lourde à porter. Avec lui, elle aurait été incapable de faire semblant. Elle ne voulait pas lui mentir. Elle se défila donc. Ivo, lui, appelait souvent, laissait des messages. Un soir à Los Angeles, tard dans la nuit, il parvint enfin à la joindre. Ils ne s'étaient pas parlé depuis neuf jours. À présent, elle ne pouvait plus tricher : Anthony et elle partageaient la même chambre.

– Ma chérie! Tout va bien? demanda-t-il avec une pointe de désespoir dans la voix.

En l'entendant, les yeux de Bettina s'embuèrent de larmes.

– Ivo... je vais bien... Oh, mon chéri!

Elle ne se sentit pas la force de poursuivre cette conversation. Il le fallait pourtant. Sinon... Sinon... il devinerait tout. Heureusement Anthony était déjà endormi.

– Nous menons une vie de dingues... Il y a tant de travail! Je n'ai pas une minute à moi.

– À ce point-là?

Ivo semblait curieusement tendu. Dans le lit, près d'elle, Anthony s'étira. Bettina hésita un instant, puis elle sécha ses pleurs.

– Oui, je t'assure, murmura-t-elle d'une voix à peine audible.

À l'autre bout du fil, Ivo comprit la situation.

– Alors nous attendrons, ma chérie. Je te verrai quand tu rentreras à la maison. Mais ne te presse pas. Nous avons toute la vie devant nous.

Avaient-ils réellement la vie devant eux? Ivo n'en était pas très sûr. Bettina avait l'impression qu'une force colossale l'arrachait à lui.

– Ivo, tu me manques tant! dit-elle comme un enfant désespéré.

Ivo ferma les paupières. Il devait lui dire quelque chose. Il le fallait. C'était plus honnête.

– Bettina... ma toute petite... – Il respira profondément. – C'est comme ça quand on grandit. Tu dois en passer par là. Quoi qu'il arrive.

– Que veux-tu dire?

Bettina se redressa dans son lit et tendit l'oreille pour mieux l'entendre. Avait-il deviné? Ou bien lui parlait-il du spectacle?

– Si difficile que ce soit pour toi, Bettina, suis ton désir, c'est bien. N'aie jamais peur de payer le prix fort... quel qu'il soit... même si nous ne devons plus nous voir à cause de cette pièce de théâtre, même si cela veut dire... – Ivo reprit son souffle, avant de poursuivre. – Sois une grande fille, Bettina. Le moment est venu, ma chérie.

Mais elle ne voulait pas être une grande fille. Tout ce qu'elle désirait, c'était redevenir petite près de lui, toute petite.

– Va dormir, à présent, Bettina, il est tard.

– Il est encore plus tard pour toi, répondit-elle.

Elle n'y avait pas pensé plus tôt. Il était deux heures et demie du matin à Los Angeles, trois heures de plus sur la Côte Est.

– Mon Dieu, que fais-tu debout à une heure pareille?

– Je voulais être certain de te joindre.

– Chéri, je suis désolée, gémit-elle, rongée par le remords.

– Ça ne sert à rien. Sois jeune, amuse-toi et...

« Et souviens-toi que tu es à moi », songea-t-il sans le lui dire. Il préférait la laisser libre de s'envoler, si telle était sa volonté. Quoi qu'il lui en coûtât.

– Je t'aime, ma toute petite.

– Je t'aime, Ivo.

– Bonne nuit.

Quand Bettina eut raccroché, les larmes ruisselèrent sur son beau visage. Anthony ronflait discrètement. Un court instant, elle se prit à le haïr.

Trois jours plus tard, elle se demandait si elle ne haïssait pas Ivo davantage. Elle venait de lire un article dans le journal de Los Angeles, consacré à Margot Banks, la célèbre star de Hollywood. Celle-ci avait passé le week-end à New York, chez un vieil ami dont elle avait tu le nom à la presse. On racontait pourtant qu'elle avait dîné au *21* avec Ivo Stewart, l'ancien directeur du *New York Mail*. Bettina savait parfaitement que Margot avait été l'une des conquêtes de son père avant de devenir la maîtresse d'Ivo. Bettina était encore petite fille. Était-ce pour cela qu'il s'était montré si compréhensif ? Qu'il n'était pas venu ? Et elle qui se flagellait, chaque nuit, pendant qu'ils ranimaient leur ancienne flamme ! Que se passait-il ? Était-ce lui qui avait envie de papillonner au bout de sept ans ? Rien que d'y penser, Bettina se sentait emportée par une vague de fureur, une véritable déferlante balayant tout sur son passage. Quand Ivo la rappela, elle envoya un grouillot lui annoncer qu'elle était sortie. Assis dans un fauteuil, une tasse de café à la main, M. Anthony Pearce avait l'air extrêmement satisfait.

19

Leur aventure dura trois mois, jusqu'à la fin de la tournée. Anthony et Bettina vivaient leur passion, de ville en ville, d'hôtel en hôtel. Ils ne voyaient rien des lieux qu'ils traversaient, passant leur temps à répéter, à jouer sur scène et à faire l'amour. De plus en plus souvent, Bettina trouvait, dans les journaux, le nom d'Ivo mêlé à ceux des femmes qui avaient peuplé son existence, longtemps auparavant. Surtout Margot, la vieille garce. Bettina avait envie de mordre chaque fois qu'elle lisait son nom. Anthony se moquait d'elle. Elle n'était pas vraiment en situation de faire des scènes de jalousie. Jamais elle ne parlait de ces potins à Ivo, au téléphone, mais leurs rapports étaient tendus. Cette séparation de quatre mois n'avait rien donné de bon.

– Alors? lui demanda Anthony, le dernier jour de la tournée. Que fait-on maintenant?

– Quoi, « que fait-on »?

Elle était épuisée. Dehors il faisait une chaleur d'enfer, une journée d'été à Nashville, Tennessee.

– Ne sois pas agressive, Bettina. J'ai quand même le droit de savoir à quelle sauce je vais être mangé. C'est fini? C'est ça? Tu vas retourner dans ton duplex avec ton vieux bonhomme? fit-il d'un ton amer.

Lui aussi était fatigué, et la chaleur lui mettait les nerfs à vif.

Bettina, décomposée, se laissa lourdement tomber sur le lit qui grinçait. La seule chambre d'hôtel correcte avait été celle qu'Anthony leur avait réservée à San Francisco. Ne serait-ce que pour cela, il lui semblait bon de rentrer à la maison, de dormir dans son lit. Malgré les commérages colportés par la presse, elle avait hâte de revoir Ivo. Ils s'étaient tous deux comportés comme des imbéciles. Il n'y avait aucune raison de mettre fin à leur union. Bettina avait fait une expérience. Jamais elle ne repartirait sur les routes. Certes sa liaison avec Anthony avait été heureuse, mais il était temps de rentrer.

– Je ne sais pas, Anthony. Je ne peux pas te donner de réponse.

– Je vois. – Il hésita un instant. – Je suppose que tu as l'intention de rester avec lui?

– Qu'est-ce que tu veux? Un contrat? rétorqua-t-elle.

– Peut-être, ma belle, peut-être. As-tu songé que tandis que tu retourneras chez ton cher petit mari, je serai au chômage, seul, sans amour, et probablement sans patrie? Pas réjouissant, comme perspective.

Elle eut soudain pitié de lui. Il n'avait pas tort. Elle avait Ivo. Et lui, sur qui pouvait-il compter? De toute évidence, il ne lui restait plus personne.

– Je suis désolée, Anthony. – Elle s'approcha de lui et posa une main sur sa joue. – Je te dirai mes intentions quand je les connaîtrai.

– Fantastique! On dirait un entretien avant embauche. Eh bien, Mademoiselle l'Assistante, quoi que tu en penses, que ce soit important ou non pour toi, je tiens à mettre les choses au point avant notre départ. Je t'aime, voilà! – Sa voix chancela. – Et si tu avais l'extrême bonté de quitter ton mari, poursuivit-il, je t'épouserais immédiatement. Tu comprends?

Bettina le regarda, stupéfaite.

– Tu es sérieux? Mais pourquoi?

Anthony ne put s'empêcher de sourire. Lentement il fit glisser un doigt sur son visage, sur son cou, sur ses seins.

– Parce que tu es belle, intelligente, merveilleuse et..., ajouta-t-il gravement, que tu n'es pas le genre de fille avec qui on ne fait que coucher. Tu es de celles que l'on épouse, Bett. – Il sourit devant son air abasourdi. – Alors mon amour, si je parviens à t'arracher à la situation qui est la tienne aujourd'hui, déclara-t-il en posant un genou à terre pour lui baiser la main, j'aimerais que tu deviennes Mme Anthony Pearce.

– Je ne sais pas quoi répondre.

– Appelle-moi le lendemain de notre arrivée à New York... pour me dire oui.

Ce n'était pas aussi simple qu'il le laissait entendre. Jamais elle ne pourrait faire ça à Ivo. Ce qu'elle n'avait pas prévu, c'était qu'Ivo, lui, pourrait fort bien le faire à sa place.

20

— Ivo, tu ne dis pas ça sérieusement ?
— Si.
Elle le fixa du regard, pâle comme la cendre.
— Mais pourquoi ?
— Parce que l'heure est venue. Pour tous les deux.
Que lui chantait-il ? Qu'est-ce que cela signifiait ?
— Je crois qu'il est grand temps que nous ayons un amant ou une maîtresse de notre âge.
— Je refuse ! Et toi ? ajouta-t-elle, pétrifiée. C'est ce que tu veux ?
Ivo ne répondit pas. Il se sentait déchiré, écartelé jusqu'au plus profond de lui-même. Pourtant, il savait. Il s'était informé. Elle avait une liaison avec un acteur. Ils étaient ensemble depuis des mois. Peut-être même avant son départ de New York. Ivo n'avait nullement l'intention de se mettre en travers de son chemin. Bettina avait le droit d'exiger autre chose, davantage. Elle était si jeune !
— Je refuse de te quitter ! hurla-t-elle.
Ivo s'assit calmement devant son bureau.
— Si, je crois que tu le veux.
— Tu es sorti avec d'autres femmes, je l'ai lu

dans les journaux. C'est à cause d'elles? Ivo, réponds-moi! insista-t-elle, frénétique.

Elle était pâle à faire peur, mais Ivo tint bon.

— Ce sera mieux pour nous deux. Tu as besoin de ta liberté.

— Je n'ai pas envie d'être libre!

— Tu l'es déjà. Je ne vais pas évoquer cette histoire qui nous ferait du mal. Je prendrai l'avion pour la République Dominicaine le week-end prochain, et tout sera terminé. Fini. Tu seras légalement libre.

— *Mais je ne veux pas être légalement libre, Ivo!* cria-t-elle.

Derrière la porte, Mathilde ne perdait pas une miette de leur conversation. Ivo en était certain. Il tendit les bras à Bettina et la serra contre lui.

— Je serai toujours là pour toi, Bettina. Je t'aime. Mais il te faut quelqu'un de plus jeune. Tu ne peux plus être ma femme, dit-il presque à voix basse, comme s'il expliquait quelque chose à un enfant attardé.

Gémissante, au bord de l'hystérie, elle s'agrippa à sa main.

— Garde-moi avec toi, Ivo... Je ne recommencerai plus... Pardonne-moi... Je suis désolée... si désolée...

À présent, elle savait qu'il savait. Forcément. Sinon pourquoi se conduirait-il ainsi? Pendue à son cou, elle se demandait pourquoi il se montrait si cruel.

En réalité, Ivo était à l'agonie, mais il pensait qu'il lui devait cela. Ironiquement, elle repoussait son geste. Il essaya de lui expliquer qu'il lui verserait une somme d'argent tous les mois, que jamais il ne la laisserait sans le sou, abandonnée, rejetée. Elle figurait également dans son testament. Elle pourrait rester dans l'appartement jusqu'à son retour de Saint-Domingue. Après quoi, suggéra-t-il, elle irait rejoindre son autre ami. Le temps qu'elle habiterait chez lui, il élirait domicile au club d'un de ses amis. Bettina l'écouta, frappée de stupeur. Elle n'en croyait pas ses oreilles. Ce n'était pas possible. Cet homme qui l'avait sauvée, qu'elle avait désespérément aimé... Elle avait tout gâché en couchant avec Anthony, et Ivo était au courant. Elle méritait d'être punie.

Les jours qui suivirent ne furent qu'un long cauchemar. Jamais elle n'avait rien vécu d'aussi pénible. Même après la mort de son père, elle ne s'était pas sentie brisée, délaissée à ce point-là, incapable de remonter le courant. Elle refusait même d'en parler à Anthony. La veille du retour d'Ivo de Saint-Domingue, elle resta assise dans sa chambre tard le soir, au bord de l'hystérie. N'ayant personne d'autre à qui se confier, elle lui téléphona.

– Qui? Quoi? Eh bien, dis donc, tu es dans un état... Tu veux venir chez moi? demanda-t-il après une pause.

Elle hésita un instant, avant d'acquiescer.

– Je viens te chercher?

Aussi chevaleresque qu'il fut, ce geste lui parut inconvenant. Elle enfila donc un jean, des sandales et une chemise. Quelques minutes plus tard, elle montait dans un taxi pour le rejoindre.

– Il a *quoi?*

Anthony préparait le café. Ils avaient tous deux pris place sur les hauts tabourets de la cuisine.

– Il m'a dit qu'il voulait divorcer. Pour ce faire, il est parti pour Saint-Domingue, répéta-t-elle mécaniquement, tandis que son visage ruisselait de larmes.

Anthony lui sourit.

– Je t'ai déjà dit qu'il était sénile, mon canard. Mais pourquoi m'en plaindrais-je? Alors, comme ça il divorce, hein?

Bettina acquiesça avec un soupir.

– Anthony, hoqueta-t-elle, je trouve ta joie très déplacée !

– Ah oui ? Vraiment, mon amour ? Moi pas. Jamais de ma vie, je n'ai été aussi heureux ! – Il s'inclina poliment vers elle. – Me feras-tu l'honneur de m'épouser lundi ?

– Certainement pas, répondit-elle en lui faisant une révérence tout aussi courtoise.

– Pourquoi ? fit-il en ouvrant de grands yeux.

Elle se leva du tabouret et marcha vers le canapé, en reniflant.

– Parce que nous nous connaissons à peine, parce que nous sommes tous les deux jeunes, parce que... Bon sang, Anthony !... J'ai été mariée sept ans avec quelqu'un qui compte énormément pour moi. Il divorce, et tu voudrais que je me remarie dès le lendemain ? Il faudrait être fou. Laisse-moi au moins le temps de souffler.

Le problème n'était pas de souffler. Elle ne tenait pas à l'épouser. Elle n'était pas très sûre de lui. Comme amant, oui, mais pas comme compagnon.

– Parfait. Alors tu m'écriras en Angleterre, déclara-t-il avec amertume.

– En Angleterre ?

Elle leva les yeux vers lui en fronçant les sourcils.

– Je dois avoir quitté le pays avant vendredi.

– À la fin de la semaine ?

– Oui, comme tous les vendredis.

– Ne fais pas le malin. Je ne plaisante pas !

– Moi non plus. Je suis on ne peut plus sérieux. J'allais boucler mes valises quand tu m'as appelé. – Son visage s'illumina soudain. – Mais si nous nous marions, je ne serai plus obligé de partir, tu comprends ?

Elle le regarda droit dans les yeux.

– Quelle belle raison de se marier!

Anthony se rapprocha d'elle et lui prit la main.

– Bett, pense à tous ces moments passés ensemble, pendant cette fichue tournée! Si nous avons été heureux dans des conditions aussi difficiles, nous le serons n'importe où. Tu sais que je t'aime. Je t'ai déjà dit que je voulais t'épouser. Alors cette semaine ou l'année prochaine, quelle différence cela fait-il?

– Une grande différence.

Elle le regarda avec nervosité et secoua la tête. Rapidement, il changea de sujet de conversation. Mais il revint à la charge le lendemain, après qu'ils eurent passé la nuit dans le même lit. Il lui rappela qu'elle était sur le point de perdre non seulement son mari, mais aussi son amant. Ainsi confrontée à la dure réalité des choses, elle éclata en sanglots.

– Pour l'amour du ciel, arrête de pleurer. Il y a toujours une solution.

– Cesse de prêcher pour ta paroisse.

Mais cela ne découragea pas Anthony qui poursuivit son plaidoyer avec talent. À la fin de l'après-midi, Bettina était à bout de nerfs. Elle regarda sa montre. Il était grand temps de regagner l'appartement d'Ivo. Elle bouclerait ses valises avant de s'installer à l'hôtel. Quand elle fit part de ce projet à Anthony, il insista pour qu'elle vienne habiter chez lui. Elle hésita à accepter sa proposition. Bien sûr, les premiers jours, elle se sentirait moins seule. Et puisqu'ils avaient fait chambre commune tout l'été, il n'y avait aucune raison de refuser. Elle venait de comprendre, non sans un petit coup au cœur, qu'elle n'était plus mariée. Ivo devait déjà avoir obtenu le divorce.

À cinq heures, elle prit donc un taxi pour aller chercher ses affaires. Cela lui rappelait étrangement son premier déménagement. Délaissant l'appartement vide de son père, elle avait élu domicile chez Ivo. Sept ans plus tard, elle s'en allait chez un autre. Pas pour longtemps, se promit-elle. Puis elle se souvint que chez Ivo, elle n'était venue que pour quelque temps.

Le lundi, elle avait repris ses esprits. Le lundi soir, il l'invita à dîner. Le mardi, il prépara ses bagages. Le mercredi, il y eut un beau capharnaüm dans l'appartement. Cela signifiait que dans deux jours, recommenceraient les adieux déchirants. Le matin, elle appela Ivo qui lui parut calme, déterminé, et ne regrettait nullement sa décision. Quand elle raccrocha, elle se tourna vers Anthony, les yeux humides. Dans deux jours, il serait parti, lui aussi. Il devina ses pensées.
– Tu le feras ? demanda-t-il.
Elle lui jeta un regard sans expression.
– Tu m'épouseras, Bettina ? Je t'en prie...
Elle ne put retenir un sourire. Il avait tellement l'air d'un petit garçon.
– Mais ça n'a aucun sens. Il est trop tôt.
– Non, il n'est pas trop tôt. – À son tour, il eut les larmes aux yeux. – Il est presque trop tard. Si nous n'obtenons pas de dispense aujourd'hui, nous ne pourrons plus rien faire d'ici vendredi. Alors je devrai te quitter. Peu importent mes sentiments...
Ces mots avaient une résonance familière. Ivo avait dit grosso modo la même chose au téléphone, quand elle était en Californie avec Anthony. Il avait également parlé du prix à payer, elle s'en souvenait fort bien.
– Et si ça ne marche pas ? fit-elle avec calme.
– Eh bien, nous divorcerons !
– J'ai déjà divorcé, Anthony. Je n'ai pas l'intention de recommencer, répliqua-t-elle sans agressivité.
Il se rapprocha d'elle et lui tendit les bras.
– Nous resterons toujours ensemble, déclara-t-il

en la serrant fort contre lui. Nous aurons un bébé... Oh, Bettina, je t'en prie...

Elle fut incapable de lui résister plus longtemps. Elle désirait tant s'accrocher à lui, ne pas perdre un autre être à qui elle tenait. Et puis elle avait désespérément besoin d'amour.

– Tu veux bien?

Elle retint son souffle, puis acquiesça d'une voix à peine audible.

Anthony se précipita à la mairie avant la fermeture des bureaux. Ils obtinrent la dispense tant convoitée, firent les analyses sanguines indispensables. Anthony acheta des alliances. Le vendredi matin, de nouveau à la mairie, ils se marièrent. Et Bettina Daniels Stewart devint Mme Anthony Pearce.

21

Ils hibernèrent pendant les mois d'automne qui suivirent leur mariage. On n'avait confié aucun nouveau rôle à Anthony, et Bettina n'avait pas repris de travail. Il lui semblait avoir acquis les bases qui lui manquaient. Elle avait de l'expérience et ce mal de vivre qui vous pousse à écrire. Quant à Anthony, il n'éprouvait aucun besoin urgent de revenir sur scène. Il pouvait rester aux États-Unis puisqu'il était marié à Bettina. La pension alimentaire d'Ivo leur permettait de vivre. Il décida donc d'attendre un rôle à sa mesure. Cette insouciance gênait parfois Bettina. C'était pour elle qu'Ivo versait cet argent. Mais Anthony était suffisamment ennuyé de rester inactif. Du moins essayait-elle de s'en convaincre. Elle n'insista donc pas. Après tout, elle ne travaillait pas non plus. Elle avait besoin de faire une pause, d'apprendre à connaître Anthony, tous les coins et recoins de son cerveau. Elle se rendit compte que certains aspects de sa personnalité lui étaient inconnus, dissimulés, si proches qu'ils puissent lui paraître parfois.

Ils s'enfermèrent donc dans l'appartement d'Anthony, lurent maintes pièces, firent des spaghetti, de longues promenades, et l'amour. Le matin, ils riaient, parlaient, pouffaient encore... quand

Anthony était à la maison. Nombreux étaient les soirs où il allait voir jouer d'autres acteurs. Après quoi il bavardait avec ses amis, jusque tard dans la nuit. Seule dans le loft, Bettina comprit ce que ressentait Ivo quand elle le quittait pour le théâtre.

En fait, elle pensait souvent à Ivo, se demandant ce qu'il devenait, s'il était toujours aussi fatigué, s'il se portait bien. Elle aurait aimé se tourner vers lui, écouter ses mots tendres, ses encouragements, ses louanges. Au lieu de cela, elle avait trouvé la nonchalance d'Anthony, son humour, sa chaleur, et sa passion qui était venue s'échouer dans ses bras.

– Qu'est-ce qui te rend si mélancolique, ma belle ?

Cela faisait quelque temps qu'il l'observait. Elle bâillait, le crayon à la main, penchée sur les notes qu'elle avait prises et qui devaient l'aider à rédiger sa pièce. Surprise, elle releva le menton. Il était sorti depuis des heures, et elle ne l'avait pas entendu rentrer.

– Rien. Tu as passé une bonne soirée ?
– Très agréable. Et toi ? lui demanda-t-il, désinvolte, en dénouant sa longue écharpe de cachemire.

Bettina la lui avait achetée dès les premiers signes de l'hiver. Après qu'il eut exigé qu'elle vendît son manteau de vison. Ils en vivaient depuis deux mois.

– Ç'a été.

Mais elle semblait nourrir de sombres pensées. Toute la journée, elle s'était sentie vaseuse.

Anthony lui sourit et vint s'asseoir au bord du lit.

– Viens, mon amour. Dis-moi ce qui ne va pas.

Elle hocha d'abord la tête, puis elle se mit à rire doucement en se prenant le visage entre les mains.

– J'étais en train de penser à Noël. Et j'aimerais te donner quelque chose de merveilleux. Mais je ne vois vraiment pas comment, dit-elle avec regret.

Il la serra dans ses bras.

– Ça n'a pas d'importance, petite idiote. Je t'ai et tu m'as. C'est tout ce que je désire. Ça et une Porsche, ajouta-t-il avec un sourire espiègle.

– Très drôle.

C'était bizarre de penser que, le Noël précédent, Ivo lui avait offert un bracelet de diamants. Et elle lui avait fait présent d'un nouveau manteau de cachemire, d'un attaché-case qui valait quatre cents dollars et d'un briquet en or. Cette époque était révolue. Il ne lui restait plus que ses bijoux, à l'abri dans un coffre. Elle n'en avait même pas parlé à Anthony. Elle s'était contentée de lui dire qu'elle avait tout rendu à Ivo en partant. La vérité, c'était qu'elle le lui avait proposé, mais il avait insisté pour qu'elle les gardât, à condition que personne ne sût où ils se trouvaient. Cela lui servirait de cagnotte, de bas de laine, de poire pour la soif. Ivo en avait décidé ainsi, et Bettina avait suivi son conseil. Un instant, elle envisagea de vendre un bracelet, une breloque, juste pour Noël. Mais cela éveillerait les soupçons d'Anthony.

– Te rends-tu compte que nous ne pouvons même pas nous faire de cadeaux ? soupira-t-elle.

On eût dit un enfant qui venait de perdre son jouet préféré.

– Bien sûr que si, rétorqua Anthony sans se démonter. Nous nous offrirons une dinde et un repas de Noël. Nous nous écrirons des poèmes et nous ferons une grande promenade dans Central Park.

Son entrain était tel que Bettina sourit et sécha ses pleurs.
- J'aurais aimé te donner davantage.
- C'est déjà fait, murmura-t-il en la serrant contre lui.

Mais dans la semaine qui suivit, l'horizon s'assombrit. Bettina contracta une sorte de méchante grippe et passa le plus clair de ses journées dans la salle de bains, de nausée en nausée. Son état allait en s'améliorant vers le soir. Mais au matin, tout recommençait de plus belle. Au bout de quelques jours, elle avait une mine épouvantable.
- Tu ferais mieux de consulter un médecin, Bett, lui conseilla Anthony, un après-midi où elle sortait des toilettes, titubante.
Elle hésita à appeler le médecin d'Ivo. Elle ne tenait pas à lui fournir des explications et redoutait qu'il prévienne Ivo ou fourre son nez dans sa nouvelle vie privée. Elle alla donc voir un autre médecin, recommandé par une amie d'Anthony, une fille qui avait travaillé avec eux lors du dernier spectacle. La salle d'attente était minuscule et bondée, les magazines écornés, les meubles vieux et usés, et les patients pauvres, abattus. Quand elle entra dans la pièce qui servait aux consultations, elle était à deux doigts de s'évanouir, et fut rapidement prise de violents vomissements. Lorsqu'elle leva les yeux de la cuvette qu'on lui avait tendue, elle rencontra un regard doux et des mains qui l'aidèrent à ramener ses cheveux en arrière.
- Ça va mal à ce point ?
Elle acquiesça en essayant de reprendre haleine.
- Cela dure depuis combien de temps ?
Il l'observait avec attention, avec gentillesse aussi. Bettina avait moins peur quand elle s'allongea sur la table.

– Presque deux semaines.
– Et c'est comme ça depuis le début ?

Il tira à lui un tabouret à roulettes et s'assit près d'elle, un sourire aux lèvres.

– Oui. Tout le temps. Sauf le soir, où je me sens un tout petit peu mieux.

Le médecin inscrivit quelque chose sur sa feuille.

– Cela vous est-il déjà arrivé ?
– Jamais, répondit-elle aussitôt.
– Avez-vous déjà été enceinte ? fit-il en cherchant son regard, avec une extrême douceur.

Elle fit signe que non. Elle comprit soudain ce qui lui arrivait et se redressa.

– Je suis enceinte ?
– C'est bien possible. Ce serait si terrible ? ajouta-t-il.

Elle haussa les épaules, pensive.

– Je ne sais pas, dit-elle avec une petite lueur scintillante au fond de ses yeux verts.
– Votre mari est comédien ?

La plupart de ses clients venaient du théâtre. C'était un milieu où tout se répandait comme une traînée de poudre, les recommandations, les références, les potins et les maladies. Son nom s'était transmis de bouche à oreille.

– A-t-il du travail en ce moment ?

Il connaissait la musique, devant parfois attendre cinq ou six mois pour être payé, quand il l'était.

– Non. Mais je suis certaine qu'il en aura sous peu.
– Et vous ? Vous êtes aussi comédienne ?

Elle fit signe que non en esquissant un sourire. Qui était-elle ? Assistante ? Dramaturge en herbe ? Bonne à tout faire ? Pour l'instant, elle n'était rien. Elle ne pouvait plus dire : « Je suis la fille de Justin Daniels » ou « Je suis la femme d'Ivo Stewart ».

– Je ne suis que la femme d'Anthony Pearce, déclara-t-elle, comme mue par un réflexe.

Le médecin la soupçonna de simplifier les choses. Son histoire devait être tout autre. Elle portait un pull élégant et cher, comme sa jupe de tweed. Ses bottes venaient de chez Gucci, et bien que son manteau parût plus ordinaire, il remarqua la superbe montre en or à son poignet.

– Je vais vous examiner.

Ce qu'il fit. Puis il effectua un test de grossesse dans son cabinet, qui confirma son diagnostic.

– Bettina, vous êtes enceinte de deux mois et demi.

Il guettait sa réaction et le large sourire qu'elle lui renvoya le toucha.

– Vous ne semblez pas trop malheureuse.

– Je ne le suis pas.

Elle le remercia et prit un autre rendez-vous. Il ne pouvait rien lui donner pour apaiser ses nausées. Mais cela lui paraissait déjà moins terrible. Dans un mois, lui assura-t-il, il ne resterait probablement plus rien de tous ces désagréments. Peu lui importait. Cela en valait la peine. Elle allait avoir un bébé! L'enfant d'Anthony! Ce n'était plus horrible d'avoir trahi Ivo. Elle rentra chez elle, comme sur un nuage, et grimpa quatre à quatre l'escalier qui menait au loft. Elle s'arrêta net. Peut-être n'aurait-elle pas dû courir... Peut-être était-ce mauvais pour le bébé. Elle entra comme une tornade dans le salon, rugissante, hurlant la nouvelle. Anthony n'était pas là.

Elle but un bouillon, grignota quelques gâteaux secs, fut de nouveau malade et essaya, une fois encore, de manger. Le médecin le lui avait recommandé. Une idée germa dans son esprit. Elle ne dirait rien à Anthony. Pas encore. Elle attendrait le jour de Noël. Ce serait son cadeau. Il ne restait plus que cinq jours.

Bettina rit toute seule en pensant à son secret... Elle battit des mains comme un enfant... Ils allaient avoir un bébé! Elle avait hâte de voir sa réaction.

22

La veille de Noël, pour lui faire une surprise, Anthony rapporta un sapin minuscule. Ils l'installèrent sur une table et le décorèrent avec des rubans. Ils firent du pop-corn auquel elle ne toucha pas, et chacun déposa un tout petit paquet au pied de l'arbre. Cela leur rappelait un vieux film, et ils éclatèrent de rire en s'embrassant. Bettina fut la première à ouvrir son présent. C'était un stylo à plume ancien. Anthony sourit en voyant sa joie.

– Pour écrire ta première pièce !

Elle se blottit contre lui et le remercia. Il l'embrassa sur les lèvres, longuement, passionnément.

– À toi maintenant !

Elle lui avait acheté les boutons de manchette en argent devant lesquels il s'extasiait depuis des semaines, à la vitrine de l'antiquaire du quartier.

– Bettina, tu es folle !

Ravi, il se précipita pour changer de chemise. Elle le suivit avec un petit sourire et s'assit sur le lit.

– Anthony ? fit-elle d'une voix étrangement douce.

Sans savoir pourquoi, il se retourna, dans l'expectative.

– Oui, mon amour.

Leurs regards se croisèrent.

– J'ai un autre cadeau pour toi.
– Ah bon? s'étonna-t-il en inclinant la tête.
Aucun des deux ne bougea.
– Quelque chose d'un peu spécial. Viens ici et assieds-toi, dit-elle en lui tendant les bras.
Anthony frémit de tout son corps. Il s'approcha d'elle d'un pas hésitant, le regard angoissé.
– Il y a quelque chose qui ne va pas?
Mais elle le rassura aussitôt.
– Non.
Puis elle l'embrassa tendrement, lentement, lui effleura les lèvres de ses doigts.
– Nous allons avoir un bébé, chéri, murmura-t-elle.
Puis elle attendit. Ce qu'elle avait tant désiré ne vint pas. Il lui jeta un regard glacé. Il avait envisagé le pire, et ne s'était pas trompé. Il y avait pensé en la voyant vomir mais de toutes ses forces, il avait repoussé cette idée. Il ne pouvait pas faire face à une situation qui ruinerait ses projets.
– C'est une plaisanterie? – Il la toisa, puis fixa le plancher. – Non rien qu'à voir ton air, je sais que ce n'en est pas une.
Il jeta ses boutons de manchette sur la table et quitta la chambre. Bettina lutta pour ne pas pleurer, malade de ce qui venait de se passer. Elle le suivit à pas lents. Il se tenait près de la fenêtre, le dos tourné, une main dans les cheveux.
– Anthony? fit-elle d'un ton hésitant.
Lentement, il pivota sur ses talons.
– Ouais. – Il resta là, à la foudroyer du regard, puis ses yeux se firent nettement accusateurs. – Tu l'as fait exprès, Bettina?
Les yeux embués de larmes, elle hocha négativement la tête. Elle aurait tellement aimé le voir heureux! Elle aurait tant voulu que ce fût important pour lui.

– Accepterais-tu d'avorter ? demanda-t-il sans détacher son regard du sien.

Incapable de contenir plus longtemps son désespoir, Bettina quitta la pièce en courant. Quand une demi-heure plus tard, elle émergea de la salle de bains, il était parti.

– Joyeux Noël, murmura-t-elle, une main posée sur son ventre encore plat, l'autre séchant ses yeux humides.

À quatre heures du matin, elle s'endormit enfin. Mais cette nuit-là, Anthony ne rentra pas à la maison.

Il ne revint qu'à cinq heures de l'après-midi, le lendemain. Les fêtes de Noël étaient terminées, gâchées. Bettina ne lui demanda pas d'où il venait. Elle ne dit rien. Elle bouclait ses valises. C'était exactement ce qu'il redoutait. C'était même pour cela qu'il avait réintégré le foyer. Il ne pouvait pas se permettre de la perdre au bout de trois mois de mariage. Pas encore.

– Je suis désolé. – Il se tenait dans l'embrasure de la porte, le regard sombre. – Tu m'as pris au dépourvu.

Elle lui tourna le dos et continua de remplir ses sacs.

– Écoute, Bettina... ma douce, je suis navré.

Il s'approcha d'elle, tenta de la serrer dans ses bras, mais elle le repoussa violemment.

– Va-t-en !

– Mais bon sang, je t'aime !

Il l'obligea à lui faire face. Les yeux de Bettina s'emplirent de larmes.

– Laisse-moi tranquille... Je t'en prie, Anthony... Je...

Bettina n'eut pas la force de poursuivre. Elle avait tellement envie de lui, de partager la joie de cet enfant, qu'elle se blottit dans ses bras, avec l'espoir que ses rêves, un jour, se réaliseraient.

— Ne t'inquiète pas, ma douce, ne t'inquiète pas. Je n'arrivais pas à concevoir... Je ne suis pas...

Quand elle eut enfin séché ses pleurs, ils s'assirent.

— Sommes-nous prêts, Bettina ?

Les yeux rougis, elle lui sourit vaillamment.

— Bien sûr. Pourquoi ?

Pendant toutes les années passées avec Ivo, elle avait refoulé ce désir. Elle ne s'était jamais rendu compte à quel point elle voulait des enfants. Jusqu'à ce jour. À présent, cela comptait plus que tout.

— Comment le nourrirons-nous ? fit-il d'un air morne.

Bettina songea à ses bijoux. Elle vendrait tout si besoin était, pour prendre soin de cet enfant.

— Ne t'en fais pas. Nous nous débrouillerons. Nous nous débrouillons déjà très bien, non ?

— Ce n'est pas la même chose. Ça me déplaît souverainement, soupira-t-il, comme si cette idée le faisait souffrir, lui aussi, mais ne crois-tu pas qu'il vaudrait mieux avorter, cette fois-ci, et recommencer plus tard, quand nous aurons économisé de l'argent, que nous serons tous les deux stables, que je ne serai plus au chômage ?

Mais Bettina répondit avec une grande détermination :

— Non.

— Bettina... Sois raisonnable !

— Bon sang, c'est ça que tu souhaites ? Un avortement ?

Ils se disputèrent avec une extrême violence. Bettina sortit victorieuse de ce combat. Anthony fut d'humeur morose les deux semaines qui suivirent. Elle ne le quitta pas mais pensa souvent à la rupture. Un beau jour, il rentra à la maison, rayonnant, et poussa un cri de joie.

Bettina courut à sa rencontre, heureuse de le voir sourire, un grand et vrai sourire.
- Que t'est-il arrivé?
C'était facile à deviner.
- J'ai du travail!
- Quel genre?
Elle était ravie pour lui et le suivit jusqu'au divan, où ils s'assirent. L'hostilité des semaines précédentes s'évanouit comme par enchantement.
- Alors, Anthony... raconte!
- Oui, oui.
La joie semblait l'étouffer. Il avait décroché un rôle superbe.
- J'aurai la vedette dans *Sonny Boy!* déclara-t-il, triomphant.
C'était le succès du moment.
- À Broadway?
Bettina avait entendu dire que le premier rôle quittait le spectacle après quinze mois de triomphe.
- En tournée, ma belle, répondit-il. Mais pas dans des bleds merdiques, cette fois, ma chérie. Non, les plus belles villes des États-Unis! Nous voyagerons en première classe! Plus d'hôtels miteux, plus de cafards. Nous aurons des hôtels corrects, pour changer!
Puis il lui annonça le montant de son cachet.
- Anthony, c'est fabuleux!
Elle répugnait à jouer les rabat-joie. Mais n'avait-il pas dit « nous »?
- Mon trésor, je ne peux pas..., fit-elle à regret, je ne peux pas te suivre.
- Bien sûr que si. Ne sois pas ridicule, rétorqua-t-il, nerveux.
- Non, mon chéri, répondit-elle avec fermeté, c'est impossible. Le bébé! Ce genre de voyage serait trop dangereux.

– Arrête tes conneries, Bettina! Nous descendrons les meilleurs hôtels. Nous irons dans les grandes villes. Alors, bon Dieu, où est le problème? Putain, ça ne se voit même pas! hurla-t-il.

Bettina remarqua que ses mains tremblaient.

– Et alors? Ce n'est pas parce qu'on ne le voit pas qu'il n'existe pas. Et peu importe le degré de confort des hôtels, le voyage sera trop long.

– Tu as intérêt à m'accompagner, sinon...

Il traversa la pièce à grands pas et fit volte-face.

– Sinon, je reste au chômage.

– Ne sois pas ridicule, Anthony. – Elle n'en était pas moins attendrie. – Tu ne veux pas partir sans moi?

Debout dans l'embrasure de la porte, il demeura silencieux un long moment.

– Ils exigent que tu sois l'assistante du metteur en scène. Oui, ma vieille. Ils nous veulent tous les deux. C'est clair. Si tu n'acceptes pas, on ne m'engage pas!

– Quoi? Mais c'est dingue!

– Le producteur nous a vus travailler ensemble pendant la tournée. Il pense que nous formons une bonne équipe. Il se trouve que dans son genre, le metteur en scène est une célébrité. Tu feras tout le boulot et la gloire rejaillira sur lui. Ce n'est pas un arrangement génial, mais ils payent bien : deux cent cinquante dollars par semaine pour toi.

– Là n'est pas la question, Anthony. Je suis enceinte. Tu les as prévenus?

– Pas vraiment, lui lança-t-il.

Bettina était en colère, elle aussi. Voilà que tout cela recommençait.

– Je n'accepterai pas, que cela te plaise ou non.

– Dans ce cas, madame, répliqua-t-il en exécutant une courbette, permettez-moi de vous remercier d'avoir ruiné ma carrière. En effet, j'espère que tu réalises... – Il se tenait très droit et lui faisait face, à l'autre bout de la pièce, bouillant de rage. – J'espère que tu réalises que la chance qui m'est donnée ne se représentera pas de sitôt.

– Anthony, ce n'est pas si...

Elle était au bord des larmes, car elle connaissait bien les difficultés de ce métier. On rejette une proposition, et toute la profession est au courant en moins de temps qu'il ne faut pour le dire.

– De quelle compagnie s'agit-il?

Elle entendit le nom de Voorhees et se crispa. C'était l'un des plus gros requins de Broadway.

– Chéri, je ne peux pas.

Anthony ne répondit pas. Il quitta la pièce et claqua la porte.

Cette affaire était ridicule. Pourquoi voulaient-ils l'avoir, elle, à tout prix? Elle avait acquis l'expérience nécessaire au cours des sept années qui venaient de s'écouler. Sa formation sur le terrain était terminée. Elle n'avait plus qu'à écrire sa pièce. Pour Anthony c'était une autre histoire. L'occasion ou jamais de sortir une bonne fois du peloton. Si, par sa faute, il ne la saisissait pas, il risquait de connaître le chômage pendant de longues années. Après avoir réfléchi pendant des heures, elle téléphona à son médecin.

– Qu'en pensez-vous?
– Je pense que vous êtes folle!
– Pourquoi? C'est dangereux pour le bébé?
– Non, lui, il s'en fiche. Mais après ce que vous avez vécu, pouvez-vous imaginer pire épreuve que d'être trimballée d'une chambre d'hôtel à l'autre pendant les cinq ou six mois à venir?

Pour toute réponse, Bettina hocha la tête en silence.

– Combien de temps dure cette tournée?
– J'ai oublié de le demander.

– Soyons clair. Si vous êtes capable de le supporter, je ne vois aucune raison physique de vous empêcher de partir, à condition que vous vous reposiez le plus possible, que vous mangiez convenablement, que vous vous allongiez chaque fois que vous en avez la possibilité et que vous regagniez vos pénates dans... – Il jeta un coup d'œil à son dossier. – ...cinq mois au plus. Je veux que vous soyez de retour au milieu du septième mois. Tout obstétricien sensé vous dira la même chose. Et pendant la tournée, faites-vous examiner en maternité. Appelez l'hôpital le plus important de la ville où vous vous trouvez et faites un contrôle une fois par mois. Croyez-vous pouvoir respecter ce programme ? demanda-t-il en souriant à l'autre bout de la ligne.

– Je serai bien obligée.

– En fait, ajouta-t-il d'une voix très douce, une fois les nausées apaisées, tout se passera sans doute très bien. Dites-vous qu'il y a des précédents, qu'avant les artistes de music-hall procédaient ainsi. Ce n'est pas pour rien qu'a été créée l'expression « naître dans une malle ». Je connais des moyens plus confortables d'accoucher, certes, mais celui-là n'est nocif ni pour la mère ni pour l'enfant, à condition d'être raisonnable.

Bettina poussa un long soupir en raccrochant le téléphone. À présent, elle connaissait la réponse. Quatre heures plus tard, Anthony la connaîtrait à son tour.

Cette tournée se révéla plus épuisante encore que la précédente. Chaque jour, Bettina abattait un travail de Romain. Le metteur en scène se montra fidèle à sa réputation. C'était un alcoolique qui passait le plus clair de son temps à boire dans sa chambre, laissant toute la charge de l'organisation reposer sur les autres, en l'occurrence Bettina. La cinquième semaine, elle n'en pouvait déjà plus. Les hôtels n'étaient pas aussi luxueux que le lui avait fait miroiter Anthony. Elle avait un emploi du temps surchargé. Sans metteur en scène fiable et sans équipe compétente, elle peinait, hurlait, trimait, courait sans cesse. Elle perdait du poids au lieu d'en prendre, et ses jambes la faisaient souffrir en permanence. Elle voyait rarement Anthony qui, lorsqu'il n'était pas en répétition, se payait du bon temps avec ses amis, en particulier avec une petite blonde de Cleveland, un mannequin qui faisait ses débuts dans le spectacle. Elle s'appelait Jeannie et depuis leur départ de New York, Bettina la détestait cordialement. Le travail en commun n'en était que plus difficile, mais Bettina s'efforçait de se comporter en professionnelle. Il le fallait, pour la fille, pour elle-même, pour la compagnie et pour Anthony.

Lors de sa deuxième visite dans une clinique, le médecin lui mit les points sur les i. Elle était surmenée, épuisée, elle n'avait pas assez grossi et si elle ne se montrait pas plus raisonnable, elle risquait de perdre son bébé. Elle était enceinte de presque quatre mois. Il lui suggéra de demander à son mari de l'aider un peu, pour atténuer la tension due à ses multiples activités. Ce soir-là, après la représentation, elle en parla à Anthony.

– Pourquoi diable? Tu as l'intention de monter sur scène et de jouer à ma place?

– Anthony! Ne plaisante pas.

– Je ne plaisante pas. Qu'est-ce que ça peut me faire que tu perdes cet enfant? Je ne l'ai jamais désiré. Écoute, ma belle, c'est *ton gosse*. Si tu veux le garder, trouve quelqu'un d'autre pour te donner un coup de main.

Sur ce, il prit Jeannie par le bras et l'entraîna, non sans avoir au préalable annoncé à Bettina qu'il dînerait en ville et qu'il était donc inutile qu'elle l'attende pour se coucher. Elle le regarda, stupéfaite. Que leur arrivait-il? Pourquoi se conduisait-il ainsi? Était-ce à cause de l'enfant? Elle regagna sa chambre d'hôtel, troublée. Pour la première fois depuis deux mois, elle eut une envie irrésistible de téléphoner à Ivo. Mais elle ne pouvait plus se le permettre. Elle n'était plus une petite fille. Elle ne pouvait quand même pas se retourner vers Ivo à chaque coup dur. Seule, elle réfléchit et pleura. Anthony ne rentra pas. Elle l'attendit jusqu'au lendemain midi, heure à laquelle elle dut se rendre au théâtre. La première personne qu'elle rencontra fut Jeannie.

– Tu cherches Anthony? roucoula cette dernière.

Bettina sentit ses tripes se nouer.

– Non, je suis venue travailler. Je peux faire quelque chose pour toi?

– Ouais. Te conduire comme une dame.

D'un bond, Jeannie se jucha sur un tabouret. Il fallut beaucoup de sang-froid à Bettina pour ne pas lui faire mordre la poussière.

– Pardon? s'étonna-t-elle d'une voix glaciale.

– Tu m'as très bien comprise, Betty...

– Je m'appelle Bettina. Que veux-tu dire au juste?

Bettina eut soudain l'intuition qu'il s'était produit un événement important. Que disait cette fille? Et où était passé Anthony? Son ventre la torturait, mais pas une seconde elle ne flancha devant la jolie blondinette.

– Eh bien, Betty...

Une véritable tête à claques, songea Bettina.

– Pourquoi tu ne laisses pas Anthony faire ce qu'il veut? Ses six mois sont presque terminés, non?

– Quels six mois?

À l'entendre, on eût cru qu'il s'agissait d'une peine de prison. Bettina était abasourdie.

— Pourquoi crois-tu qu'il t'a épousée, mon chou? Parce qu'il était follement amoureux de toi? Bien sûr que non! Il voulait sa carte de résident. Il ne t'a pas prévenue?

Bettina restait muette, horrifiée.

— Tu étais la seule candidate possible, enchaîna Jeannie. Il savait que ton ex-mari t'entretiendrait et qu'il n'aurait donc aucun souci matériel. Il t'a épousée en septembre, n'est-ce pas?

Bettina hocha la tête, décomposée.

— Eh bien, ma vieille, il suffit qu'il reste six mois avec toi pour qu'il obtienne sa carte verte. Ensuite il te plaquera. Si tu me prends pour une menteuse, tu te goures. Il se fout de toi. Tu as été assez stupide pour te faire mettre en cloque, et il ne veut pas de ce gosse! Laisse-moi te dire autre chose...

Elle sauta du tabouret et balança ses hanches bien faites.

— Si tu t'imagines que tu vas rester pendue à ses basques quand on sera de retour à New York, tu te fourres le doigt dans l'œil!

Toute la journée, Bettina se cacha dans le théâtre en essayant de ne plus penser qu'à son travail. Quand Anthony arriva, juste avant la représentation, elle se glissa dans sa loge et ferma la porte. Puis elle l'attendit de pied ferme. Heureusement il vint seul. Il lui jeta un regard étrange et se dirigea vers la penderie où il accrocha son manteau.

— Qu'est-ce que tu veux, Bettina? demanda-t-il d'un air détaché.

— Parler, fit-elle avec détermination.

— Je n'ai pas le temps. Il faut que je me maquille pour le spectacle.

— Très bien. Nous bavarderons en même temps.

Elle tira un fauteuil à elle et s'assit sous le regard agacé d'Anthony.

– J'ai eu une petite discussion avec Jeannie, aujourd'hui.

– À quel sujet ? fit-il, gêné.

– Voyons. Euh... ah oui ! Elle prétend que tu m'as épousée par intérêt, pour obtenir ta carte de résident, et que tu me laisseras tomber quand le délai de six mois de vie commune sera écoulé. Elle m'a laissé plus ou moins entendre que tu étais fou d'elle. Elle est extrêmement mignonne, mon chéri. Mais n'est-elle pas un peu mythomane sur les bords ? Ou dit-elle au contraire la vérité ? C'est ce que je voulais te demander.

– Ne sois pas stupide.

Fuyant son regard, il plongea le nez dans sa boîte de maquillage. Bettina se tenait juste derrière lui. Elle observa son image dans le miroir.

– Qu'est-ce que cela signifie, Anthony ?

– Qu'elle s'est un peu emballée.

Bettina lui saisit le bras.

– Mais il y a un fond de vérité, non ? C'est ce que tu essaies de me faire comprendre, Anthony ? Tu vas me quitter après ce spectacle ? Parce que si c'est ça ton idée, autant m'y habituer tout de suite. – Une note de panique perça dans sa voix. – Je vais avoir un bébé et j'aimerais savoir si je le fais seule ou non.

Il se leva brusquement et lui fit face.

– Je t'avais dit de ne pas le garder, ce putain de gosse ! Tout aurait été si simple si tu m'avais obéi !

Il parut aussitôt regretter son comportement et s'assit.

– Elle ne mentait donc pas ? demanda Bettina d'une voix lugubre. C'était juste pour cette fichue carte verte ?

Pour une fois, il la regarda avec franchise, puis il hocha la tête.

– Oui.

Bettina ferma les yeux et retomba sur sa chaise.

– Et moi qui t'ai cru! s'écria-t-elle en riant à travers ses larmes. Quel brillant acteur tu fais!

– Non, tu te trompes, marmonna-t-il, la tête basse.

– Ah oui?

– Oui, je t'aimais bien, vraiment. Mais je nous voyais mal vivre toujours ensemble... C'est vrai, quoi... Nous sommes très différents.

– Salaud!

Il l'avait bernée pendant tout ce temps. Elle claqua la porte de la loge et se précipita vers la scène. La représentation se déroula sans incident. Bettina quitta le théâtre aussitôt après, retourna à l'hôtel et demanda une autre chambre. Cela n'avait sans doute aucune importance. Il ne rentrerait pas ce soir. Mais elle ne voulait pas prendre le risque de se retrouver nez à nez avec lui. Elle désirait réfléchir, seule.

Elle allait rentrer à la maison et écrire sa pièce. Dans cinq mois, le bébé serait là... Elle serra les paupières pour ne pas pleurer. En vain. Chaque fois qu'elle se voyait avec ce bébé, sans père, paniquée, elle ressentait un besoin irrépressible de tendre les bras vers lui... Ivo... n'importe qui. Seule? Non, jamais elle ne pourrait. Il le faudrait pourtant. Elle n'avait pas le choix.

Après avoir pleuré, ressassé, pendant des heures, elle s'endormit enfin. Il était quatre heures du matin quand elle fut réveillée par une étrange sensation de crampe. Quand elle se redressa dans son lit et qu'elle regarda les draps, elle vit du sang. Son premier sentiment fut la panique, puis elle se calma. Elle était à Atlanta. Il y avait de bons hôpitaux. Deux jours auparavant, elle avait consulté un médecin. Elle n'avait qu'une chose à faire : le joindre.

Au téléphone, l'infirmière de garde au service des urgences l'écouta décrire ses symptômes en détail et lui conseilla de venir sur-le-champ. Quelques jours de repos suffisaient parfois à interrompre ce type de saignements. Le mieux était qu'elle vienne tout de suite avec son mari. C'était une attention touchante, mais Bettina n'essaya même pas d'appeler Anthony. Elle s'habilla en hâte, fit un effort pour se tenir droite malgré les crampes et se précipita dans le couloir, puis dans la rue où elle héla un taxi. Ces quelques pas avaient accru l'intensité de la douleur. Elle était pliée en deux sur la banquette arrière du taxi qui fonçait vers le centre hospitalier. Le chauffeur l'observait dans le rétroviseur. Soudain elle se mit à haleter puis poussa un gémissement.

– Ça va, madame ?

Bettina tenta de le rassurer, mais une autre contraction, foudroyante, la prit au dépourvu.

– Oh... non... je suis... oh, je vous en supplie... dépêchez-vous...

La douleur était maintenant insupportable.

– Allongez-vous sur la banquette.

Elle essaya de s'étendre, mais elle souffrait trop pour rester immobile. Elle se tournait, se retournait, les poings serrés, les mâchoires crispées pour lutter contre une terrible envie de hurler.

À l'hôpital, elle laissa le personnel fouiller dans son sac à la recherche des renseignements nécessaires : nom, prénom, assurance... Elle était trop mal en point pour parler, tenir des propos cohérents. Les contractions devenaient plus fréquentes; agrippée aux poignées du brancard, elle se tordait de douleur en criant. Les trois infirmières qui s'affairaient autour d'elle échangèrent un regard. On l'emmena aussitôt en salle de travail. Une demi-heure plus tard, elle expulsait dans d'horribles souffrances un minuscule fœtus... mort-né...

23

L'AVION se posa en douceur à Kennedy Airport, et Bettina jeta un coup d'œil par le hublot tandis que l'appareil se dirigeait vers l'aérogare. Elle n'avait passé qu'une semaine à l'hôpital. Le lendemain de sa fausse couche, elle avait prévenu la compagnie théâtrale, leur expliquant qu'elle était hospitalisée et que les médecins lui avaient ordonné de se reposer pendant six mois. Ce n'était pas vrai, mais cela lui avait permis de se dégager de ses obligations. On l'avait remplacée par un jeune homme de New York, assez gentil pour lui rapporter les affaires qu'elle avait laissées à l'hôtel. Anthony n'était venu qu'une fois, l'air gêné. Il lui dit qu'il était navré. Il mentait, tous deux le savaient parfaitement. Leur conversation resta très formelle. Bettina lui fit part de son intention de contacter un avocat dès son retour à New York. Elle attendrait trois semaines pour présenter sa requête. Il pourrait ainsi garder sa carte de résident, avec sa bénédiction. Anthony ne lui inspirait plus qu'une immense répulsion, et elle lui demanda de s'en aller. Il s'immobilisa dans l'embrasure de la porte, ouvrit la bouche pour dire quelque chose, mais se contenta de hausser les épaules. Il sortit en refermant doucement la porte derrière lui. Deux jours plus tard, il était parti avec la troupe. La tournée continuait.

Seule à Atlanta, dans sa chambre d'hôpital, Bettina était triste. Ce n'était pas Anthony qu'elle pleurait, mais son enfant mort, une petite fille, lui avait-on dit. Du matin au soir, elle sanglotait dans son lit. Cela ne sert à rien, répétaient les infirmières qui comprenaient cependant son besoin de laisser exploser son chagrin. À la fin de la semaine, Bettina comprit que sa douleur était profonde, totale. Elle pleurait pour son père et la façon dont il l'avait quittée, pour Ivo, le mal qu'elle lui avait fait et la fermeté avec laquelle il avait réagi, pour Anthony et sa carte verte, pour la perte de son enfant. Elle n'avait plus rien ni personne. Plus de bébé, plus de mari, plus de foyer. Personne ne voulait d'elle. À vingt-six ans, elle avait l'impression d'être au bout de sa vie.

Bettina broyait toujours les mêmes idées noires quand elle détacha sa ceinture de sécurité et descendit lentement l'allée centrale. Tout semblait aller au ralenti. Comme si elle se trouvait sous l'eau. Peu lui importait. Elle alla chercher son sac à l'arrivée des bagages, fit signe à un porteur et se mit en quête d'un taxi. Quarante-cinq minutes plus tard, elle ouvrait la porte de l'appartement d'Anthony. Elle s'était promis de boucler ses valises en un tournemain puis de rallier un hôtel, mais là, dans l'entrée du loft, le cafard l'envahit et elle se mit à pleurer. La vue brouillée par les larmes, elle fouilla dans les tiroirs, vida les armoires et rangea la montagne de vêtements que contenait son placard. En moins de deux heures, elle avait terminé. Elle n'avait pas vécu longtemps avec lui. À peine six mois. Plus sept ans avec Ivo. Deux divorces au total. Elle se faisait l'impression d'une marchandise usagée...

Elle rassembla ses bagages près de la porte

d'entrée et descendit l'escalier à pas lents. Avec un peu de chance, elle trouverait un taxi dont le chauffeur accepterait de l'aider à transporter ses affaires, moyennant un bon pourboire. Un jeune homme s'arrêta. Ils firent quatre voyages ensemble. Quand ils parvinrent devant l'hôtel qu'elle lui avait indiqué, elle lui tendit vingt dollars. Elle n'avait pas éprouvé le moindre chagrin en quittant le loft. Brusquement, cela lui paraissait sans importance. Une seule chose la préoccupait : elle-même. Quel échec! Quel gâchis! Avec Anthony, elle s'était comportée comme une idiote, une imbécile, une andouille.

Après des mois de tournée, Bettina avait l'habitude des hôtels, et pourtant, en se retrouvant dans l'anonymat de cette chambre, elle fondit en larmes. Si seulement elle pouvait appeler Ivo... mais non, ce n'était pas bien. À qui d'autre se confier? Il n'y avait personne, pas même Steve, absent de New York. Elle tenta de concentrer toute son attention sur le journal dans lequel elle espérait trouver un appartement. Les caractères devenaient flous. Ce n'était plus supportable. Elle s'empara du téléphone et composa le numéro d'Ivo. Elle retint son souffle. Elle se sentait si stupide! Et s'il lui raccrochait au nez? Et s'il lui faisait des reproches? Et s'il...? Non, ce n'était pas son genre. Elle sursauta en entendant une voix inconnue, de femme.

– Mattie?
– Qui est à l'appareil?
– Je... Euh... Qui est-ce? Où est Mattie?
– Elle est morte il y a deux mois. Je m'appelle Élisabeth. Qui êtes-vous?
– Je... Oh, je suis vraiment désolée... – De grosses larmes roulèrent silencieusement sur ses joues. – M. Stewart est-il là?

– De la part de qui? insista Élisabeth, visiblement agacée.
– C'est... Mme Pearce... enfin Mme Stewart... Peu importe. Est-il là?
– Non, il est aux Bermudes.
– Quand rentrera-t-il?
– Pas avant le 1er avril. Il a loué une maison. Désirez-vous son numéro de téléphone?

Bettina comprit soudain que non, ce n'était pas la chose à faire. Avec un soupir, elle raccrocha.

La nuit qu'elle passa à l'hôtel fut très agitée, angoissée. Quand elle se réveilla le lendemain matin, il commençait à neiger. Dans d'autres régions, c'était déjà le début du printemps. Elle se retrouvait en plein hiver, au beau milieu d'une tempête de neige, ne sachant où aller ni que faire. Quitter New York? Partir ailleurs? Mais où? Elle n'avait aucun ami, aucune attache nulle part. Elle se mit à rêver de la Californie, du conte de fées vécu avec Anthony, de San Francisco. C'était là qu'elle avait envie de retourner. Même sans lui, c'était un endroit où elle retrouverait la paix.

L'instant d'après, elle téléphonait à la compagnie aérienne. Une heure plus tard, elle se rendait à la banque pour prendre ses bijoux qu'elle mit dans un fourre-tout en cuir. Ce geste la fit sourire. L'aventurière partait. Peut-être pour toujours. Cette fois, c'était elle qui s'en allait, qui avait pris la décision.

Tout ce qu'elle possédait, elle l'emmena à l'aéroport. Elle avait appelé San Francisco pour réserver une chambre avec vue sur la baie. Sans doute n'était-ce pas très malin de choisir précisément l'hôtel où elle avait séjourné avec Anthony. Mais l'endroit avait tant de charme que ses souvenirs importaient peu. Ils ne signifiaient plus rien. Anthony non plus.

Ce fut un vol sans histoires. Elle avait tellement

l'habitude de passer d'un lieu à l'autre que la splendeur printanière de la côte Ouest ne l'étonna même pas. San Francisco était toujours aussi beau. Et elle s'installa dans sa chambre avec un sourire satisfait. Mais la nuit, les fantômes du passé l'assaillirent. Elle avala deux aspirines et un verre d'eau. De guerre lasse, deux heures plus tard, elle décida de faire une promenade. De retour à l'hôtel, elle absorba deux autres aspirines. À trois heures du matin, elle se précipita sur les somnifères qu'on lui avait remis à sa sortie de l'hôpital. Son sommeil risquait d'être troublé quelque temps, l'avait-on prévenue. Mais même les somnifères restèrent sans effet. Allongée dans le noir, elle fixa le flacon pendant ce qui lui parut une éternité. Puis soudain un déclic se fit dans sa tête. Bien sûr! Pourquoi n'y avait-elle pas songé plus tôt? C'était stupide d'avoir fait tout ce chemin jusqu'à San Francisco, alors qu'à New York la solution à ses problèmes se trouvait à la portée de sa main. Elle esquissa un sourire. Tout s'éclairait. C'était si simple... si simple... Elle alla dans la salle de bains, prit un verre d'eau, puis, l'un après l'autre, avala tous les cachets contenus dans le flacon. Il y en avait exactement vingt-quatre.

24

IL y avait des lumières au-dessus de sa tête, qui l'éblouissaient avant de s'estomper pour disparaître. Il y avait des machines qui vrombissaient. Et aussi quelqu'un qui vomissait. Elle eut l'étrange sensation qu'on lui enfonçait quelque chose dans la gorge. Elle ne se souvenait plus... non, elle ne se souvenait plus... Puis la mémoire lui revint. Elle était à l'hôpital... elle venait de faire une fausse couche... De nouveau, elle se laissa engloutir par le sommeil.

Quand elle se réveilla, au bout d'un temps qui lui parut interminable, son regard se fixa sur le visage d'un homme qu'elle ne connaissait pas. Il était grand, les cheveux bruns, les yeux noirs, séduisant. Il portait une chemise jaune pâle, boutonnée jusqu'au col, et une blouse de coton blanc. D'un coup, elle se souvint. Elle était à l'hôpital. Mais elle ne savait plus très bien pourquoi ?

– Madame Stewart ? fit-il d'un air interrogateur.

Elle hocha la tête. Elle n'avait pas fait changer sa carte d'assurance après son second mariage.

– Non, Pearce, répondit-elle d'une voix étrangement rauque. – Elle secoua la tête d'un air distrait. – Je veux dire... Daniels. Bettina Daniels.

Ce nom lui parut tout aussi incongru. Cela faisait si longtemps qu'elle ne l'avait pas porté.

– Une belle collection de noms, n'est-ce pas?

L'homme ne la jugeait pas. Il était simplement étonné.

– Cela vous ennuie si je m'assieds près de vous pour bavarder un peu?

Elle sut tout de suite où il voulait en venir.

– Parlons de la nuit passée.

Bettina se lança dans la contemplation de la fenêtre. Au loin, le brouillard masquait en partie le Golden Gate Bridge.

– Où suis-je?

– Au Credence Hospital, répondit-il, sachant pertinemment qu'elle tentait d'éluder ces questions. Nerveusement, elle tourna son regard vers lui.

– Sommes-nous vraiment obligés de parler de tout ça?

– Oui, fit-il sobrement. Je ne sais ni depuis combien de temps vous êtes ici ni comment on procède à New York, mais à moins que vous ne souhaitiez suivre quelque temps un traitement dans un établissement psychiatrique, mieux vaut que nous ayons une petite conversation.

L'air sombre, elle acquiesça.

– Que s'est-il passé hier soir?

– J'ai pris des somnifères, dit-elle de cette voix rocailleuse qui ne cessait de l'étonner... Mais pourquoi est-ce que je parle comme ça? Qu'avez-vous traficoté?

Pour la première fois, il sourit. Il paraissait jeune. Et il était beau. Mais terriblement sérieux. Pas le genre rigolo.

– Nous avons effectué un lavage d'estomac. Pour ce faire, nous avons utilisé un tube qui affectera votre voix pendant quelque temps. Quant aux somnifères, l'avez-vous fait exprès ou s'agit-il d'un accident ?

Bettina hésita longuement.

– Je ne sais plus.

– Mademoiselle Stewart... Daniels, peu importe poursuivit-il d'un ton sévère, je ne vais pas jouer au plus fin avec vous. Je veux savoir ce qui s'est passé. Soit vous acceptez de parler, soit vous refusez. Si vous refusez, je vous garde en observation ici toute une semaine.

Le sourcil froncé par la colère, le regard furibond, Bettina, toujours croassant, se mit à parler. Il ne put s'empêcher de sourire. Elle était vraiment très jolie.

– Je ne sais pas très bien ce qui s'est produit, docteur. Hier, j'ai pris l'avion à New York pour venir ici. La veille, j'étais sortie de l'hôpital où j'avais fait une fausse couche. On m'avait donné des cachets. Ou j'en ai pris trop ou ils étaient trop forts pour moi... Je ne suis pas sûre.

Elle savait qu'elle mentait. Et après ? Ce qui s'était passé ne le regardait pas. D'accord, sa tentative de suicide avait échoué, mais cela ne signifiait pas pour autant que sa vie ne lui appartenait plus. Elle n'était pas obligée de tout lui raconter. Et si elle avait une « belle collection de noms » – pour reprendre ses termes – en quoi cela le concernait-il ?

– Dans quel hôpital étiez-vous pour cette fausse couche ?

Il était assis là, avec son dossier, le crayon à la main, visiblement convaincu qu'elle mentait. Mais, sans se faire prier, elle fournit le renseignement demandé, ce qui sembla le surprendre.

– Vous voyagez beaucoup, n'est-ce pas ?

– Oui, répondit-elle avec sa voix de mêlécasse. J'étais en tournée, comme assistante du metteur en scène d'un spectacle de Broadway. On m'a hospitalisée pendant une semaine, puis je suis rentrée à New York.

– Êtes-vous ici pour affaires? s'enquit-il, par curiosité cette fois.

Bettina hocha la tête. Elle hésita. Allait-elle lui dire qu'elle était venue en touriste? Elle décida de se montrer franche, sur ce point du moins.

– Non, j'ai déménagé.
– Hier?

Elle acquiesça.

– Mariée ou célibataire?
– Ni l'un ni l'autre, répondit-elle en esquissant un sourire.
– Pardon? fit-il d'un air si naïf que Bettina se demanda s'il lui arrivait parfois de rire.
– Je suis en train de divorcer.
– Et il est... Laissez-moi deviner, dit-il, à New York!
– Non, en tournée avec le spectacle.
– Je commence à comprendre. Mariée depuis longtemps?

Elle envisagea de le choquer, de lui demander : « Heure locale? », mais elle y renonça et se contenta de faire non de la tête.

Il poussa un long soupir et posa son crayon.

– Parlons maintenant de votre fausse couche, dit-il d'un ton plus doux, car il savait à quel point un tel souvenir pouvait être pénible. Y a-t-il eu des complications? Cela a-t-il été difficile? Long?

Elle détourna son regard redevenu triste et se mit à fixer de nouveau la fenêtre.

– J'ignore s'il y a eu des complications. On m'a gardée une semaine. C'est arrivé un soir. Je me suis réveillée au beau milieu de la nuit et je suis allée à l'hôpital. J'étais très mal en point, à ce moment-là. Je ne sais pas combien de temps ça a duré. Pas très longtemps, j'imagine. Et c'était...

ajouta-elle en haussant les épaules... c'était très douloureux.

Une larme glissa sur sa joue.

Il eut un hochement de tête compatissant et éprouva soudain de la sympathie pour ce petit bout de femme aux cheveux roux. Non, pas vraiment roux, pensa-t-il, plutôt auburn. Elle reporta son attention sur lui et il constata qu'elle avait des yeux d'un vert émeraude, limpide.

– Je suis désolé, mademoiselle..., bredouilla-t-il.

– Bettina, fit-elle avec un sourire. Moi aussi. De toute façon... mon mari n'en voulait pas...

– C'est pour cela que vous l'avez quitté?

– Non. Il y avait des tas de choses que j'ignorais. Un profond malentendu...

Elle éprouva soudain l'envie de tout lui raconter.

– Il est Anglais. Il m'a épousée pour obtenir sa carte de résident permanent. C'était apparemment sa seule motivation. – Elle s'efforçait d'adopter un ton léger, mais l'amertume perçait dans sa voix. – Il ne m'en avait jamais parlé. Oh, je savais bien qu'il avait besoin de ce permis de séjour, mais pas qu'il m'avait épousée pour cette seule et unique raison. Je pensais que... Quoi qu'il en soit, il se trouve qu'il suffit de vivre six mois ensemble et... – Elle tourna ses paumes vers le ciel. – Cela fera exactement six mois dans une semaine. Stop. Fin du mariage. Et aussi fin du bébé. Un malheur n'arrive jamais seul.

C'était peut-être mieux ainsi, songea-t-il, mais il hésita à le lui dire. Il était parfois trop brutal. Elle paraissait si petite et si fragile, contre les oreillers blancs de son lit d'hôpital, qu'il ne voulut pas la heurter.

– Avez-vous de la famille dans la région?
– Non.
– Des amis?

— Non.
— Et avez-vous l'intention de rester ici ?
— Oui.
— Toute seule ?
— Pas définitivement, j'espère. — Une lueur malicieuse apparut dans ses yeux. — N'est-ce pas l'endroit idéal pour repartir à zéro ?

Son courage le frappa.

— Votre famille se trouve dans l'Est, mademoiselle... euh... Bettina ?
— Non, mes parents sont morts et... Je n'ai personne.

Ivo ne comptait plus. Il était parti, lui aussi.

— Dites-moi la vérité, à présent, sincèrement, juste entre nous, c'est pour cette raison que vous avez fait ça, hier soir ?

Elle l'observa un bref instant et comprit qu'elle pouvait lui faire confiance.

— Je n'en sais rien. Je me suis mise à penser... à mon mari... à d'autres erreurs que j'ai commises... au bébé... J'étais nerveuse... J'ai pris de l'aspirine, je suis allée faire un tour... Tout à coup, j'ai eu l'impression d'être coincée, cernée... Je me sens drôle depuis que j'ai perdu cet enfant, comme si je ne parvenais plus à remettre la machine en marche, comme si tout m'était égal, que rien ne comptait plus... et je... — Elle éclata brusquement en sanglots. — Si je n'avais pas... Si je n'étais pas partie en tournée avec ce spectacle, je n'aurais pas fait de fausse couche... Je me sens tellement coupable... Je...

Elle était en train de lui confier des sentiments qu'elle découvrait en les exprimant. Inconsciemment, il lui inspirait confiance. Il l'apaisa, la berça, la calma.

— Ne vous inquiétez pas, Bettina. C'est tout à fait normal. Je suis certain que l'on vous a dit que, même si vous étiez restée, vous auriez sans doute perdu ce bébé. Il y a des enfants qui ne sont pas assez forts pour naître.

– Mais celui-là l'était peut-être! C'est moi qui l'ai tué, déclara-t-elle d'un air malheureux.

– Quand un enfant se porte bien, on peut tout se permettre, le ski, les chutes dans les escaliers, on peut faire tout ce qu'on veut sans risque de fausse couche. Croyez-moi, le vôtre ne se portait pas tout à fait bien.

Bettina s'allongea dans son lit, la tête confortablement posée sur les oreillers.

– Merci. – Elle se redressa, soudain inquiète. – Est-ce que vous allez me faire examiner par des tas de psy? M'enfermer avec les fous à cause de tout ce que je viens de vous raconter?

– Non, répondit-il en souriant. Mais je voudrais que l'un de nos gynécologues vérifie que tout est en ordre. Je vais donc vous demander de rester quelques jours. Le temps de souffler, de reprendre des forces, d'avaler quelques somnifères si vous en avez besoin – sous notre contrôle. Cela dit, ce que vous êtes en train de vivre n'a rien d'anormal. Généralement les femmes ont un mari ou une famille qui les aident à surmonter leur angoisse. C'est très dur de traverser seule une épreuve comme celle-là.

Bettina hocha lentement la tête. Il semblait la comprendre.

– J'aimerais aussi que nous poursuivions cette conversation, dit-il avec douceur. Cela vous ennuierait-il beaucoup?

– Non. À propos, vous êtes quoi, au juste?

C'était sans doute un psychanalyste. Dans ce cas, elle s'était fait piéger.

– Interne. Si vous restez à San Francisco, vous aurez besoin d'un médecin. Et en attendant, on a toujours besoin d'un ami. Je m'appelle John Fields, déclara-t-il en lui tendant la main. À propos, comment se fait-il que vous ayez autant de patronymes ?

Elle lui adressa un grand sourire. Puisqu'il allait devenir son médecin et son ami, autant qu'il sache toute la vérité.

— Pearce est le nom de mon dernier mari. Daniels est mon nom de jeune fille, celui que je vais reprendre. Quant à Stewart... – Elle hésita un quart de seconde. – C'est le nom de mon premier mari.

— Quel âge avez-vous ? fit-il en se dirigeant vers la porte.

— Vingt-six ans.

— Pas mal, Bettina, pas mal.

Il la salua et s'apprêtait à quitter la chambre quand il s'immobilisa.

— Tout ira bien. Ne vous en faites pas.

Il lui fit un signe de la main et à son sourire, elle comprit que oui, tout se passerait bien.

25

– Comment allez-vous aujourd'hui, Bettina ?

John Fields pénétra dans sa chambre, un sourire aux lèvres.

– Bien mieux. Beaucoup mieux.

La nuit précédente, elle avait dormi du sommeil du juste, sans cauchemars, sans fantômes et même sans somnifères. Il lui avait suffi de poser la tête sur l'oreiller. À l'hôpital, la vie était merveilleusement simple. Il y avait des mamans et des papas en uniformes blancs, qui s'occupaient de vous, éloignant les mauvais rêves et les indésirables, pour que vous puissiez vous reposer. Cela faisait un an qu'elle ne s'était pas sentie aussi sereine. L'air penaud, elle leva les yeux vers le jeune et séduisant médecin.

– Je ne devrais pas vous dire ça, mais je n'ai pas envie de partir.

L'inquiétude, un instant, altéra le sourire de l'interne. Il portait une lourde responsabilité sur ses épaules, n'ayant pas jugé utile de demander l'avis d'un psychiatre. Il ne la pensait pas atteinte de troubles sérieux.

Elle était là, avec son visage enfantin et ses grands yeux aux reflets dansants. Elle ne semblait pas du tout folle. Il garderait néanmoins un œil sur elle quand elle serait sortie de l'hôpital.

Bettina s'adossa à ses oreillers en poussant un léger soupir.

– Pourquoi je veux rester ici? Oh! parce que tout y est si facile, si évident! Pas d'appartement à chercher, pas de travail à dénicher, pas d'argent à gagner. Pas besoin de descendre à l'épicerie ni de faire la cuisine. Pas besoin non plus de trouver un avocat. Je n'ai ni à me maquiller ni à m'habiller.

Il n'empêche qu'elle avait pris un bain d'une demi-heure et noué un ruban de satin blanc dans ses cheveux auburn. Il lui rendit son sourire. Elle avait le visage lisse d'une enfant à qui l'existence a toujours été favorable. On lui aurait donné douze ans, pas vingt-six.

– C'est pour ces raisons que certaines personnes restent des années enfermées dans des établissements psychiatriques, parfois toute leur vie. Bettina, c'est ce que vous souhaitez? demanda-t-il avec beaucoup de calme. Est-ce si difficile de s'habiller ou de faire des courses?

Ces propos la firent sursauter.

– Non... Bien sûr que non!

Elle éprouva le besoin de lui expliquer ce qu'elle ressentait. Afin de ne pas passer pour une folle.

– J'ai..., commença-t-elle en cherchant les mots justes. J'ai vécue longtemps dans un état de grande tension.

Mon Dieu! Et si elle était gravement atteinte? se demanda John Fields. Était-il sage de la renvoyer bientôt chez elle?

– Quel genre de tension? fit-il en approchant une chaise.

– Eh bien, répondit-elle en contemplant ses mains. J'ai eu la charge d'une maison lourde à gérer, j'ai dirigé de nombreux domestiques pendant des années. Un père et deux maris ont occupé tout mon temps.

- Et votre mère? s'étonna-t-il sans la quitter les yeux.

- Elle est morte d'une leucémie quand j'avais quatre ans.

- Votre père ne s'est jamais remarié?

- Bien sûr que non. Ce n'était pas la peine, ajouta-t-elle d'une voix douce. J'étais là.

Le jeune médecin ouvrit de grands yeux horrifiés. Bettina leva une main pour le rassurer.

- Non, non, détrompez-vous. Les hommes comme mon père se marient pour toutes sortes de raisons : par commodité, pour avoir quelqu'un avec qui bavarder ou qui puisse les conseiller, quelqu'un qui leur tienne compagnie quand ils voyagent ou qui se charge de l'intendance pendant qu'ils écrivent. Voilà ce que j'ai fait pour lui.

John Fields l'observa, fasciné par l'expression sur son visage. Elle paraissait étrangement plus âgée, comme si elle avait beaucoup vécu, plus belle aussi que toutes les femmes qu'il avait connues.

- La plupart des gens se laissent tenter par le mariage de raison, pour ne pas être seuls.

- C'est pour cela que vous vous êtes mariée?

- En partie.

En souriant, elle posa la tête sur l'oreiller, les paupières closes.

- Je suis également tombée follement amoureuse.

- De qui? murmura-t-il, d'une voix presque inaudible.

- D'un homme nommé Ivo Stewart, poursuivit-elle en fixant le plafond, puis elle baissa les yeux vers lui. Ça n'a sans doute pas la moindre importance, mais il a été directeur du *New York Mail* pendant des années. Il a pris sa retraite il y a un peu plus d'un an.

- Et vous l'avez épousé? fit l'interne, plus surpris qu'impressionné. Comment l'avez-vous rencontré ?

Il ne savait toujours pas qui elle était, ne parvenait ni à la cerner ni à la comprendre. Il y avait pourtant, dans sa façon d'être, quelque chose de distingué, de princier. Et puis comment la petite saltimbanque avait-elle épousé le directeur du *New York Mail* ? Fabulait-elle ? Était-elle réellement folle ? Il aurait peut-être dû poursuivre ses investigations en la matière. Qui était cette fille ?

— J'aurais sans doute dû commencer par le commencement. Avez-vous entendu parler de Justin Daniels ?

Une question stupide. Tout le monde connaissait Justin Daniels.

— L'écrivain ?

Elle acquiesça.

— C'était mon père.

Elle lui raconta son existence, dans ses moindres détails. Elle avait besoin de se confier.

— Et maintenant, Bettina ? demanda-t-il quand elle eut tout dit, les petits riens, les espoirs, les rêves.

— Qui sait ? fit-elle en le regardant droit dans les yeux. Sans doute vais-je tout recommencer.

Elle avait encore le sentiment de porter le fardeau des années passées, un fardeau un peu lourd pour bâtir une nouvelle vie. Son aveu n'avait pas soulagé sa peine.

— Pourquoi avez-vous choisi San Francisco ?

— L'inspiration du moment. Dans mon souvenir, c'était très joli et je n'y connais personne.

— Cela ne vous fait pas peur ?

— Un peu, dit-elle en souriant. Mais en ce moment, c'est plutôt un soulagement. Il est parfois agréable d'être anonyme, d'aller là où personne ne vous reconnaît. Ici, je peux prendre un nouveau départ, me contenter d'être Bettina Daniels et de decouvrir qui elle est.

– Au moins oublier qui elle était, répliqua-t-il gravement.

Brusquement, elle réalisa qu'il n'avait rien compris.

– Là n'est pas la question. J'ai été différentes personnes, mais toutes ont compté pour moi. Toutes avaient une raison d'être, toutes correspondaient à une période de mon existence. Sauf peut-être la dernière fois... j'ai commis une erreur. Mais ma vie avec mon père... – Elle hésita, cherchant les mots. – Ce fut une expérience extraordinaire. Je ne la renierais pour rien au monde.

John Fields hochait la tête, désapprobateur.

– Vous ignorez ce qu'est une existence normale. Des parents aimants, un foyer simple et tranquille, des enfants à aller chercher à l'école, un mariage avec un camarade de classe ou un ami d'enfance... Non, vous n'avez connu que cauchemars, gens bizarres et excentriques, théâtre et veillards.

– A vous entendre, s'indigna-t-elle, on a l'impression que c'était sordide!

Laideur et monstruosité? Était-elle ainsi? Bettina refoula ses larmes.

John Fields comprit alors toute la cruauté de sa réaction. Qu'était-il en train de faire? Elle était sa patiente, et il la harcelait. Un éclair de culpabilité passa dans son regard.

– Je suis désolé, dit-il en lui effleurant la main. Je ne sais pas comment vous expliquer ce que je ressens. Tout cela m'effraie. Cela me bouleverse aussi que vous ayez traversé toutes ces épreuves. Je suis inquiet de ce qui pourrait vous arriver.

Sa blessure n'était pas encore cicatrisée. Elle le regarda d'une curieuse façon.

– Merci. Mais ça n'a pas d'importance. Vous avez le droit de vous exprimer. Si je m'installe à San Francisco, j'aurai besoin d'un ami, pas seulement d'un médecin.

Il était temps de sortir, de découvrir le reste du monde, les « gens normaux », pour reprendre les termes de John.

– J'espère. Je suis sincèrement désolé. Mais vous avez eu une vie très, très dure. Vous méritez beaucoup mieux.

– À propos, d'où êtes-vous ?

– D'ici. San Francisco. C'est ma ville natale. J'y suis né, j'y ai grandi, j'y fait mes études. Oh, rien de bien passionnant. Tout ce qu'il y a de plus tranquille, banal. Quand je dis que vous méritez beaucoup mieux, cela signifie un mari gentil, bien, sain, de votre âge, des enfants, une maison.

Elle lui jeta un regard hostile. Pourquoi refusait-il de comprendre que sa vie avait été belle et qu'elle faisait partie d'elle-même ?

– Vous n'avez pas l'intention de retravailler dans le théâtre, n'est-ce pas ?

– Non, dit-elle avec fermeté. Je veux d'abord écrire ma pièce.

– Bettina, pourquoi ne cherchez-vous pas un emploi ordinaire ? Quelque chose de simple : secrétaire par exemple, ou hôtesse d'accueil, dans un musée ou une agence immobilière, un endroit où vous rencontreriez des gens sympathiques, sains, heureux. Sans même vous en rendre compte, vous vous retrouverez sur le droit chemin.

Elle ne se voyait pas secrétaire, encore moins hôtesse d'accueil. Ce n'était vraiment pas son genre. Elle ne connaissait que le milieu littéraire ou théâtral. Mais peut-être avait-il raison. Peut-être ferait-elle mieux de renoncer à tout cela. Un détail lui revint en mémoire.

— Pouvez-vous me donner le nom d'un bon avocat?

— Bien sûr.

Il sortit un crayon de sa poche.

— C'est l'un de mes meilleurs amis. Seth Waterston. Il vous plaira beaucoup. Sa femme est infirmière. Nous étions tous au collège ensemble.

— Comme c'est sain! le taquina-t-elle.

Mais il n'eut pas l'ombre d'un sourire.

— Ne vous moquez pas de ce que vous ne connaissez pas.

John Fields inclina la tête d'un air triste. Il ne savait pas si le moment était bien choisi. Mais quelque chose le poussait à agir. Pour elle.

— En fait, Bettina... je voudrais vous proposer quelque chose qui n'est pas très orthodoxe, mais qui pourrait vous faire du bien.

— Merveilleux. De quoi s'agit-il?

— J'aimerais vous emmener dîner chez Seth et Mary Waterston. Qu'en dites-vous?

— Fantastique. Pourquoi n'est-ce pas orthodoxe? Vous êtes mon ami, non?

— Vous êtes d'accord?

Elle acquiesça.

— Je vais les prévenir et je vous confirmerai notre rendez-vous avant votre départ.

— À propos, quand est-ce que je sors?

— Ah oui... j'oubliais. Aujourd'hui.

La première pensée de Bettina fut qu'elle devrait regagner son hôtel, ce qui ne la réjouissait pas. C'était là qu'elle avait vécu avec Anthony. Elle n'avait pas du tout envie d'y retourner.

— Qu'est-ce qui ne va pas?

— Oh, rien, s'empressa-t-elle de dire.

Elle se débrouillerait seule. Il avait raison. Elle avait besoin d'une vie normale, d'un travail ordinaire. Elle pouvait attendre six mois avant de s'attaquer à sa pièce. Il lui fallait un appartement, un boulot et le divorce. Elle se chargerait des deux premiers et l'ami de John l'aiderait à obtenir le troisième. Cette fois, ce n'était plus seulement d'un homme qu'elle divorçait, mais de sa vie tout entière. John Fields lui avait ouvert les yeux.

26

Cinq jours plus tard, Bettina avait trouvé un appartement, un studio minuscule mais coquet, avec vue sur la baie. C'était autrefois le grand salon d'une demeure victorienne pleine de charme, qui appartenait à trois hommes. Ils avaient restauré les deux étages supérieurs, qu'ils habitaient, et partagé le rez-de-chaussée en deux studios qu'ils louaient. Bettina choisit le plus spacieux, une vraie merveille. Il y avait une cheminée, deux immenses portes-fenêtres, une kitchenette, une salle de bains et une vue imprenable. Elle fut séduite dès la première visite et, miracle, elle pouvait se le payer. Le loyer était si bas que l'argent versé chaque mois par Ivo suffisait largement.

Deux jours plus tard, John Fields vint la chercher pour l'emmener dîner chez son ami avocat.

– Ils vous plairont beaucoup, Bettina.

– J'en suis certaine. Mais vous ne m'avez pas dit... Comment trouvez-vous mon appartement? demanda-t-elle en se tournant vers lui.

Il se contenta d'une remarque banale sur le panorama, puis l'entraîna vers sa voiture. C'était un modèle standard, bleu marine. Rien n'était clinquant chez lui, ni ses vêtements, ni son automobile, ni sa personne. Tout avait un charme tranquille, la veste de tweed, la chemise boutonnée jusqu'au col, le pantalon gris, les bottes bien cirées. C'était étrangement rassurant. Il était prévisible, tant par son style que par ses goûts. L'Américain bon teint, le gendre rêvé. Beau, intelligent, séduisant, bien élevé, diplômé de Stanford, médecin. Bettina lui sourit. Il était vraiment très beau. Elle se sentit soudain mal à l'aise. Comme si tout ce qu'elle portait était trop élégant, trop voyant. Sans doute avait-il raison. Elle avait beaucoup à apprendre.

– Alors, mon appartement, docteur ? Ce n'est pas une trouvaille ?

Il hocha lentement la tête.

– Si. Il me plaît. Dans le genre manoir. Un moment, j'ai cru que vous aviez loué la bâtisse tout entière.

Son sourire adoucit les reproches contenus dans cette remarque. La portière claqua. Bettina se demanda si la tenue qu'elle avait choisie convenait bien à la circonstance. C'était une robe en laine blanche qu'elle avait achetée à Paris avec Ivo. Ce n'était pas très habillé, mais on reconnaissait la griffe d'un grand couturier. La coupe en était simple, avec de longues manches et un petit col. Elle portait aussi un rang de perles et ses chaussures Dior, en chevreau noir. Quand ils entrèrent chez les Waterston, elle sut avec certitude qu'elle avait fait un faux pas.

Mary Waterston les attendait sur le seuil, avec un grand sourire, les cheveux tirés en arrière et retenus par une lanière de cuir. Pieds nus, elle était vêtue d'un pull vert et d'un jean. Seth vint les rejoindre dans une tenue à peu près semblable. Même John paraissait trop élégant. Du moins avait-il l'excuse de venir directement de son bureau. Ce n'était pas le cas de Bettina. Un peu gênée, elle leur serra la main. Ils la mirent aussitôt à l'aise. Seth était grand, beau, avec des cheveux couleur sable, une mèche sur le front, un air étonné et des jambes interminables. Mary était de petite taille, brune et jolie, malgré des lunettes à grosse monture. Elle était presque aussi mince que Bettina, excepté un soupçon de ventre. Un peu plus tard, voyant que le regard de Bettina se portait sur son tour de taille, elle crut bon d'expliquer, avec un large sourire :

– Je sais, c'est horrible, n'est-ce pas? Je déteste ce stade. Les gens croient que vous êtes grosse, que vous devriez faire un régime. – Elle caressa son ventre rebondi. – Le numéro deux est en route. Le premier est en haut, dans sa chambre.

– Elle dort? fit John, qui venait juste de les rejoindre, après un moment passé dans le jardin avec Seth. Moi qui espérais tant la voir!

Il avait un air si tendre, si chaleureux, que Bettina fut touchée au fond du cœur. Pourquoi n'avait-elle jamais vécu avec un homme qui aimait les enfants de cette façon? Avec Ivo, la porte était définitivement close. Quant à Anthony, il avait détesté le bébé dès le jour de sa conception. Un court instant, Bettina ressentit une vive douleur en regardant Mary. Il y a quelques semaines à peine, elle était enceinte, comme elle.

– Quand le bébé doit-il naître? demanda-t-elle.
– Pas avant le mois d'août.
– Vous travaillez toujours?

Mary éclata de rire.

– Non, ça, c'est le passé, je le crains. J'étais infirmière en obstétrique. Maintenant, j'y viens en tant que patiente fidèle et régulière.

Seth et Mary eurent un sourire complice. Bettina se sentit un peu à l'écart. John avait raison. Tout cela semblait tellement normal! Elle eut soudain envie de leur ressembler.

– Quel âge a l'aînée?
– Dix-neuf mois. Vous avez des enfants?

Bettina se contenta de hocher la tête.

Ils burent du vin rouge et mangèrent les steacks que Seth avait fait griller sur le barbecue. Après le café, John se leva pour aider Mary à faire la vaisselle. C'était le signal convenu. Seth et Bettina restèrent en tête à tête.

– J'ai cru comprendre que vous souhaitiez une dissolution ? demanda l'avocat.

Perplexe, Bettina se tourna vers lui.

– Je suis désolée, je n'ai pas compris...

– C'est le jargon juridique californien. Excusez-moi. John m'a dit que vous vouliez divorcer.

Elle acquiesça avec un soupir.

– Puis-je vous aider ?

– Volontiers.

– Pourquoi ne pas passer à mon cabinet demain ? Disons quatorze heures ?

Elle accepta avec gratitude. Quelques minutes plus tard, John était de retour. Bettina se sentait amoindrie par sa conversation avec Seth, par le jolie ventre rond de Mary, par cette atmosphère. Elle avait un long chemin à parcourir avant de devenir comme eux. Et s'ils apprenaient la vérité, ils la rejetteraient. Pensez : Mary avait trente-cinq ans, les deux hommes trente-six, des carrières respectables, à savoir la médecine et le droit. Seth et Mary avaient un pavillon de banlieue, un enfant, un autre à venir. Comment pouvait-elle espérer se faire aimer ? Quand John la reconduisit chez elle, elle lui avoua son malaise.

– Il n'est pas nécessaire de le leur dire. Personne n'a besoin de savoir. C'est ça qui est bien, quand on veut repartir à zéro.

– Et si quelqu'un découvrait la vérité, John ? Mon père était très célèbre. Il est possible qu'un jour, je tombe sur quelqu'un qui m'ait connue autrefois.

– Pas forcément. Et c'était il y a longtemps. Qui

vous reconnaîtrait? De plus, il n'est pas utile de parler de vos mariages, Bettina. C'est le passé. vous êtes encore très jeune. Personne ne se douterait que vous avez déjà été mariée.

– Est-ce donc si grave? insista-t-elle, comme si cette idée l'obsédait.

John mit un certain temps à lui répondre.

– Personne n'a besoin d'être au courant, c'est tout.

Il ne lui avait pas dit que cela n'avait rien de terrible. Il ne lui avait pas dit ce qu'elle voulait entendre.

– Avez-vous pris rendez-vous avec Seth?
– Oui.
– Bien. On va d'abord s'occuper de ça. Puis vous pourrez chercher un travail.

Aussi étrange que cela puisse paraître, elle n'en avait nulle envie. Il le fallait pourtant. Pour la respectabilité. Parce que John le pensait. Elle comprit tout à coup qu'elle attachait la plus grande importance à ce que cet homme ressentait.

27

QUELQUES semaines plus tard, Bettina trouva un emploi dans une galerie d'art d'Union Street. Bien que ce ne fût ni passionnant ni très rentable, elle y passait la majeure partie de son temps, faisant acte de présence de dix heures du matin à six heures du soir. Rester assise derrière un bureau à sourire à des inconnus l'épuisait. Ses journées ne lui laissaient pourtant aucun souvenir.

Elle faisait enfin partie de l'immense classe laborieuse, travaillant toute la sainte journée, attendant avec impatience le moment de s'en aller.

John l'invitait deux ou trois fois par semaine, au restaurant ou au cinéma. Ils passaient parfois le week-end ensemble. Ils se tutoyaient, à présent. John adorait le tennis et la voile. Une chose était certaine : ils s'occupaient sainement. Bettina avait bien meilleure mine, un teint de miel doré qui faisait ressortir ses cheveux cuivrés et ses yeux émeraude. Les quatre mois qu'elle venait de vivre à San Francisco avaient été pour elle extrêmement profitables.

Ce soir-là, John l'avait invitée à souper chez lui et ils s'attardaient devant leur tasse de café.

– Si on allait dire bonjour aux Waterston ? D'après Seth, Mary a la bougeotte et son médecin lui interdit de se rendre en ville. La première fois, elle a accouché en deux heures, et il craint qu'elle n'aille plus vite encore et ne tienne pas jusqu'à l'hôpital.

– Mon Dieu! fit-elle en souriant avec compassion. Toutes ces histoires de grossesse m'effraient.

– Mais tu as déjà été enceinte, répliqua-t-il, surpris de sa réaction.

C'était une chose tellement normale d'avoir un bébé! Pourquoi une femme en bonne santé se ferait-elle du souci?

– Je sais, et j'étais ravie à l'idée d'avoir un enfant. Mais c'est tout le reste qui me flanque la trouille!

– Ne sois pas idiote. Tu n'as aucune raison d'avoir peur. Mary n'a pas peur.

– Elle est infirmière.

– Si jamais tu avais un bébé, Bettina, dit-il en la couvant du regard, je serais près de toi.

Elle ne savait pas très bien ce qu'il entendait par là. Comme ami? Comme médecin?

Ils couchaient ensemble depuis trois mois, mais il se montrait si peu démonstratif, ses gestes amoureux étaient si rares, qu'elle en arrivait à se demander s'ils étaient amants ou amis.

– Merci.

– Cette perspective n'a pas l'air de te réjouir.

– Cela me semble si loin! fit-elle en riant.

– Quoi, avoir des enfants? Pourquoi? – Son sourire se fit très tendre. – Tu pourrais en faire un l'année prochaine.

Bettina n'était pas certaine de le désirer. Elle voulait écrire sa pièce.

– Entre pouvoir et vouloir... répondit-elle, sans se compromettre.

– Voyons... Quand ton divorce sera-t-il prononcé?

Le cœur de Bettina se mit à battre très fort. Qu'avait-il en tête ?

– Dans deux mois. En septembre, murmura-t-elle.

– On se marierait vite fait, tu serais illico enceinte, et hop, en juin, tu aurais un bébé. Qu'en dis-tu ?

John l'observait avec attention et elle sentit sa main se poser sur la sienne.

– John... Tu plaisantes ?

– Pas du tout !

– Mais... si vite ? Nous ne sommes quand même pas obligés de nous marier le lendemain de mon divorce. C'est...

– Pourquoi pas ? la contredit-il, visiblement consterné. Pourquoi attendre ?

– Je n'en sais rien, concéda-t-elle enfin, craignant sa désapprobation.

Les hommes comme John Fields ne vivent pas en concubinage. Ils se marient. Ils ont des enfants. Cela, Bettina le savait. Il n'était pas du genre à courir le jupon. Et si l'on ne répondait pas à son attente, c'était l'échec complet, sans appel. On n'était pas à la hauteur, on n'était pas « normal ». Bettina ne le décevrait pas.

– Tu ne veux pas, Betty ?

Elle détestait ce diminutif, chose qu'elle ne lui avait jamais dite – John avait d'autres atouts. Elle aimait sa solidité, sa fiabilité. C'était un être de parole, sur qui on pouvait compter. Avec lui, qu'ils jouent au tennis, dînent ensemble ou fassent du bateau, elle se sentait ordinaire, banale. Une vie dont elle n'avait jamais eu idée. Jamais. Jusqu'à ce qu'elle rencontre John Fields. Mais l'épouser ? Se remarier ? Maintenant ?

– Il est trop tôt, murmura-t-elle enfin.

John la regarda d'un air malheureux.

– Je vois, dit-il en s'éloignant.

28

Le lendemain matin, sur le chemin de la galerie d'art, Bettina songeait à la demande en mariage de John. Que voulait-elle de plus ? Pourquoi montrer si peu d'enthousiasme ? Parce qu'il y avait une chose qu'elle désirait plus que tout, se dit-elle, plus que les enfants ou le mariage : c'était le temps. Elle devait se trouver, elle, Bettina, qui s'était perdue en route, occupée qu'elle était à changer de nom. Il lui fallait se retrouver avant qu'il soit trop tard.

Elle freina pour s'arrêter au stop. Une fois encore, elle se remémora les paroles de John, son visage aussi quand elle lui avait répondu qu'il était trop tôt. C'était pourtant vrai. Pour elle. Et sa pièce de théâtre ? Si elle épousait John maintenant, jamais elle ne l'écrirait. Elle serait Mme Fields et se dissoudrait dans sa vie à lui. Ce n'était pas ce qu'elle voulait... Elle voulait... Un klaxon impatient la tira de sa rêverie. Elle démarra aussitôt. Mais elle parvenait pas à se concentrer. Elle avait même du mal à garder les yeux fixés sur la route. Elle revoyait son visage quand elle lui avait dit qu'il... Il y eut soudain un choc à l'avant de la voiture et elle entendit crier une femme. Elle sursauta et pila. Projetée vers l'avant, contre sa ceinture de sécurité, elle regarda autour d'elle. Il y avait des gens, des tas de gens qui la dévisageaient... Elle... et...

que regardaient-ils ainsi?... Oh, mon Dieu! Deux hommes penchés parlaient à quelqu'un qui semblait se trouver juste devant son véhicule. Mais elle ne voyait rien. Ce n'était pas... Elle n'avait pas... Elle bondit de son siège.

Tremblant de tous ses membres, elle se précipita vers le point de mire de tous les regards et aperçut un homme, la quarantaine, étendu sur le macadam.

La gorge nouée sous l'effet de la panique, elle s'agenouilla près de lui en refoulant ses larmes. Il était vêtu d'un costume sombre et élégant, comme en portent les hommes d'affaires. Le contenu de son attaché-case était éparpillé sur le sol.

– Je suis désolée... désolée... Y a-t-il quelque chose que je puisse faire?

Les policiers, arrivés sur les lieux quelques minutes après l'accident, se montrèrent calmes et courtois.

– Aviez-vous pris un médicament, ce matin, mademoiselle?

Le jeune officier l'observait de ses yeux sages. Bettina fit un signe de tête en se mouchant.

– Non. Rien.

– L'un des témoins vous a vue vous arrêter au stop et vous paraissiez... eh bien... « hallucinée », pour reprendre son expression.

– Non, j'étais... J'étais juste en train de réfléchir.

– Vous étiez préoccupée?

– Oui... Non... Je ne sais pas... J'avoue que je ne m'en souviens plus, après ce qui vient de se produire... Je... Est-ce qu'il ira bien?

– Nous en saurons davantage quand il sera à l'hôpital. Vous pourrez appeler plus tard pour obtenir des renseignements.

– Et moi?

– Vous êtes blessée? s'enquit-il, surpris.

– Non, mais... – Elle leva vers lui des yeux assombris par l'inquiétude. – Vous allez m'arrêter?

– Non, il s'agit d'un accident. Vous recevrez une citation à comparaître et vous passerez en jugement.

– Au tribunal? demanda-t-elle, horrifiée.

Le policier acquiesça.

– À part cela, votre assurance prendra tout en charge. Vous êtes assurée, n'est-ce pas? fit-il plus gravement.

– Bien entendu.

– Alors appelez votre assureur ce matin, votre avocat aussi, et vous n'aurez plus qu'à espérer que tout se passe au mieux.

Espérer que tout se passe au mieux... mais c'était horrible! Qu'avait-elle fait là?

Quand la foule se fut dispersée, elle se glissa derrière son volant, les mains tremblantes et l'esprit tourbillonnant. Elle pensa à l'homme qu'ils avaient emmené en ambulance, quelques instants auparavant. Le trajet lui parut interminable. Elle ne prit la peine ni d'ouvrir grand le magasin ni d'allumer la lumière. D'un bond, elle gagna le téléphone et appela son assureur. D'après lui, ses vingt mille dollars de couverture suffiraient à payer les frais engendrés par cet accident, à moins qu'il ne se révèle très grave.

– Quoi qu'il en soit ne vous inquiétez pas, nous verrons ça en temps utile.

– Quand le saurai-je?

– Quoi donc?

– S'il m'attaque en justice.

– Dès qu'il nous en informera, mademoiselle Daniels.

À bout de nerfs, elle composa le numéro du cabinet de Seth Waterston. Il était déjà en ligne et elle dut patienter quelques instants.

– Bettina?
– Oh, Seth... – Son gémissement se mua en un sanglot de désespoir. – J'ai des ennuis, hoqueta-t-elle.
– Où es-tu?
– À... la... ga... le... rie...
– Calme-toi. Respire profondément... Bettina? Bettina! Maintenant, raconte-moi.

Il avait craint, un court instant, qu'elle ne fût en prison. Il ne voyait rien d'autre qui pût entraîner semblable hystérie.

– J'ai eu un... accident...
– Tu es blessée?
– J'ai renversé un homme.
– Un piéton?
– Oui.
– Est-il gravement atteint?
– Je ne sais pas.
– Comment s'appelle ce type et où l'a-t-on transporté?
– À Saint-Georges. Et son nom est...

Elle jeta un coup d'œil au petit papier que lui avait remis la police.

– Bernard Zule.
– Zule? Comment ça s'écrit?

Elle épela. Seth soupira.

– Tu le connais?
– Plus ou moins. C'est un avocat. Tu n'aurais pas pu renverser le premier quidam venu? Non, il fallait que tu te paies un homme du métier!

Seth essayait de plaisanter, mais Bettina en était incapable. Prise de panique, elle serra les doigts autour du combiné.

– Seth, promets-moi de ne pas en parler à John.
– Pourquoi diable? Tu ne l'as pas fait exprès.
– Non... Mais il sera contrarié... fâché... ou... Je t'en prie!

Il y avait tant de désespoir dans sa voix que Seth promit. Puis il raccrocha pour téléphoner à l'hôpital.

Quatre heures plus tard, il rappelait la galerie. Zule se portait bien. Il avait une jambe cassée. Une belle fracture bien nette. Plus quelques ecchymoses. Rien d'autre. Mais Bernard Zule était un homme rancunier, colérique. Il avait déjà prévenu son avocat, car il avait l'intention de lui intenter un procès. Seth était intervenu personnellement, pour lui expliquer que la fautive était une de ses amies, qu'elle était très inquiète, tout à fait navrée et qu'elle avait demandé de ses nouvelles.

– De mes nouvelles ? Cette espèce de conne me renverse en plein jour, et elle ose demander si je vais bien ? Qu'elle vienne au tribunal ! Je lui montrerai comment je me porte !

– Mais Bernard...

Seth tenta en vain de limiter les dégâts. Bettina le comprit trois jours plus tard quand elle reçut les papiers concernant la plainte de Zule. Il exigeait deux cent mille dollars de dommages-intérêts pour blessure, incapacité à reprendre son activité professionnelle, traumatisme psychologique et intention de nuire. L'intention de nuire était un argument nul et non avenu, lui assura Seth. Après tout, elle ne connaissait pas Zule. Mais ce serait un procès gigantesque. Deux ans s'écouleraient peut-être avant toute convocation et à ce moment-là, ladite fracture ne serait plus qu'un mauvais souvenir. Peu importait. Bettina ne pensait qu'à l'indemnité. Deux cent mille dollars. Peut-être pourrait-elle réunir cette somme en vendant tous les bijoux qu'elle possédait, mais que lui resterait-il ? Elle se rappela les heures de panique qu'elle avait vécues à la mort de son père. Si elle voulait garder la maîtrise des événements, elle n'avait pas le choix.

- Bettina? Bettina! Tu m'entends?
- Hum? Quoi?
- Qu'est-ce qui ne va pas?

John était contrarié. Cela faisait des semaines qu'elle était dans cet état.

- Je... Je suis désolée... J'étais dans les nuages.
- C'est un euphémisme. Tu n'as pas entendu un mot de ce que j'ai raconté de toute la soirée. Qu'y-a-t-il?

John ne comprenait pas. Cette incroyable distraction, cet état de rêverie permanent durait depuis le soir où il l'avait demandée en mariage. Un constat peu réjouissant. Quand il la reconduisit chez elle, il lui jeta un regard triste.

- Bettina, tu préférerais peut-être que nous cessions de nous voir pendant quelque temps?
- Non... Je...

Ce fut plus fort qu'elle. Elle se jeta dans ses bras et éclata en sanglots.

- Que se passe-t-il? Oh, Betty... Dis-moi...
- Je... Oh, John! C'est tellement affreux... J'ai eu un accident.
- Quel genre d'accident? fit-il d'une voix grave.
- En voiture. J'ai cassé la jambe d'un passant.
- Tu as quoi? Quand? insista-t-il, sous le choc.
- Il y a trois semaines.
- Pourquoi ne m'as-tu rien dit?
- Je ne sais pas, répondit-elle, la tête basse.
- Et ton assurance?
- Je n'étais assurée que pour vingt mille dollars. Et il m'en réclame deux cent mille.
- Mon Dieu!

Ils s'assirent.

- En as-tu parlé à Seth?

Elle acquiesça en silence.

– Et pas à moi. Oh, Betty ! – Il la serra plus fort.
– Betty, Betty, comment cela a-t-il pu t'arriver ?
– Je n'en sais rien.

Elle le savait très bien. Elle pensait à sa déclaration de la veille et se disait qu'elle n'avait nullement envie de l'épouser. Mais comment le lui avouer ?

– C'était ma faute.
– Je vois. Bon, nous allons devoir y faire face ensemble.

Il y avait de la tendresse dans son sourire. Bettina avait besoin de lui, et cela n'était pas pour lui déplaire.

Leurs regards se croisèrent.

– Comment cela « ensemble » ? demanda-t-elle, horrifiée. Tu es fou ! Il faut que je me débrouille toute seule.

– Ne sois pas ridicule. Et ne te rends pas malade à cause de cette histoire. Il te réclame deux cent mille dollars, bon, et alors ? Dix ou vingt mille suffiront probablement à le contenter.

– Ça m'étonnerait.

Elle devait néanmoins reconnaître que la veille, Seth lui avait à peu près dit la même chose.

Ils ne se trompaient pas. Deux semaines plus tard, Bernard Zule acceptait une somme de quinze mille dollars pour calmer ses nerfs et réparer une jambe qui était en bonne voie de guérison. La compagnie d'assurance annula le contrat de Bettina, qui dut vendre la petite voiture qu'elle avait achetée d'occasion après avoir été embauchée. Elle n'était plus obsédée par les deux cent mille dollars, certes, mais elle éprouvait un sentiment d'échec, comme si elle avait régressée, fait un bond en arrière, donné la preuve de son incapacité. Cet état dépressif dura des semaines. Et quinze jours seulement après le jugement de son divorce, John lui fit une nouvelle demande :

– Réfléchis, Bettina. Tu pourrais même conduire ma voiture, commenta-t-il avec un sens de l'humour qui ne lui était pas habituel.

Mais cette plaisanterie ne la fit pas rire.

– Je t'aime, insista-t-il, et tu es faite pour être ma femme.

Celle d'Ivo et celle d'Anthony... lui répétait une petite voix, au fond d'elle-même.

John était persuadé qu'elle était incapable de se débrouiller seule dans la vie. Et d'une certaine façon, elle lui en avait apporté la preuve. Elle n'était qu'une bonne à rien. Dangereuse, de surcroît. Elle avait même failli tuer un homme... Ce remords ne la quittait plus.

– Bettina ?

Penché vers elle, il lui embrassa les doigts, les lèvres, les yeux, avec une infinie douceur.

– Veux-tu m'épouser, Betty ?

Elle respira profondément puis, paupières closes, elle acquiesça. Il n'avait peut-être pas tort.

29

A PETITS pas comptés, Bettina s'avança au bras de Seth Waterston. C'était elle qui lui avait demandé de la conduire à l'autel. Il y avait une centaine de personnes dans l'église, qui les regardaient. Sa robe blanche moirée bruissait au contact du tapis de satin. John lui souriait. Le visage de Bettina était dissimulé par un fin voile et une coiffe Renaissance. Elle était belle, majestueuse. Mais dans cette robe de mariée, elle avait l'impression étrange d'être déguisée, de tricher. Jusqu'à la dernière minute, elle avait tenté d'amener John à renoncer à ce mariage en blanc, mais il y attachait une telle importance! Il avait tant attendu, après ses études de médecine, pour se marier, qu'elle n'eut pas le cœur de le lui refuser. Pendant les deux semaines qui avaient suivi sa décision, John s'était occupé de tout, comme il le lui avait promis. La seule tâche de Bettina avait été d'acheter sa robe chez *I. Magnin*. John avait organisé la cérémonie dans l'église épiscopale d'Union Street. Cent vingt-cinq invités étaient prévus pour la réception qui devait avoir lieu au Yacht Club dominant la baie. Bien des filles auraient rêvé d'un tel mariage, mais Bettina se serait sentie plus à l'aise à la mairie. Son divorce n'avait été prononcé que deux jours auparavant. En avançant dans l'allée centrale, elle pensait sans cesse à Ivo et à Anthony. « Ne vous emballez pas, les copains, c'est mon troisième ! » eut-elle brusquement envie de crier à l'adresse de tous ces gens qui la regardaient avec des yeux émus. Elle se contenta d'arborer un sourire modeste. Devant l'autel, elle prit le bras de John. Il portait une jaquette pour l'occasion et un brin de muguet à la boutonnière. Bettina serrait entre ses doigts un bouquet de roses blanches, et Mary Waterston avait épinglé une orchidée à son corsage. Les parents de John étaient morts. La plus grande partie de l'assistance était donc composée d'amis.

La cérémonie traînait en longueur dans la jolie petite église. Le prêtre contemplait les jeunes mariés avec un sourire attendri.

– ... et vous, John ?

En l'écoutant prononcer les paroles rituelles, Bettina éprouva de nouveau une sensation étrange. Et si elle se trompait de nom ? *Moi, Bettina, je prends, Ivo... Anthony... John...* Il ne fallait pas que ça rate, cette fois. C'était sa dernière chance. La bonne.

– Oui, murmura-t-elle.

Puis elle leva les yeux vers John qui la regardait gravement en répétant les mêmes mots d'une voix forte et ferme, de sorte que l'assemblée tout entière puisse l'entendre. Il l'avait choisie, elle, Bettina, comme épouse, pour l'aimer et la chérir, dans la maladie et dans la santé, dans la richesse et dans la pauvreté, *jusqu'à ce que la mort les sépare*. Ni mésentente, ni ennui, ni carte de séjour, ni tournée, ni différence d'âge. Dans le parfum des roses, Bettina ressentit toute la gravité de l'instant. Cette senteur resterait à tout jamais liée à ces moments-là.

– ... Je vous déclare unis par les liens du mariage.

Le prêtre les regarda, leur sourit et se pencha vers John.

– Vous pouvez embrasser la mariée.

John l'embrassa très vite en lui pressant la main.

Elle portait à présent une large alliance en or à la main droite, une petite bague de fiançailles en diamants à la main gauche. Elle avait voulu lui montrer ses bijoux avant leur mariage mais quand il lui avait donné sa bague, elle avait tout de suite su que ce n'était pas la chose à faire. En effet, elle possédait toujours le solitaire de neuf carats que lui avait offert Ivo. Après réflexion, elle avait décidé de cacher le solitaire et de présenter le reste à John. Elle n'avait jamais montré à quiconque ces superbes pièces de joaillerie qui lui venaient de son père et d'Ivo et qu'elle ne portait plus. Celles-ci dormaient dans un coffre à la banque. C'était son bas de laine, tout ce qui lui restait. Et c'était une preuve définitive de confiance que d'en parler à John. Mais quand elle lui annonça qu'elle avait quelque chose en banque qu'elle désirait lui montrer, il prit un air contrarié, méfiant, à tel point qu'elle crut bon de fournir des explications.

– Ce n'est rien... Ne fais pas cette tête-là, idiot... Ce ne sont que quelques bijoux rescapés de mon autre vie, fit-elle avec un grand sourire penaud.

Une fois dans la salle des coffres, John laissa exploser sa colère.

– Bettina, c'est une honte! Un scandale! Te rends-tu compte de la fortune que tu gardes là? C'est... c'est... bredouilla-t-il. On dirait la collection d'une vieille putain! J'exige que tu t'en débarrasses.

Ce fut au tour de Bettina d'éclater. S'il ne les aimait pas, c'était son problème. Elle ne les mettrait pas. Mais elle y tenait, et elle les garderait. Ils étaient là, tous les deux, furieux. Promis. Elle n'en parlerait plus. C'étaient des vestiges du passé. Son passé à elle. L'affaire était close.

Bettina évoqua également la pension qu'Ivo lui versait et lui verserait jusqu'à la fin de ses jours. John fut atterré. Pourquoi diable se faisait-elle entretenir par cet homme ? Ne pouvait-elle pas vivre de son travail ? Qu'elle ne compte pas recevoir d'argent de *lui* après leur mariage ! Il ne le supporterait pas. Il considérait cela comme une gifle. Bettina, qui n'était pas de cet avis, tenta de lui expliquer, en vain, qu'Ivo avait toujours été un père pour elle. Il s'en fichait. Elle était adulte, à présent. Cela ne se passerait pas comme pour les bijoux, dont on ne parlerait jamais plus. John rédigea lui-même une lettre à l'intention des avocats d'Ivo, pour leur signifier que Mme Stewart – ses dents grincèrent quand il écrivit ce nom – ne souhaitait plus bénéficier d'aucun versement mensuel. Elle signa, la mort dans l'âme, mais elle signa. Ainsi se termina leur différend à ce sujet. Bettina avait rompu son dernier contrat avec Ivo. Après la cérémonie, elle appartiendrait tout entière à John.

John et Bettina s'immobilisèrent sur le parvis de l'église, côte à côte, pendant une demi-heure, souriant, embrassant des dizaines de joues, serrant des dizaines de mains. Bettina regardait tous ces gens, les cousins de John, ses copains, ses patients, ses amis. Ils se ressemblaient tous. Ils étaient éclatants de santé, de jeunesse, épanouis. C'était charmant et fade à la fois.

– Tu es heureuse ? lui demanda John tandis qu'ils s'engouffraient dans la voiture.

Il n'avait pas loué de limousine. C'était cher et ridicule, avait-il prétendu. Il prendrait lui-même le volant.

Elle se sentait bien. Ce nouvel univers avait quelque chose d'extrêmement rafraîchissant.

– Très, dit-elle.

Nul besoin d'être pétillante et spirituelle. Nul besoin de se montrer séduisante ni d'organiser les plus belles soirées de San Francisco. Il suffisait d'être aimable et de proférer des banalités, aux côtés de son époux. C'était reposant, facile, après les folles années qu'elle avait vécues.

– Je t'aime, docteur, ajouta-t-elle en souriant.

Cette fois, elle était sincère.

– Moi aussi, je t'aime.

Ils passèrent leur lune de miel à Carmel. Pendant trois jours de rêve, ils firent du lèche-vitrines et se promenèrent sur la plage. Un après-midi, ils se rendirent en voiture à Big Sur et admirèrent les surfeurs en se tenant la main. Ils connurent les longs dîners romantiques et les grasses matinées du lendemains. Un voyage de noces sans fausses notes. Deux semaines plus tard, à la galerie d'Union Street, Bettina se sentit au plus mal. Elle rentra tôt à la maison, se mit au lit, où John la trouva un peu plus tard, roulée en boule, avec une mine effroyable. En fronçant les sourcils, il l'interrogea sur les symptômes qu'elle présentait et s'assit au bord du lit.

– Puis-je t'examiner, Betty?

Elle détestait ce diminutif, qui lui faisait toujours le même effet.

– Bien sûr.

Elle se redressa et esquissa un pauvre sourire.

– Mais je ne crois pas qu'il y ait grand-chose à voir. J'ai attrapé la grippe, c'est tout. Comme Mary la semaine dernière.

John l'examina calmement : il lui trouva les poumons dégagés, les yeux brillants, pas de fièvre.

– Tu es peut-être enceinte, commenta-t-il.

– Déjà?

Cela lui paraissait impossible. Deux semaines

après avoir cessé de prendre la pilule? L'idée venait de John.

— On verra.

— Quand serons-nous fixés? s'inquiéta-t-elle.

John souriait, ravi.

— Dans deux semaines environ. Je dois faire un test à l'hôpital, et si celui-ci est positif, je t'enverrai chez un bon gynécologue.

— Pourrais-je choisir celui de Mary?

Bettina était anxieuse. Que lui arrivait-il? Pourquoi si tôt? L'idée la terrifiait littéralement.

Il lui embrassa le front et quitta la chambre, pour revenir peu après avec une tasse de thé et des crackers.

— Essaie d'avaler ça.

Elle lui obéit et se sentit physiquement mieux, mais elle avait toujours très peur.

Deux semaines plus tard, John sortit de sa poche un petit flacon, qu'il lui remit, avant de se coucher.

— Pour demain matin. Analyse d'urine à jeun. Laisse-le dans le réfrigérateur. Je l'emporterai à l'hôpital en allant travailler.

— Tu me téléphoneras dès que tu auras les résultats? fit-elle d'un air morne.

Il lui tapota le bras en souriant.

— Je sais que tu es très impatiente, mon chou. Du calme. Nous serons fixés dans la matinée. Je t'appellerai aussitôt, je te le promets. Je suis très impatient, moi aussi, ajouta-t-il après l'avoir embrassée.

Il était sincère, elle le savait. Cela faisait quinze jours qu'il nageait dans la félicité. À tel point qu'elle n'avait pas osé lui faire part de ses sentiments et de ses craintes. Soudain elle éprouva le besoin de se confier à lui, comme ça, tandis qu'ils étaient étendus tous les deux, côte à côte, dans l'obscurité.

– John ?
– Oui, Betty.

Elle lui prit la main et se blottit contre son dos.

– J'ai peur.
– De quoi ? fit-il, surpris.
– De... tu sais... de...

Elle se sentait ridicule. Pour lui, tout cela était tellement normal !

– D'être enceinte.
– Mais pourquoi, idiote ?

Il se retourna dans le lit pour lui faire face.

– Eh bien... Et si cela se passe comme la dernière fois ? fit-elle d'une voix étranglée.
– Tu crains de le perdre ?

Elle hocha la tête, mais c'était bien autre chose qu'elle redoutait.

– Un peu... mais... oh, je ne sais pas, John. J'ai peur, c'est tout. Cette douleur... Le fait d'avoir mal... Si je ne peux pas le supporter...

Elle avait les larmes dans les yeux.

– Arrête, Betty, dit-il en la prenant par les épaules. Tout de suite. Un accouchement est un événement tout à fait naturel. Aucune raison de trembler. Regarde Mary. Est-elle morte de douleur ? Bien sûr que non. Allons, fais-moi confiance. Quand le bébé naîtra, je serai là, auprès de toi. Ce ne sera rien, tu verras, je te le jure. On exagère beaucoup les douleurs du travail. Ce n'est pas si terrible que ça, tu sais.

– Tu crois ? fit-elle, vaguement rassurée. – Elle se pencha vers lui et l'embrassa. – Merci... de désirer ce bébé. Resterons-nous ici ?

Elle s'était installée dans l'appartement de John. Celui-ci était spacieux et aménagé avec goût, mais il n'y avait qu'une chambre et un petit bureau où il passait beaucoup de temps. Sa question fut suivie d'un long silence, puis d'un rire espiègle de l'autre côté du lit.

– Qu'y a-t-il ? fit-elle d'un air étonné.

Il ne la taquinait pas souvent.

– Pourquoi ris-tu ?

– Mêle-toi de ce qui te regarde...

– Ah bon...

Mais John ne résista pas longtemps à l'envie de tout lui dire.

– D'accord, Betty, je vais te mettre au courant, mais ne t'emballe pas. Ce n'est pas encore sûr. – Il marqua une pause pour attiser sa curiosité. – Hier, j'ai fait une proposition pour une maison vendue aux enchères.

– C'est vrai ? Pourquoi ne m'en as-tu rien dit ? Où ? John Fields, tu es impossible !

Il sourit avec fierté. Bettina semblait enchantée.

– Attends un peu. C'est à Mill Valley. Tout près de chez Seth et Mary, annonça-t-il, triomphant.

– C'est fabuleux !

– N'est-ce pas ? Croise les doigts pour que nous l'obtenions.

– Tu crois que ça va marcher ?

– C'est possible. Mais il y a une chose importante encore. Le test de grossesse !

Et ils se blottirent l'un contre l'autre, au creux du lit.

Oubliée sa vie d'antan, disparus les duplex, les lofts et autres appartements chics... Elle ne pensait plus qu'à sa maison de Mill Valley, à son bébé, son mari et sa nouvelle vie.

30

— C'est le mois de juin le plus chaud depuis 1911, tu te rends compte ? J'ai entendu ça à la radio hier pendant que j'essayais de me rafraîchir en prenant un bain.

De la cuisine, Bettina lança un regard désespéré à Mary tout en continuant de s'éventer. Son amie et désormais voisine éclata de rire.

— Je dois reconnaître qu'il n'y a rien de pire que d'être enceinte de neuf mois par une chaleur pareille ! répondit-elle, compatissante. J'en ai fait deux fois l'expérience.

Ses enfants avaient respectivement trois ans et dix mois et ils étaient tous les deux en train de faire la sieste.

Bettina esquissa un petit sourire et grignota du bout des lèvres la salade de thon qu'elle avait apportée.

— Dois-je te rappeler que j'en suis à neuf mois et demi ?

Elle contempla son assiette d'un air écœuré et la repoussa.

— Beurk ! Je n'arrive plus à avaler quoi que ce soit.

Elle essaya de trouver une position plus confortable.

– Tu veux t'allonger sur le canapé ? lui demanda Mary.

– Oui. Mais une fois installée, je n'arriverai jamais à me relever.

– Tant pis ! Seth sortira le canapé par la porte de derrière et le transportera chez toi.

– Il y a des avantages à être voisins, n'est-ce pas ?

– Sûr.

Cela faisait six mois qu'ils avaient acheté la maison. Les quatre premiers mois, elle avait fait le trajet jusqu'à la galerie puis, cédant à ses supplications répétées, John l'avait dégagée de ses obligations professionnelles. Jamais elle ne parviendrait à tenir correctement sa maison, s'était-elle plainte, à moins de quitter son travail et de rester chez elle. John s'était laissé fléchir, et Bettina était enchantée. Mais son bonheur n'avait duré que quelques semaines. Le dernier mois de sa grossesse, elle était si fatiguée, si lourde, si mal à l'aise, qu'elle n'avait rien pu faire.

Étendue sur le canapé, elle regardait son amie. Bien que voisins, elles ne s'étaient pas vues depuis un certain temps.

– C'était comme ça pour toi aussi ?

– Chaque femme vit une expérience qui lui est propre, dit Mary, pensive. Chaque fois, c'est différent.

– Tu parles comme une infirmière.

– Je le suis encore, répondit Mary en riant. Quand je te vois, j'ai envie de te demander comment tu vas, si tes chevilles enflent, si tu souffres de maux de tête, quel est ton état général. Mais je me retiens. Je suppose que John t'ennuie assez comme ça.

– Aussi curieux que cela puisse paraître, il est parfait. Il ne dit pas grand-chose. Pour lui, c'est un processus naturel. Il n'y a pas de quoi en faire tout un plat!

– Et qu'en pense ton gynécologue?

Bettina paraissait détendue. Il lui avait fallu neuf longs mois pour vaincre ses dernières craintes. À présent, elle savait qu'elles étaient sans fondements. Elle s'était bien préparée.

– À peu près la même chose que John.

– Et tu es de leur avis? demanda Mary, sidérée.

– Oui. Je connais par cœur les exercices respiratoires. Je suis rôdée, fin prête. Il ne me reste plus qu'à accoucher. – Elle se redressa maladroitement et tressaillit. – Ah, ce dos! qu'est-ce qu'il peut me faire souffrir!

Mary lui tendit deux coussins et lui glissa un tabouret sous les pieds.

– Merci, dit Bettina, reconnaissante.

Elle souleva ses pieds avec précaution. Mais les coussins ne parvinrent pas à la soulager. Elle fit une grimace.

– Ça ne va pas mieux?

– Ça ira.

– Tu sais, poursuivit Mary, j'avais une de ces trouilles pour le premier. Et je n'avais pas moins peur pour le second!

– Et comment ça s'est passé? lui demanda Bettina sans détours.

Mary eut un sourire pensif.

– Pas mal. La seconde fois, j'étais au point, et Seth était auprès de moi. Mais pour le premier accouchement, je n'étais absolument pas prête, ajouta-t-elle en regardant fixement Bettina.

– Non? Pourquoi donc? s'écria-t-elle, intriguée.

– Parce que même si l'on est infirmière en obstétrique, que l'on a vu ça des milliers de fois, personne ne peut vous dire ce que c'est. Ça ressemble à une course de fond. Jusqu'au moment où l'on atteint le point où l'on croit que l'on ne pourra plus tenir, à partir de sept centimètres d'ouverture. Heureusement, ça ne dure pas très longtemps. Ensuite on commence à pousser. C'est épuisant, mais ce n'est pas trop terrible.

Mary n'arrivait pas à comprendre pourquoi John avait envoyé Bettina chez McCarney. C'était le médecin le plus froid, le plus cruel qu'elle eût jamais assisté en obstétrique. Deux fois, elle avait quitté la salle de travail en larmes. Après, elle s'éclipsait chaque fois qu'il amenait une patiente.

– Et McCarney? Il te plaît?

Bettina hésita longuement.

– J'ai confiance en lui... C'est un très bon gynécologue, je crois, mais je... je ne l'aime pas beaucoup. – Un sourire maladroit se dessina sur ses lèvres. – John dit que c'est un excellent médecin. Il enseigne à l'université et il a récemment publié les comptes rendus de ses recherches. Il travaille sur un matériel nouveau et sophistiqué. D'après John, c'est une sommité. Mais il n'est pas... eh bien, il n'est pas très chaleureux. Oh! ça n'a pas d'importance, je suppose. Le principal est qu'il connaisse son métier. Et que John soit là. Il ne pourra rien m'arriver.

Mary réfléchit. À quoi bon l'effrayer? Il était trop tard.

– Oui, McCarney est un médecin très respecté. Je préfère le mien, mais... Et c'est vrai aussi que John sera auprès de toi. Heureusement. Car tu sais, Betty, un premier travail, ça peut prendre un certain temps.

Bettina la regarda en silence, puis elle hocha la tête.

– Oui, je sais, murmura-t-elle, tandis que de vieux souvenirs resurgissaient. Ce n'est pas la première fois, Mary.

– Ah bon? s'exclama Mary, abasourdie. Tu as

eu un autre bébé ? Quand ? De qui ? Que s'est-il passé ? Il est mort ?

Mary refoula les autres questions qui lui brûlaient les lèvres.

– J'ai fait une fausse couche il y a un an et demi, poursuivit Bettina, avant de m'installer en Californie. En fait...

Elle était décidée, cette fois, à dire la vérité, toute la vérité, à cette amie dont elle se sentait si proche.

– ... C'est comme ça que j'ai fait la connaissance de John. J'étais déprimée et j'ai tenté de me suicider. Après m'avoir fait un lavage d'estomac, ils ont envoyé John à mon chevet et... nous sommes devenus amis, ajouta-t-elle avec un sourire.

– C'est dingue ! Il ne nous en a jamais rien dit !

Le visage de Bettina s'illumina.

– Il ne voulait pas que j'en parle. Mais Seth est au courant.

– Seth ?

Mary lui lança un regard incrédule.

– C'est lui qui s'est occupé de mon divorce.

– Tu as été mariée ? Quelle cachottière ! Tu as d'autres révélations à me faire ?

Bettina haussa les épaules en riant.

– Voyons...

Elle eut soudain envie de déballer tout ce qu'elle avait sur le cœur. Jamais elle n'avait connu une telle intimité.

– J'ai été mariée deux fois.

– John compris ?

– Avant John, murmura-t-elle. Une fois à quelqu'un de beaucoup plus vieux que moi et une autre fois à un acteur. Je travaillais pour le théâtre, à la fin comme assistante du metteur en scène.

– Toi ?

Mary n'était plus seulement étonnée, elle était impressionnée.

– Et mon père était écrivain. Un écrivain célèbre.

Bettina se radossa à ses coussins.

– De qui s'agit-il? Quelqu'un dont j'ai entendu parler?

– Probablement.

Mary lisait beaucoup.

– Justin Daniels.

– Mais... Bien sûr! Bettina Daniels! Je n'avais jamais fait le rapprochement! Mais bon sang, Bettina, pourquoi ne nous as-tu rien dit? À propos, ajouta-elle, les mains sur les hanches, Seth était-il au courant?

– Non, il ne connaît que mon dernier mariage, pas le reste, déclara-t-elle.

– Mais pourquoi ce mystère?

– John n'était pas ravi-ravi de mon passé, je le crains, répondit-elle, un peu gênée. Je ne voulais pas... l'humilier.

– L'humilier? Comment? Parce que tu es la fille de Justin Daniels? Il devrait en être fier, au contraire. Quant à tes deux mariages, il y avait certainement une raison, sinon tu ne les aurais pas épousés. Et puis tes amis t'aiment quand même. Ceux qui aiment comprennent toujours... Ils essaient du moins. Et les autres... ma foi, les autres... Ils importent peu. Ton père devait le savoir. On a souvent critiqué son mode de vie.

– C'était différent. C'était un génie, à sa manière. Et qui dit génie dit excentricité. C'est bien connu.

– Écris un livre, et l'on trouvera ton passé très original.

Bettina rit, puis elle baissa le front, un peu penaude, avant de relever les yeux vers son amie.

– J'ai toujours voulu écrire une pièce de théâtre.

— C'est vrai? s'exclama Mary. — Un vif intérêt se lisait sur son visage. — Et moi qui te croyais aussi banale que nous tous! Aussi ordinaire. Mais merde, quand vas-tu l'écrire, ta pièce?

— Sans doute jamais. Cela déplairait à John. Et... Oh! je ne sais pas, Mary... Tu sais... Ce milieu n'est pas très respectable. D'une certaine façon, j'ai eu de la chance d'en sortir.

— Peut-être. Mais tu as baissé les bras, tu as renoncé. Ne peux-tu exercer ton talent tout en demeurant respectable?

— J'aimerais essayer. Un jour... fit-elle comme s'il s'agissait d'un rêve lointain. Mais John ne me le pardonnerait pas. Il aurait l'impression que j'introduis quelque chose de répugnant dans son existence.

— Il ne t'est jamais venu à l'idée que ce n'était que *son* avis, qu'il avait peut-être tort? Inconsciemment, on est parfois jaloux. Nous menons tous une vie quelconque, ennuyeuse. De temps en temps apparaît un paradisier, et nous prenons peur. Cet oiseau nous effraie parce que nous ne sommes pas comme lui, que nos plumes, au lieu d'être d'un beau vert et d'un rouge vif, sont gris terne et qu'en face de lui, nous nous sentons laids comme si nous avions raté quelque chose. Certains aiment le contempler et rêvent au jour où eux aussi deviendront des oiseaux de paradis... D'autres lui tirent dessus... ou lui font peur pour qu'il s'enfuie.

— D'après toi, c'est ce que John a fait? demanda Bettina, sous le choc.

— Non, répondit Mary avec une gentillesse infinie. Il s'est arrangé pour te trouver des plumes couleur grisaille et t'en a affublée pour que tu nous ressembles. Mais ce n'est pas vrai, Bettina. Tu es un oiseau très, très rare. Ôte ce vilain déguisement et laisse apparaître ton plumage éclatant. Tu es la fille de Justin Daniels, ce qui en soi est un don du ciel. Que penserait ton père s'il apprenait que tu te caches ici ? Que tu as honte de son nom ?

Les yeux de Bettina s'emplirent de larmes. Soudain elle tressaillit, comme si un choc électrique lui avait parcouru la colonne vertébrale. Mary se pencha pour lui embrasser la joue, avec une grande tendresse.

– Maintenant, parle-moi de tes douleurs. Ça part du dos, n'est-ce pas ?

Bettina leva les yeux vers son amie, sans dissimuler son étonnement. Elle était encore profondément émue de ce que lui avait dit Mary. Pour la première fois, elle s'était sentie acceptée, en dépit de son passé excentrique.

– Comment le sais-tu ?
– Parce que c'est mon métier. Tout le monde ne peut pas être un oiseau de paradis, ma vieille. Il faut aussi des pompiers, des flics, des médecins et des infirmières.

Mary tenait toujours la main de Bettina, quand celle-ci tressaillit à nouveau.

– Tu veux commencer à respirer ? Fais-le seulement si c'est trop douloureux.

– Ça l'est, répondit Bettina, surprise par la progression fulgurante de la douleur.

Une heure plus tôt, ce n'était qu'une crampe indéterminée. Tout de suite, elle avait compris. Dix minutes plus tard, une contraction deux fois plus forte venait lui couper le souffle.

Mary évaluait la situation et lui tenait le bras à chaque nouvelle crampe. La dernière lui avait labouré le ventre, mettant tout à vif sur son passage, telle la longue lame d'un rasoir. Bettina, hors d'haleine, s'agrippait à la main de son amie.

– Celle-ci était méchante, dit Mary en regardant calmement sa montre.

Bettina hocha la tête. La sueur lui perlait au front quand elle s'étendit sur le canapé.

– Oui, murmura-t-elle avec peine.

Brusquement son regard ne refléta plus qu'une immense panique.

– John, appela-t-elle d'une voix rauque.

– Oui, Betty, je vais lui téléphoner. Reste tranquille. Quand tu sentiras une nouvelle contraction, respire en rythme.

– Où vas-tu? s'inquiéta Bettina.

– Dans la cuisine. C'est là que se trouve le téléphone. Je demanderai à John de prévenir ton médecin. Puis j'appellerai Nancy, la voisine d'en face, pour qu'elle vienne garder les enfants. Dieu merci, ils ne sont pas encore réveillés, ajouta-elle en souriant. Dès que Nancy sera là, dans deux minutes environ, nous prendrons la voiture et je te conduirai à l'hôpital. Ça te va?

Bettina acquiesça, puis elle broya la main de Mary, sous l'effet d'une contraction longue et puissante.

– Oh! Mary... Mary... ça fait terriblement mal. Ça...

– Chut! Pour l'instant, tu supportes ça très bien, Betty. Calme-toi.

Sans en dire davantage, elle se précipita vers la cuisine et revint avec un linge humide qu'elle posa sur le front de Bettina.

– Détends-toi pendant que je téléphone.

Deux minutes plus tard, Mary réapparut en espadrilles, jean et T-shirt, son sac à la main. Elle demanda à Nancy de passer chez John et Betty prendre la valise qui attendait dans l'entrée. Peu après, elle aidait Bettina à monter dans la voiture.

– Et si nous n'arrivons pas à temps? fit Bettina qui semblait nerveuse.

Mary lui sourit. Elle espérait presque que cela se

passerait ainsi, préférant accoucher Bettina sur le siège de son break que de la laisser seule entre les mains de McCarney.

Elle démarra.

– Si nous n'arrivons pas à temps, je t'accoucherai moi-même. Pense à tout l'argent que tu économiserais!

Elles poursuivirent leur route en silence. Bettina respirait comme un petit chien, au rythme de ses contractions, de plus en plus rapprochées maintenant, et une certaine détermination pouvait se lire dans son regard. Mary fut surprise de la rapidité avec laquelle la douleur s'était accrue, espérant que ce serait le signe d'un accouchement rapide. Peut-être aurait-elle de la chance. Après tout, ce n'était pas son premier enfant. Mary pensa à leur discussion. Comment pouvait-on vivre à côté de quelqu'un et le connaître si peu?

– Ça va?

Bettina haussa les épaules en ahanant. Mary attendit que la douleur s'estompe, puis elle posa la main sur son bras.

– Betty, n'essaie pas d'être héroïque. Je sais que tu désires un accouchement naturel et que tu t'y es préparée, mais si c'est trop dur, demande quelque chose. N'attends pas.

Mary n'osait pas lui dire que si elle tardait trop, on ne pourrait plus intervenir.

– John ne voudra pas, fit Bettina en baissant la tête. Il prétend que cela nuirait au cerveau de l'enfant.

Une autre contraction la laissa pantelante, et Mary dut attendre.

– Il se trompe, crois-moi, déclara-t-elle quand la douleur eut disparu. Et je sais de quoi je parle. On peut te faire une péridurale, une sorte de rachianesthésie, qui supprime toute sensation au-dessous de la taille. On peut aussi t'administrer un peu de

Démérol, une piqûre qui atténuera la douleur. Tu le demanderas vite si tu en as besoin ?

– D'accord, répondit distraitement Bettina.

Elle ne voulait pas perdre son souffle à discuter, sachant ce que John en pensait. Il lui avait assez répété que si elle cherchait à souffrir moins au moment de l'accouchement, elle risquerait la santé de leur bébé.

Un quart d'heure plus tard, elles arrivèrent à l'hôpital. Bettina ne pouvait plus marcher. On l'installa aussitôt sur un brancard. Elle se tordait de douleur en comprimant la main de Mary.

– Oh, Mary... Dis-leur... Non ! Arrêtez !

Elle se redressa en s'accrochant à l'aide-soignant, puis elle retomba en hurlant. Patiemment, on attendit la fin de la contraction. Mary essayait de la rassurer en lui parlant doucement. Le bébé était en train de descendre, de toute évidence, et c'était le moment le plus douloureux. Plus que trois centimètres, et le col serait complètement dilaté. Ce serait presque terminé. Elle pourrait commencer à pousser.

John les attendait dans le hall, visiblement impatient. Il regarda Mary en souriant, heureux, puis il baissa les yeux vers Bettina, trempée de sueur, qui gémissait, pelotonnée sur son brancard. Elle s'agrippa à lui avec violence et se mit à pleurer en s'accrochant désespérément à la blouse blanche.

– Oh, John... Ça fait tellement... mal !

John la regarda se tordre sous l'effet de la contraction suivante. Il lui prit le poignet avec calme et consulta sa montre. Une idée germa dans l'esprit de Mary, qui décida d'en faire part à John. Quand la douleur se fut atténuée, elle s'approcha de lui.

– Je viens de penser à quelque chose, dit-elle doucement. Comme j'ai travaillé ici, on me permettra sans doute de rester avec vous deux. Je ne pourrai pas aider, mais je serai présente. John, je crois qu'elle va en baver, ne put-elle s'empêcher d'ajouter.

Mary avait souvent vu cela. Très vite, on ne parvenait plus à maîtriser la situation.

John lui adressa un sourire reconnaissant, lui tapota l'épaule.

– Ne t'inquiète pas. Tout ira pour le mieux. Regarde-la... – Il jeta un coup d'œil par-dessus son épaule. – J'ai l'impression que le bébé est déjà en train de descendre.

– Moi aussi. Mais cela ne signifie pas qu'elle soit au bout de ses peines.

– Ne t'en fais pas. Vous êtes toutes pareilles, vous les infirmières.

Mary insista, mais John refusa sa proposition avec fermeté. Il fit signe à l'une des sages-femmes de conduire Bettina en salle de travail. Mary se précipita vers son amie.

– Tout se passera bien, ma belle. Tu es formidable. Il suffit que tu t'accroches. Ça va passer comme une lettre à la poste!

Puis elle se pencha vers elle et l'embrassa.

Les larmes ruisselaient sur les joues de Bettina, tandis qu'on poussait le brancard vers la salle de travail. Un instant plus tard, McCarney disparut derrière la porte. John lui emboîta le pas. Mary serra le poing. Personne, elle en était certaine, n'avait prévenu Bettina qu'on allait l'examiner en pleine contraction. Mary se mit à pleurer. La sage-femme sortit en hâte, haussa les épaules.

– Ils n'ont pas voulu que je reste avec elle, s'excusa-t-elle en regardant Mary.

Au même moment, on entendit hurler Bettina.

– Je sais, fit Mary, décomposée. J'ai travaillé ici. Où en est la dilatation?

– Je n'en suis pas sûre. À sept et demi, d'après eux. Mais elle ne semble plus progresser.

– Pourquoi ne lui fait-on pas une intraveineuse de Pitocine ?

– McCarney prétend que ce n'est pas la peine. On lui en administrera le moment venu.

Bientôt, Mary apprit que le col était dilaté de huit centimètres, que, d'un commun accord, McCarney et John avaient décidé de ne rien donner à Bettina pour apaiser sa souffrance. Ce fut à peu près tout ce que Mary put glaner comme information. Ce serait rapidement terminé, pensait-on. Et d'ailleurs, Bettina se porterait mieux si on ne la droguait pas. L'une après l'autre, les sages-femmes qui se hasardaient dans la salle de travail se faisaient renvoyer. Mary arpentait le couloir, au bord de l'hystérie. Le grand McCarney entendait officier seul, ne souffrant auprès de lui que l'époux. La mine rageuse, Mary continuait à faire les cent pas. Elle regrettait que Seth ne fût pas à son côté; que Bettina n'eût pas un autre médecin. Elle avait envie de se boucher les oreilles pour ne plus entendre les hurlements de Bettina.

– Elle ne peut pas en être encore au stade de la dilatation ? demanda Mary à l'infirmière en chef, qu'elle connaissait bien.

– Elle fait partie de celles qui n'ont pas de chance, répondit celle-ci. On est arrivé à huit centimètres en un temps record, et depuis ça stagne.

– Comment va-t-elle ?

Il y eut un silence.

– McCarney nous a demandé de l'attacher.

– Mon Dieu !

Il n'avait pas changé, fidèle au souvenir atroce qu'en avait gardé Mary. Elle se décida enfin à téléphoner à Seth. Mais il était plus de six heures quand il la rejoignit. En larmes, elle le mit au courant. Il lui entoura les épaules de son bras.

— John est là. Il ne laissera pas ce type la martyriser.

— Mais si! Ils l'ont attachée il y a trois heures, Seth. Et John exige qu'on ne la soulage pas sous prétexte que cela nuirait au cerveau de l'enfant. Ce qui me rend folle, c'est que les choses pourraient très bien se passer autrement! Ils ne sont pas obligés de lui faire subir ça.

Un court instant, ils pensèrent au beau moment qu'ils avaient partagé, dix mois auparavant, lors de la naissance de leur deuxième enfant. Même la naissance du premier n'avait pas été aussi épouvantable.

— Ils sont en train de lui imposer le plus horrible des accouchements!

— Calme-toi, Mary. Tu veux rentrer à la maison? demanda-t-il doucement.

— Je ne partirai pas tant que ce salaud ne l'aura pas accouchée, répondit-elle avec véhémence.

L'infirmière en chef, qui passait par là, gloussa.

— Bien dit, Waterston.

Les deux femmes échangèrent un sourire triste.

— Comment est-elle?

— Toujours pareil. Elle en est à neuf centimètres.

Il avait fallu sept heures pour une dilatation d'un centimètre, et il en restait encore un. Il était plus de dix heures du soir.

— Ne peuvent-ils rien lui donner pour accélérer les choses?

Mais la femme en blouse blanche passa son chemin en secouant la tête.

À plus de deux heures du matin, la porte de la salle de travail s'ouvrit. John et McCarney en sortirent en courant. Une infirmière poussait le chariot où gisait Bettina, ligotée, gémissante, à demie folle de douleur. Personne ne lui avait dit un mot depuis des heures, personne ne l'avait réconfortée, personne ne lui avait rien expliqué. Nul ne lui avait tenu la main, nul ne s'était soucié de son confort. On l'avait laissée sur le dos, attachée, dans l'angoisse, dans la terreur, tandis que la souffrance lui déchirait le corps et l'âme. Au début, John avait essayé de l'aider à respirer, mais McCarney lui avait aussitôt intimé l'ordre de s'asseoir à l'autre extrémité du chariot.

– C'est là que le travail se fait, John, avait-il déclaré en désignant l'endroit où il était lui-même assis.

Ils lui avaient attaché les pieds dans les étriers pour l'examiner plus commodément, et ce pendant onze heures d'affilée. Une ou deux fois, elle avait tenté de leur faire comprendre que son dos la torturait. Mais elle avait vite renoncé. John avait eu un instant d'hésitation en entendant ses cris. McCarney s'était montré ferme.

– Laissez-la tranquille. Il faut qu'elle en passe par là. Elle ne vous entend même pas.

John avait obtempéré. Quand on la conduisit en salle d'accouchement, Bettina frisait la démence. Seth et Mary en furent témoins.

– Mon Dieu, tu l'as vue?

Mary se mit à pleurer tandis que la porte se refermait sur son amie. Seth la prit dans ses bras.

– Tout va bien se passer, ma douce, tu verras.

Elle se dégagea et regarda son mari, horrifiée.

– Te rends-tu compte de ce qu'ils ont fait? De ce qu'ils lui ont imposé? Cela fait douze heures qu'ils la traitent comme une bête. Jamais elle ne voudra avoir d'autres enfants. Ils l'ont brisée. Merde! Oui, ils l'ont brisée, ces salopards.

Incapable d'en dire davantage, elle s'effondra dans les bras de Seth. Il restait là, impuissant, à lui caresser les cheveux. Il savait qu'elle avait raison, mais qu'y pouvait-il? John avait fait preuve de stupidité en choisissant McCarney. C'était peut-être une sommité, mais aussi une brute épaisse. Il n'y avait aucun doute à ce sujet.

– Demain, elle aura tout oublié, Mary.
– Non, rétorqua-t-elle d'un air triste. On n'oublie pas ces choses-là.

Ils restèrent ensemble, inutiles, malheureux, deux longues heures encore. Enfin, à quatre heures et demie, Alexander John Fields vint au monde, vigoureux et hurlant. Son père le contempla avec fierté. Sa mère gisait là, hagarde, hébétée.

31

– Bettina?

Mary frappa doucement à la porte entrouverte en se demandant si son amie était chez elle. Il n'y eut pas de réponse.

– Monte, Mary! s'écria peu après une voix joyeuse. Je suis en train de ranger la chambre d'Alex.

Mary gravit lentement les marches et sourit à Bettina qui l'attendait sur le palier.

– Je consacre la moitié de mon existence à ce genre de tâches. Où est le petit prince?

– C'est son premier jour d'école. Je ne sais pas quoi faire de moi, fit-elle, embarrassée. Alors j'ai décidé de mettre de l'ordre.

– Comme moi dans les mêmes circonstances, la rassura Mary.

– Et que fais-tu pour lutter contre ça?

Bettina s'assit sur le couvre-lit de couleur vive. La chambre d'enfant était dans des coloris rouges, bleus et jaunes. Il y avait des jouets un peu partout.

– Ce que je fais? s'exclama Mary en riant. Un autre bébé.

– Oh non, Mary, pas encore?

– Si, si.

Le troisième de la tribu était né deux ans auparavant, et la quatrième était en route.

– Je viens de recevoir un coup de fil de mon médecin. Je crois que les Waterston vont s'arrêter là. Je vais avoir trente-neuf ans. Je ne suis plus un bébé comme toi.

– J'aimerais en être un, rétorqua Bettina qui venait de fêter son trente et unième anniversaire. De toute façon, la maternité, ce n'est pas pour moi.

Elle regarda son amie droit dans les yeux.

– C'est dommage, répondit Mary, un peu triste.

La naissance d'Alexander avait marqué Bettina. Elle l'avait clairement fait comprendre à John. Ils n'auraient plus d'enfants. John, qui avait été fils unique, se contenterait fort bien de celui-ci.

– Tu devrais reconsidérer ta décision, Betty. Je te l'ai déjà dit il y a trois ans. Ça ne se passe pas nécessairement comme ça.

Mary se rappela leur conversation, à l'hôpital, peu après la naissance d'Alexander. Seule au chevet de Bettina, elle pleurait de colère, furieuse contre John et McCarney.

– Alexander me suffit, dit Bettina en haussant les épaules. Je n'en veux pas d'autre.

Mais Mary ne la croyait pas. Pour une femme qui n'avait jamais vraiment désiré d'enfants, elle faisait des merveilles. Créative, aimante, douce. Alexander et sa mère étaient les meilleurs amis au monde. Bettina se leva et s'avança vers Mary.

– Je dois le reconnaître, à présent, je m'ennuie.

– Pourquoi ne vas-tu pas faire des courses en ville ? J'irais bien avec toi, mais j'ai promis à Seth de le rejoindre. Nous allons chercher notre nouvelle voiture. La baby-sitter doit venir.

– Qu'est-ce que vous avez acheté ?

Bettina suivit son amie dans l'escalier, à pas lent.

— Je ne sais pas exactement. Quelque chose de laid et de pratique. Avec quatre gosses, on n'a pas le choix. Et le jour où on pourra s'offrir un de ces jolis petits bijoux, on sera trop vieux pour le conduire.

— Ils seront partis avant que tu les aies vus grandir, Mary.

L'aînée avait déjà six ans. Le temps passait trop vite. Bettina en faisait l'expérience avec Alexander. Elle avait peine à croire que son fils avait déjà trois ans.

— À moins que tu ne continues à faire des bébés pendant quinze ans!

— Seth me tuerait.

Elles savaient toutes deux que ce n'était pas vrai. Ils étaient heureux ensemble, avec leurs enfants. Après huit ans de mariage, ils étaient toujours amoureux l'un de l'autre. Il n'en allait pas de même pour John et Bettina. Ils étaient très proches, certes, mais il n'y avait jamais eu entre eux cette complicité qui unissait Seth et Mary. Après la naissance de leur fils, Bettina s'était refermée sur elle-même. Mary comprenait pourquoi. Elle s'était sentie trahie par celui en qui elle avait placé toute sa foi. Plus jamais elle n'accorderait ainsi sa confiance. Mary aurait aimé en parler avec elle, mais elle n'osait pas. De même qu'elle n'osait pas parler de la pièce de théâtre. À présent qu'Alexander allait à l'école, Bettina disposerait de davantage de temps. Se mettrait-elle enfin au travail?

— Alors? Tu vas faire des courses?

— Je ne sais pas, répondit Bettina en haussant les épaules. J'irai peut-être en ville. Tu veux que je te ramène quelque chose?

— Non, merci, Betty. Je voulais juste t'annoncer la nouvelle.

- C'est gentil, fit Bettina avec un grand sourire. C'est pour quand ?
- Avril. Un petit lapin de Pâques.
- Pour une fois, tu ne crèveras pas de chaleur.

Bettina regarda son amie s'éloigner et s'apprêta. Elle portait un pantalon et un pull gris. Avant de sortir, elle glissa son imperméable sur son bras. C'était une de ces journées d'automne au ciel marbré, où la couleur du temps restait incertaine, beau ou ensoleillé, ou bien vent, brouillard et froid. Bettina hésita un instant, faillit appeler John pour lui demander de déjeuner avec elle. De midi à quatre heures, Alexander resterait à la maternelle. Réflexion faite, elle lui téléphonerait plus tard, en ville, quand elle serait fixée sur ce qu'elle avait envie de faire.

Elle gara sa voiture dans le centre, près de Union Square, puis se mit en quête d'une cabine téléphonique. John était déjà parti déjeuner. Elle se trouvait devant une alternative peu réjouissante : faire des courses le ventre vide ou manger seule. Elle n'était plus certaine d'avoir très faim.

Soudain on lui saisit le bras. Elle sursauta, releva les yeux, puis les écarquilla, ahurie.

- Bonjour, Bettina.

Il avait à peine changé depuis cinq ans. Il lui suffisait de le revoir pour se sentir de nouveau une toute petite fille. Ivo était là, grand, imposant et beau, avec ses cheveux épais et blancs comme neige. Il n'avait pas vieilli, ou si peu. Ce n'était pas croyable. Il avait pourtant soixante-treize ans.

- Ivo...

Elle ne savait pas quoi lui dire. En silence, elle lui tendit les bras. Aveuglée par les larmes, elle se blottit contre lui. Quand il la relâcha, elle vit qu'il pleurait aussi.

- Alors, ma grande, comment vas-tu ? Je me suis tellement, tellement inquiété à ton sujet !

— Ça va, répondit-elle en souriant. Et toi ?
— Je vieillis, mais je ne m'assagis pas pour autant. Oui, ma chérie, ça va. Tu es toujours mariée ? fit-il en jetant un coup d'œil à sa main gauche.
— Oui, et j'ai le petit garçon le plus merveilleux qui soit.
— Tant mieux, dit-il d'une voix douce.

Sur le trottoir, on se pressait autour d'eux, par vagues successives. Bettina avait honte. Trois maris ! Elle le regarda en soupirant.

— Tu es heureuse ?

Oui, à bien des égards elle l'était. Sa vie était différente. Elle n'était plus la petite fille qui vivait dans un monde de rêve. C'était une vraie vie avec ses moments de solitude et ses coups durs. Mais elle se savait respectable, et puis son enfant lui apportait tant de joie !

— Oui.
— Bien.
— Et toi ?

S'était-il remarié ? Quand il croisa son regard, Ivo se mit à rire.

— Non, ma chérie, je ne me suis pas remarié. Mais je suis parfaitement heureux comme ça. Ton père avait raison. Un homme doit finir son existence célibataire. C'est beaucoup plus intelligent.

En disant cela, il ne reniait nullement leur bonheur passé. Il l'entoura de son bras et l'attira contre lui.

— Je me suis toujours demandé ce qui s'était passé quand mes avocats m'ont parlé de cette histoire d'argent. Ma première pensée a été de lancer un détective sur tes traces. Et puis je me suis dit que tu avais le droit de choisir ta vie. Je te l'avais promis.

Dans ses bras, Bettina se sentait à la fois apaisée et subjuguée.

— Ivo..., murmura-t-elle en levant les yeux vers lui. Je suis si contente de te voir.

Elle avait l'impression de rentrer chez elle. Depuis des années et des années, elle avait oublié d'où elle venait, qui elle était. Mais Ivo était là, à San Francisco, un bras autour de son épaule. Elle en aurait dansé de joie.

— As-tu le temps de déjeuner?
— Avec toi, ma grande, toujours.

Il jeta un coup d'œil à sa montre et s'excusa de devoir téléphoner. Quand il réapparut, il paraissait radieux.

— J'avais l'intention de rendre visite à un vieil ami. Rawson. Tu te souviens de lui? C'est le directeur régional du journal. Mais j'ai deux heures devant moi. Ça ira?

— Tout à fait. Ensuite je dois rentrer à la maison, pour être là quand mon petit garçon rentrera de l'école.

— Quel âge a-t-il? fit-il avec une grande tendresse.

— Trois ans. Il s'appelle Alexander.
— As-tu renoncé au théâtre? demanda-t-il.
— Oui, soupira-t-elle.
— Pourquoi?
— Ce n'est pas du goût de mon mari.
— Mais tu écris?
— Non, Ivo.

Ils prirent place sur une banquette confortable, au fond d'un restaurant. Ivo respira profondément et la regarda droit dans les yeux.

— Qu'est-ce que tu me chantes là? Pourquoi n'écris-tu pas?

— Je n'ai plus envie.
— Depuis quand? insista-t-il en l'observant avec attention.
— Depuis que je suis mariée.
— À cause de ton mari encore?

– Oui, admit-elle après avoir longuement hésité.

– Et tu acceptes ça ?

Elle réfléchit un instant.

– John souhaite que nous menions une vie normale. Et l'écriture n'en fait pas partie.

Il lui était pénible de le reconnaître, mais telle était la vérité.

Ivo la regarda. Il commençait à comprendre. Il hocha lentement la tête et lui prit la main.

– Tout aurait été beaucoup mieux, ma chérie, si dès le départ, tu avais eu une vie normale. Si tu avais eu un père et une mère normaux, si on t'avait permis d'être une petite fille normale. Mais tu ne l'étais pas et tu ne l'as jamais été. Il n'y a jamais rien eu de *normal* dans ton existence. Pas même ton mariage avec moi, ajouta-t-il avec un sourire. Mais normal signifie parfois ordinaire, ennuyeux, monotone ou banal. Tout ce qui t'a touchée de près ou de loin, depuis ta naissance, n'a jamais été tel. Jusqu'à présent, tu étais une femme extraordinaire. Tu ne peux pas faire semblant d'être comme tout le monde. Tu ne peux pas être ce que tu n'es pas. C'est ce que tu es en train de faire, Bettina ? Jouer l'épouse ordinaire d'un homme ordinaire ? Est-ce cela qu'il attend de toi ?

Elle acquiesça en silence. Ivo lui lâcha la main à contrecœur.

– Dans ce cas, Bettina, il ne t'aime pas. Il aime la femme qu'il a créée de ses mains. Une carapace peinte dans laquelle il te force à te cacher. Mais ça ne durera pas toujours, Bettina. Et ça n'en vaut pas la peine. Matériellement, ton père ne t'a rien laissé. Mais il t'a quand même légué une étincelle de son génie, une partie de son âme. Ces dons précieux, tu les renies chaque jour où tu fais semblant d'être une autre, où tu refuses d'écrire... Ne peux-tu faire les deux choses à la fois, Bettina, ajouta-il après un long silence. Écrire et être la femme de cet homme ?

— Je n'ai pas envisagé cette possibilité, répliqua-t-elle avec un sourire espiègle. J'y songerai. Et toi ?

— Je fais ce que je peux. Quand j'étais épuisé, tu te souviens, j'étais anémié. Heureusement je vais mieux. J'ai écrit un livre et je suis en train de rédiger le second. Pas comme Justin, bien sûr. Ce ne sont pas des romans.

— J'aimerais tant les lire !

— Je t'en enverrai un exemplaire.

Les deux heures étaient écoulées. Ils devaient se quitter, pensa Ivo avec regret.

— Je pars ce soir. Viens-tu parfois à New York ?

— Je n'y suis pas retournée depuis près de cinq ans.

— Il serait peut-être temps de revenir, non ?

— Je ne crois pas. Mon mari n'aime pas les grandes villes.

— Alors viens seule.

Elle éclata de rire. Il fut content de revoir cette petite étincelle dans ses yeux. Avant le déjeuner, elle semblait avoir disparu.

— Quand j'aurai écrit ma pièce, peut-être. Je suppose que le moment est venu.

Grâce à Ivo, Bettina, affolée, se remémora tout ce qu'elle avait sacrifié pour cette pièce et qui serait réduit à néant si elle ne l'écrivait pas.

— Et ton mari ? Tu vas lui parler de notre rencontre ?

— Je ne pense pas, répondit tristement Bettina.

Ivo la plaignit. À lui, elle pourrait toujours tout raconter. Sauf cette stupide aventure dans laquelle elle s'était embringuée avec ce jeune acteur.

Bettina lui tendit les bras et le serra contre elle.

— J'ai l'impression de rêver. Comme si tu étais une sorte de deus ex machina, tombé du ciel pour changer le cours de mon existence.

— Si c'est ainsi que tu me vois, Bettina, c'est très, très bien, dit-il en riant doucement. Mais suis mon conseil. Plus de femme au foyer. Cesse cette vie routinière et abrutissante, sinon je reviendrai te hanter et tu seras dans un beau pétrin!

Ils en rirent ensemble.

— Promets-moi que tu m'enverras ton manuscrit.

— Je le jure, fit-elle solennellement.

Ils se levèrent et se dirigèrent vers la sortie. C'était bon de le retrouver, de se sentir minuscule et élégante à ses côtés. Un instant, elle regretta son ancienne garde-robe, les coûteux vêtements achetés en Europe et ses bijoux...

— As-tu gardé ta bague? lui demanda-t-il comme s'il avait lu dans ses pensées.

Il parlait du solitaire. Bettina ouvrit de grands yeux.

— Bien sûr, Ivo. Je ne la porte pas, mais je l'ai conservée. Dans mon coffre, à la banque.

— Bien, ne la donne à personne. Garde ça pour toi. Ça vaut une petite fortune aujourd'hui et, qui sait, tu pourrais en avoir besoin.

Il se souvint qu'il ne lui avait demandé ni son adresse ni son nouveau nom. Elle les lui donna très vite, riant nerveusement.

— On m'appelle Betty Fields. Betty Fields.

— Cela ne te va pas, commenta-t-il.

— Je sais, fit-elle, embarrassée.

— Écriras-tu sous le nom de Bettina Daniels?

Elle consentit d'un signe de tête. Satisfait, Ivo la serra de nouveau dans ses bras sans rien dire. Bettina s'accrocha à lui.

— Ivo... Merci.

Ses yeux étaient étrangement brillants.

– Prends bien soin de toi, ma grande. Je te donnerai de mes nouvelles.

Il l'embrassa sur le front. Bettina lui dit au revoir sur le seuil du restaurant. Il la regarda se fondre dans la foule, puis il se retourna avec un petit soupir. Comme elle avait changé en cinq ans! Cet homme avait une telle emprise sur elle qu'elle en avait renié son passé, sa personnalité et son univers. Ivo ne la laisserait plus disparaître aussi aisément. Sur le trottoir, il sortit un bloc-notes en cuir et griffonna quelques mots.

32

– Comment vas-tu, Betty?

Mary traversa le jardin à pas lents. C'était une belle journée d'avril, chaude et ensoleillée.

– Pas mal. Et toi?
– État stationnaire.

Elles échangèrent un sourire et marchèrent ensemble. Mary était de nouveau enceinte jusqu'au cou, ce qui ne lui enlevait ni sa joie de vivre ni sa sérénité. Elle en riait, faisait semblant de se plaindre, mais elle aimait plutôt cela.

– Dans combien de temps penses-tu avoir fini?

Seuls Mary et Ivo savaient qu'elle écrivait sa pièce. Son travail avançait bien.

Bettina cligna des yeux, gênée par le soleil.

– Deux semaines, peut-être trois.
– Déjà? s'écria Mary, visiblement impressionnée.

Cela faisait six mois que Bettina travaillait d'arrache-pied.

– Tu vas me coiffer au poteau, plaisanta-t-elle.

Son bébé n'était attendu qu'à la fin du mois.

– La première arrivée offre un déjeuner à l'autre.
– Chiche! s'exclama Mary.

Elles parlèrent de leurs enfants. Un peu plus tard, Alexander et les deux aînés des Waterston rentrèrent de l'école. Alexander disparut dans le salon. Certaine d'avoir dissimulé son manuscrit, Bettina le laissa faire. Une demi-heure plus tard, elle trouva Alexander sur le tapis, très absorbé par la contemplation des pages qu'il avait étalées devant lui.

– Qu'est-ce que c'est, maman?
– Mon travail du moment, répondit-elle d'un ton détaché.

Elle ne tenait pas à ce qu'il vende la mèche.

– Mais qu'est-ce que c'est? insista-t-il.
– Une histoire, dit-elle après avoir longuement hésité.
– Pour les enfants?
– Non, soupira-t-elle, pour les grands.
– Comme un livre? fit-il en écarquillant les yeux, plein d'un respect nouveau.
– Non, mon amour. À vrai dire, c'est un peu une surprise pour papa. Alors je ne voudrais pas que tu lui en parles. Tu crois que tu seras capable de tenir ta langue? Pour me faire plaisir?

Bettina observa son fils, en espérant qu'il comprendrait ce qu'elle attendait de lui. Il opina du bonnet.

– Bien sûr.

Il alla dans sa chambre. Un jour, elle lui révélerait la vérité sur son grand-père. Il avait le droit de savoir qu'il était du même sang qu'un homme comme Justin Daniels. Même ceux qui ne l'aimaient pas reconnaissaient que c'était un grand écrivain. Ses livres avaient tant de charme! Bettina les relisait, le soir, quand John s'attardait à son cabinet. Elle les lui dissimulait, comme les coups de fil d'Ivo, qu'elle recevait de temps à autre. Celui-ci voulait savoir où elle en était. Elle le rassurait. Elle s'était mise au travail, et tout allait bien. Il lui avait déjà trouvé un agent qui avait hâte de se plonger dans son premier manuscrit. Il n'attendrait plus très longtemps, avait-elle promis. Ce fut encore plus rapide qu'elle ne l'escomptait. Une semaine après sa conversation avec Mary, sa pièce était achevée. Bettina contempla le manuscrit un long moment, les cheveux en bataille, le visage taché de crayon, un grand sourire aux lèvres. Elle avait réussi! Jamais elle ne s'était sentie aussi fière. Même Mary qui, le lendemain, mit au monde un petit garçon, avec son aisance habituelle, n'éprouva pas pareil orgueil.

Après avoir relu son texte, quatre fois, avec le plus grand soin, elle décrocha son téléphone pour annoncer la bonne nouvelle à Ivo.

– Merveilleux! s'exclama-t-il. Et qu'en pense l'auteur?

– Ma foi... disons que je n'en suis pas mécontente.

– Alors, il me plaira aussi. Envoie-le-moi sans tarder, pour que je puisse le donner à ton agent.

Une semaine ne s'était pas écoulée que ce dernier l'appela. Son manuscrit avait besoin d'être retravaillé. Aussitôt, elle téléphona à Ivo.

– Que faut-il que je fasse? pleurnicha-t-elle.

– Exactement ce qu'il t'a dit. Il y a des passages à corriger. Ce n'est quand même pas nouveau pour toi. Tu te souviens des corrections que Justin apportait à ses écrits. Il n'y a rien de dramatique. Tu pensais faire mouche du premier coup?

– Bien entendu, rétorqua-t-elle, sans cacher son désappointement.

– Tu as attendu presque trente-deux ans pour l'écrire, tu peux bien y consacrer six mois de plus.

Ce ne fut pas nécessaire. Elle procéda aux corrections exigées par l'agent littéraire, lui renvoya le manuscrit pour le week-end du 4 juillet! Deux jours plus tard, elle l'avait au bout du fil. Victoire! Elle avait réussi! Elle avait écrit une pièce superbe, fabuleuse, envoûtante. Bettina fondit de bonheur en écoutant ces éloges. Pendant une heure, elle resta là, allongée sur son lit, à regarder béatement le mur d'en face.

– Pourquoi cette mine radieuse, Betty?

John venait de rentrer de sa partie de tennis.

Elle se redressa et lui adressa un sourire éblouissant.

– J'ai une surprise pour toi, chéri.

Elle avait fait relier un exemplaire du manuscrit à son intention, mais elle attendait le feu vert pour le lui remettre.

– Qu'est-ce c'est? demanda-t-il, intrigué.

Elle s'avança vers lui.

– Quelque chose que j'ai fait pour toi.

Elle lui sourit en jetant un coup d'œil par-dessus son épaule, un peu comme Alexander quand il rapportait un trésor de l'école.

John la suivit avec curiosité. Elle plongea la main dans un tiroir, se tourna vers lui et lui tendit un grand livre relié de bleu.

Il l'ouvrit lentement et, à la lecture de son nom, s'immobilisa brusquement, comme si on l'avait giflé. Il la foudroya du regard et referma le volume d'un coup sec.

– Tu trouves ça drôle?

– Pas vraiment, répondit-elle, les jambes tremblantes. Cela représente neuf mois de travail.

– C'est quoi?

– Une pièce de théâtre.

– Tu n'as rien trouvé de mieux pour passer le temps, Betty? À l'hôpital, l'association des aides soignantes cherche une présidente, ton fils adore que tu l'emmènes sur la plage, il y a des dizaines de choses plus utiles que ça!

– Ah oui?

C'était la première fois qu'elle le défiait ainsi.

– Des foutaises, tout ça, fulmina-t-il.

Furieux, il lui lança le livre à la tête.
- Je ne veux pas de cette merde!
Sans ajouter un mot, il claqua la porte de la chambre, puis celle de la maison. De sa fenêtre, elle le vit partir et se demanda où il allait. Il roulerait quelques kilomètres, ou bien il irait se promener quelque part. Puis il rentrerait à la maison et n'en reparlerait plus. Il ne lirait pas sa pièce. Ce serait un sujet tabou. Et si on la jouait sur scène? Comment réagirait-il? Déprimée, elle se dit que cette éventualité avait peu de chances de se réaliser. C'était quand même un beau rêve.

33

Juste après le week-end, Alexander reprit le chemin de l'école. Le voisinage était curieusement tranquille. Certes, il y avait le bébé de Mary, mais Bettina se sentait inactive. Sa prédiction s'était réalisée. John ne lui avait plus jamais parlé de sa pièce. Et depuis ce jour maudit, le manuscrit relié dormait au fond du tiroir. Il n'avait même pas lu la dédicace qui leur était adressée, à lui et à Alexander. Cela faisait deux mois que Bettina en avait envoyé un exemplaire à son agent. Ivo l'avait prévenue : elle attendrait sans doute longtemps avant que celui-ci ne lui fasse signe. Et quelles nouvelles lui donnerait-il ? Y avait-il un acheteur ? Combien de financiers intéressés ? Allait-on prochainement monter le spectacle ? Tout cela lui paraissait improbable. En souriant, elle alla dans la cuisine pour ranger la vaisselle. De sa fenêtre, elle aperçut Mary qui installait le bébé dans sa poussette. Mary était peut-être dans le vrai. À présent que sa pièce était écrite, Bettina se demandait ce qu'elle allait bien pouvoir faire. D'un air las, elle glissait une dernière assiette dans le lave-vaisselle quand le téléphone sonna.

– Allô ?
– Bettina ?
– Oui, répondit-elle en souriant à la fenêtre.

C'était Ivo.

– Cela fait des semaines que tu ne m'as pas appelé.

Elle avait mauvaise conscience. Elle racontait tout à Ivo alors qu'elle ne disait jamais rien à John. Pourtant, elle ne faisait rien de mal. Elle avait le droit d'avoir un jardin secret. Et puis que dire à John? Qu'Ivo avait téléphoné pour lui parler de sa pièce?

– Je reviens du sud de la France. Norton est sur le point de te contacter.

Le rythme cardiaque de Bettina s'accéléra. Norton Hess était l'agent littéraire d'Ivo et le sien.

– Mais je tenais à t'en parler le premier, poursuivit-il.

– De quoi? fit-elle d'un ton qui se voulait dégagé.

Un petit rire se fit entendre à l'autre bout de la ligne.

– À ton avis, ma grande? Du temps qu'il fait ici?

Bettina gloussa.

– Non, ma chérie, il s'agit de tout autre chose. En fait..., enchaîna-t-il en faisant durer le plaisir.

Elle gronda d'impatience.

– ... C'est au sujet de ta brillante pièce de théâtre.

– Oui? Alors?

– Patience... Patience!

– Ivo! Allez!

– D'accord, d'accord. Il semble que Norton ait trouvé un bataillon de producteurs. Hasard extraordinaire, un théâtre se libère et on parle d'une première fin novembre ou début décembre..., fit-il, visiblement enchanté. Est-il besoin d'ajouter quoi que ce soit? Norton veut que tu sautes dans le prochain avion pour New York. Tu discuteras de tout cela sur place avec lui.

– Tu es sérieux ?
– On ne peut plus.
– Oh, Ivo !

Cela dépassait ses espoirs les plus fous, exauçait ses prières le plus désespérées.

– Mais comment faire ? demanda-t-elle sans savoir si elle devait rire ou pleurer.

Ivo comprit aussitôt de quoi il retournait.

– Tu veux parler de ton mari ?
– Oui. Que vais-je lui dire ?
– Que tu as écrit une pièce, qu'un producteur de Broadway s'y intéresse et qu'avec un tout petit peu de chance, on va casser la baraque !
– Ne plaisante pas.
– Je ne plaisante pas.
– Quand dois-je être là-bas ?
– Le plus tôt sera le mieux. Norton va te téléphoner, j'en suis sûr. Je voulais juste avoir le plaisir de t'annoncer la nouvelle. Quand on y pense, c'est un miracle que la première puisse avoir lieu à cette date-là... Mais il se trouve que ce théâtre est libre et que ton œuvre n'exige ni costume ni décor. Il s'agit donc simplement de trouver des fonds et des acteurs. Plus vite tu viendras, plus vite les répétitions commenceront. Pourquoi ne pas arriver demain ?
– Demain ? s'exclama-t-elle, sidérée. À New York ?

Cela faisait cinq ans et demi qu'elle n'y avait pas mis les pieds. Il y eut un long silence. Ivo lui laissait le temps d'accuser le coup.

– C'est à toi de décider, ma grande. Mais tu ferais mieux de reprendre tes esprits dès maintenant.
– Je préviendrai John ce soir et j'en parlerai demain à Norton.

Mais Norton ne se montra pas aussi accommodant qu'Ivo. Il l'appela une demi-heure plus tard et exigea qu'elle prît l'avion le soir même.

– Je ne peux pas. C'est ridicule. J'ai un mari et un petit enfant. Il faut que je prenne certaines dispositions, que je...

Il accepta qu'elle reporte son départ au lendemain. Elle songea à aller au cabinet médical, puis décida qu'il était préférable d'attendre son retour. Elle se vêtit avec soin, composa un cocktail et coucha Alexander très tôt.

– Vous voilà bien jolie... nota John avec intérêt. En quel honneur ?

Ils échangèrent un sourire. Puis Bettina, le visage grave, posa son verre.

– Il faut que je te parle de quelque chose, chéri. Mais d'abord et avant tout, je veux que tu saches à quel point je t'aime. – Elle marqua un temps d'hésitation, redoutant d'entrer dans le vif du sujet. – Car je t'aime beaucoup, beaucoup, insista-t-elle. Mon amour n'est pas en cause. Je suis seule concernée.

– De quoi s'agit-il ? Laisse-moi deviner... – Il était d'humeur taquine, ce soir-là. – Tu veux te teindre les cheveux en blond !

– Non, John, dit-elle d'une voix posée. C'est au sujet de ma pièce.

– Ah, encore ! Oui, et alors ?

Ses traits se tendirent soudain.

Elle n'osa pas lui dire qu'Ivo avait transmis son manuscrit à un agent. Elle n'était pas censée l'avoir revu.

– Je l'ai envoyée à un agent.

– Quand ?

– En juillet dernier. Enfin, un peu avant, et il m'a demandé d'apporter quelques corrections, ce que j'ai fait.

– Pourquoi ?

Elle ferma les paupières, puis se décida à le regarder en face.

– Parce que je veux qu'on la joue, John. C'est... une chose que j'ai toujours désirée. Il le fallait. Pour moi, pour mon père, et aussi curieux que cela puisse te paraître, pour toi et pour Alexander aussi.

– Épargne-moi ce baratin! Il nous suffit largement que tu restes ici, dans cette maison.

– C'est tout ce que tu attends de moi? dit-elle avec une profonde tristesse.

– Oui. Tu crois que c'est un métier respectable, madame la dramaturge? Eh bien, non! Regarde ton père, l'illustre romancier! Penses-tu que c'était un homme respectable?

– C'était un génie, répliqua-t-elle vivement. Il n'était peut-être pas ce que tu appelles respectable, mais il était intelligent et intéressant. Il a laissé des œuvres qui plaisent à des millions de gens.

– Et que t'a-t-il laissé à toi, mon amour? Son vieil ami libidineux? Son compère? Ce vieux cochon qui t'a épousée à dix-neuf ans?

– Tu ne sais pas de quoi tu parles! rétorqua-t-elle, livide. John, là n'est pas la question. Il s'agit de ma pièce.

– Ne dis pas d'âneries! Il s'agit de ma femme, de la mère de mon fils. Crois-tu que j'ai envie de te voir batifoler au milieu de ces gens-là? Qu'est-ce que ça me fait à moi? Y as-tu songé?

– Mais je n'ai pas besoin de batifoler. Je peux aller à New York, vendre ma pièce et rentrer à la maison. Je vis ici avec Alexander et toi, à quatre mille kilomètres de l'endroit où se fera la mise en scène. Tu ne seras même pas obligé d'assister au spectacle.

Quand elle se vit ainsi, suppliante, elle se mit à le haïr. Pourquoi se sentait-elle contrainte de se justifier? De plaider sa cause?

— Pourquoi t'opposes-tu à mon projet? Je ne comprends pas, ajouta-t-elle d'un air malheureux, tout en faisant des efforts désespérés pour retrouver son calme.

— Tu as eu une si piètre éducation, tellement minable, que tu es incapable de comprendre. Je ne veux pas de ça pour mon fils! Je veux qu'il soit normal.

— Comme toi? railla-t-elle d'un ton amer. Est-ce là la seule façon d'être normal?

— Absolument, répliqua-t-il aussitôt.

Bettina retrouva d'un coup toute son assurance.

— Dans ce cas, John, je n'ai pas l'intention de perdre mon temps à me disputer avec toi. Tu ne comprends rien à l'univers d'où je viens, aux gens élégants, aux grands esprits. Ils auraient tous vendu leur âme au diable pour connaître ceux qui constituaient mon entourage. Mais, pas toi, parce que tu as peur, que tu te sens menacé. Regarde-toi! Tu n'es même pas capable d'aller à New York. Moi, j'y retourne demain pour vendre ma pièce. Ensuite je rentrerai ici. Pour faire ce que je fais d'habitude, la cuisine, les lits, et m'occuper de toi et de notre enfant. Alors, que ça te plaise ou non, je m'en moque!

Il passa le reste de la soirée dans son bureau et ne lui dit pas un mot quand il vint se coucher.

Le lendemain, elle prévint Alexander qu'elle devait se rendre à New York, lui expliqua pourquoi et lui parla de son grand-père. Le petit garçon ouvrit de grands yeux fascinés.

— A-t-il écrit des livres pour les enfants?

— Non, mon amour.

— Et toi?

— Pas encore. Je n'ai écrit que cette pièce.

— Qu'est-ce que c'est?

— C'est une sorte d'histoire que l'on joue sur une

grande scène. Un jour, je t'emmènerai dans un théâtre pour enfants. Ça te plairait?

Il acquiesça, mais ses yeux s'embuèrent de larmes. Il s'accrocha à ses jambes.

– Maman, je ne veux pas que tu t'en ailles.

– Je ne serai pas partie longtemps, mon trésor. Juste quelques jours. Et si je te rapportais un cadeau?

Il hocha la tête. Bettina lui essuya les joues tout en essayant de se dégager.

– Tu m'appelleras quand je serai rentré de l'école?

– Tous les jours, je te le promets.

– Combien de jours? fit-il, morose.

Elle leva deux doigts en l'air en espérant que cela suffirait.

– D'accord, fit Alexander en reniflant bruyamment.

Il l'attira à lui pour l'embrasser.

– Tu peux partir.

Ils sortirent main dans la main. Bettina le conduisit chez Mary, pour qu'il y joue jusqu'à ce que le car l'emmène à l'école. Une demi-heure après l'avoir quitté, elle était dans le taxi qui la menait à l'aéroport. John était parti sans rien dire. Elle laissa un mot pour l'informer qu'elle serait de retour dans deux ou trois jours et lui indiquer le nom de son hôtel. En rentrant le soir, John froissa son message et le jeta dans la corbeille à papiers. Mais cela, elle ne le saurait jamais.

34

ELLE quitta l'avion avec précipitation et suivit les autres passagers. Elle portait un tailleur noir et les boucles d'oreilles qui avaient appartenu à sa mère. Cela faisait des années qu'elle ne les avait sorties de leur écrin. Les perles en étaient superbes, comme celles du collier que lui avait offert Ivo. Vêtu de tweed, celui-ci était venu la chercher à l'aéroport. En le voyant, Bettina poussa un soupir de soulagement. Pendant tout le trajet, l'idée de revoir New York lui avait mis les nerfs à vif. Serait-ce un rêve ou un cauchemar? Tandis que l'avion survolait le pays, mille souvenirs dansaient dans sa tête... avec son père... avec Ivo... au théâtre... dans les soirées... avec Anthony... dans le loft. Un film interminable s'était déroulé, qu'elle n'avait pu interrompre. Mais en apercevant la haute silhouette d'Ivo dans le terminal bondé, elle fut rassurée. Tout cela était bien réel.

– Fatiguée, ma chérie?
– Pas vraiment. Nerveuse, c'est tout. Quand dois-je rencontrer Norton?
– Dès que je te déposerai à l'hôtel, répondit-il en souriant.

Il n'y avait l'ombre d'un sous-entendu. Ivo avait renoncé depuis longtemps à son rôle d'autrefois. Il était redevenu l'ami de son père, celui qui l'avait en quelque sorte remplacé.

– Tu es survoltée?

Il suffisait de la regarder. Elle approuva avec un petit rire.

– Je n'en peux plus, Ivo. Je ne sais même pas à quoi m'attendre.

– Eh bien, on va jouer ta pièce à Broadway, Bettina, voilà! fit-il avec une grande tendresse. Qu'a dit ton mari?

L'espace d'un instant, son visage s'assombrit, puis elle haussa les épaules et retrouva son sourire.

– Rien.

– Rien? Ça lui est égal?

– Il ne m'a plus adressé la parole à partir du moment où je lui ai annoncé mon départ.

– Et ton fils?

– Il s'est montré beaucoup plus compréhensif que son père.

Ivo ne voulut rien ajouter, mais il se demandait ce que Bettina ferait d'Alexander. Si l'on montait sa pièce, elle devrait passer plusieurs mois à New York. Emmènerait-elle le petit garçon ou le laisserait-elle à son père? Ivo ne soulèverait pas ce problème avant que l'affaire ne fût définitivement conclue. Ils bavardèrent de tout et de rien. Un porteur transporta les bagages de Bettina jusqu'à la voiture d'Ivo, où les attendait un nouveau chauffeur.

– Est-ce que New York a beaucoup changé? lui demanda-t-il quand ils traversèrent le pont.

– Pas du tout.

– C'est ce que je pensais, et j'en suis heureux.

Ivo avait souhaité que tout lui parût familier, qu'elle se sentît chez elle dans la ville. Elle avait trop vécu en étrangère parmi des gens qui ne la comprenaient pas et avec un homme trop différent. Sans le connaître, Ivo ne l'aimait pas. Il détestait les sentiments qu'il avait fait naître en elle, ce dégoût pour son passé, son père, son histoire et pour elle-même.

En remontant la Troisième Avenue, puis Park Avenue, Bettina contempla la foule, les voitures, les passants, l'activité bourdonnante de ce début de soirée, certains quittaient leur bureau pour rentrer chez eux, d'autres allaient à un cocktail ou à une réception, d'autres encore cherchaient un restaurant où il ferait bon dîner. Il y avait une excitation dans l'air, qui leur parvenait, même à travers les vitres fermées.

– C'est irremplaçable, n'est-ce pas? dit-il en jetant un regard fier autour de lui.

– Tu n'as pas changé, Ivo. On a l'impression que tu es toujours directeur du *New York Mail*.

– Au fond de moi, je le suis encore.

– Ça te manque beaucoup?

Il haussa les épaules.

– Tout doit changer un jour.

« Nous aussi », eut-elle envie de lui répondre, mais elle s'abstint. Quelques minutes plus tard, la voiture contourna un bosquet d'arbustes pour venir s'arrêter devant son hôtel.

Il y avait une façade en marbre ornée de dorures, un portier en uniforme de drap marron bordé d'or, une réception imposante derrière laquelle se tenait un employé obséquieux à l'extrême. On escorta Bettina jusqu'à sa chambre. Elle regarda autour d'elle avec étonnement. Cela faisait des années qu'elle n'avait pas pénétré dans pareil endroit.

– Bettina?

Un homme courtaud, trapu, avec des yeux bleu vif et une frange de cheveux gris l'attendait. Il n'était pas beau, mais il avait de l'allure. Il se leva de son fauteuil et lui tendit la main.

– Norton?

Il acquiesça d'un mouvement de tête.

– Je suis content de vous rencontrer après des mois de conversations téléphoniques.

Ils échangèrent une poignée de main chaleureuse. Ivo venait de donner un pourboire au groom qui avait apporté les bagages. Bettina appela la réception pour commander des rafraîchissements.

– Si vous n'êtes pas trop fatiguée, j'aimerais vous inviter à dîner, Bettina, dit-il d'un air interrogateur. Pardonnez-moi d'être venu si vite, mais nous avons tant de choses à voir ensemble ! D'autre part, je sais que vous avez hâte de regagner la côte Ouest. Demain, nous avons rendez-vous avec nos bailleurs de fonds, le producteur, et j'aimerais que nous ayons un peu de temps à nous.

Bettina leva une main.

– Bien sûr, Norton, je comprends. Ne vous en faites pas. Et vous avez raison. Dès que j'en aurai terminé avec ce que j'ai à faire ici, je rentrerai chez moi.

Brièvement, le regard de Norton croisa celui d'Ivo.

Réalisait-elle qu'il lui faudrait séjourner plusieurs mois à New York ? Ce n'était pas la peine d'insister dès le premier soir. Elle le comprendrait d'elle-même, très vite.

– Quant au dîner, j'accepte avec joie. Tu te joins à nous, Ivo ?

– Volontiers.

Bettina prit place dans l'un des confortables fauteuils Louis XV qui ornaient sa chambre. Elle n'en revenait pas de se retrouver dans ce cadre après tant d'années. Toute son enfance, elle était descendue dans ce type d'hôtel avec son père. La différence, c'était que maintenant on se déplaçait pour elle. Ils bavardèrent autour d'un verre, un Martini pour les deux hommes, du vin blanc pour

Bettina. Une heure plus tard, elle s'éclipsa pour se changer et coiffer ses cheveux auburn coupés court. Elle garda aux oreilles les boucles héritées de sa mère, mais cette fois, elle choisit une robe de soie noire. En la voyant, Ivo ne put s'empêcher de penser que son goût était devenu très ordinaire. C'était une jolie robe bien coupée mais quelconque, en comparaison de ses tenues d'autrefois.

À dix heures, ils se rendirent à *La Grenouille*. En s'asseyant, Bettina poussa un soupir d'aise. C'était comme si, après avoir vécu dans un autre monde depuis des années, elle se retrouvait chez elle. Ivo était enchanté de la voir radieuse. Ils commencèrent par du caviar, puis ils commandèrent un carré d'agneau, des asperges à la sauce hollandaise et un soufflé pour le dessert. À la fin du repas, on apporta du café, du cognac et des havanes pour les deux hommes. Bettina les observa, bien callée contre son dossier, heureuse de retrouver ces odeurs et ce décor familiers. Tournant la tête pour la énième fois de la soirée, elle s'émerveilla du dîner, de l'arôme riche des cigares, des femmes qui l'entouraient, de leur maquillage, de leurs bijoux, de leur élégance et de leurs coiffures. Tout était parfaitement arrangé, conçu pour le plaisir de l'œil. Au milieu de ces gens raffinés, Bettina se sentait effroyablement banale. Elle comprit brusquement à quel point elle avait changé.

Ce ne fut qu'après le cognac que Norton entra dans le vif du sujet.

– Eh bien, Bettina, que pensez-vous de notre petit marché ? demanda-t-il, satisfait.

Il avait tout lieu de l'être. C'était une affaire très intéressante, qu'il lui apportait sur un plateau.

– Il m'impressionne beaucoup, Norton. Mais je n'en connais pas encore les tenants et les aboutissants.

— Patience, Bettina. Je vais vous mettre au courant.

Ce qu'il fit, dès le lendemain. Une grosse somme d'argent, les bailleurs de fonds les plus sérieux de Broadway, un producteur qui était la coqueluche du Tout-New York et un théâtre de rêve.

C'était l'un de ces rares moments où, au théâtre, chaque chose est à sa place. La réalisation de sa pièce aurait dû exiger six mois de préparation, mais en raison de la simplicité de la production, de la disponibilité de la salle et de la solidité financière de l'opération, tout serait prêt en trois mois. Le producteur pensait obtenir les acteurs qu'il désirait engager. Il ne manquait plus que l'assentiment de Bettina. Tout dépendait d'elle.

— Eh bien, madame ? demanda Norton à la fin de cette journée exténuante. Signe-t-on aujourd'hui afin de leur donner le feu vert ?

Il courba le front en guise de révérence et désigna la pile de contrats qui reposait sur son bureau. Juridiquement, Bettina n'y comprenait rien. Mais si elle acceptait la coquette somme d'argent qu'on lui proposait, si elle restait à New York jusqu'à la première et si elle surveillait le déroulement des opérations, le spectacle démarrerait avant Noël. C'était aussi simple que cela. En face de Norton, elle semblait épuisée, à bout de nerfs.

— Qu'est-ce qui ne va pas ?
— Je ne sais pas, Norton... Il faut... il faut que j'en parle à mon mari. Et que vais-je faire de mon petit garçon ?

Norton sursauta.

— J'ai un fils de trois ans, répondit-elle avec un rire saccadé.

Norton balaya l'air d'un geste de la main et retrouva son sourire.

— Emmenez-le avec vous, mettez-le dans une

école de New York pour trois ou quatre mois et après Noël, vous rentrerez tous à la maison. Si vous le désirez, amenez aussi votre mari. Bon Dieu, ils vous paient assez cher pour que vous puissiez trimballer tout votre entourage !

– Je ne voudrais pas paraître ingrate. Mais... mon mari ne peut se déplacer. Il est médecin et... – Elle s'interrompit brusquement et regarda Norton droit dans les yeux. – J'ai peur. Qu'est-ce que je connais de Broadway ? J'ai écrit une pièce et maintenant je me demande ce que j'ai fait là.

– Ce que vous avez fait ? s'écria-t-il en la fixant d'un regard dur, perçant. Rien. Zéro. Que dalle ! Vous avez pondu un texte, mais si vous ne laissez personne le produire, si vous ne sautez pas sur l'occasion qui se présente, alors ma chère, ce sera un coup d'épée dans l'eau. Vous préféreriez sans doute... – Il marqua une pause. – ... faire monter votre pièce en Californie par une quelconque troupe locale, et personne n'entendrait plus jamais parler de vous.

Il y eut un silence, lourd et pesant.

– Est-ce cela que vous voulez, Bettina ? Réfléchissez un peu, voyons. Pensez à votre père, termina-t-il avec un sourire affecté.

Sans crier gare, Bettina tapa du poing sur la table, faisant sursauter Norton par la même occasion.

– J'emmerde mon père, Norton. Et Ivo. Et John. Ils veulent tous que je me plie à leur volonté et me supplient de le faire au nom de Pierre, Paul ou Jacques. Je ne le ferai ni pour mon père, ni pour mon mari, ni pour Ivo, ni pour vous. Ce sera pour moi, Norton, pour moi, vous m'entendez ? Et peut-être aussi pour mon fils. Je ne vous donnerai pas de réponse et je ne signerai pas le moindre morceau de papier aujourd'hui. Je retourne à l'hôtel et je réfléchis. Demain matin, je rentre chez moi. Et quand j'aurai considéré la question sous tous les angles possibles et imaginables, je vous appellerai.

– N'attendez pas trop longtemps, répondit-il avec le plus grand calme.

Mais Bettina était fatiguée. De lui. D'eux. De tous. D'être brusquée sans cesse.

– Pourquoi? Si cette pièce est bonne, ils sauront bien m'attendre.

– Sans doute, mais le théâtre ne sera plus disponible, ce qui changerait tout. Pour que ça marche, il faut que vous ayez tous les atouts en main, ce qui est le cas. Si j'étais vous, je ne prendrais pas trop de risques. Pensez-y.

– J'y penserai.

Troublée, elle se leva. Norton s'approcha, souriant.

– Je sais que c'est dur, Bettina. C'est un énorme changement. Surtout après une si longue absence. Mais c'est également une grande chance. Et la chance, il faut la saisir quand elle se présente, sinon il ne vous arrive jamais rien de bon. Cette pièce peut faire un tabac et décider de votre carrière.

– Vous le croyez vraiment? demanda-t-elle, perplexe, incertaine. Mais pourquoi?

– Parce que vous mettez en scène un homme et sa fille, que c'est très révélateur de notre époque, des hommes, de ce que vous êtes, parce qu'on y parle de rêves brisés et de l'espoir qui s'insinue malgré tout. C'est une pièce dure, mais belle. Vous écrivez avec votre cœur, avec votre âme. Vous avez souffert pour arriver à cette compréhension de la vie; ce qui est fantastique, c'est que vous savez faire partager vos émotions.

– Je l'espère, murmura-t-elle d'un air triste.

– Donnez-leur cette chance, Bettina. Rentrez chez vous et réfléchissez. Puis signez ces papiers et revenez nous voir. Vous êtes ici chez vous, madame. Là, dans cette ville, vous avez une tâche à accomplir.

Elle lui sourit et avant de prendre congé, l'embrassa sur la joue.

Elle ne revit pas Ivo avant son départ, Norton non plus. Elle ne passa même pas la nuit à l'hôtel. Après un coup de fil à la compagnie aérienne, elle prit le dernier vol pour la côte Ouest. À deux heures du matin, elle était dans sa maison de Mill Valley. Elle monta l'escalier sur la pointe des pieds et pénétra dans la chambre où John était profondément endormi. Comme tous les médecins, il avait le sommeil léger et se redressa dès qu'il entendit le bruit de la porte.

– Qu'y a-t-il?
– Rien, murmura-t-elle. Rendors-toi. Je viens de rentrer.
– Quelle heure est-il?
– Presque deux heures.

Bettina se demanda s'il était conscient des efforts qu'elle avait faits pour le rejoindre plus tôt et ne passer qu'une seule nuit à New York. Elle aurait pu vivre une autre soirée, un autre dîner, une autre nuit dans un hôtel de luxe, mais elle avait mis un point d'honneur à retourner à Mill Valley, vers son mari et vers son fils. Elle posa son sac sur le sol en lui souriant. John s'allongea de nouveau.

– Tu m'as manqué.
– Tu ne t'es pas absentée très longtemps.
– Je n'y tenais pas. Je te l'avais dit.
– Tu as réglé tes affaires?

Prenant appui sur un coude, il alluma la lampe. Bettina se laissa doucement tomber sur un fauteuil.

– Non. Je voulais réfléchir.
– Pourquoi? fit-il, le regard froid.

Du moins acceptait-il de parler de sa pièce. Mais elle ne souhaitait pas lui raconter son séjour en détail. Pas si vite. Pas dans l'heure qui suivait son retour.

– C'est plus compliqué que je ne le pensais. Nous verrons cela demain matin.

Mais il était réveillé, à présent.

– Non. Maintenant. Depuis que tu as pondu cette pièce de merde, tu fais tes coups en douce. Je veux que ce soit clair et net. Annonce la couleur.

Retour à la case départ, pensa Bettina. Elle eut un soupir las et se frotta les yeux. La journée lui avait paru interminable et à New York, il était déjà cinq heures du matin.

– Je n'avais nullement l'intention de faire des coups en douce, John. Je désirais que ce soit une surprise, tout en redoutant une condamnation de ta part. C'était plus fort que moi : il fallait que j'écrive. L'hérédité, peut-être, qui sait ? J'aimerais que tu ne réagisses pas avec une telle étroitesse d'esprit. Cela me simplifierait la tâche.

– Tu n'as rien compris, Bettina. Je n'ai ni l'envie ni l'intention de te simplifier la tâche. Et si tu étais intelligente, tu ferais un trait sur tout ça. Je t'en ai donné l'occasion, Betty, il y a cinq ans. Tu tiens vraiment à replonger ? Dois-je te rappeler que tu as tenté de te suicider, que tu as perdu un bébé, que tu as eu deux maris et que ton père t'a laissé sans un sou, puis que tu es venue t'échouer ici comme une épave sur la plage ?

Le tableau qu'il brossait n'était guère plaisant, et Bettina baissa la tête.

– John, ne nous écartons pas du sujet.

– Qui est ?

– Ma pièce.

– Oh, ça !

Il lui jeta un regard furieux.

– Oui, ça. Bon, puisque tu tiens à ce que nous

jouions cartes sur table, voilà : si on la monte, je devrai passer les prochains mois à New York. – La gorge nouée, elle évitait son regard. – Probablement jusqu'à Noël. Je reviendrai tout de suite après.

– Non, rétorqua-t-il d'une voix glaciale.

– Si, insista-t-elle en toute innocence. Norton, mon agent, pense que je ne serai pas obligée de rester longtemps après la première qui doit avoir lieu fin novembre ou début décembre. À Noël, je serai à la maison.

– Tu n'as pas saisi. Si tu vas à New York, ce n'est pas la peine de revenir.

Elle le regarda, horrifiée. Il était là, assis au bord du lit, furibond, rigide.

– Tu es sérieux ? Tu me mettrais devant une telle alternative, John ? Te rends-tu compte de ce que cela signifie pour moi ? Je vais peut-être devenir un auteur dramatique... Je pourrais faire carrière..., ajouta-t-elle d'une voix affaiblie.

Il s'en fichait comme d'une guigne.

– Tu ne feras pas carrière, Betty. Ou tu ne seras plus ma femme.

– C'est aussi simple que ça, hein ? Si je pars, tu me jettes dehors ?

– Exactement. Tu as tout compris.

John lui tourna le dos et éteignit la lumière. Dans la salle de bains Bettina se déshabilla, une serviette contre la bouche pour étouffer des sanglots.

35

– JE suis navrée, Norton, je n'y peux rien. C'est mon mari ou vous.

Lasse, soucieuse, elle tenait le combiné d'une main mal assurée.

Il y eut un long silence, lourd de sens, puis Norton lui dit ce qu'il avait sur le cœur. C'était la vérité, pure et simple.

– Il faut que vous compreniez quelque chose Bettina. Ce n'est pas moi qui pose problème, c'est vous. C'est votre mari et vous. C'est un drôle de choix qu'il exige là. J'espère qu'il vaut la peine.

– Oui, je crois.

Quand elle raccrocha, elle en était déjà moins sûre. Chez Mary, penchée sur sa tasse de thé, elle se mit à pleurer à chaudes larmes.

– Je ne comprends pas, dit Mary quelque peu embarrassée.

– John se sent menacé. Il déteste cette période de mon passé. Que veux-tu que je fasse?

– Le quitter.

– Et après? Tout recommencer? Trouver un quatrième mari? Ne sois pas ridicule, Mary. C'est ma vie qui est en jeu. La réalité. Cette pièce n'est qu'un rêve. Supposons que ce soit un four?

– Et alors? Peux-tu vraiment renoncer à tes rêves pour cet homme? s'écria-t-elle. – La colère fit briller son regard. – John est mon ami, Betty, mais je trouve son comportement stupide et si j'étais toi, je courrais ma chance et foncerais à New York.

Bettina lui sourit à travers ses larmes.

– Tu dis ça parce que tu en as marre de tes gosses.

– Pas du tout. Je les adore. Mais je ne suis pas toi. Souviens-toi de l'oiseau de paradis... Tu es ridicule avec ton bec marron et gris! Tu n'es pas à ta place, Bettina. Tu le sais, je le sais, Seth le sait et même John le sait. C'est pour ça qu'il fait tout pour te retenir. Il a sans doute peur de te perdre.

– Il ne me perdra pas, gémit Bettina avec une infinie tristesse.

– Alors dis-le-lui. C'est peut-être ce qu'il souhaite entendre et s'il ne se rend pas à tes arguments, qu'il aille se faire foutre! Boucle tes valises, prends Alexander et va monter ta pièce!

En regardant Bettina regagner sa maison, Mary eut le sentiment qu'elle n'en ferait rien. Elle ne le quitterait pas, persuadée que c'était lui qui avait raison.

Dans l'après-midi, Bettina essaya tantôt de lire l'un des romans de son père, tantôt de méditer, le regard perdu. Le téléphone sonna. Cette fois, c'était Ivo.

– Tu es cinglée? Complètement dingue? Pourquoi venir à New York si c'est pour te cloîtrer à nouveau l'instant d'après?

– Je n'y peux rien, Ivo. Il le faut. Je t'en supplie... N'en parlons plus. Je suis assez malheureuse comme ça.

– C'est encore la faute de cet abruti que tu as épousé.

– Ivo, je t'en prie..., bredouilla-t-elle.

– C'est bon! Mais pour l'amour du ciel, reconsidère... Toute ta vie tu as désiré ça. Aujourd'hui, on te donne ta chance et tu la rejettes.

Il disait la vérité.

— J'aurai peut-être une seconde chance.
— Quand? Quand ton mari sera mort? Quand tu seras veuve? Dans cinquante ans? Mon Dieu, Bettina... Penses-y... Penses-y... On pourrait jouer ta pièce à Broadway et tu te condamnes au silence. Car c'est toi, toute seule. Personne d'autre.
— Oui, murmura-t-elle d'une voix à peine audible. Je t'appellerai demain, Ivo. Pour en parler. Pour l'instant, je ne peux pas...

Quand elle eut raccroché, elle sécha ses larmes, une fois de plus, et se demanda si John saisissait l'ampleur du sacrifice qu'elle faisait pour lui.

Pensivement, elle se remit à sa lecture. Aussi curieux que cela puisse paraître, c'était un livre qu'elle n'avait pas encore lu. Elle en avait trouvé un exemplaire dans la bibliothèque de Mary, et elle le lui avait emprunté il y avait plusieurs mois. Aujourd'hui, elle en tirait réconfort. Comme si son père avait compris ses sentiments, comme s'il avait écrit à son intention. Elle sentait sa présence. Et puis elle tomba sur un passage, quelques lignes très simples qu'il aimait à citer. Quelque chose qu'il lui avait dit il y avait longtemps...

Ne renonce ni à tes rêves ni à ta rêverie. Ne laisse pas la vie te couper la route... tiens bon... poursuis ton chemin... continue d'avancer... accroche-toi à ces rêves... et s'ils font mine de s'échapper cours-leur après, cours, jusqu'à épuisement, mais rattrape-les... ne les laisse pas s'enfuir...

Bettina referma lentement le livre et se mit à rire à travers ses larmes. Elle alla dans la cuisine et composa le numéro de Norton. Puis elle attendit le retour de son mari. Alors avec calme, avec fermeté aussi, elle lui annonça qu'elle avait pris sa décision.

36

– Tu me jures que tu m'appelleras de temps en temps ?

Mary la regarda d'un air mélancolique, les yeux pleins de larmes.

– Je te le jure.

Bettina serra son amie dans ses bras, l'embrassa ainsi que les enfants et fit un signe de la main en extirpant Alexander du break.

– Au revoir ! cria-t-il en agitant son bras de toutes ses forces.

Cramponné à la main de sa mère, il trottina auprès d'elle en direction du terminal. Elle lui avait expliqué pourquoi il devait habiter quelques mois à New York, changer d'école, rester parfois en compagnie d'une baby-sitter et faire la connaissance des amis de son grand-père. Il était triste de ne pas emmener son papa, mais il comprenait que celui-ci fût obligé de rester avec ses malades. Il était content d'accompagner sa maman. Quant à son papa, il lui avait laissé un grand dessin, puis il avait emporté ses jouets préférés. Tout cela avait eu lieu la veille au soir. À son réveil, son papa était déjà parti. Il y avait certainement quelqu'un de très malade pour qu'il s'en aille si tôt. Tante Mary, la voisine, l'avait conduit à l'aéroport. Tout s'était bien passé, même s'ils avaient beaucoup pleuré, sa maman et lui.

– Ça va, maman? demanda-t-il en levant les yeux vers elle, avec un sourire hésitant.

Bettina n'avait cessé de regarder à droite et à gauche dans l'aéroport. Elle espérait encore que John viendrait leur dire au revoir. Elle lui avait laissé une lettre pour lui dire qu'elle l'aimait et qu'elle avait téléphoné plusieurs fois à l'hôpital. Même l'infirmière n'était pas là, et le standard n'avait pas réussi à le joindre. John ne vint pas. Bettina et Alexander montèrent à bord.

Ce fut le baptême de l'air pour Alexander. Il joua avec tout ce qu'on lui donna, courut dans l'allée centrale en faisant le fou avec trois petits enfants de son âge. Puis il s'endormit sur les genoux de Bettina. Quand ils arrivèrent à New York, Ivo n'était pas là pour les accueillir, mais il leur avait envoyé sa limousine.

Bettina en apprécia particulièrement le confort. Le chauffeur la conduisit à l'hôtel qu'elle avait choisi, dans un quartier plus central que le précédent. Elle désirait qu'Alexander puisse se promener dans le parc. On leur avait donné une jolie suite, très ensoleillée, aux murs gais, aux tentures de couleur vive. Le soleil d'automne inondait la pièce. Le portier déposa les bagages. Norton et Ivo avaient envoyé des fleurs, le producteur du spectacle un grand bouquet de roses et une carte sur laquelle était écrit : BIENVENUE À NEW YORK.

Ce soir-là, Bettina s'installa avec Alexander. Avant que son fils se couche, ils tentèrent de joindre John. Il n'était pas là. Ils appelèrent Seth, Mary et les enfants.

– Tu as déjà le mal du pays?
– Pas vraiment. Nous voulions juste vous dire bonjour.

Mais Mary savait que Bettina se faisait du souci

pour John. Seul son travail pourrait lui redonner la paix. Et puis John finirait bien par retrouver la raison. Qui sait, peut-être irait-il la voir à New York ? Pendant le dîner, elle fit part de ses réflexions à Seth, qui se contenta d'esquisser un vague hochement de tête.

Bettina borda Alexander, qui avait sa chambre. Puis elle traversa le coquet salon pour aller s'asseoir sur son lit. Elle avait déjà rangé ses bagages. Le lendemain, il ne lui resterait plus qu'à faire la connaissance de la baby-sitter et visiter l'école où elle avait inscrit son fils.

Elle s'acquitta de ces deux tâches avant midi et, à une heure, se retrouva dans le bureau de Norton Hess. Ils y déjeunèrent tranquillement, sa secrétaire leur ayant apporté deux plateaux.

– Vous êtes prête ?
– Absolument. La nouvelle baby-sitter d'Alexander est adorable et sa première matinée d'école s'est bien déroulée. À présent, je peux me mettre au travail. Quand commençons-nous ?

Norton Hess arborait un grand sourire. Elle avait l'air d'une jeune mère de famille, d'une jolie banlieusarde, avec son manteau en poil de chameau, son pantalon noir, son pull, ses boucles rousses et son petit chapeau. Certes elle ne manquait pas d'allure, mais il y avait en elle quelque chose de soumis, de trop tranquille. Il aurait aimé qu'elle arrache ses vêtements et fasse mille cabrioles.

– Vous savez, Bettina, je ne pensais pas que vous viendriez.
– Moi non plus.
– Pourquoi avez-vous changé d'avis ? Ce n'est tout de même pas ce que je vous ai dit ?

Il lui jeta un regard interrogateur. Elle éclata de rire.

– Non. C'est mon père.

Norton fronça les sourcils, intrigué.

– J'étais en train de lire un de ses livres et je suis tombée sur un passage. J'ai compris que je n'avais pas le choix.

– Je suis vraiment content que vous soyez revenue à la raison, ajouta-t-il, sur un ton malicieux. Vous m'avez évité un voyage en avion.

– Comment cela ?

– J'avais l'intention de débarquer à San Francisco et de me jeter du haut du pont du Golden Gate. Après vous avoir flanqué une bonne raclée.

– J'aurais peut-être sauté la première. J'étais tellement déprimée que j'avais du mal à y voir clair.

– Tout est bien qui finit bien, déclara-t-il en se rasseyant. – Il alluma le havane qu'il venait de sortir de sa boîte à cigares. – Demain vous vous mettrez au travail. Des projets en attendant ? Quelque chose dont vous avez une envie dévorante ? Faire des courses ? Inviter des amis ? Ma secrétaire peut vous donner un coup de main.

Bettina commença par faire non de la tête, puis soudain ses prunelles s'illuminèrent.

– Cela fait si longtemps que je ne suis pas venue, dit-elle d'un air rêveur. La fois dernière, je ne suis restée qu'une journée. Peut-être... *Bloomingdale's*...

– Les femmes ! s'exclama-t-il en roulant les yeux. La mienne passe tout son temps chez *Bergdorf*. Elle ne rentre que pour dîner.

Bettina quitta le bureau de Norton Hess en riant. Elle ne regagna son hôtel que quatre heures plus tard, se sentant un peu coupable d'avoir laissé Alexander en compagnie de la baby-sitter pour sa première journée dans une nouvelle école, une nouvelle ville. Quand elle rentra, croulant sous un monceau de paquets, Alexander était en train d'avaler des spaghetti à la tomate, tout barbouillé de glace au chocolat.

– Nous avons mangé la glace d'abord, les pâtes ensuite. D'après Jennifer, mon estomac se moque de savoir dans quel ordre je les ai absorbées.

Il avait l'air heureux, les joues ainsi maculées de rouge et de brun. Apparemment, l'absence de Bettina ne lui avait pas pesé. Quant à elle, elle était ravie de ces moments de liberté.

Un message de la réception lui apprit qu'Ivo était à Londres et que le producteur passerait la voir, le lendemain matin, à dix heures. De toute évidence, John n'avait pas téléphoné. Ses derniers remords s'évanouirent. Elle se retira dans sa chambre pour essayer quatre robes toutes neuves, trois pulls et un tailleur. Elle avait dépensé presque mille dollars. À présent, elle pouvait se le permettre. Elle s'en était donné à cœur joie. Et puis cette garde-robe lui serait d'une grande utilité. Le contenu de ses valises lui semblait aujourd'hui par trop moche et démodé.

Le lendemain, en attendant son entrevue avec le producteur, elle revêtit avec ravissement une robe de cachemire couleur crème.

– Vous êtes superbe, Bettina! Vous devriez faire partie de la distribution.

– Je ne crois pas, mais merci quand même.

Ils échangèrent un sourire chaleureux avant de parler théâtre. Pour le moment, Bettina n'aurait que quelques détails à régler. Il s'occuperait des machinistes et de la distribution, des acteurs au metteur en scène. Les fées s'étaient sans doute penchées sur ce spectacle, car à la fin de la semaine, tout le monde était engagé.

– Déjà? C'est un véritable miracle! s'exclama Norton quand Bettina l'appela pour l'en informer.

Elle avait assisté aux dernières auditions, et les acteurs lui plaisaient énormément. Elle avait redouté un instant qu'Anthony ne se présentât.

Mais se trouvait-il encore aux États-Unis ? Six ans, c'était long. Et cela faisait six ans qu'elle ne l'avait pas revu. Quelle qu'en fût la raison, Anthony ne vint pas.

Deux semaines plus tard, elle reçut un coup de téléphone d'Ivo. Elle rentrait tout juste du théâtre pour dîner avec Alexander. Elle portait un jean et un vieux sweat-shirt confortable.

– Tu es revenu de Londres ?
– Hier soir. Comment vas-tu ?
– À merveille. Oh ! Ivo, si tu voyais ça ! C'est magnifique. Ils ont choisi des acteurs fabuleux pour les rôles du père et de la fille.
– Je suis ravi, ma chérie. Si on dînait ensemble pour que tu puisses me raconter tout ça ? Je serai au *Lutèce* avec un ami.
– *Au Lutèce ?* Tu m'impressionnes, Ivo.

C'était le restaurant le plus chic et le plus cher de la ville.

– Il n'y a pas de quoi. Ce qui devrait t'impressionner, c'est l'identité de mon invité. Le nouveau critique d'art dramatique du *Mail*.
– Mon Dieu !
– Il faut que vous fassiez connaissance. De plus, il est très, très sympathique.
– Comment s'appelle-t-il ? Je l'ai peut-être rencontré, avant.
– C'est peu probable. Il a travaillé dix-sept ans au *Los Angeles Times*. Il est arrivé chez nous... – Il sourit de ce lapsus, et Bettina le mit en boîte. – Chez eux, pardon, rectifia-t-il, il y a six mois environ. Il se nomme Oliver Paxton et il est à la fois trop jeune et trop intelligent pour avoir fait partie des amis de ton père.
– Il doit être sinistre. Suis-je absolument obligée de le voir ?
– Non, il n'est pas sinistre et, oui, tu dois le voir.

Allez, viens. Cela te fera du bien. Tu n'es pas ici uniquement pour travailler.

– Si.

Elle ne tenait pas à commettre la même erreur qu'avec Anthony, sept ans auparavant. Elle ne sortirait ni avec la troupe ni avec les techniciens ni avec le producteur. Elle ne rechercherait pas leur amitié. Elle suivrait sans dévier la ligne de conduite qu'elle s'était fixée, comme elle l'avait promis à John. Travailler, s'occuper d'Alexander le plus possible, voir son agent, c'était tout. Elle pouvait peut-être faire une exception pour Ivo, un ami très spécial. Avec lui, elle ne risquait rien. Elle voulait monter sa pièce mais désirait aussi sauvegarder son ménage.

– Alors, tu viens avec nous ?

Elle réfléchissait en regardant Alexander jouer avec son assiette.

– J'étais en train de dîner avec Alexander.

– Hum... délicieux. Mais ce n'est peut-être pas le genre de nourriture que tu préfères...

– Non, pas vraiment.

Alexander avait commandé des hot-dogs et du pudding au chocolat, avec une double portion pour elle.

– Bon... Réflexion faite, à quelle heure devez-vous vous retrouver ?

– J'ai donné rendez-vous à Ollie à huit heures et demie. Il avait une réunion à six heures, qu'il ne pouvait pas manquer.

– Comme toi, Ivo, au bon vieux temps.

– N'est-ce pas ? Mais il n'est pas aussi beau que moi, et de loin.

– Il n'a sûrement pas autant de charme, le taquina-t-elle.

– Je te laisse juge, conclut-il en riant.

37

BETTINA sortit du taxi dans la 50ᵉ Rue, à l'est de la Troisième Avenue, et s'engouffra dans le restaurant. C'était la première fois qu'elle revoyait Ivo depuis qu'elle avait accepté de monter cette pièce, depuis son arrivée à New York avec Alexander. Elle était heureuse de le retrouver bien qu'elle eût préféré le voir en tête à tête. Cela n'avait pas grande importance. Pour un soir, cela l'amusait de sortir, de ne pas rester penchée sur ses notes, comme les autres jours, toute seule dans sa chambre. Elle se débarrassa de son manteau au vestiaire et attendit que le maître d'hôtel lui indique la table d'Ivo. Elle remarqua plusieurs hommes qui la regardaient avec insistance. Sa tenue était-elle déplacée? Elle étrennait l'une des robes récemment achetées, un velours lilas qui seyait particulièrement à sa peau claire et à ses cheveux de cuivre. De coupe sobre, nette, elle lui descendait jusqu'au mollet. La simplicité de cette robe et sa couleur lui rappelaient vaguement le superbe ensemble Balenciaga avec sa tunique de velours vert foncé. Pour apporter à sa tenue une dernière touche d'élégance, elle portait un sautoir de perles avec boucles d'oreilles assorties. Elle attendait là, fraîche et sage, petite et délicate, avec ses grands yeux émeraude. Assis à une table éloignée, Ivo la contemplait. Il lui adressa un sourire chaleureux, amical. Elle l'aperçut aussitôt et se dirigea vers une sorte de jardin recouvert d'un dais, tout au fond du restaurant.

– Bonsoir, ma grande, comment vas-tu?

Il se leva pour l'embrasser, et Bettina le prit affectueusement dans ses bras. Puis elle se tourna vers le géant à ses côtés. C'était un homme jeune et sympathique, aux yeux gris, aux épaules larges et aux cheveux blonds comme le sable de Californie.

– Voilà Oliver Paxton. Cela fait un certain temps que je voulais te le présenter.

Ils se serrèrent la main poliment, puis ils prirent place, tous les trois, autour de la table. Oliver l'observa, admiratif, en se demandant quels liens unissaient son ami et cette jeune femme. Ils semblaient avoir des rapports complices, tendres, presque familiaux. Il se souvint alors de ce qu'Ivo lui avait confié avant de se rendre à Londres : elle était la fille de Justin Daniels, son grand copain, et elle venait d'écrire ce qui serait, disait-on, le succès de l'année.

– Je sais qui vous êtes! fit-il avec un grand sourire.

– Oui?

– Vous êtes la fille de Justin Daniels et auteur d'une pièce sensationnelle, paraît-il. Avez-vous un quelconque surnom?

– Pas à New York. En Californie, certains de mes amis intimes m'avaient affublée d'un diminutif que je détestais et que je ne vous révélerai pas.

– Où en Californie?

– San Francisco.

– Combien de temps y avez-vous vécu?

– Presque six ans.

– Ça vous a plu.

– Beaucoup.

Leurs deux visages s'illuminèrent. La soirée commençait bien. Il était originaire de Los Angeles, mais avait fait ses études à l'université de San Francisco. C'était une ville chère à son cœur. Ivo ne partageait pas ce sentiment.

Ils commandèrent un excellent repas. La conversation alla bon train. Il était près de minuit quand Ivo fit signe à un serveur de lui apporter l'addition.

– Je ne sais pas ce que vous en pensez, mes enfants, mais pour le vieux monsieur aux cheveux blancs que je suis, il est temps d'aller se coucher, déclara-t-il en réprimant un bâillement.

Ivo avait passé une charmante soirée, tout comme ses deux invités. Bettina le regarda, l'œil pétillant.

– Ce n'est pas juste, Ivo. À trente-deux ans, tu avais déjà les cheveux blancs.

– Peut-être, ma chérie. Mais maintenant, ils correspondent à une réalité, et j'ai donc le droit de les mentionner aussi souvent qu'il me plaira.

Oliver le regarda avec une sincère admiration. Dans le monde journalistique, Ivo était un spécimen rare, quelqu'un qu'il respectait depuis toujours.

Ivo leur dit au revoir avant de monter dans la voiture qui l'attendait devant le restaurant, depuis le début de la soirée. Oliver lui promit de raccompagner Bettina à son hôtel.

– Vous n'allez pas l'enlever ou vous conduire avec vulgarité ?

– L'enlever ? Non, Ivo, je vous le jure, répondit-il avec une petite lueur dans le regard. Et j'aime à penser que rien de ce que je fais n'est vulgaire.

– Je laisse Mlle Daniels en juger.

Ivo leur adressa un signe de la main et appuya sur un bouton pour remonter sa vitre. La limousine s'éloigna.

Oliver baissa les yeux vers Bettina. Ils se mirent à marcher lentement, vers l'ouest, longeant les maisons de brique rouge, puis les immeubles d'habitation, les bureaux, les boutiques.

– Depuis combien de temps connaissez-vous Ivo, Bettina?

– Depuis toujours, répondit-elle en souriant.

De toute évidence, il ne savait pas grand-chose sur elle.

– C'était un ami de votre père?

Elle acquiesça et soupira, décidée à lui révéler la vérité. À présent, elle en parlait plus facilement. Elle n'en avait plus honte. C'était un souvenir qui lui inspirait de la tendresse et de la fierté.

– Oui, mais nous avons aussi été mariés pendant six ans... il y a longtemps.

Oliver Paxton ouvrit des yeux comme des soucoupes.

– Que s'est-il passé?

– Il a cru que je m'étais détachée de lui en grandissant. Ce n'est pas vrai. Quoi qu'il en soit, nous sommes redevenus de simples amis.

– C'est ce que j'ai entendu de plus extraordinaire ce soir. Dire que pendant tout ce dîner, je n'étais pas au courant. Est-ce que..., fit-il en l'observant attentivement, vous vous voyez encore? – Il trébuchait sur les mots, ce qui fit sourire Bettina. – Enfin... je veux dire... je n'avais pas l'intention... Quand j'ai proposé de vous raccompagner, l'a-t-il mal pris?

Il avait l'air tellement gêné que cette fois, Bettina partit dans un grand éclat de rire.

– Bien sûr que non!

Elle soupçonnait même Ivo de nourrir certaines arrière-pensées à leur égard, ce dont elle ne dit rien à son nouvel ami. Ou bien Ivo avait voulu l'amadouer pour qu'il fît une bonne critique de sa pièce ou bien il s'était imaginé qu'elle avait besoin d'un

chevalier servant pendant son séjour à New York.
– Eh bien! s'exclama Oliver, abasourdi.
Ils poursuivirent leur chemin en silence. Bettina lui prit le bras. Il se tourna vers elle en souriant.
– Désirez-vous aller danser?
– Ce soir? Mais il est presque une heure du matin! s'exclama-t-elle.
– Je sais, répliqua-t-il, amusé de sa réaction. Mais comme le dit si bien Ivo, à New York, les choses sont différentes. Tout est toujours ouvert. Ça vous dit?
Elle était sur le point de refuser cette proposition farfelue quand il baissa les yeux vers elle. L'expression de son visage l'attendrit et elle se surprit à accepter son invitation. Ils sautèrent dans un taxi. Oliver Paxton l'emmena dans un bar du côté d'Upper East Side. On y jouait de la musique. L'endroit était plein à craquer, les clients écrasés les uns contre les autres se balançaient en rythme, riaient, buvaient et s'amusaient. Ce n'était plus l'élégance feutrée du *Lutèce*, mais l'ambiance plut à Bettina. Une heure plus tard, ils partirent à regret.
Ils regagnèrent son hôtel et parlèrent de la première de sa pièce.
– Une pièce remarquable, sans aucun doute, fit-il avec chaleur.
– Qu'est-ce qui vous fait dire ça?
– C'est vous qui l'avez écrite... Et vous êtes quelqu'un d'exceptionnel.
– Quel dommage que vous soyez critique, rétorqua-t-elle en riant.
– Pourquoi? s'étonna-t-il.
– Parce que j'aimerais que vous veniez voir mon spectacle pour me donner votre avis. Mais vu qui vous êtes, Ollie, le producteur, piquerait une crise.

C'est vous qui serez chargé de faire un papier? demanda-t-elle en levant les yeux vers lui.
— Probablement.
— C'est trop bête.
Elle semblait sincèrement désolée.
— Pourquoi?
— Parce que vous allez me descendre en flammes, que je serai mal à l'aise, que vous serez embarrassé et que cette situation sera des plus pénibles...
Ces sinistres prédictions l'amusèrent.
— Il n'y a qu'une solution.
— Laquelle, monsieur Paxton?
— Que nous devenions amis avant la première. Peu importe ce que j'écrirai alors. Qu'en pensez-vous?
— Ce n'est pas une mauvaise idée.
En arrivant devant l'hôtel, Oliver Paxton lui proposa de boire un dernier verre. Bettina avait hâte de retrouver son fils, de s'assurer que tout allait bien.
— Un fils... Vous avez eu un fils avec Ivo? Décidément, je vais de surprise en surprise.
— Non, c'est l'enfant de mon troisième mari.
— Oh là là, vous êtes très populaire! Et quel âge a-t-il?
Ses trois mariages ne semblaient pas l'impressionner le moins du monde. Bettina en fut soulagée.
— Il a quatre ans, il se prénomme Alexander et il est adorable.
— Laissez-moi deviner. Il est fils unique?
— Oui.
— Et le père du jeune homme? En êtes-vous séparée ou est-il à New York, lui aussi?
Malgré son inquiétude, Bettina ne put s'empêcher de rire.
— Eh bien, notre séjour à New York ne l'en-

chante guère. Pour lui, c'est Sodome et Gomorrhe. Il est furieux que je monte cette pièce. Mais pour répondre à votre question, nous sommes encore mariés. Il est resté à San Francisco. Moi, j'ai souhaité emmener Alexander.

– Puis-je faire sa connaissance?

Il ne pouvait rien dire qui la touchât davantage.

– Cela vous ferait plaisir?

– Tout à fait. Pourquoi ne pas organiser un petit dîner demain, avant le théâtre? Nous le ramènerons à l'hôtel, et nous repartirons ensuite. Qu'en dites-vous?

– C'est fantastique! Merci, Ollie.

– Je vous en prie.

Il s'inclina devant elle, puis il héla un taxi. Dans l'escalier, Bettina fut prise de remords. Qu'était-elle en train de faire? Pourquoi accepter les invitations de cet homme? Elle était mariée et elle s'était promis de ne sortir avec personne. Mais c'était un ami d'Ivo, après tout.

John ne lui avait donné aucun signe de vie depuis leur départ. Il ne répondait ni à ses coups de fil ni à ses lettres. Sa secrétaire répétait inlassablement qu'il n'était pas au bureau. Bettina laissait le téléphone sonner des dizaines de fois. En vain. Il ne voulait pas décrocher ou il n'était jamais là. Ce n'était peut-être pas si terrible que cela d'avoir accepté de dîner avec Oliver Paxton. Même s'il lui plaisait, elle n'aurait pas de liaison avec cet homme.

Ce qu'elle lui annonça de but en blanc le lendemain soir, quand au sortir du théâtre ils se retrouvèrent dans un salon de thé russe autour d'un verre et de blinis.

– Qui vous parle de cela? fit-il, amusé. Madame, ce n'est pas vous que je veux, c'est votre fils.

– Avez-vous été marié?

– Non, personne n'a jamais demandé ma main, répondit-il avec un sourire.

– Je ne plaisante pas, Ollie.

Il était devenu très vite son ami. Quelle que fût leur attirance l'un pour l'autre, ils comprenaient que leurs relations devaient en rester là. Il était impossible à Bettina d'envisager autre chose. Oliver respectait sa décision.

Il mordit dans l'un des blinis qu'on leur avait apportés.

– Mais je suis très sérieux. Et non, je n'ai jamais été marié.

– Pour quelle raison ?

– Je ne voulais pas m'encombrer de quelqu'un pour le restant de ma vie.

– Quelle agréable manière de dire les choses, commenta Bettina avec une moue désapprobatrice.

– Le numéro trois n'approuve pas ce que vous faites ?

Bettina commença par défendre John, ce qui parut révélateur à son interlocuteur.

– Non, finit-elle par admettre.

– Ce n'est pas étonnant.

– Pourquoi ?

– Parce que beaucoup d'hommes ont du mal à accepter que leur femme ait une vie différente de la leur, passée ou présente. Vous avez les deux. Mais vous avez bien fait.

– Comment le savez-vous ?

Elle avait l'air si grave qu'il ne résista pas au plaisir d'ébouriffer ses cheveux auburn.

– Vous ne vous souvenez pas de ce passage, dans l'un des romans de votre père ? Je suis tombé dessus par hasard, le jour où j'hésitais à accepter le poste du *Mail*, à New York. Votre père aurait approuvé votre choix...

Elle le regarda, les yeux écarquillés, et ils le citèrent ensemble, mot pour mot.

– Mon Dieu, Ollie, c'est ce que j'ai lu avant de prendre ma décision, c'est ce qui m'a fait changer d'avis !

En silence, ils portèrent un toast à Justin Daniels, terminèrent leurs blinis et regagnèrent l'hôtel de Bettina, bras dessus bras dessous. Il lui donna rendez-vous, le samedi suivant, pour aller visiter le zoo du Bronx avec Alexander.

38

A LA fin du mois d'octobre, Bettina travaillait nuit et jour. Elle passait des heures interminables dans ce théâtre balayé par les courants d'air. La nuit, de retour à l'hôtel, elle modifiait encore certains détails. Le lendemain matin, on procédait aux essais et on bousculait de nouveau le texte. Elle ne voyait jamais Ivo, à peine Ollie, et parvenait ainsi à consacrer une demi-heure par jour à Alexander. Quand elle était au théâtre, Ollie venait parfois jouer avec lui. Au moins Alexander avait-il un compagnon, une présence masculine. Elle n'avait aucune nouvelle de John.

– Je ne comprends pas pourquoi il ne m'appelle pas. – Bettina, irritée, leva les mains au ciel et raccrocha le téléphone, prenant Oliver à témoin. – Il pourrait nous arriver quoi que ce soit, il n'en saurait rien. C'est ridicule. Il ne répond ni à mes lettres ni à mes coups de fil.

– Tu es sûre qu'il n'a rien dit de définitif quand tu es partie, Bettina?

Elle hocha la tête. En dépit d'une étrange prémonition, Oliver n'osa rien ajouter. Elle se considérait comme mariée, il l'avait compris et respectait son attitude. On changea de sujet. Rapidement, Bettina évoqua ses dernières angoisses d'auteur dramatique.

– Nous ne serons jamais prêts pour la première, déclara-t-elle.

Elle était visiblement épuisée, amaigrie, mais ses yeux reflétaient sa rage de vivre. Elle aimait son métier, et cela se voyait. Quand elle lui confiait ses malheurs, Ollie lui remontait toujours le moral.

– Mais si, tu seras au point, Bettina. Tout le monde en passe par là, tu verras.

Bettina le trouvait d'autant plus fou et optimiste que chaque semaine les rapprochait du jour J. Au moins n'y avait plus aucune modification à apporter. Ils donnèrent trois représentations à New Haven, deux à Boston. Après ce rodage, il y eut d'autres changements. Enfin Bettina et le metteur en scène s'estimèrent satisfaits. Tout ce qui était possible avait été fait. Il ne restait plus qu'à passer une bonne nuit avant la première et à vivre une journée d'inquiétude en attendant le soir. Ce matin-là, vers dix heures, le téléphone sonna. C'était Ollie. Bettina était debout depuis six heures et quart.

– À cause d'Alexander ?

– Non, imbécile, fit-elle en riant, à cause de mes nerfs !

– C'est pour ça que je t'appelle. Veux-tu que je te change les idées aujourd'hui ?

Non. Ce jour-là, ce soir-là, il était l'Ennemi, celui qui critique, condamne. Elle ne pouvait supporter l'idée de passer la journée en sa compagnie et de le voir démolir sa pièce. Car de cela, elle était certaine.

– Laisse-moi dans mon pitoyable état. J'adore ça !

– Demain, ce sera terminé.

– La pièce aussi, peut-être, fit-elle, le regard perdu dans le vide.

– La ferme, idiote ! Tout se passera bien.

Mais elle ne le crut pas. Et après fait les cent pas

et houspillé Alexander toute la sainte journée, elle arriva au théâtre à sept heures et quart. Il restait plus d'une heure avant le lever du rideau, mais elle ne tenait plus en place. Elle alla dans les coulisses, sur la scène, dans la salle, essaya un siège, puis un second, avant de descendre l'allée centrale, pour retourner en coulisses. Là, elle décida d'aller faire le tour du pâté de maisons, au risque de se faire agresser. Mais elle revint saine et sauve de sa promenade et, tapie dans un coin, attendit que le dernier spectateur fût entré pour se faufiler au dernier rang, à une place vide. Si la tension était trop forte, elle pourrait toujours s'éclipser sans que le reste de l'assistance pense qu'elle détestait le spectacle.

Elle eut beau chercher Ollie des yeux, elle ne le vit pas. Quand le rideau retomba, elle s'empressa de quitter le théâtre, héla un taxi et regagna son hôtel au plus vite. Elle avait prévenu les standardistes qu'elle dormait. Toute la nuit, elle resta assise dans un fauteuil en attendant que les portes de l'ascenseur s'ouvrent et qu'on lui dépose le journal du matin. À quatre heures, elle bondit et se précipita vers la porte. Avec effroi, elle ouvrit le journal. Il fallait qu'elle lise l'article... il le fallait... Qu'avait-il écrit? Qu'avait-il...?

Elle le lut, le relut, le relut encore. Les larmes ruisselaient sur ses joues. D'une main tremblante, elle décrocha le téléphone et composa son numéro. En criant, en riant, en pleurant, elle le traita de tous les noms.

– Petit salaud... Oh, Ollie... je t'aime. Ça t'a plu? Vraiment plu? Mon Dieu, Ollie, c'est vrai?

– Tu es cinglée, Daniels! Tu t'en rends compte? Complètement folle! Folle à lier! Il est quatre heures et demie du matin et j'ai essayé de te joindre toute la nuit... Et maintenant c'est elle qui appelle quand j'ai fini par renoncer et me mettre au lit.

— Mais j'attendais le journal.

— Espèce de gourde, j'aurais pu te lire mon article à onze heures et quart, hier soir.

— Je ne l'aurais pas supporté. Et si tu avais détesté la pièce ?

— C'était impossible, pauvre noix ! Elle est remarquable. Tout à fait remarquable !

— Je sais, déclara-t-elle, rayonnante, ronronnante. J'ai lu la critique.

Oliver Paxter riait, heureux. Il lui promit de venir partager son petit déjeuner, quand elle aurait un peu dormi. Avant de se coucher, cependant, elle demanda l'opératrice. À cette heure-là, peut-être y aurait-il quelqu'un à la maison. Pris au dépourvu, peut-être décrocherait-il. Toujours pas de réponse. Elle aurait tellement aimé annoncer à John que sa pièce avait remporté du succès. Elle appela Seth et Mary. Ils déjeunaient avec leurs enfants. Ils furent ravis pour elle. Sur la côte Ouest, il était huit heures et quart. Le soleil se levait quand Bettina se glissa enfin entre les draps avec un large sourire, le journal étalé en grand sur le lit.

39

– ALORS, Bettina, et maintenant ? Maintenant que tu es lancée ?

Ollie lui sourit, heureux de partager son repas, des œufs pochés et du champagne. Ils s'étaient retrouvés à l'hôtel, pour un petit déjeuner tardif. Bettina était encore sous le choc, exténuée et ravie.

– Je n'en sais rien. Je vais rester dans les parages pendant deux ou trois semaines, pour m'assurer que tout va bien, puis je rentrerai à la maison. J'avais dit à John que je serais de retour pour Noël, et je pense que ce sera possible, ajouta-t-elle d'un air vague.

Son mari ne lui avait pas donné signe de vie depuis trois mois. Elle se demandait avec inquiétude ce qu'il était devenu et ce qu'elle allait raconter à Alexander.

– Et sur le plan professionnel, Bettina ? Un autre coup de génie en perspective ?

– Pas encore, répondit-elle avec un grand sourire. Une idée m'est venue, il y a quelque temps, mais elle n'est pas encore bien définie.

– Quand ce sera au point, pourrai-je lire ce que ça donne ? lui demanda-t-il avec enthousiasme.

– Bien sûr. Ça te ferait vraiment plaisir ?

– Très.

Elle réalisa soudain qu'il allait beaucoup lui manquer. Elle avait pris l'habitude de leurs longues conversations, de leurs coups de fil quotidiens, de leurs dîners, parfois avec Ivo, parfois en tête à tête. Il était devenu une sorte de frère pour elle. En le quittant, elle avait l'impression de quitter son foyer, sa famille.

– Pourquoi cette tête d'enterrement ?
– Je songeais à mon départ.
– Ne te ronge pas les sangs pour ça. Tu seras de retour ici avant d'avoir eu le temps de dire ouf, et tu me verras sans doute plus que tu ne le souhaiterais. Je me rends plusieurs fois par an sur la côte Ouest.
– Parfait, fit-elle avec un sourire plus guilleret. À propos, veux-tu dîner avec Ivo et moi, pour ma dernière soirée à New York ?
– Tout à fait. Où allons-nous ?
– Quelle importance ?
– J'imagine que ce sera dans un restaurant de rêve.
– Comme toujours avec Ivo.

Ce fut à la *Côte Basque*, à sa table attitrée. Ivo avait commandé un dîner délicieux, des quenelles en entrée, du champagne et du caviar. Puis on leur apporta une salade de cœurs de palmiers, un filet mignon garni de champignons frais, venus de France, et pour le dessert, un soufflé au grand-marnier. Ils mangèrent tous trois de bon appétit, puis ils dégustèrent un café et un digestif.

– Alors, petite, tu nous quittes ? dit-il doucement.
– Pas pour longtemps, Ivo.
– Je l'espère.

Ollie la raccompagna à son hôtel. Chemin faisant, Bettina pensait aux dernières paroles d'Ivo. Il lui avait paru étrangement pensif.

– Tu as entendu ce que m'a dit Ivo ? « Bon

voyage, petit oiseau. » Et puis il m'a embrassée avant de monter dans sa voiture.

– Il était fatigué, probablement, et triste de te voir partir. Moi aussi, ajouta-t-il.

Bettina hocha la tête. Elle n'avait envie de les quitter ni l'un ni l'autre. Elle eut soudain l'impression d'être chez elle à New York. Depuis trois mois, elle avait planté ses racines dans le macadam de la ville. C'était froid, lugubre, il y avait du monde partout, les chauffeurs de taxi étaient désagréables, personne ne vous tenait jamais une porte pour vous laisser passer, mais on sentait dans l'air un tourbillon de vie, une ambiance particulière, un enthousiasme. À Mill Valley, en attendant qu'Alexander rentre de l'école, elle aurait du mal à oublier tout cela. Même Alexander partageait ce sentiment. Il était content de revoir son père, mais il ne manifestait aucune hâte de s'en aller.

Ollie les conduisit à l'aéroport et agita longtemps la main tandis que le petit garçon se dirigeait à contrecœur vers la porte d'embarquement. Il envoya un baiser à Bettina, puis rentra chez lui, pour prendre la cuite de sa vie. Bettina ne pouvait s'accorder ce luxe. Pour affronter John, mieux valait être sobre. Elle ne lui avait envoyé aucun message. Elle n'avait pas prévenu Seth et Mary de leur arrivée. Ainsi surprendrait-elle tout le monde. Leurs bagages étaient bourrés de cadeaux pour John, Mary, Seth et tous les enfants.

Il faisait un temps doux et calme quand l'appareil se posa. Il était cinq heures et demie de l'après-midi. Ils trouvèrent un taxi qui les conduisit à Mill Valley. Alexander était de plus en plus impatient. Après ces trois longs mois, il allait enfin revoir son papa. Il lui raconterait tout, New York, le zoo, ses amis, et ce qu'il avait fait à l'école. Il frétillait et gigotait sur la banquette arrière, envoyant moult coups de coude et de genou à Bettina qui souriait stoïquement.

Le trajet lui sembla durer des siècles. Le taxi s'engagea enfin dans l'allée familière, et Bettina ne put s'empêcher de sourire. Il faisait bon rentrer chez soi. Le chauffeur déchargea ses bagages tandis qu'elle se précipitait pour ouvrir la porte d'entrée. Mais quand elle inséra sa clef dans la serrure, ce fut pour constater qu'elle n'était plus adaptée. Elle eut beau la tourner dans un sens puis dans l'autre, pousser la porte, secouer la poignée, rien n'y fit. Il n'y avait qu'une seule explication. John avait fait changer les serrures. Quel gamin!

Stupéfaite, elle se rua vers la maison voisine. Elle avait réglé le taxi et lui avait demandé de déposer les valises dans le garage. Aussi prit-elle Alexander par la main et ensemble, ils traversèrent le jardin, pour venir frapper à la porte de Mary.

– Oh, mon Dieu! Betty!

Mary la serra dans ses bras et embrassa Alexander, que ses petits amis accueillaient bruyamment.

– Tu m'as tellement manqué! Seth, ils sont de retour! cria-t-elle.

Celui-ci apparut, souriant, et leur tendit les bras. Mais la chaleur des retrouvailles s'évanouit aussitôt. Bettina les dévisagea l'un après l'autre et leur raconta l'épisode de la clef.

– Je ne comprends pas, dit-elle.

Ils se dirigèrent vers le salon et Bettina les regarda par-dessus son épaule.

– Je suppose que John a fait changer les serrures.

Mary était visiblement malheureuse. Seth releva enfin les yeux.

– Assieds-toi, Bettina. Ce que j'ai à t'apprendre n'est pas très agréable.

Que s'était-il passé? Lui était-il arrivé quelque

chose pendant son absence ? Pourquoi ne l'avait-on pas avertie ? Bettina pâlit brusquement. Mais Seth hocha la tête.

– Ce n'est rien de tout cela, Bettina. Mais je suis son avocat, et j'étais tenu à la discrétion. Il est venu me trouver après ton départ et m'a prié instamment de ne rien te dire. Ç'a été... bredouilla-t-il... Ç'a été difficile, à vrai dire.

– Je comprends, Seth. Maintenant, il faut que tu me mettes au courant.

Il jeta un coup d'œil furtif à Mary avant de poursuivre :

– Je sais. Je dois. Betty, il a demandé le divorce, le jour même de ton départ.

– Ah ? Mais je n'ai jamais reçu aucun papier.

– Ce n'est pas nécessaire, fit-il. Souviens-toi de la procédure utilisée lorsque tu as divorcé de ton précédent mari. Ici, dans cet Etat, cela s'appelle une dissolution et il suffit que l'un des époux le veuille. C'était le cas. Et voilà.

– Comme c'est simple ! – Elle respira profondément. – Quand le jugement définitif sera-t-il prononcé ?

– Il faut que je vérifie, mais ce doit être dans trois mois.

– Et il a changé les serrures de la maison ?

Elle comprenait maintenant pourquoi il ne répondait ni à ses appels ni à ses lettres.

– Il a vendu la maison, Betty. Il n'habite plus là.

Cette fois, elle accusa le coup.

– Et nos affaires ? Mes affaires... Tout ce que nous avions acheté ensemble.

– Il t'a laissé quelques cartons et des valises contenant les vêtements et les jouets d'Alexander.

– Et Alexander ? Il va se battre pour obtenir la garde ?

Elle se félicita d'avoir emmené son fils à New

York. Et s'il avait disparu avec lui? Elle en serait morte.

Seth hésita avant de lui répondre.

– Il... Il ne veut plus le revoir, Betty. Il dit qu'il est entièrement à toi.

– Oh! mon Dieu!

Elle se leva lentement et se dirigea vers la porte où l'attendait le petit garçon, les yeux levés vers elle, le regard interrogateur.

– Où est papa?

– Il n'est pas là, mon amour. Il est parti en voyage.

– Comme nous? À New York? fit-il, intrigué.

Elle refoula ses larmes.

– Non, mon chéri, pas à New York.

Il la regarda d'une manière étrange, comme s'il avait compris la situation.

– On retourne à New York, maman?

– Je l'ignore, mon trésor, peut-être. Ça te plairait?

– Ouais! s'écria-t-il en retrouvant son sourire. J'étais justement en train de leur parler du grand zoo.

Bettina, bouleversée, constata qu'il ne s'inquiétait pas beaucoup de son père. C'était sans doute aussi bien comme ça. Elle se tourna vers Seth et Mary, des larmes aux paupières, un pauvre sourire aux lèvres.

– Adieu Betty Fields, dit-elle.

Cela faisait déjà plus de trois mois qu'elle ne l'était plus. À New York, elle était Bettina Daniels, l'auteur dramatique. Ce qu'elle aurait dû rester, songea-t-elle.

– Pouvez-vous nous héberger quelques jours?

– Tout le temps que tu voudras.

Mary lui tendit les bras et la serra contre son cœur.

– Ma belle, nous sommes désolés. C'est un imbécile.

Ce n'était pas l'oiseau de paradis qu'il avait désiré. C'était le petit oiseau gris et brun. Au fond d'elle-même, Bettina l'avait toujours su.

40

Bettina et Alexander quittèrent San Francisco le lendemain de Noël. Et après avoir longtemps tergiversé, elle expédia les cartons à son hôtel de New York.

– Cela fait six ans que je suis ici, Mary, tu te rends compte ?
– Oui. Mais as-tu vraiment envie d'y rester, à présent ?

Elle avait eu tout le loisir d'y réfléchir pendant les deux semaines qui avaient précédé Noël. Et elle avait dû se rendre à l'évidence. Ce n'était pas seulement une question de villes. Tous les gens qu'elle connaissait à San Francisco étaient des amis de John. Naguère gentils, chaleureux, ils l'ignoraient quand ils la croisaient dans la rue. Elle portait la marque non seulement du divorce, mais encore du succès.

Ils prirent donc l'avion, et Ollie vint les chercher à l'aéroport. Curieusement, Bettina avait l'impression de revenir chez elle, non pas d'en être partie. Ollie souleva Alexander du sol et le prit dans ses bras. Le petit garçon disparut dans les plis de son immense manteau de sconce.

– Où as-tu trouvé ça ? C'est super, déclara Bettina avec un grand sourire.
– C'est ce que je me suis offert pour Noël.

Plusieurs cadeaux attendaient Bettina et Alexander à l'arrière de la limousine qu'il avait louée pour les accompagner à l'hôtel. La veille de Noël, il avait neigé. Il restait encore quelques plaques sur le bord de la route.

En parcourant en sens inverse le chemin qu'elle avait pris deux semaines plus tôt, Bettina constata que ses sentiments pour Ollie s'étaient quelque peu modifiés. Elle était à la fois calme et tendue. Elle attendit qu'Alexander joue avec son ours en peluche, son camion de pompiers surmonté d'une sirène et la collection de petites voitures à piles qui jonchaient le sol de la limousine.

– Que se passe-t-il, s'enquit-elle.

– Et toi, Bettina ? fit-il d'un ton qui manquait de conviction.

– C'est bon d'être de retour, répondit-elle avec un haussement d'épaules.

– Vraiment ? – Il nota son regard triste. – Ç'a été dur pour toi.

– Un peu . Je ne m'attendais pas à ça. À rien de tout cela, déclara-t-elle, songeuse. En sortant de l'aéroport, nous sommes allés à la maison, et j'ai cru qu'il avait fait changer les serrures.

– Il a fait ça ?

Elle hocha la tête d'un air sombre.

– Non. Il avait vendu la maison.

– Sans te le dire ? s'exclama Ollie, horrifié. Comment l'as-tu su ?

– Les voisins me l'ont appris. Je n'ai jamais réussi à le joindre. Il semble qu'il ait demandé le divorce il y a trois mois et demi, dès notre départ.

– Mon Dieu... Et il ne t'a pas prévenue ? Et..., ajouta-t-il en désignant Alexander d'un mouvement de menton.

– C'est fini aussi.

– Il ne le verra plus ? insista Ollie, profondément choqué.

– Il dit que non.

– Tu lui as expliqué ?

– Plus ou moins, fit-elle, pensive. – Elle soupira. – Deux semaines très instructives. Ça, c'étaient les mauvaises nouvelles. Les bonnes, maintenant. Pires encore. Chaque fois que je croisais quelqu'un de connaissance, une relation, un vieil ami, on me battait froid. Soit carrément, soit en m'envoyant des vacheries, poursuivit-elle avec un petit rire nerveux. Oui, deux semaines vraiment horribles.

– Et maintenant ?

– Dès demain, Alexander reprend le chemin de l'école après les vacances, je cherche un appartement et j'attaque ma nouvelle pièce.

Ollie regardait par la vitre. Elle lui effleura doucement le bras. Il se tourna vers elle.

– Ollie... ça va ?

– Ça va, répondit-il en détournant les yeux.

– Tu en es sûr ?

– Oui, maman, gloussa-t-il. – Il marqua une pause. – Je suis tellement content que tu sois revenue, Bettina ! Mais je suis navré que tu aies subi une telle épreuve.

– C'était prévisible, je suppose. Mais j'ai préféré faire la politique de l'autruche.

– Quand j'ai su que tu n'arrivais pas à le joindre, j'ai eu un pressentiment, c'est vrai. Mais je pensais qu'en te voyant, il ferait marche arrière, que vous vous réconcilieriez et que tout reprendrait comme avant.

– Je n'ai pas eu cette chance, dit-elle tristement. À propos, as-tu vu Ivo ? Je l'ai appelé la veille de Noël pour lui annoncer notre retour. Il partait pour Long Island où il devait passer les fêtes avec quelques amis, il était censé rentrer ce soir. Et il m'a invitée à déjeuner demain. Tu veux te joindre à nous? ajouta-t-elle avec entrain.

Ollie refusa en silence. Ils s'arrêtèrent devant l'hôtel, ce qui le dispensa de lui donner des explications. Le portier sortit les bagages du coffre. Bettina demanda la suite qu'ils avaient occupée lors de leur dernier séjour et qui, par miracle, venait d'être libérée par deux hommes d'affaires londoniens.

Alexander courut vers sa chambre. Jennifer, la baby-sitter, reviendrait le lendemain. Bettina lui proposerait un emploi à temps complet dès qu'ils auraient emménagé dans leur nouvelle demeure.

– Tu dînes avec nous, Ollie?
– Non, merci.

Elle commanda un hamburger pour Alexander et un steak pour elle, s'assit sur le grand canapé et glissa une main dans ses cheveux ébouriffés.

– Demain, je me mets en quête d'un appartement.

Soudain Ollie vint s'asseoir près d'elle et la fixa de ses yeux tristes.

– Bettina...
– Mon Dieu, qu'y a-t-il? Tu as la tête de quelqu'un qui viens de perdre son meilleur ami.

Il avait de plus en plus de mal à contenir ses larmes.

– Ollie... Ollie?

Il la prit dans ses bras. Bettina comprit qu'il ne cherchait aucun réconfort auprès d'elle, qu'il souhaitait au contraire lui en apporter.

– Ma douce, je n'ai pas voulu t'en parler à l'aéroport, mais il s'est passé quelque chose d'épouvantable hier soir.

Elle se dégagea de son étreinte et, tremblant des pieds à la tête, le regarda, décomposée.

– On a retiré ma pièce de l'affiche?

Il eut un pauvre sourire.

– Non, ce n'est pas ça, répondit-il en prenant sa petite main dans la sienne. Bettina, il s'agit d'Ivo. – Il ferma les paupières une fraction de seconde. – Il est mort hier soir.

– Ivo ?

Elle bondit sur ses pieds et regarda son ami droit dans les yeux.

– Ne raconte pas de bêtises. Je l'ai eu au bout du fil pas plus tard qu'avant-hier. Il était... – Les jambes coupées, elle s'effondra sur le canapé. – Ivo ? Mort ? répéta-t-elle, éclatant en sanglots. Ollie, non... pas Ivo... non... pas Ivo... pas Ivo...

Il la guida lentement vers la chambre avant qu'Alexander ait pu la voir. Il ferma la porte et l'étendit sur le lit où elle pleura tout son saoul. C'était comme si elle perdait son père une seconde fois. Pire même. Ivo était un ami de toujours, si bon, plus gentil que son père. Jamais elle n'avait cessé de l'aimer, jusqu'à la fin.

– Mais nous devions déjeuner ensemble, fit-elle en jetant à Ollie un regard désemparé, enfantin.

– Je sais, ma douce, je sais, murmura-t-il en lui caressant les cheveux. Je suis désolé, tellement désolé... je sais à quel point tu l'aimais.

Elle baissa les yeux vers le sol et aperçut un journal avec la photo d'Ivo en première page, au milieu de l'article qui lui était consacré.

– Tout ce qui m'est arrivé de bien, c'est grâce à lui, dit-elle. – Elle se redressa et sécha ses larmes. – Et maintenant, il est parti.

41

L'ENTERREMENT eut lieu deux jours plus tard. Gouverneurs, sénateurs, magnats de la presse, gens de lettre, dramaturges, vedettes de cinéma, tous se déplacèrent. Au premier rang se tenait Bettina.

À la sortie de la cathédrale, Ollie lui prit le bras. Sans un mot, ils se dirigèrent vers leur voiture. Elle regagna son hôtel, les yeux secs, en serrant la main de son ami. Ainsi assise au fond du véhicule, pâle comme l'ivoire, ses traits d'une rare perfection se détachant sur fond de ciel gris, elle faisait penser à un camée.

– Tu montes boire une tasse de café? demanda-t-elle d'un air morne.

Ollie acquiesça et lui emboîta le pas...

Mais dans la chambre, Alexander était là. Bettina dut faire bonne figure. Au bout d'une demi-heure, quand ils eurent bu un café, grignoté des croissants et écouté Alexander leur décrire les joies de Central Park, son sourire était plus naturel. Ollie en fut soulagé.

– Bettina? Si nous allions nous promener ce matin? Nous avons tous les deux besoin d'air.

Et puis ils déjeuneraient ensemble, chez lui. Il avait décidé de ne pas la laisser seule.

– Qu'en dis-tu? Enfile un pantalon, et nous allons nous balader.

Cela ne lui disait pas grand-chose, mais elle était consciente qu'il voulait l'aider. Elle ne le blesserait pas en refusant.

— D'accord, d'accord, fit-elle en levant les bras au ciel.

Ils pénétrèrent dans l'ascenseur et dix minutes plus tard, ils marchaient le long du parc. La circulation était moins dense que d'habitude. On était samedi. De temps à autre passait une calèche qui poursuivait son chemin dans un bruit de sabots. Ils se promenèrent une heure, davantage peut-être, échangeant quelques mots entre deux silences. Bettina sentit la chaleur d'un bras autour de ses épaules. Elle regarda Ollie droit dans les yeux.

— Tu es un véritable ami, Ollie. C'est en partie à cause de toi que j'ai décidé de revenir à New York. — Elle s'interrompit un instant. — De toi et d'Ivo, ajouta-t-elle en essuyant furtivement une larme de sa main gantée de blanc. Jamais la vie ne me redonnera un homme comme lui.

— Non.

Main dans la main, ils traversèrent la rue au milieu d'un flot de véhicules. Puis ils s'arrêtèrent pour reprendre haleine.

— Puis-je t'inviter à déjeuner au *Plaza* ?

Bettina n'avait nulle envie de cette atmosphère de luxe et de fête. Elle préférait rester seule.

— Non, tu es un amour, mais merci.

— Trop sonnée ?

Il comprenait parfaitement ce qu'elle ressentait.

— En quelque sorte.

— Et si on prenait un thé et des sandwiches chez moi ? Ça t'irait ?

Cette perspective lui sourit davantage. Il héla un taxi.

Ils montèrent quatre à quatre les marches de

l'immeuble en brique brune où demeurait Oliver. Celui-ci ouvrit la porte. Il habitait l'appartement du rez-de-chaussée, qui donnait sur un petit jardin. Tandis qu'il remplissait la bouilloire, Bettina retira sa veste et contempla le jardinet enneigé.

– J'avais oublié combien c'est joli.
– J'aime cet endroit.

Il lui sourit tout en beurrant des tranches de pain de mie.

– J'espère que je trouverai quelque chose d'aussi agréable.
– Il faut du temps, mais ça vaut le coup.

Il y avait une cheminée dans sa chambre, des poutres au plafond, une salle de séjour douillette et une cuisine à l'ancienne, un mur de brique et trois lambrissés, du parquet, un four à pain et ce jardin, un bien rare et précieux à New York.

– Tu l'as déniché comment ? demanda-t-elle en le regardant tartiner.
– Par le *Mail*, évidemment. Qu'est-ce que tu cherches ?
– Quelque chose de beaucoup plus grand, hélas ! soupira-t-elle. J'ai besoin de trois chambres.
– Pourquoi ?

Il lui tendit une assiette sur laquelle il avait posé un sandwich appétissant, au salami, jambon fumé et fromage.

Elle se dérida.

– Il me faut une chambre pour Alexander, une pièce pour écrire et une chambre pour moi.
– Tu penses acheter ?

Elle le regarda, perplexe, posa son sandwich et contempla son assiette.

– Comment savoir ? J'aimerais bien, mais qui sait ce qui va arriver. Pour l'instant, je n'ai que l'argent de ma pièce. Après... c'est une autre paire de manches.

– Je te jure, Bettina, que ça va marcher.
– Tu n'en sais rien.
– Si. Tu as écrit une grande pièce.
– Et si je suis incapable d'en écrire une autre ? Si mon inspiration se tarit d'un seul coup ?

Il fit rouler ses yeux pour la faire rire, mais elle resta de marbre.

– Tu es comme tout le monde, ma petite. Tous les écrivains suivent le même cheminement. Ils gagnent plusieurs briques avec leur dernier bouquin, figurent en tête du box-office pendant six mois et pleurent sur leur avenir incertain. Pourront-ils encore écrire ? Et si le suivant... Et si... Et patati, et patata. Tu fais exactement la même chose.

Elle esquissa un sourire.

– Je me trompe peut-être, mais je crois me souvenir que mon père était comme ça, lui aussi. Et tu sais quoi ? Il est mort sans un sou. Je ne veux pas que cela m'arrive.

– Bien. Alors, n'achète pas sept maisons, neuf voitures et n'engage pas vingt-trois domestiques. Comme ça, tu auras des chances de joindre les deux bouts.

Bettina lui avait parlé de la ruine de son père et des quatre millions de dettes qu'il lui avait légués.

Elle regarda Ollie, tranquille, la tête légèrement inclinée.

– Toute ma vie, j'ai été dépendante des hommes. Mon père, Ivo, cet acteur que j'ai épousé...

Même son nom, elle n'aimait pas le prononcer.

– ... Et puis John. C'est la première fois que je ne dépends que de moi-même. Et ça me plaît, ajouta-t-elle avec un sourire radieux.

– C'est normal, c'est un sentiment agréable.
– Oui, soupira-t-elle. Un peu effrayant aussi.

J'ai toujours eu quelqu'un auprès de moi. Aujourd'hui, je n'ai même plus Ivo. Il n'y a plus que moi.

— Et moi, fit Oliver avec une tendresse discrète.

Bettina lui caressa la main.

— Tu es un merveilleux ami. Mais tu sais quoi?
— Dis.
— Ça m'est égal de ne plus avoir que moi sur qui compter.
— Bettina, je crois que tu es devenue adulte.
— Déjà? s'exclama-t-elle en éclatant de rire.

Ollie leva sa tasse de thé, comme pour porter un toast.

— Écoute, tu as pris une bonne avance sur moi. J'ai neuf ans de plus que toi et je ne suis pas certain de l'être, adulte.
— Bien sûr que si. Tu es indépendant.
— Cela présente d'autres inconvénients, déclara-t-il, pensif, en contemplant le jardin. On est obsédé par ce que l'on fait, on se demande sans cesse où l'on va et comment y aller, on devient incapable de se rapprocher d'autrui.
— Pourquoi? dit-elle doucement, presque dans un murmure.
— On n'a pas le temps. J'étais trop occupé à faire carrière, moi qui voulais être le numéro un du journal, à Los Angeles.
— Tu as presque réussi à le devenir ici, répondit-elle. Et maintenant?
— Je n'ai rien réussi du tout. Tu sais ce que je désirais? Être comme Ivo, directeur d'un grand journal dans une grande ville. Que s'est-il passé? Tout à coup je m'en fiche. J'aime mon métier, New York, et pour la première fois depuis quarante-deux ans, je me fous du lendemain. Je profite de la vie, ici et maintenant.

Pour toute réponse, Bettina lui adressa un sourire.

— Je te comprends.

En prononçant ces mots, elle s'était penchée en avant, imperceptiblement, sans s'en rendre compte. Ollie se rapprocha d'elle et sans réfléchir, il l'embrassa, un long baiser enivrant. Elle se dégagea pour reprendre haleine, abasourdie. Elle essaya d'y voir clair, mais Ollie l'en empêcha.

— Ça fait longtemps que ça devait arriver, Bettina.

Elle allait le nier avec vigueur. Elle se contenta de hocher la tête.

— J'imaginais... Je pensais... J'ai cru... que nous resterions amis.

Il la serra doucement dans ses bras.

— Nous le sommes, mais il faut que je t'avoue quelque chose, mademoiselle Daniels.

— Vraiment ? De quoi s'agit-il, monsieur Paxton.

— Je t'aime... En fait, je t'aime énormément.

— Oh ! Ollie !

Elle nicha sa tête au creux de son épaule en soupirant. Il lui prit le menton et l'obligea à le regarder dans les yeux.

— Qu'est-ce que ça veut dire ? Tu es en colère ?

Elle lut la tristesse sur son visage et secoua la tête.

— Non, murmura-t-elle. Je t'aime aussi. Mais... c'était tellement simple... avant !

— On n'avait pas le choix. Tu étais mariée. Tu ne l'es plus.

Elle hésita un instant, puis décida d'être honnête.

— Je ne me remarierai jamais, Oliver. Je veux que tu le saches dès maintenant, dit-elle d'un ton grave. Tu comprends ?

Il acquiesça.
— Tu l'accepteras ?
— J'essaierai.
— Tu as le droit de te marier, toi qui ne l'as jamais été, d'avoir une femme, des gosses et tout ça. Moi, j'en ai ras le bol! J'en ai soupé du mariage!
— Que veux-tu alors ? demanda-t-il avec une extrême douceur.
Elle réfléchit longuement.
— Un compagnon, de l'affection, quelqu'un qui rit avec moi, qui partage ma vie, qui me respecte, moi et mon travail, qui aime mon enfant...
Elle se tut et soutint le regard d'Oliver. Ce fut lui qui rompit le silence.
— Ce n'est pas trop demander, Bettina, dit-il en caressant ses cheveux cuivrés.
Elle se frotta contre sa main, comme un chat au contact de la chaleur, en plein cœur de l'hiver, les yeux brillants.
— Et toi, Ollie, que désires-tu ? fit-elle d'une voix délicieusement rauque.
— Toi, Bettina, répondit-il après avoir longuement hésité.
Sa main glissa sur ses cheveux, autour de son visage et lentement, il retira ses vêtements un à un. Elle se laissa effeuiller comme une fleur des champs, jusqu'à ce qu'elle repose, nue et chatoyante, sa peau de satin crème entre ses mains caressantes. Puis comme un refrain dont elle aurait longtemps rêvé, il répéta les mêmes mots, encore et encore.
— Je te veux, Bettina, ma chérie, mon amour.
Le feu d'une passion oubliée prit possession d'elle tandis que les mains expertes d'Oliver redonnaient vie à son corps. Brusquement elle jaillit entre ses bras, arrachant ses vêtements. À bout de

souffle, affamés l'un de l'autre, ils se consumaient du même désir insatiable. Les flammes qu'ils avaient si brutalement ranimées devinrent enfin braises. Blottis l'un contre l'autre, ils se sourirent.

– Tu es heureuse ? demanda-t-il en se penchant vers elle.

Elle lui appartenait, à présent.

– Très, murmura-t-elle, ensommeillée, tandis que leurs doigts s'enlaçaient et qu'elle posait la tête contre son cou. Je t'aime, Ollie.

Il ferma les yeux pour mieux entendre ce doux chuchotement. L'attirant contre lui, il chercha sa bouche avec avidité. De tous ses membres, de toute son âme, il se tendit vers elle.

Elle lui sourit quand il la prit. C'était un jeu. Ils s'amusaient en faisant l'amour. Enfin.

– Est-on censé le faire comme ça ? dit-elle avec un air soupçonneux.

– Comme quoi ? répondit-il, espiègle. Avec légèreté ?

Il saisit les fesses de Bettina entre ses deux mains.

– Madame, vous a-t-on dit que vous aviez le plus joli cul de toute la ville ?

– Ah oui ? rétorqua-t-elle. On devrait écrire ça sur le fronton du théâtre où l'on joue ma pièce.

Oliver éclata de rire et lui ébouriffa les cheveux.

– Viens ici, toi...

Il avait la peau douce, la voix enjouée.

– Ma vieille, tu ne peux pas t'imaginer combien je t'aime.

Puis il se tut, un long moment, tandis que Bettina le dévorait des yeux.

– Si, je peux, Ollie... oh ! oui, je peux.

– Vraiment ? Comment ?

Elle ne jouait plus. Elle tendit les bras vers lui et

de toutes ses forces, elle le serra contre elle, paupières closes, le cœur battant.

– Parce que je t'aime de toute mon âme, murmura-t-elle.

En disant cela, elle eut un bref instant l'impression que c'était sa dernière chance. Puis elle ouvrit les yeux et contempla Oliver Paxton qui se penchait pour l'embrasser.

42

DANS la cuisine, Bettina se versa une seconde tasse de thé en fixant Oliver d'un regard sombre. Depuis deux semaines, ils passaient de longues heures dans son appartement. À l'hôtel, elle louait une suite au mois, mais c'était chez lui qu'elle se sentait bien.

– Ne fais pas cette tête, chérie. Je te promets d'être fidèle, travailleur et très ordonné.

Il désigna d'un geste ample le capharnaüm qui les entourait, les journaux des quatre derniers jours, les vêtements éparpillés un peu partout.

– Tu vois?
– Ne plaisante pas. Là n'est pas la question.
– Quelle est-elle?

Il s'assit confortablement devant la table de chêne et lui prit la main.

– Si nous vivons ensemble, tout va recommencer. Je serai de nouveau dépendante. Tu voudras te marier. Il faut que je pense à Alexander. Ce n'est pas bien, c'est tout.

Elle avait l'air malheureuse et il tenta de la consoler par la tendresse de son regard. Ils en avaient parlé toute la semaine.

– Tes préoccupations maternelles sont fort louables et je les partage. Mais tout cela n'est pas logique. Tu fais des aller et retour incessants entre ton hôtel et cet appartement, tu n'as pas une minute pour travailler et ce sera exactement pareil quand tu auras un appartement à toi. Tu passeras la moitié du temps ici. Au fait, t'ai-je déjà dit que je t'aimais?

– Redis-le-moi, encore.

– Je t'adore, lui murmura-t-il à l'oreille.

– Hum...

Elle éclata de rire et se pencha pour l'embrasser. Elle sentit sa main remonter le long de sa jambe. Comme la première fois. Il était si doux, si drôle, si facile à vivre! Il la comprenait, acceptait son métier et aimait réellement Alexander. Mais surtout, il y avait entre eux une amitié privilégiée. Elle ne désirait rien tant que vivre avec lui, mais elle ne voulait plus refaire les mêmes cauchemars. Et s'il prenait son travail en grippe? Et si Alexander l'ennuyait? Et s'il la trompait? Ou elle?

– Alors? On se prend un appartement? fit-il triomphant.

– On ne t'a jamais dit que tu étais têtu?

– Si, très souvent, mais c'est une qualité.

– Eh bien, Ollie, déclara-t-elle avec fermeté, je n'ai pas l'intention de céder.

– C'est bon, répliqua-t-il en haussant les épaules. Prends ton appartement, dors trois heures par nuit, reste ici jusqu'à cinq heures du matin et puis rentre chez toi bien vite pour que ton fils ne s'aperçoive pas de ton absence. Ah! oui, j'oubliais... il te faudra une pièce supplémentaire.

– Pourquoi? demanda-t-elle, perplexe.

– Jennifer devra habiter chez toi, comme elle le faisait à l'hôtel. Je suppose qu'elle préférera avoir sa chambre. Tu ne peux quand même pas te tirer et abandonner Alexander au beau milieu de la nuit.

– La barbe! rétorqua-t-elle en roulant des yeux féroces.

— Tu sais bien que j'ai raison.
— Et merde... Laisse-moi réfléchir.
— Certainement, madame. Cinq minutes, ça te suffira ?
— Oliver Paxton, tu es impossible ! hurla-t-elle en se levant, mais cinq minutes plus tard, elle était de nouveau au lit.

Deux jours après cette discussion mémorable, Ollie avait résolu le problème.

— C'est parfait, Bettina ! déclara-t-il dès son arrivée à l'hôtel.

Il avait un air triomphant en entrant dans la suite. Alexander se suspendit aussitôt à ses longues jambes.

— Arrête, Alexander... — Bettina, plongée dans la rédaction de sa nouvelle pièce, avait deux crayons plantés dans ses cheveux. — Quoi ?

— J'ai trouvé l'endroit idéal.

Elle lui lança un regard mauvais et se laissa choir sur une chaise.

— Ollie...

— Attends une seconde et écoute-moi. C'cst sensationnel. Un de mes amis part six mois à Los Angeles, et il nous loue son appartement. C'est absolument splendide, un duplex, quatre chambres, entièrement meublé, dans un fabuleux immeuble de West Side. Mille dollars par mois de loyer. On peut se payer ça. On le prend durant son absence et on fait un essai. Si ça se passe bien, nous prendrons un appartement à nous au bout des six mois. Et si ça ne marche pas, nos chemins se sépareront. Pour te rassurer, je peux sous-louer mon deux-pièces pendant ce temps-là. Comme ça, tu ne te sentiras pas coincée. Ça te paraît raisonnable ?

Il la regarda, plein d'espoir, et Bettina éclata de rire.

— J'ignore si tu es un magicien ou un charlatan,

Ollie Paxton, mais il y a une chose certaine, c'est que tu as des idées géniales.

— Ça te plaît? demanda-t-il, avec un sourire béat.

— Évidemment.

Elle s'approcha et lui entoura la taille de son bras.

— Quand pourrons-nous nous installer?

— Heu... Il faut que je me renseigne.

À son air, Bettina comprit qu'il avait déjà tout arrangé.

— Ollie! s'indigna-t-elle en forçant un peu la note. Tu l'as déjà pris?

— Heu... Non, bien sûr... Que vas-tu penser là...

Elle le connaissait assez pour ne pas se laisser berner.

— Si.

— Oui, admit-il, tête basse, penaud.

Mais elle lui adressa un sourire radieux.

— Et si j'avais dit non?

— Alors j'aurais habité un appartement très luxueux pendant six mois.

Ils partirent dans un grand éclat de rire, puis Bettina prit un air sévère.

— Il y a quand même une chose à laquelle je tiens, Ollie.

— Oui, m'dame?

— Nous partagerons le loyer. Comme j'ai Alexander, j'en paierai les deux tiers.

— Ah! les femmes libérées! Tu ne peux pas me laisser m'en occuper?

— Non, si c'est comme ça, je ne marche pas. Ou nous partageons ou je n'y vais pas.

— Fantastique! Moitié-moitié?

— Deux tiers!

— La moitié.

— Deux tiers!

– La moitié, répéta-t-il en lui pinçant les fesses. Et si tu prononces un mot de plus, Bettina Daniels, murmura-t-il quand Alexander fut de nouveau dans sa chambre, je te viole sur-le-champ.

Ils se précipitèrent vers la chambre de Bettina, riant et gloussant, et fermèrent la porte derrière eux.

43

– Ça te plaît?

Il l'observa en espérant qu'elle serait contente.

– C'est sensationnel!

Ébahie et ravie, elle regarda autour d'elle. C'était l'un de ces rares appartements du West Side, absolument somptueux. Un vrai duplex avec quatre chambres à l'étage. Au rez-de chaussée, le salon et la salle à manger avaient des murs lambrissés, des plafonds surplombant les deux étages, et des cheminées si vastes que même Ollie pouvait y entrer et en sortir sans se cogner la tête. Il y avait de grandes et belles fenêtres qui donnaient sur la Cinquième Avenue, de l'autre côté du parc. Il y avait aussi un petit bureau intime qu'ils pourraient utiliser pour écrire. Au premier étage, les chambres étaient meublées avec un goût exquis, à la française.

– À qui appartient cette splendeur? demanda Bettina, fascinée.

Elle s'assit sur un fauteuil de style français, merveilleusement ouvragé.

– À un producteur que j'ai connu il y a des années, quand je travaillais dans le cinéma.

– Comment s'appelle-t-il?

– Bill Hale.

— J'en ai entendu parler, me semble-t-il. Il est célèbre ?

Il devait l'être pour posséder pareil intérieur. Ollie sourit en débitant la liste des films et des pièces qu'il avait montés.

— Un peu comme toi.
— Très drôle.
— Non, je suis sincère. Il a écrit une pièce qui a fait un tabac, puis il a fait des films et d'autres pièces de théâtre. Maintenant il travaille surtout pour Hollywood. Mais tout est parti d'un succès qui l'a lancé.

Il tendit un bras vers Bettina et l'enserra de toute la force de son amour.

— Comme toi. Il suffit d'être patient.
— Tu risques d'être déçu ! Et que fait-il à Hollywood ?
— Il se marie, répondit-il. Encore un point commun avec toi. Il a environ trente-sept ans et il en est à sa quatrième femme.
— Je ne trouve pas ça drôle, Ollie.

Elle avait l'air si contrariée qu'Oliver lui donna une pichenette sur le nez.

— Allons, Bettina, où est ton sens de l'humour ? dit-il avec suffisamment de gentillesse pour que les yeux émeraude retrouvent toute leur gaieté.

— Je n'en ai eu que trois.
— Je peux t'aider à le rattraper.
— Non merci, s'écria-t-elle, avec un accent de désespoir.

Elle se dirigea vers la cuisine et à peine franchi le seuil, poussa un cri. Ollie était en train d'aider Alexander à tirer un carton plein de jouets quand elle l'appela :

— Ollie, viens vite !
— J'arrive... Une seconde !

Mais quand il l'eut rejointe, il ne put s'empêcher de siffler. La cuisine ressemblait à une serre, avec un balcon clos, planté de tulipes rouges, jaunes et roses.

– N'est-ce pas fabuleux ? fit Bettina, enchantée. J'aimerais que nous puissions le garder toujours !

– Bill aussi, j'en suis sûr.

– Au moins avons-nous six mois pour en profiter.

Mais les mois passèrent à une vitesse vertigineuse. Fin mai, elle avait mis le point final à sa nouvelle pièce. Celle-ci mettait en scène une femme qui ressemblait à Bettina comme une sœur. Elle l'avait intitulée *L'Oiseau de paradis*. Ce titre fit sourire Ollie.

– Ça te plaît ? lui demanda-t-elle, inquiète, tandis qu'il lui rendait son manuscrit, un matin, au petit déjeuner.

Ils étaient assis dans la cuisine et profitaient du premier rayon de soleil printanier.

– Elle est meilleure que la première.

– Tu es sincère ?

– Oui.

– Oh ! Ollie ! s'écria-t-elle en jetant ses bras autour de son cou. Je fais une photocopie dès aujourd'hui et je l'envoie à Norton.

Celui-ci téléphona avant même d'avoir reçu l'exemplaire qui lui était destiné.

– Et si vous passiez me voir, Bettina ?

– Bien sûr, Norton, quoi de neuf ?

– Je voudrais vous parler de quelque chose.

– Moi aussi. J'étais sur le point de vous envoyer ma nouvelle pièce.

– Parfait. On déjeune ensemble ?

– Aujourd'hui ? demanda-t-elle, surprise.

Il ne l'avait pas habituée à un tel empressement, mais à l'heure du déjeuner, elle en comprit les raisons. Ils s'installèrent à une table tranquille, au *21*, et commandèrent un steak tartare et une salade d'épinards. Bettina écouta, sidérée, ce que Norton Hess avait à lui annoncer.

– Voilà ce qu'on vous propose, Bettina. Qu'en pensez-vous?

– Je ne sais pas quoi répondre.

– Moi si. Félicitations, fit-il en lui tendant la main. J'imagine que vous devrez vous rendre sur place. Mais vous pourrez attendre quelques semaines. Ils ne seront pas organisés avant le mois de juillet.

C'était parfait. À ce moment-là, Ollie et elle devraient quitter l'appartement. Mais elle ne savait toujours pas quoi dire. Les propos de Norton lui trottaient dans la tête. Elle termina son déjeuner et se précipita au journal où Ollie était en train de rédiger son article.

– Il faut que je te parle.

Elle avait l'air tellement angoissée qu'Ollie s'inquiéta.

– Il y a quelque chose qui ne va pas? Alexander? Hein, Bettina?

– Non, non. Je viens de voir Norton. Ils veulent tirer un film de ma pièce, déclara-t-elle.

– Laquelle? La nouvelle? s'écria-t-il, en ouvrant de grands yeux.

– Non. La première.

– Ne t'en fais pas, dit-il avec un grand sourire. Ils finiront aussi par tourner la deuxième.

– Ollie, arrête! Écoute-moi! Que vais-je faire?

– Tu vas accepter, évidemment, espèce d'imbécile! On t'a demandé d'écrire le scénario?

– Oui.

– Fantastique! Ça y est! Tu démarres en flèche!

« Et toi? » pensa-t-elle.

– Mais il faudra que j'aille à Hollywood, objecta-t-elle tristement. C'est là qu'on tourne le film.

– Et alors?

C'était tout l'effet que cela lui faisait? Six mois d'une agréable cohabitation et après, bonsoir. Tout était clair, à présent. Et elle qui s'était attachée à lui!

– Ne fais pas cette tête. Ce n'est pas la fin du monde.

– Je sais... Je pensais juste..., ajouta-t-elle en baissant le ton.

– Quoi? s'étonna-t-il.

– Peu importe.

– Non, dis-moi.

Il lui saisit le bras et elle leva les yeux vers lui.

– Ollie, je devrai partir là-bas, et je... je ne voulais pas te quitter.

– Qui te parle de ça? murmura-t-il.

Ils étaient face à face, debout, dans une pièce où les autres s'affairaient.

– Mais... et ton travail?

– Tant pis pour mon boulot. Je te suivrai. Il n'y a pas de quoi en faire un fromage!

– Tu es dingue? Tu diriges la rubrique Art dramatique. Tu ne peux pas te tirer comme ça!

– Tu crois? Écoute-moi. Je t'ai dit il y a six mois que mes ambitions de petit garçon, je n'en avais plus rien à cirer. C'est ta carrière à toi qui part en flèche. Il se trouve que je t'aime. Alors on y va!

– Ce n'est pas bien.

Il lui serra le bras avec fermeté.

– Tu te rappelles ce passage où ton père écrivait qu'il fallait s'accrocher à son rêve?

Elle acquiesça. Il resserra son emprise.

– Eh bien, mon rêve à moi, c'est ça.

– Mais où travaillerais-tu?

– Ne t'inquiète pas. Je dénicherai bien quelque chose. Je pourrai probablement reprendre mon ancien poste, dit-il en haussant les épaules. Pourquoi pas?

Bettina n'en revenait pas. Il allait sacrifier sa carrière pour elle? En même temps, elle lui en était reconnaissante. Depuis quatre mois qu'ils vivaient ensemble, elle s'était rendu compte qu'elle était beaucoup plus ambitieuse que lui. Il n'avait pas menti quand il lui avait parlé de ses aspirations. Tout ce qu'il désirait, c'était un bon boulot, une femme agréable avec qui partager sa vie, et peut-être des enfants. Il était merveilleux avec Alexander, mais il en voulait un à lui, elle le savait.

– Alors tu crois que je dois accepter?

– Tu plaisantes, Bettina? Appelle Norton à la minute et dis oui.

– C'est fait, avoua-t-elle, honteuse et confuse. Je le lui ai dit, au déjeuner.

– Petite canaille! Dans combien de temps partons-nous? lui demanda-t-il à voix basse.

– Mi-juillet.

Elle lui plaqua un gros baiser sur la joue avant de s'en aller.

Ce soir-là, de retour à la maison, Oliver contacta son ex-patron, au journal de Los Angeles. Deux jours plus tard, on lui proposait un poste, plus important que celui qu'il occupait précédemment, moins prestigieux que celui de New York. L'espace d'une seconde, Bettina se sentit coupable. Mais Ollie la serra contre lui et caressa ses cheveux en contemplant leurs reflets d'or.

– Bettina, même si je n'avais rien trouvé, je t'aurais suivie.

– Mais Ollie, ce n'est pas bien, dit-elle en levant vers lui des yeux inquiets. Ton travail est aussi important que le mien.

– Non, ma douce. Et nous en sommes tous les deux conscients. Tu as une belle carrière devant toi, moi je n'ai qu'un métier.

– Tu aurais pu réussir comme Ivo...

Elle laissa sa phrase en suspens, tandis qu'Ollie hochait la tête avec un petit sourire.

— Je ne crois pas, ma belle.

— Pourquoi?

— Parce que ce n'est pas ce que je désire. J'ai quarante-trois ans, Bettina, et je n'ai plus envie de m'échiner comme avant ni de rester assis derrière un bureau jusqu'à huit heures et demie tous les soirs. Ça n'en vaut pas la peine. Je veux profiter de la vie.

Elle aussi, mais son ambition était tout autre.

— Tu vas faire une carrière du tonnerre, ma belle!

— Tu crois? fit Bettina.

Cette idée ne lui déplaisait pas. Elle lui semblait même extrêmement séduisante.

— Oui, je crois.

44

A LA fin du mois de juillet, ils quittèrent l'appartement de West Side à contrecœur, deux jours avant que Bill Hale en reprît possession. Oliver, Bettina et Alexander prirent l'avion pour Los Angeles, où un agent immobilier leur avait déniché une petite maison meublée.

– Mon Dieu... – Bettina regarda autour d'elle et sourit. – Je ne sais pas si je vais vomir ou m'évanouir.

– Pourquoi pas les deux ? rétorqua Ollie en riant.

Les murs extérieurs étaient recouverts d'un crépi couleur pourpre. L'intérieur était rose bonbon. Çà et là ressortaient des touches jaune d'or des peaux en imitation léopard, et un peu partout étaient alignées des collections d'objets divers et coquillages intercalés. Seul avantage, la maison était située à Malibu, sur la plage. Alexander, enchanté, sauta de la terrasse pour jouer dans le sable.

– Tu crois que tu supporteras cet environnement, Bettina ?

– Après l'appartement de New York, ce sera dur. Mais il le faudra bien. Comment ont-ils pu nous faire ça ? s'indigna-t-elle.

– Dis-toi que ça durera que six semaines.

Résignée, elle retourna entre ses murs roses. Le fait est que, les premières semaines, ils n'eurent pas le temps de se soucier du cadre. Ollie reprit sa place au journal. Quant à Bettina, elle travaillait entre douze et quinze heures par jour au studio pour définir le contenu du scénario tiré de sa pièce. À la fin du mois d'août, elle y vit plus clair et put se consacrer davantage aux choses du ménage. Elle commença par téléphoner à l'agent immobilier. Elle avait une idée précise de ce qu'elle désirait, mais saurait-il le lui trouver ? En ayant plus qu'assez d'habiter près de la plage, elle avait hâte de déménager dans un lieu où elle pourrait se terrer et se mettre au travail.

Au début, elle avait bon espoir mais à mesure que les semaines passèrent, elle se découragea.

– Ne me dis pas qu'il n'y a rien, Ollie, gémit-elle en manquant de s'asseoir sur un coquillage. Je ne peux plus supporter cette putain de baraque ! Il faut que j'attaque mon boulot. Je deviens folle !

– Calme-toi ma douce, dit-il en lui tendant les bras. Nous trouverons, je te le jure.

Bettina avait repris contact avec Seth et Mary.

– Je commence à perdre espoir, se lamenta-t-elle, un jour, au téléphone. C'est dingue, cet endroit !

– Tu vas dénicher quelque chose, ma belle. En attendant, tu es redevenue l'oiseau de paradis.

Elle avait visité des maisons qui ressemblaient à des palais, avec leurs piscines intérieures et extérieures, leurs statues grecques. L'une d'entre elles était même pourvue de quatorze baignoires de marbre rose. Un après-midi, elle rentra chez elle, triomphante.

– J'ai trouvé, Ollie. Tu vas voir !

C'était parfait. Une demeure belle et élégante, tout au bout de Beverly Hills. Imposante et pleine de charme, sans être prétentieuse, ce qui était rare dans ce quartier. Elle était un peu plus grande que Bettina l'eût souhaité, mais peu lui importait. Il y avait cinq chambres au premier étage, plus un petit bureau pour elle. Au rez-de-chaussée se trouvaient le solarium, le salon, la salle à manger, une immense cuisine et un autre bureau, confortable, intime. Elle travaillerait en haut, Oliver en bas. Elle avait décidé d'engager quelqu'un pour s'occuper d'Alexander, une jeune fille au pair. Il resterait donc deux chambres inoccupées.

– Qu'allons-nous faire de toutes ces chambres? s'enquit Ollie en faisant démarrer la voiture.

– Ce sera pour les amis. Tu crois que c'est trop grand? ajouta-t-elle, brusquement inquiète.

– Non, c'est parfait, mais j'avais autre chose en tête.

– Je sais, j'y ai déjà pensé, déclara-t-elle avec une certaine fierté. Le bureau du rez-de-chaussée sera pour toi.

– Ce n'est pas du tout à cela que je faisais allusion, dit-il en riant.

– Non? – Elle semblait déconcertée, désorientée. – À quoi songeais-tu?

Il parut hésiter, puis rangea la voiture sur le bas-côté.

– Bettina, dit-il d'un air grave. J'aimerais que nous ayons un bébé.

– Tu es sérieux?

Il suffisait de le regarder pour savoir qu'il disait vrai.

– Oui.

– Maintenant?

Elle préparait son film... Et si sa dernière pièce venait à être montée?

– Je sais, tu penses à ton travail. Ne m'avais-tu pas dit que tu étais en forme quand tu attendais Alexander? Tu pourrais écrire ce scénario pendant ta grossesse. Ensuite je m'occuperai du bébé et si c'est nécessaire, nous engagerons une gouvernante.

– Ce ne serait pas très sympa pour lui.

– Je donnerai tout ce que j'ai à cet enfant. Le temps, le rire, la joie, tout. Je partagerai tout avec lui.

– C'est si important pour toi?

Il fit signe que oui. Lentement, tandis que le remords s'insinuait en elle, elle secoua la tête.

– Non.

– Pourquoi? À cause de ton travail?

– Non. Pour ça, je pourrais toujours m'arranger.

– Mais alors? insista-t-il.

Bettina le regarda droit dans les yeux.

– Personne ne m'imposera plus une épreuve pareille.

Il y eut un long silence, puis Ollie lui prit la main. Il se souvenait de l'horrible récit qu'elle lui avait fait de son accouchement.

– Tu n'auras pas à la subir, Bettina. Je ne permettrai à personne de te refaire ça.

Mais elle se rappelait trop bien les paroles de John. Toutes ces promesses qu'il lui avait faites.

– Je suis désolée, Ollie, je ne peux pas. Je croyais avoir été claire à ce sujet, soupira-t-elle tandis qu'il mettait le contact.

– C'est vrai, mais je ne me rendais pas compte à quel point ça me pèserait.

Il se tourna vers elle et se força à sourire.

– Tu es une sacrée bonne femme, Bettina, et il n'y a rien au monde que je désire plus qu'un enfant de toi.

Elle s'en voulait à mort, mais elle était incapable de dire quoi que ce soit. Ils changèrent de sujet de conversation, parlèrent de leur nouvelle maison. Le lendemain, elle fit une proposition d'achat. Une semaine plus tard, la maison leur appartenait. Elle téléphona aussitôt à Mary.

– Un peu cher, commenta-t-elle, mais tu verras, c'est superbe et elle nous plaît énormément. Nous avons décidé de jeter l'ancre ici.

Mary était heureuse pour elle. Quoi qu'elle fît.

– Que pense Ollie de son nouveau boulot ?

– De son ancien poste, tu veux dire. Il est content.

Bettina se tut. Une ombre passa dans son regard. Elle hésita longuement, s'assit sur le siège de la cuisine, le téléphone sur l'épaule. Ce matin-là, elle était seule dans la maison de Malibu et contemplait la plage d'un air morne.

– Mary, j'ai un problème.

– Qu'y a-t-il, ma belle ?

– C'est Ollie.

Mary fronça aussitôt les sourcils.

– Il veut un enfant.

– Et toi pas.

– C'est un euphémisme.

– Pourquoi ? Ta carrière ? s'enquit Mary sans porter le moindre jugement de valeur.

– Non, ce n'est pas ça, c'est...

– McCarney, lança Mary d'un ton agressif.

Bettina ne put s'empêcher de rire.

– Ça alors ! Je crois que tu le détestes encore plus que moi.

– Tout à fait. Mais ce n'est pas une raison pour ne plus avoir de bébé, poursuivit-elle posément. Je te l'ai dit il y a cinq ans : jamais cela ne se reproduira. Betty, si cela s'annonçait mal, on te ferait une péridurale et tu ne sentirais plus rien. Tu serais engourdie et dynamique à la fois et sans t'en rendre compte, tu te retrouverais avec un beau bébé tout neuf dans les bras.

– À t'entendre, c'est une partie de plaisir.

– Presque.

— J'aime Alexander et je sais que j'aimerai l'enfant d'Ollie, mais c'est que... Mary, je ne pourrai pas...

— Je vais conclure un pacte avec toi. La décision ne concerne que toi, mais si tu es enceinte, je viendrai à ton accouchement.

— En tant qu'infirmière? fit Bettina, non sans une certaine curiosité.

— Comme tu voudras. Infirmière ou amie. Selon ce que tu désireras et ce que dira le médecin. Je serai sans doute plus utile comme amie. Ollie sera là, lui aussi. En cinq ans, beaucoup de choses ont changé. À propos, puisqu'on parle bébé, vous songez à vous marier?

— Ah! non, alors! s'exclama Bettina en riant.

— C'est bien ce que je pensais.

— Sur ce point, au moins, il a renoncé.

— Il renoncera peut-être aussi au bébé.

Bettina était persuadée du contraire. Mais souhaitait-elle vraiment qu'il abandonne la partie? Elle venait d'avoir trente-quatre ans et si elle devait mettre au monde un autre enfant, c'était le moment ou jamais.

45

Ils quittèrent la maison couleur pourpre, celle de la plage, un mois après que leur bail de six semaines eut expiré et emménagèrent dans leur jolie maison de pierre. Pendant quelque temps, ils vécurent dans un espace vide. Mais Ivo avait légué à Bettina tous les meubles de son appartement de New York. Elle téléphona donc au garde-meubles et les fit expédier sur la côte Ouest. Puis ils allèrent faire des courses, assistèrent à des ventes aux enchères, achetèrent des rideaux et consacrèrent une journée entière au choix des moquettes. Trois semaines plus tard, ils étaient installés. Ollie avait également fait venir ses affaires de New York.

Il n'avait plus jamais parlé du bébé. Mais Bettina y pensait ce jour-là en refermant la porte de la plus grande des deux chambres inoccupées. Elle n'avait pas le temps de les aménager pour leurs amis de passage. Il lui fallait attaquer son scénario sans plus tarder. Cela lui prit une éternité. Au bout de quatre mois, elle disparaissait encore sous un monceau de notes, corrections et brouillons, dans le petit bureau inondé de soleil. Celui-ci était attenant à leur chambre. Tard le soir, Ollie l'entendait taper à la machine tandis qu'il s'endormait. Ce fut seulement après Noël qu'il remarqua son extrême fatigue.

— Ça va?
— Oui. Pourquoi cette question? fit-elle, surprise.
— Tu as une sale tête.
— Merci, chéri, répliqua-t-elle en souriant. Que veux-tu? Je m'échine à vouloir tirer quelque chose de ce fichu machin!
— Ça avance?

Elle soupira et se laissa tomber dans un fauteuil confortable.

— Je ne sais pas trop. Je crois que j'ai presque fini et que je ne veux pas l'admettre. Je continue à jouer avec le texte, encore et encore.
— L'as-tu montré à quelqu'un?

D'un mouvement de tête, elle lui indiqua que non.

— Tu devrais peut-être...
— Je crains qu'ils ne comprennent pas ce que je fais.
— C'est leur problème, ma douce.

Deux semaines plus tard, elle lui demanda conseil avant de remettre son manuscrit à Norton et aux producteurs. Ceux-ci la félicitèrent. Mais son état ne semblait pas s'améliorer, loin de là.

— Et si tu consultais un médecin?
— Inutile. J'ai du sommeil en retard, c'est tout.

Peut-être avait-elle raison. Pendant les cinq jours qui suivirent, elle émergea à peine de ses couvertures, pas même pour manger.

— Tu es épuisée à ce point-là? lui demanda Ollie, visiblement inquiet.

Certes, en quatre mois et demi, elle avait abattu un travail de titan.

— Plus encore. Dès que je m'éveille, je n'ai qu'une envie : retourner dormir.

Ollie, de plus en plus soucieux, exigea qu'elle consulte un médecin. Et il prit lui-même le rendez-vous. Bettina bougonna quand, à la sortie du bureau, il vint la chercher.

– Oh! Ollie, tu m'embêtes...

– Pourquoi en faire toute une histoire?

– Je perds mon temps. J'ai besoin de repos, c'est tout. Je te l'ai déjà dit, non?

– Il pourra toujours te donner quelque chose pour améliorer ton humeur.

Son humour ne la faisait plus rire. Quand elle entra dans le cabinet médical, il eut l'impression qu'elle était au bord des larmes. Quand elle en ressortit, il en fut certain. Elle était muette comme une carpe.

– Alors?

– Je vais bien.

– Formidable! À quoi a-t-il vu ça? À ton charmant caractère ou à ta prunelle éclatante de santé?

– Si tu te crois drôle... Laisse-moi tranquille, tu veux?

Une fois rentrés chez eux, il lui prit le bras et l'entraîna dans le bureau du rez-de-chausée, où ils seraient seuls.

– Maintenant, ça suffit, Bettina. Dis-moi ce qui se passe.

– Rien. – Ses lèvres se mirent à trembler et ses yeux s'emplirent de larmes. – Rien! D'accord?

– Non, pas d'accord. Tu mens. Que t'a-t-il dit?

Elle lui tourna le dos, mais il lui saisit le bras.

– Bettina... ma chérie... je t'en prie.

Elle se contenta de fermer les paupières en hochant la tête.

– Laisse-moi seule.

Ollie la força à lui faire face. Il y avait peut-être quelque chose de terrible. Un frisson le parcourut tandis qu'il essayait de chasser cette pensée de son esprit. Il ne pourrait pas supporter de la perdre. Sa vie ne serait plus jamais la même.

– Bettina? fit-il d'une voix vacillante, tout en contemplant les larmes qui ruisselaient sur le visage de sa femme.

– Je suis enceinte de trois mois et demi, Ollie. J'étais tellement absorbée par ce maudit scénario que je ne m'en suis même pas aperçue. Je bossais jour et nuit, et je n'ai pas pensé... poursuivit-elle à travers ses pleurs. Je ne peux même plus avorter. À deux semaines près.

– Tu aurais avorté? lui demanda-t-il, choqué.

– Qu'est-ce que ça peut faire puisque je n'ai plus le choix?

Elle se dégagea violemment de son étreinte et s'enfuit. Quelques instants plus tard, il entendit claquer la porte de leur chambre et Alexander descendit l'escalier en courant.

– Qu'est-ce qu'elle a, maman?

– Elle est fatiguée, c'est tout.

Alexander prit un air scandalisé.

– Encore!

– Oui, petit tigre, encore.

– Bon, tu veux jouer avec moi?

Ollie, distrait, refusa d'un geste vague. Il désirait être seul.

– Plus tard.

– Plus tard, j'irai me coucher, rétorqua le petit garçon d'un air renfrogné.

– Dans ce cas, tu devras m'excuser, lui dit Oliver en s'agenouillant pour le prendre dans ses bras. Je te donne un bon pour une autre fois?

L'enfant acquiesça, tout content. Il adorait ce cérémonial. Avec solennité, Ollie sortit une feuille de papier, un stylo, et rédigea le bon.

– Ça ira?

– Et comment!

Alexander quitta la pièce pour retrouver la baby-sitter. Ollie s'effondra mollement dans un fauteuil. Il était encore sous le coup des révélations de

Bettina. Aurait-elle vraiment avorté ? Lui en aurait-elle parlé ? Comment aurait-elle pu lui faire une chose pareille ? Il chercha à se convaincre que ce n'était pas vrai. Elle attendait un enfant de lui... un enfant de lui... Il esquissa un sourire, puis il fronça de nouveau les sourcils, angoissé par la violence de la réaction de Bettina. Et si cela se passait aussi mal que la première fois ? Et si elle ne le lui pardonnait pas ? Comment avait-il pu lui faire ça ? Brusquement il fut pris de panique et sans réfléchir, il prit le carnet d'adresses et composa le numéro de Mill Valley. Ils se connaissaient à peine, mais Ollie savait que Mary l'aiderait.

– Mary ? C'est Oliver Paxton, à Los Angeles.

– Ollie, il y a quelque chose qui ne va pas ?

– Je... non... c'est-à-dire... oui.

En soupirant, il lui raconta ce qui venait de se passer.

– Je ne sais pas pourquoi j'appelle, sauf que... Mary, vous êtes infirmière, vous êtes son amie... Vous étiez là la dernière fois... Vous croyez qu'elle va mourir ? Elle est hystérique. Je ne l'ai jamais vue si bouleversée !

– À juste titre.

– C'était aussi terrible que le souvenir qu'elle en a gardé ?

– Bien pire.

– Mon Dieu !

Ollie regretta d'avoir posé cette question et se raccrocha à un dernier espoir.

– Peut-on pratiquer un avortement à trois mois et demi ?

– Si c'est nécessaire, mais c'est assez dangereux. Le désirez-vous vraiment ?

– Elle oui. Elle l'a dit.

À l'intonation de sa voix, Mary comprit qu'il était au bord des larmes.

– Elle a peur, c'est pour ça.

Mary lui raconta en détail ce qui s'était passé lors de son premier accouchement. Oliver frémit.

– Elle aurait sans doute passé un sale quart d'heure, mais c'est son médecin le principal responsable de ce désastre. Il a tout fait pour qu'elle souffre un maximum.

– En est-elle consciente ?

– Dans sa tête, oui. Dans ses tripes, non. Ça la panique. Nous en avons déjà parlé. C'est à ce moment-là qu'elle a décidé de ne plus avoir d'enfant. Et si j'avais subi ce qu'elle a subi, j'aurais pris la même décision. Mais, Ollie, cette fois, ce sera complètement différent.

– Qu'en savez-vous ?

– N'importe quel gynécologue vous l'affirmerait. Le sien le lui a probablement dit.

– Elle n'a pas encore d'obstétricien.

– Pour l'amour du ciel, assurez-vous qu'elle choisit quelqu'un de bien. Qu'elle s'informe, qu'elle parle à d'autres femmes. Faites tout ce qui sera en votre pouvoir. C'est important, Ollie. Elle ne doit pas subir la même épreuve qu'il y a cinq ans.

– Je vous le promets, soupira-t-il dans le combiné. Merci, Mary. Je suis désolé de vous ennuyer avec nos problèmes.

– Ne soyez pas stupide. Ollie... ajouta-t-elle, je suis tellement contente.

– Moi aussi, mais je m'en veux.

– Dans quelque temps, elle sera plus calme. Contentez-vous de lui trouver un bon médecin.

À peine avait-il raccroché qu'il se mit en quête d'un gynécologue. Il appela quatre de ses amis du journal, pères de famille depuis peu. Par miracle, trois de leurs femmes avaient le même obstétricien, sur lequel elles ne tarissaient pas d'éloges. Il nota aussitôt le nom de cet homme, obtint son numéro de téléphone par les renseignements. Quelques instants plus tard, il l'avait au bout du fil.

– Docteur Salbert ? Oliver Paxton...

Laborieusement, il lui exposa ses craintes, ses doutes et la terreur de Bettina.

– Amenez-la-moi demain matin. Disons dix heures et demie ?

– Bien. Que vais-je faire en attendant ?

– Donnez-lui un alcool bien tassé !

– Ça ne fera pas de mal au bébé ?

– Non, si elle n'en boit qu'un ou deux verres.

– Du champagne ?

Jamais Oliver ne s'était senti si nerveux, si troublé.

– Ce sera parfait. Alors à demain ?

– À demain ! Et merci !

Il raccrocha aussitôt et se précipita vers la porte.

– Où vas-tu ? cria Alexander.

– Je reviens tout de suite.

Cinq minutes plus tard, en effet, il était de retour, avec un magnum de champagne bien frais. Sur un grand plateau, il posa la bouteille, deux flûtes et un bol de cacahuètes. Puis il frappa doucement à la porte de leur chambre.

– Oui ? fit la voix assourdie de Bettina.

– Puis-je entrer ?

– Non.

– Bon. Rien ne vaut un accueil chaleureux, dit-il en poussant la porte.

– Qu'est-ce que tu peux être casse-pieds ! – Elle se retourna dans son lit en voyant le plateau. – Il n'y a rien à célébrer, Ollie.

– Occupe-toi de tes oignons, Daniels ! J'ai le droit de fêter l'arrivée de mon enfant en ce monde comme bon me semble. De plus, dit-il en posant le plateau, je suis follement amoureux de sa mère.

Il s'assit près d'elle, lui carressa les cheveux, mais elle se dégagea.

– Non... Je ne suis pas d'humeur à faire la fête.

Il restait là, à la contempler, avec tout l'amour du monde dans les yeux.

– Ma douce, je sais ce que tu ressens. J'ai eu Mary au téléphone, j'ai compris que tu avais vécu un véritable cauchemar. Mais cela ne se reproduira pas, je te le jure.

– Tu as appelé Mary? demanda-t-elle d'un air surpris et méfiant à la fois. Pourquoi?

– Parce que je t'aime, que j'étais inquiet et que je ne voulais pas que tu aies peur.

Tant de gentillesse, de tendresse, de délicatesse émut Bettina aux larmes.

– Oh! Ollie, je t'aime... Chéri, sanglota-t-elle dans ses bras.

– Tout se passera bien.

– Tu me le jures? insista-t-elle avec une voix de petite fille.

– Juré! Demain nous allons voir un obstétricien qui est la coqueluche de ces dames.

– Tu m'as aussi trouvé un médecin?

– Je suis sensationnel. Tu ne l'avais pas remarqué?

– En fait, si... Comment as-tu déniché ce médecin?

Souriante, elle se pencha pour lui embrasser l'oreille.

– J'ai demandé à des copains qui venaient d'être papas, puis je lui ai téléphoné. Il a l'air sympathique.

– Que t'a-t-il dit?

– Que tu dois boire du champagne. Ordre du médecin!

Il ouvrit la bouteille et lui tendit une flûte de vin pétillant.

– Ça ne fera pas mal au bébé ? demanda-t-elle avec méfiance.

John avait banni toute boisson alcoolisée quand elle attendait Alexander.

– Non, ma chérie, répondit-il, heureux qu'elle se souciât ainsi de l'enfant. Ce sera un adorable bébé, Bettina.

– Comment le sais-tu ?

Une petite lueur de soulagement passa dans son regard.

– Parce que c'est le nôtre.

46

— Hé, bibendum, c'est pour toi!

Sur le seuil, Ollie lui fit un signe de la main. Bettina jouait dans la cour avec Alexander. Elle lui avait acheté une nouvelle balançoire et, malgré un ventre impressionnant, elle le poussait le plus haut possible.

— Je reviens dans une minute, mon trésor.

Elle courut vers la cuisine, aussi vite que son poids le lui permettait, avec un air désapprobateur.

— Ne m'appelle pas comme ça, King Kong. Je n'ai pris que sept kilos.

— Tu es sûre que ce type sait lire une balance?

Le médecin qu'il avait choisi avait fait beaucoup mieux que cela. En quatre mois, il avait établi avec elle une relation de confiance, et Bettina était moins paniquée par son accouchement.

— Peu importe. Qui est à l'appareil?
— Norton.
— Que veut-il?
— Je n'en sais rien. Demande-le-lui.

Elle lui prit le combiné des mains tandis qu'ils échangeaient un baiser furtif. Ils ne cessaient de plaisanter, de se taquiner. Ollie, très protecteur, attendait ce bébé avec un bonheur proche de l'extase. Même Alexander avait fini par se convaincre qu'après tout, ce ne serait pas si terrible que ça, à condition que ce ne fût pas une fille.

– Quoi? s'exclama Bettina incrédule.

Ollie jeta un coup d'œil dans sa direction, en l'interrogeant du bout des lèvres. Elle lui tourna le dos. Au bout d'un moment qui lui parut une éternité, elle raccrocha le téléphone.

– Ne me fait pas languir!

Elle s'assit, toute pâle.

– On va monter ma deuxième pièce. De plus, ils sont déjà en pourparlers pour le film.

– Ça te surprend? Je t'avais prévenue il y a plusieurs mois. Ce qui m'étonne, c'est que ç'ait été aussi long.

Il lui avait presque fallu un an pour vendre sa seconde pièce.

– Quand veulent-ils commencer? s'inquiéta-t-il soudain?

– En octobre.

Le bébé devait naître en juillet.

– D'après mon contrat, je ne passerai que trois mois à New York. Pourras-tu t'absenter aussi longtemps?

– Si c'est nécessaire, répondit Oliver qui ne semblait pas préoccupé le moins du monde. Pourrons-nous emmener un aussi petit bébé à New York?

– Bien sûr. Il aura deux mois.

– Pas « il », « elle »! rectifia-t-il.

Oliver tenait obsolument à ce que ce fût une fille. Il regardait fièrement Alexander en répétant à qui voulait l'entendre qu'il avait déjà un fils. C'était l'une des raisons pour lesquelles il avait toujours l'intention d'épouser Bettina. Ainsi pourrait-il adopter Alexander et lui donner son nom. Bettina, quant à elle, lui opposait inlassablement le même refus.

– C'est plus amusant comme ça. Nous avons chacun notre nom, Daniels, Paxton et Fields.
– On dirait un cabinet d'avocats.
Mais Bettina restait inébranlable.
Assise sur sa chaise, le regard fixe, elle pensait à sa pièce.
– Quand le film doit-il démarrer?
– Après Noël. Et ça prendra six mois, ce qui nous amène en juin. En tout, cela fait neuf mois de travail.
– Ce ne sera pas trop dur pour toi, juste après la naissance du bébé? demanda-t-il d'un air soucieux.
– Ce ne sera pas « juste » après. J'aurais deux mois pour me reposer. Crois-moi, le plus éprouvant, ce n'est pas l'après-accouchement.

Bettina nourrissait encore quelques craintes. Mais ensemble, ils avaient suivi les cours de préparation. Ensemble, ils étaient allés chez le médecin. Ollie avait trop attendu cet enfant pour manquer ne fût-ce qu'un instant de sa venue au monde. À quarante-quatre ans, il considérait cela comme l'événement marquant de son existence.

Bettina s'affairait, s'agitait, partagée entre la naissance du bébé et sa nouvelle pièce. Le dernier mois de sa grossesse, le spectacle passa nettement au second plan. Tout ce qu'elle souhaitait, c'était rester avec Ollie, tranquillement assise à l'ombre, à regarder jouer Alexander. Elle se couchait tôt, mangeait bien, lisait un peu, comme si son esprit était apaisé. Elle n'avait nulle envie de relever de nouveaux défis, ne voulait plus répondre aux coups de fil de Norton ni se préoccuper d'autres affaires. Elle se préparait pour un événement beaucoup plus important, qui nécessiterait toute son attention. Cela l'absorbait tout entière.

Deux jours avant la date prévue, Mary arriva par avion de San Francisco. Elle avait laissé ses enfants chez sa mère. Seth, quant à lui, était parti camper avec un ami.

– Crois-moi, je préfère être ici que sous une tente. Alors, fit-elle en regardant Bettina, où en es-tu?

– Nulle part. Je me suis métamorphosée en légume. Je n'écrirai peut-être jamais d'autres pièces de théâtre.

Elle s'en fichait pas mal. Elle ne pensait plus qu'au bébé et à la nursery. Elle ne se souciait presque plus d'Oliver. Seuls comptaient son ventre et l'enfant à venir. Toute son existence tournait autour de ce fait. Ollie comprenait. Le médecin l'avait prévenu : à la fin, c'était souvent ainsi.

– Que dit le gynéco?

– Rien. Que ça peut arriver d'un jour à l'autre. J'imagine que ce ne sera pas à la date prévue.

– Pourquoi?

– Ça ne se passe jamais comme ça.

– Mais si, fit Mary en riant, tandis qu'ils s'engouffraient tous les trois dans la voiture. Tu n'as qu'à prévoir une petite sortie sympa, une soirée, un dîner quelque part, une pièce de théâtre, et tu peux être sûre que ce sera ce soir-là.

Ils éclatèrent de rire, mais l'idée plut à Ollie.

– Si on allait dîner au *Bistro*?

– Le jour de mon accouchement? fit Bettina, atterrée. Et s'il arrive quoi que ce soit?

– Si tu bousilles leur moquette, nous n'y retournerons plus, voilà tout.

Bettina fit la moue. Mais Ollie insista et dès leur arrivée à la maison, il réserva une table pour le lendemain.

– Quelle tête de mule, gémit Bettina en entraînant Mary au premier étage où elle l'aida à défaire ses bagages.

Le médecin avait donné son accord pour que Mary assiste à l'accouchement, en amie. Il leur avait permis d'inviter autant d'observateurs qu'ils le désiraient, dans les limites du raisonnable.

– Ni petits enfants ni gros chiens.

Le lendemain, à l'heure dite, ils faisaient leur entrée au *Bistro*. C'était un restaurant charmant, élégant, avec un éclairage tamisé, des panneaux de verre taillé. Bettina était radieuse, dans son ample robe blanche, un gardénia derrière l'oreille.

– Tu fais très exotique, mademoiselle Daniels, murmura Ollie. Et je t'aime.

Elle saisit sa main sous la table et lui chuchota les mêmes mots. Pendant qu'ils commandaient le repas, Mary remarqua une ombre significative sur le visage de son amie. Elle ne dit rien mais quand cinq minutes plus tard, les traits de Bettina se crispèrent à nouveau, elle chercha son regard.

– N'avais-je pas raison, Betty?

– Ma foi...

Oliver ne les entendit pas. Il choisissait le vin.

– Eh bien, mesdames, vous êtes contentes?

– Tout à fait, répondit aussitôt Mary, tandis que Bettina lui faisait signe de ne rien dire.

On leur servit le dîner. Bettina le toucha à peine. Si le travail avait vraiment commencé, elle ne voulait pas se sentir lourde.

– Tu n'as rien mangé, ma douce. Ça va? demanda Ollie en se penchant vers elle.

On en était au dessert.

– Pas mal pour une nana sur le point d'accoucher!

– Quand? fit-il, sidéré. Maintenant?

Devant sa panique apparente, Bettina éclata de rire.

– Pas dans la minute, j'espère, mais bientôt. J'ai ressenti les premières douleurs avant le début du repas, je n'étais pas certaine...

– Et maintenant tu l'es?

Il lui prit le bras et fit mine de se lever.

– Arrête, Ollie, je vais bien. Mange ton dessert, bois ton café, puis nous rentrerons à la maison et nous appellerons le médecin. Détends-toi.

Il en fut incapable. Et bientôt, elle-même eut du mal à se relaxer. Comme la première fois, les contractions se faisaient de plus en plus rapprochées, de plus en plus violentes.

Debout sur le trottoir, Mary comptait les secondes. Bettina s'appuyait sur Ollie, de tout son poids.

– Mieux vaut te conduire à l'hôpital, Bettina. Nous n'aurons sans doute pas le temps de rentrer à la maison.

– Quelle chance... dit-elle en souriant.

Ollie comprit qu'elle souffrait et s'affola. Et si cela se passait aussi mal que pour Alexander? Voyant qu'il paniquait, Mary lui saisit le bras avec fermeté, juste avant de monter dans la voiture. Bettina s'était déjà allongée sur la banquette arrière.

– Tout ira bien, Ollie. Du calme, dit Mary.
– Je ne peux pas m'empêcher de penser...
– Elle aussi, certainement.

Elle se glissa auprès de lui, à l'avant.

– Comment ça va, Betty?
– État stationnaire. – Puis, tandis qu'Ollie s'engageait sur la chaussée : – En voilà une autre.
– Je m'arrête? demanda-t-il en jetant un regard terrorisé en direction de Mary.
– Non! Surtout pas!

Les deux femmes éclatèrent de rire. Mais la gaieté de Bettina fut de courte durée. Quand ils arrivèrent à l'hôpital, elle ne voulait plus parler.

Une infirmière se rua sur un téléphone pour prévenir son médecin, deux autres la conduisirent dans une petite pièce, apparemment stérile. Bettina regarda Mary d'un air lugubre.

– Je croyais que les choses avaient évolué.

Cette pièce ressemblait beaucoup à celle où elle avait été torturée pendant quatorze heures, attachée, comme une bête hurlante.

— N'aie pas peur, Betty.

Entre les contractions, Mary l'aida à se déshabiller. Elle était toujours cramponnée à Ollie quand on l'allongea.

— Ça va, ma chérie ?

Celui-ci se sentit brusquement impuissant. Si on lui faisait du mal, à elle ou au bébé, il les tuerait. C'était sûr comme deux et deux font quatre. Lentement, elle lui sourit en serrant très fort la main.

— Je vais bien.

— Tu en es certaine ?

Elle acquiesça. Une autre contraction lui coupa le souffle. Ollie se rappela ce qu'ils avaient appris ensemble et il guida sa respiration. Quand la douleur eut disparu, elle le dévisagea, surprise, avec un grand sourire.

— Tu sais, ça marche !

— Tant mieux, répondit-il sans cacher sa fierté.

Ils recommencèrent. Ils avaient la situation bien en main quand le médecin entra.

Il la félicita chaudement. Seul le bref examen auquel il dut procéder lui rappela le passé. Cette fois-ci, personne ne l'avait ligotée. Les infirmières étaient douces et sympathiques, le médecin souriait et Mary attendait dans un coin de la pièce. Bettina se sentait entourée de gens attentionnés. Ollie ne la quitta pas une seconde, lui tint la main, l'aida à respirer et à garder la maîtrise des événements.

Au bout d'une demi-heure, les contractions s'accentuèrent, et Bettina craignit de ne pas tenir le coup. Sa respiration se bloquait étrangement, elle se mit à trembler, eut mal au cœur, frissonna. Ollie, inquiet, observait Mary qui échangeait des regards entendus avec les autres infirmières. La tête du bébé était en train de descendre. C'était le moment le plus pénible. Peu après, Bettina s'agrippa désespérément au bras d'Ollie et se mit à crier.

– Je n'en peux plus, Ollie, je n'en peux plus... Non! hurla-t-elle.

– Elle en est à neuf, déclara le docteur Salbert, satisfait.

Puis il l'encouragea à son tour.

– Plus que quelques minutes, Bettina. Allez... vous pouvez y arriver... Vous vous débrouillez très bien... Allez-y...

La sueur ruisselait sur le torse d'Oliver. On continuait à bavarder autour de Bettina. Au bout d'un quart heure, le médecin fit un signe de la tête qui déclencha une agitation effrénée dans la salle...

– Ollie... Oh! Ollie... bredouillait Bettina toujours accrochée à lui.

Mary vit qu'elle commençait à pousser. Le moment était venu. On la transporta sur la table d'accouchement et ce fut elle qui, de plein gré, saisit les poignées qui se trouvaient de chaque côté.

– Suis-je obligée d'utiliser les étriers? demanda-t-elle en jetant un regard affolé au docteur Salbert.

– Non.

À droite et à gauche, deux infirmières l'aidèrent à maîtriser ses jambes. On demanda à Ollie de lui soutenir les épaules. Brusquement, Bettina poussa de toutes ses forces, guidée par un besoin incoercible. Elle avait l'impression de gravir une montagne, d'écarter les rochers qui lui obstruaient le passage. Parfois l'effort était trop grand, elle redescendait de quelques mètres. Les voix se mêlaient autour d'elle, l'encourageant, l'éperonnant. Puis soudain, dans un dernier halètement, après une dernière poussée, Ollie sentit son corps tout entier se raidir sous l'effort et entre ses jambes, une petite tête rouge surgit, d'où sortit un faible vagissement. Il la contempla, ahuri.

– Mon Dieu, c'est le bébé!

Ils laissèrent éclater leur joie, soulagés. Encore deux poussées, et leur fille apparut tout entière.

– Oh, Ollie, Ollie, elle est si jolie!

Bettina riait, souriait, pleurait de joie, tout comme Oliver et Mary. Seul le médecin avait l'œil sec, mais il n'était pas moins heureux qu'eux.

Une demi-heure plus tard, Bettina était dans sa chambre avec le bébé. Ollie était encore sous le choc de ce qu'il venait de vivre. Sa femme était calme, sereine et très fière. L'accouchement avait duré deux heures à peine. Elle les regarda tous, le bébé dans les bras, avec un sourire radieux.

– Vous savez quoi? Je meurs de faim!

Mary éclata de rire.

– Comme moi à chaque fois.

Oliver restait là, immobile, fasciné, à contempler sa fille.

– Beurk! Vous me dégoûtez. Comment pouvez-vous manger à un moment pareil?

Ce fut pourtant ce que fit Bettina. Elle avala deux sandwiches au rosbif, un milk-shake et un beignet.

– Tu es un monstre! plaisanta-t-il en la regardant dévorer.

Mais il y avait une immense tendresse dans ses yeux. Enfin elle lui tendit la main.

– Je t'aime, Ollie. Jamais je n'aurais réussi sans toi. Plusieurs fois, j'ai été sur le point d'abandonner.

– J'étais certain que tu tiendrais le coup.

Une fois ou deux, il avait eu peur, lui aussi. Cela paraissait tellement douloureux, tellement dur physiquement! Pourtant elle était là, une heure après, le visage lavé, les yeux brillants, les cheveux brossés. À présent, c'était lui qui accusait le coup. Mary était descendue prendre une tasse de café pour les laisser seul à seule.

– Tu as été merveilleuse, chérie.

Ils se regardèrent, inlassablement, pleins d'une admiration mutuelle et pendant un instant, il eut envie de lui demander de l'épouser. Il n'osa pas. Ils avaient déjà choisi le nom du bébé. Antonia Daniels Paxton. Cela suffisait.

47

– Alors, Alexander, que penses-tu de ta petite sœur?

Bettina l'observa, amusée. Le garçonnet haussa les épaules. Cela faisait deux jours que sa mère était rentrée à la maison avec le bébé.

– Assez mignonne, pour une fille!

Il avait surmonté sa déception première après que Bettina lui eut permis de la prendre dans ses bras.

– Hé, elle est minuscule!

Mais elle lui plaisait plutôt. Et c'est avec un sourire qu'il la rendit.

– Je suis bien content que tu aies été mariée avec papa, quand j'étais petit, laissa-t-il échapper quand il se trouva seul avec sa mère.

– Ah? fit Bettina qui se demandait pourquoi il mettait cette question sur le tapis.

– Bah, oui. Si les gens savaient... Ils diraient peut-être des trucs bizarres, répondit-il en fronçant les sourcils. Je n'aimerais pas ça.

En juin, il avait eu six ans.

– Oh! je ne le pense pas. Mais ce serait si important, mon trésor?

– Pour moi, oui.

Bettina hocha doucement la tête. Elle était perdue dans ses pensées quand Ollie vint lui rendre visite ainsi qu'au bébé. Le médecin lui avait permis de quitter l'hôpital assez vite, l'accouchement s'étant bien passé, mais il lui avait demandé de se reposer à la maison, pendant une semaine.

– Vous voilà bien sérieuse, madame. Que se passe-t-il ?

– C'est Alexander. Il vient de me dire une chose très étrange.

Elle lui fit part de leur conversation et fronça les sourcils.

– Il est sans doute sensible à ces questions-là, déclara Ollie d'un ton qui se voulait désinvolte.

Mais une lueur d'espoir brillait au fond de ses yeux.

– Et si elle faisait la même réflexion, dans six ans ?

– Eh bien, nous dirons que nous sommes mariés.

Elle le regarda bizarrement.

– Peut-être devrions-nous.

– Quoi ? Dire aux gens que nous sommes mariés ?

– Non, nous marier vraiment.

– Maintenant ?

Elle acquiesça.

– Tu me fais marcher ?

– Non.

– Tu es sincère ?

– Oui.

– Tu le désires ?

– Mais *oui !* Ollie, pour l'amour du ciel...

– Je n'aurais jamais cru que ce jour viendrait.

– Moi non plus. Alors ferme-la de peur que je ne change d'avis !

Ollie quitta précipitamment la pièce. Peu après, ils riaient et plaisantaient autour d'un verre de champagne. Trois jours plus tard, après avoir procédé aux formalités nécessaires, ils se rendirent en ville, Seth et Mary sur leurs talons. Et à la mairie, ils se promirent amour, assistance et fidélité.

Bettina contempla son certificat de mariage avec une certaine méfiance.

— Au moins, on n'a pas écrit que tu étais mon quatrième mari.

Oliver sourit, puis la regarda avec le plus grand sérieux.

— Tu ne dois pas avoir honte. Tu as agi en toute honnêteté... Il n'y a rien là de condamnable.

— Merci, chéri.

Main dans la main, ils descendirent les marches de l'hôtel de ville. Mais une fois de retour chez eux, il se montra pensif.

— Madame Paxton?

Il la taquinait en l'appelant ainsi. Elle garderait son nom, ils étaient tous deux d'accord sur ce point.

— Oui, monsieur Paxton?

— Il y a autre chose qui me tient à cœur.

— Peut-on savoir quoi, monsieur Paxton?

— Je veux adopter Alexander. Tu crois que c'est possible? fit-il d'un ton grave.

— John ne t'en empêchera pas, ça, j'en suis sûre!

Ils n'avaient plus jamais entendu parler de lui. Bettina regarda son mari avec tendresse.

— Alexander sera ravi.

— Moi aussi, répondit Ollie en souriant. Demain, j'appellerai mon avocat.

Ce qu'il fit. Quatre semaines plus tard, il avait obtenu gain de cause. Ils étaient quatre Paxton à vivre sous le même toit.

48

Le 1ᵉʳ octobre, les Paxton prirent l'avion pour New York. Ollie avait demandé un congé de trois mois au journal. Ils avaient engagé une baby-sitter pour aider Bettina à s'occuper du bébé. Alexander, quant à lui, retrouva son ancienne école. C'était maintenant un voyageur chevronné. Dès son arrivée, Ollie contacta ses amis du *Mail*. Et Bettina dut travailler d'arrache-pied pour monter sa pièce.

Mais elle aimait ça. Grâce au ciel, elle s'était remise de la naissance d'Antonia. Le soir de la première, le spectacle remporta un succès fracassant. Ils passèrent Noël dans leur suite au *Carlyle*. Cinq jours plus tard, ils reprenaient le chemin de la Californie.

– C'est bon de rentrer chez soi, n'est-ce pas? déclara Ollie qui s'étirait sur son lit avec un soupir d'aise.

– Oh oui!

– J'espère que tu vas attendre un peu avant d'écrire une autre pièce.

– Pourquoi? s'étonna-t-elle.

Lui qui l'avait toujours encouragée à poursuivre son œuvre! Il éclata de rire.

– Parce que j'en ai marre de me geler les miches

à New York ! Tu ne peux pas te limiter au cinéma, pour l'instant ?

– Au moins pour les six mois à venir.

Elle n'eut pas le cœur de lui annoncer que dans l'avion du retour, elle avait imaginé un nouveau sujet. Sa carrière démarrait en trombe. Elle avait le vent en poupe. On lui avait déjà proposé plusieurs projets de films. Parmi les plus ardents à l'assaillir de propositions diverses se trouvait Bill Hale, le propriétaire de leur premier appartement new-yorkais. Elle ne souhaitait pourtant pas travailler avec lui et ne répondait jamais à ses coups de téléphone.

– Quand commences-tu ton film ?

– Dans trois semaines, je crois.

Ils s'endormirent aussitôt. Le lendemain, Oliver reprit le collier tandis qu'elle réorganisait sa vie. Le bébé, un amour d'enfant, avait presque six mois. Alexander, qui était encore en vacances, se révéla d'un grande efficacité. Il adorait prendre sa petite sœur dans ses bras, la nourrissait et lui faisait faire son rot. À l'heure du déjeuner, Bettina, attendrie, le contemplait quand le téléphone retentit. La baby-sitter se rua vers l'appareil.

– Je prends, dit Bettina qui décrocha le combiné à la troisième sonnerie. Oui, madame Paxton à l'appareil... Pourquoi ? demanda-t-elle après un long silence.

Elle devint brusquement toute pâle et se détourna pour qu'Alexander ne la vît pas pleurer.

– Bien, j'arrive.

On l'avait appelée du journal. Quand elle arriva, il était déjà trop tard. L'ambulance était garée en double file. Les gens faisaient cercle autour de lui. Il était là, sur le sol, inanimé.

– Crise cardiaque, madame Paxton, lui dit le rédacteur en chef, visiblement affecté. Il est mort.

Elle s'agenouilla près de lui et lui caressa la joue. Elle était encore toute chaude.
- Ollie ? murmura-t-elle. Ollie ?
Les larmes ruisselaient sur son visage. On demanda aux curieux qui se tenaient là de retourner travailler ou du moins de la laisser tranquille. Elle entendit quelqu'un dire :
- N'est-ce pas Bettina Daniels ?... Oui, c'était sa femme.
Mais en cet instant, elle se fichait pas mal d'être célèbre. Ni le succès à Broadway, ni le cinéma, ni le scénario, ni l'argent, ni la maison de Beverly Hills ne lui rendraient Ollie. À quarante-cinq ans, celui qui voulait profiter de la vie, qui avait tenu à assister à la naissance de son premier enfant était mort d'une crise cardiaque, dans son bureau. Oliver Paxton n'était plus. C'était le troisième homme que Bettina avait aimé et perdu. En les regardant le déposer sur un brancard, elle sanglota de colère autant que de douleur.

49

MARY et Seth Waterston vinrent pour les funérailles. Mary demeura quatre jours avec Bettina, tandis que Seth retournait à ses affaires. Elles parlaient peu. Mary s'occupait des enfants. Bettina s'était refermée sur elle-même, murée dans son désespoir. Elle ne bougeait pas, elle ne parlait pas, elle ne mangeait pas. Elle restait assise, le regard fixe. De temps à autre, Mary lui apportait le bébé. Inutilement. Elle le repoussait d'un vague geste de la main et reprenait sa pose, perdue dans ses pensées. La veille du départ de Mary, dans la soirée, elle était toujours prostrée.

– Tu ne peux pas rester comme ça, Betty, dit Mary avec sa franchise habituelle.

Mais Bettina se contenta de la fixer du regard.

– Pourquoi?

– Parce que ta vie n'est pas terminée. Même si c'est dur.

– Mais pourquoi, bon sang! lança-t-elle avec colère. Pourquoi lui et pas moi? Il était tellement bon, ajouta-t-elle, triste, au bord des larmes.

– C'est vrai, répondit Mary qui, à son tour, sentit ses yeux s'embuer. Mais toi aussi, tu es bonne.

– Quand le bébé est né, poursuivit-elle, les lèvres tremblantes, je n'y serais jamais arrivée sans lui.

– Je sais, Betty, je sais.

Elle lui tendit les bras, et Bettina s'y réfugia pour y pleurer tout son saoul. Mais le lendemain, jour du départ de Mary, elle semblait aller un peu mieux.

– Que vas-tu faire, à présent ?

Devant la porte d'embarquement, Mary l'observait attentivement, comme pour percer le fond de son âme.

– Je dois remplir mon contrat, fit Bettina en haussant les épaules. J'écrirai le scénario de ma deuxième pièce.

– Et après ?

– Dieu seul le sait. Ils me harcèlent pour que j'accepte d'autres projets. Je ne pense pas que je céderai.

– Retourneras-tu à New York ?

– Pas pour l'instant, déclara Bettina avec détermination. Je veux rester ici.

Mary hocha la tête. Elles restèrent ainsi, dans les bras l'une de l'autre. Puis, après un dernier baiser, Mary disparut dans l'avion.

Deux semaines plus tard, comme promis, Bettina prit la direction du studio. On devait discuter du synopsis. Les réunions se révélèrent épuisantes et ennuyeuses comme la pluie. Bettina ne cédait pas d'un pouce, n'intervenant que lorsqu'elle y était contrainte. Puis elle s'enferma chez elle pour rédiger le scénario. Cela lui prit moins de temps que prévu. La dernière mouture combla littéralement les producteurs. Elle eut droit aux louanges. On cria au génie. En moins de temps qu'il ne faut pour le dire, Norton croula sous une avalanche de coups de téléphone. La réputation de Bettina était faite.

– Comment ça, vous ne travaillez plus ? Je ne comprends pas.

Il l'écouta, apparemment atterré.

– C'est simple : je prends six mois de congé.
– Mais je croyais que vous vous attaquiez à une nouvelle pièce ?
– Non. Ni nouvelle pièce ni nouveau film. Absolument rien, Norton, ils peuvent tous aller au diable !
– Mais Bill Hale vient de...
– C'est aussi valable pour lui. Qu'il me fiche la paix. Je ne veux plus en entendre parler.
– Mais Bettina..., insista-t-il, paniqué.
– Je suis douée, hein ? Eh bien, qu'ils patientent six mois. Sinon, tant pis.
– Là n'est pas la question. Pourquoi attendre quand vous pouvez obtenir ce que vous désirez tout de suite ? Votre prix sera le nôtre. Votre film sera le nôtre. Mon chou, le monde vous appartient.
– Qu'ils le gardent. Je n'en veux pas.

L'attitude de Bettina dépassait l'entendement d'un homme comme Norton Hess.

– Pourquoi ?
– Norton, soupira-t-elle, il y a cinq mois, j'ai perdu Ollie. Depuis lors, le vent ne souffle plus dans mes voiles.
– J'en suis tout à fait conscient. Mais vous ne pouvez pas rester comme ça, à ne rien faire. Ce n'est pas bon pour vous.

Ce n'était pas bon pour lui non plus, et Bettina le savait.

– Peut-être. Toutes ces choses ne sont pas aussi importantes que je le pensais.
– Mon Dieu, Bettina ! Pourquoi tout foutre en l'air ? Vous êtes au sommet de la gloire !

Elle avait connu d'autres sommets... quand le bébé était né... quand elle avait épousé Ivo... quand elle avait partagé les événements importants de la vie de son père... Il n'y avait pas que le travail et le succès. Mais comment lui expliquer? Rien que l'idée d'essayer l'épuisait.

– Je n'ai pas envie de discuter, Norton. Dites-leur que je pars pour six mois et que je suis injoignable. Si on me casse les pieds, je disparaîtrai pour un an.

– Fantastique! Soyez certaine que je vais leur dire. Et promettez-moi, Bettina : si vous changez d'avis, vous m'appelez? D'accord?

– D'accord, Norton.

Mais elle ne changea pas d'avis. Elle coula des jours paisibles avec ses enfants, rendit une fois visite à Mary et Seth. Elle quittait rarement la maison, semblant avoir acquis une étrange sérénité depuis la mort d'Ollie. À Thanksgiving, Seth et Mary purent le constater, qui étaient venus avec toute leur smala. Ce fut une belle fête familiale. Mais l'absence d'Oliver leur pesa.

– Comment ça va, Betty? demanda Mary qui l'observait avec attention.

Au fond d'elle-même, quelque chose paraissait avoir changé. Elle était plus calme, plus froide, plus lointaine et plus sûre à la fois. En un an, elle avait vieilli.

– Ça va bien, répondit Bettina. Ollie me manque encore beaucoup. Il y a des choses sur lesquelles j'aimerais pouvoir revenir.

– Quoi, par exemple?

– Je regrette de ne pas l'avoir épousé plus tôt. Il était si heureux! Pourquoi avoir attendu aussi longtemps?

– Tu n'avais pas fini de grandir. Il l'a très bien compris.

– C'est vrai. Quand je repense à notre vie, je me dis qu'il comprenait tout trop bien. Il n'y en avait que pour moi. Il a abandonné son poste à New York, pris un congé pour m'y accompagner quand j'ai monté ma pièce. Rétrospectivement, cela me paraît injuste.

Elle semblait malheureuse.

– Nous en avons parlé un jour. Cela ne le gênait pas. À ses yeux, sa carrière était moins importante que la tienne.

Mary n'osa pas lui dire que ce dont elle avait besoin, à présent, c'était un homme aussi puissant qu'elle, à la réussite aussi éclatante que la sienne. Même ses traits avaient changé. Elle avait une sorte de beauté anguleuse, qui captivait les regards. Et la simplicité de sa robe de laine noire, la beauté de ses bijoux étaient les marques de sa réussite. Elle avait ressorti ses anciennes parures, celles de son père, celle d'Ivo, qu'elle portait désormais presque tous les jours. Longuement, elle contempla son solitaire en le faisant tourner autour de son doigt.

– Je passe sans doute trop de temps à revivre mon passé.

– Te contentes-tu de ruminer ou le comprends-tu mieux ?

– Je ne sais pas, Mary.

Elle avait les yeux rêveurs, le regard distant.

– Je crois que j'ai accepté. C'est devenu une partie de moi-même, en quelque sorte.

Un sourire satisfait se dessina sur les lèvres de Mary. C'était ce qu'elle avait toujours espéré. Bettina s'acceptait telle qu'elle était. Mais elle était malheureuse de voir son amie cloîtrée entre ses quatre murs.

– Tu vois des gens ?

– Seulement vous et les enfants.

– Pourquoi ?

– Je n'en ai pas envie. Pourquoi le devrais-je ? Pour qu'ils puissent se vanter d'avoir fait la connaissance de la dramaturge aux quatre maris... de l'extravagante fille de Justin Daniels ? Pourquoi faire ? Pour le moment, je suis beaucoup plus heureuse comme ça.

– Moi, je n'appelle pas ça vivre, Betty. Et toi ?

Bettina haussa les épaules.

– J'ai ce que je désire.

– Non, tu es jeune, Bettina, tu mérites mieux que cette solitude. Il te faut des amis, des soirées, des rires, profiter de ton succès.

– Et ça ? fit-elle en désignant le jardin et la maison.

– Tu sais très bien ce que je veux dire, Bettina. C'est joli mais ça ne remplace pas l'amitié ou... – Elle hésita. – Un homme.

Bettina planta son regard dans le sien.

– Tu crois que c'est la panacée, Mary ? Un homme ? Que ça se résume à ça ? Que la vie est incomplète sans eux ? Tu ne crois pas que j'ai eu mon compte ?

– À trente-six ans ? J'espère bien que non. Que vas-tu faire ? Baisser les bras ?

– Et toi, que me proposes-tu ? D'en dégoter un autre au plus vite ? Quatre maris, n'est-ce pas un score exagérément élevé ? Tu me suggères d'en essayer un cinquième ? s'écria-t-elle, avec colère.

– Pourquoi pas ? rétorqua Mary.

– Parce que je n'en ai pas besoin. Peut-être que je ne veux plus me marier...

Mary n'était pas femme à se laisser abattre aussi facilement.

– Si tu avais de bonnes raisons de te conduire ainsi, je n'insisterais pas. Personne n'est obligé de se marier, Bettina. Ce n'est pas la seule chose intéressante dans la vie. Mais tu ne peux pas passer le reste de ton existence dans la solitude parce que tu as peur du qu'en-dira-t-on. Car c'est bien cela dont il s'agit, n'est-ce pas ? Si tu te dévoiles, tu crois qu'on va te critiquer, te couvrir d'opprobre, te marquer au fer rouge. Tu te trompes. Complètement. Je t'aime, Seth aussi. Je me fiche que tu te maries une dizaine de fois ou non. Mais quelque part, il y a quelqu'un d'aussi fort, d'aussi original, d'aussi merveilleux que toi. Il faut que tu le trouves, qu'il te rencontre. Tu n'es pas tenue de l'épouser! Tout le monde s'en moque! Pour l'amour du ciel, Bettina, ne reste pas murée dans ta forteresse.

Bettina lui jeta un regard triste. Mary se demanda si elle avait visé juste, su trouver les arguments qui feraient mouche. Quand elle vit son amie pénétrer dans la maison, sans un mot, elle fut presque certaine d'avoir gagné.

Ils partirent à la fin de la semaine. Avant que Mary ne monte dans l'avion, Bettina la serra contre elle.

– Merci.

– De quoi? – Elle comprit soudain. – Ne sois pas ridicule. Un jour peut-être, ce sera toi qui devras me botter les fesses.

– J'en doute, répondit Bettina avec un grand sourire. Mais il est vrai que tu n'as pas une vie aussi excentrique que la mienne.

– Que comptes-tu faire, Betty? lui demanda Seth en se penchant vers elle.

– Appeler Norton pour lui annoncer que je reprends du service. Il a dû faire une croix sur moi.

– Ça m'étonnerait, rétorqua vivement Mary avant de s'engouffrer dans l'appareil.

50

– ALORS, la belle au bois dormant, on a fini d'hiberner ?
– Eh oui, Norton, fit-elle avec un petit rire. Ça n'a duré que six mois.
– Six mois ou six ans... Avez-vous la moindre idée du nombre de gens que j'ai dû éconduire depuis le début de votre « retraite », temporaire heureusement ?
– Je déteste les chiffres.
On était le 1er décembre et Bettina se sentait en pleine forme.
– Je vous en ferai donc grâce. Alors, quels sont vos projets ?
– Je n'en ai aucun.
– Vous n'avez pas commencé de nouvelle pièce ?
– Non. L'envie m'en manque. Je préfère rester en dehors de tout ça pendant quelque temps. Ce serait trop dur pour les enfants si je les trimbalais tous les ans à New York.
– Je comprends. Ce n'est pas grave. Vous avez suffisamment de propositions de films pour vous tenir occupée pendant les dix années à venir.
– De qui, par exemple ? demanda-t-elle avec une méfiance instinctive.

Norton lui en lut la liste. Quand il eut terminé, elle opina du chef d'un air approbateur.

— Pas mal! D'après vous, qui dois-je contacter en premier?

— Bill Hale, répondit-il instantanément.

Bettina ferma les yeux.

— Oh! non, Norton, pas lui.

— Pourquoi? C'est un génie. Il s'est lancé dans la production. Pour tout dire, son talent égale le vôtre.

— Fabuleux! Alors trouvez-moi quelqu'un de moins brillant.

— Pourquoi donc? fit-il, intrigué.

— Parce que tout le monde sait que c'est un salopard!

— En affaires? s'étonna Norton.

— Non, dans la vie privée. Il collectionne les femmes, les épouses, les maîtresses. Je n'ai pas besoin de ça.

— Pour l'amour du ciel, personne ne vous a demandé de l'épouser, Bettina. Vous discuterez entre gens de bonne compagnie, c'est tout.

— Est-ce indispensable?

— Le ferez-vous si je vous dit oui? poursuivit-il avec une note d'espoir.

— Probablement pas. Écoutez, j'ai assez de problèmes comme ça. Ce type a une réputation de dragueur impénitent, y compris dans le boulot.

— Prenez des glaçons pour rafraîchir son ardeur, habillez-vous en nonne, faites ce que vous voulez, mais je vous en supplie, Bettina, acceptez au moins de déjeuner avec lui. Cela fait six mois que vous vous tournez les pouces, que vous ne répondez même pas au téléphone. Aujourd'hui, dans le métier, vous êtes les deux personnalités les plus en vue. Vous seriez dingue de ne pas suivre mon conseil!

— D'accord, Norton, vous avez gagné.

– Vous voulez que j'organise tout ou vous vous en chargez ?

– Faites comme vous voulez ! Je ne veux pas qu'on m'embête.

– Désirez-vous le rencontrer dans un endroit particulier ?

– Non. S'il est aussi bidon que je le crois, il souhaitera sans doute me retrouver au Polo Lounge du Beverly Hills Hotel. Comme ça, il pourra jouer les Monsieur Hollywood et se faire appeler au téléphone toutes les cinq minutes.

– Je vous appellerai donc également toutes les cinq minutes, d'accord ?

– Parfait.

Norton se remémora soudain un détail, mais il n'osa pas en parler. Ollie et Bettina avait loué l'appartement de Bill Hale à New York, il y avait longtemps de cela, il en était certain. Mais mieux valait ne pas évoquer Ollie. Sa mort avait été un gros choc pour Bettina, il le savait. Les coups durs ne l'ont pas épargnée, songea-t-il en composant le numéro de Bill Hale, mais elle avait aussi eu beaucoup de chance. Un peu comme Bill Hale précisément.

On lui passa assez vite la secrétaire de Bill. Ils convinrent d'un rendez-vous pour le lundi suivant mais, contrairement aux prédictions de Bettina, il demanda à la rencontrer chez elle, après le déjeuner.

– C'est une plaisanterie ? fit-elle, ahurie, quand Norton l'appela pour l'informer.

– D'après lui, vous y serez mieux pour discuter que dans un restaurant où vous seriez sans cesse dérangés par le va-et-vient des serveurs et par le téléphone. Il a pensé que vous seriez mal à l'aise chez lui.

– Bon.

Elle haussa les épaules et raccrocha. Le lundi

suivant, elle s'habilla une heure avant l'arrivée du célèbre producteur. Elle choisit un tailleur qui venait de Londres, un lainage superbe et fin couleur anémone, un chemisier de soie blanche et les boucles d'oreilles d'améthystes que son père lui avait offertes. Ses cheveux souples et soyeux avaient les teintes de l'automne en Nouvelle-Angleterre. Elle se regardait une dernière fois dans la glace quand la sonnette retentit. Son apparence extérieure importait peu mais puisqu'elle se lançait de nouveau dans les affaires, autant avoir l'air de ce qu'elle était. Ni la fille de Justin Daniels, ni la femme d'Ivo Stewart, ni Mme John Fields, ni même Mme Oliver Paxton. Elle était Bettina Daniels. Quels qu'aient pu être ses autres rôles, c'était celui d'auteur dramatique qui lui seyait le mieux. Après beaucoup de souffrances et d'erreurs, elle avait découvert une chose : elle était entière.

– Monsieur Hale ?

Elle le dévisagea, l'œil sévère. Comme elle, il était fort élégant, costume bleu marine rayé, cravate Christian Dior également bleu marine et chemise blanche abondamment amidonnée. Il était racé, beau, Bettina dut le reconnaître. Peu lui importait. Après un signe de tête courtois, il lui tendit la main.

– Bill, si vous voulez bien. Mademoiselle Daniels ?

– Bettina.

Les présentations faites, elle le mena dans le salon et prit un siège. La femme de ménage apparut avec un grand plateau laqué. Il y avait du thé et du café, une assiette de petits canapés et de biscuits qu'Alexander avait lorgnée un bon moment ce matin-là avant de partir à l'école.

– Mon Dieu, vous n'auriez pas dû vous donner tout ce mal.

Elle lui répondit qu'elle ne s'était donné aucun mal et se demanda si cet homme était de chair ou de marbre.

Lui buvant son café, elle sirotant son thé, ils parlèrent affaires durant deux longues heures. Bettina dut s'avouer que l'idée de Bill Hale lui plaisait et, à la fin de leur entrevue, elle arborait un grand sourire.

– Dois-je appeler votre agent pour régler les détails bassement matériels ?

Elle rit en plissant les yeux.

– Vous êtes beaucoup plus sympathique que je ne pensais, dit-il.

Elle le regarda, partagée entre l'amusement et l'étonnement.

– Pourquoi ?

– Eh bien, voyez-vous, la fille de Justin Daniels...

Il s'éclaircit la voix, un peu gêné.

– Vous auriez pu être affreusement snob.

– Et je ne le suis pas ?

– Pas du tout.

– Moi aussi, j'avais un a priori, avoua Bettina qui s'enhardissait.

– Pourtant, mon père n'était pas célèbre.

– Non, mais vous avez d'autres défauts, si ce qu'on m'a raconté est vrai.

Leurs regards, l'un bleu, l'autre vert, se croisèrent sans hypocrisie.

– Une réputation de Barbe-Bleue ?

Elle acquiesça.

– Charmant, non ? dit-il sans colère, plutôt avec l'air de quelqu'un qui se sent seul. Les gens adorent ramasser les miettes et parler de ce qu'ils ignorent. J'ai été marié quatre fois, dit-il avec honnêteté. Ma première femme a été tuée dans un accident d'avion, la deuxième m'a quitté après..., hésita-t-il, après que notre vie eut été brisée. La troisième était une idéaliste et, six mois après notre mariage, elle a réalisé que son vœu le plus cher, c'était d'aider le tiers monde. Quant à la quatrième...

Il eut un large sourire.

— C'était une garce complètement hystérique.

Bettina se sentait de plus en plus à l'aise.

— Ce n'est pas moi qui pourrais vous jeter la pierre.

— Pourquoi ? Les autres ne se privent pas de me dénigrer.

Elle était touchée de sa franchise et embarrassée de ses propres préjugés. Brusquement elle éclata de rire et se cacha derrière sa serviette. Il ne voyait plus que ses yeux verts dansant.

— Moi aussi, j'ai été mariée quatre fois.

— Qui, vous ? Et moi qui me sentait coupable !

Il avait le visage d'un enfant qui vient de se découvrir un point commun avec un camarade. Elle s'était redressée et le regardait avec un air de petite fille.

— Vous vous sentez coupable ?

— Évidemment. Quatre femmes ! Ça ne se fait pas !

— Et moi alors ?

— Même chose. Et vous devriez vous sentir doublement coupable pour ne pas me l'avoir dit plus tôt.

Il grignota un biscuit, s'enfonça dans son fauteuil et lui sourit.

— Alors parlez-moi des vôtres.

— Un homme délicieux qui était beaucoup plus vieux que moi.

— De combien ? Vous aviez seize ans et lui dix-neuf ?

— J'avais dix-neuf et lui soixante-deux, répondit-elle d'un ton légèrement dédaigneux.

— Hoooo..., siffla-t-il. C'était *vraiment* plus vieux !

Il n'y avait pas l'ombre d'un reproche dans ses propos, seulement de l'intérêt.

— C'était un homme merveilleux, un ami de mon père. Vous l'avez peut-être connu.

Elle était sur le point de prononcer son nom, mais Bill Hale leva une main pour l'arrêter.

— Non, non, je vous en prie ! Nous resterons dans l'anonymat. Ne gâchons pas tout. Sinon vous allez découvrir que j'ai épousé deux de vos cousines et vous vous remettrez à me haïr.

Bettina éclata de rire, puis le regarda d'un air grave.

— C'est ça Hollywood ? On discute de ses quatre derniers époux ou épouses autour d'une tasse de thé ?

— Seulement les dingos, Bettina. Nous autres, nous nous contentons de commettre des erreurs. Or, comme chacun sait, l'erreur est humaine. Évidemment, il faut reconnaître que quatre, ça fait beaucoup !

Ils échangèrent un sourire.

— Peu importe, continuez...

— Mon deuxième mari présente certaines analogies avec votre troisième épouse, celle qui milite pour le tiers monde. Lui voulait une carte de résident. Nous avons été mariés six mois également.

Son visage se rembrunit au souvenir de son enfant perdu.

— Le troisième était un médecin de San Francisco et pendant cinq ans, j'ai essayé d'être une femme « normale ».

— C'est quoi une femme normale ? demanda-t-il, intrigué, en reprenant un biscuit.

— À vrai dire, je n'en ai jamais été très sûre. Tout ce que je sais, c'est que je faisais tout de travers.

Une de mes amies prétend qu'il faut être un oiseau gris et brun.

Il la regarda, entre le rire et la commisération, et ses yeux s'arrêtèrent sur sa chevelure flamboyante et son tailleur pourpre.

– Vous en êtes loin.

– Merci. De toute façon, j'ai tout fichu en l'air en écrivant ma première pièce.

– Il ne l'a pas aimée?

– Il a demandé le divorce le jour où je suis partie pour New York, il a vendu notre maison et je ne l'ai appris qu'en rentrant chez moi.

– Il ne vous a pas prévenue?

Elle hocha la tête.

– Charmant. Et ensuite?

– Ensuite je suis retournée à New York et... c'est là que j'ai rencontré mon quatrième mari, expliqua-t-elle après un temps d'hésitation. Quelqu'un d'extraordinaire. – Sa voix baissa d'un ton. – Nous avons eu un enfant, et il est mort il y a un an.

– Je suis désolé.

Ils restèrent face à face, en silence.

– Vous voyez, Bettina, les autres, tous les autres croient que nous avons passé notre temps à rire, à collectionner les divorces et à payer des pensions alimentaires, que notre longue liste d'ex-femmes ou d'ex-maris est un objet de plaisanterie. Les tragédies et les erreurs, les gens en qui vous avez confiance et qui vous déçoivent... C'est la réalité, et personne ne le comprend. – Leurs regards restaient soudés l'un à l'autre. – Ma deuxième femme et moi, nous avons eu deux enfants. Elle était alcoolique, ce que j'ignorais au moment de notre mariage. Elle passait son temps à entrer et à sortir de clinique, essayant de se débarrasser de cet esclavage. Elle a finalement échoué, poursuivit-il en soupirant. Elle était au volant, un jour, avec mes deux petites filles dans la voiture et...

Sa voix se brisa et, sans réfléchir, Bettina tendit la main vers lui. Elle savait ce qu'il allait dire. Bill Hale serra sa main dans la sienne.

– Elle a bousillé la voiture, et les deux enfants ont été tués. Pas elle. Elle ne s'en est jamais remise. Depuis ce jour-là, elle vit dans des institutions spécialisées. – Il haussa les épaules, mais sa voix n'était plus qu'un murmure. – Je pensais que nous parviendrions à surmonter ce drame, mais... impossible. – Il releva la tête et Bettina retira sa main. – Comment faites-vous depuis la mort de votre mari? Est-ce pour cette raison que vous avez été impossible à joindre pendant des mois?

Brusquement, il comprenait ce qu'elle avait vécu. Bettina hocha lentement la tête.

– Je survis. Ça va mieux. Au début, cela m'a paru si... injuste!

– Ça l'est. C'est dégueulasse! Les gens bien, ceux avec qui on peut bâtir quelque chose... – Il ne termina pas sa phrase. – Ma première femme était ainsi. Elle était si bonne et si drôle! Elle était comédienne, moi écrivain. Et puis il y a eu cette foutue tournée et... fin de la route. J'avais vingt-trois ans et j'ai cru que j'en mourrais. Je me suis saoulé à mort pendant une année entière. N'est-ce pas incroyable? fit-il en regardant Bettina droit dans les yeux... C'était il y a seize ans... Et depuis, il y a eu trois femmes dans ma vie, assez importantes pour que je les épouse. Si quelqu'un m'avait dit ça après la mort d'Anne, je l'aurais tué. C'est drôle, le temps fait d'étranges choses. – Il resta quelques instants ainsi, rêveur, souriant. – Deux histoires édifiantes, la vôtre et la mienne.

– Je suis contente que vous réagissiez ainsi. J'ai eu parfois l'impression que la vie ne valait pas la peine d'être vécue.

— Et si, pourtant, c'est bien ça le plus surprenant. Il y a toujours un événement, un être, une femme dont on tombe amoureux, un ami que l'on veut voir, un bébé que l'on désire mettre au monde... quelque chose qui vous donne la force de continuer.

Bettina était heureuse de l'entendre parler ainsi. Il la libérait. Toutes les pièces du puzzle s'imbriquaient les unes dans les autres pour former une image complète dont elle n'avait pas encore vu tous les détails.

— Avez-vous d'autres enfants ?

Il hocha lentement la tête.

— Non. Mademoiselle tiers-monde n'est pas restée assez longtemps pour faire un bébé. Le numéro quatre et moi avons été mariés trois ans, mais... ce furent les trois plus longues années de ma vie.

C'est alors que Bettina se souvint :

— Je me rappelle votre mariage, fit-elle avec un grand sourire. J'habitais dans votre appartement de New York.

— Ah bon ? s'écria-t-il, sidéré. Quand ?

— Vous étiez sur la côte Ouest. C'était un bel appartement dans le West Side.

— Mon Dieu !

Il la regarda avec stupéfaction.

— Je l'ai loué à Ollie... Ollie Paxton...

D'étonnement, il se mit à bredouiller.

— Voilà donc qui vous êtes, Bettina ! La femme d'Ollie Paxton !

Elle l'observa, très droite sur sa chaise.

— Non.

C'était comme si le même écho lui revenait toujours et toujours et que, pour la énième fois, elle refusait de l'entendre. Même pour Ollie, elle ne pouvait accepter cela.

D'abord surpris par sa réaction, Bill Hale saisit soudain où elle voulait en venir, et il lui tendit la main. Elle n'était plus la fille de son père, ni la femme d'Ivo ou d'Ollie... Elle était elle-même à présent... Ils se comprenaient. Leurs regards se croisèrent tandis qu'ils échangeaient une poignée de main au-dessus de la table.

– Bonjour, Bettina. Moi, c'est Bill.

IMPRIMÉ EN FRANCE PAR BRODARD ET TAUPIN
Usine de La Flèche (Sarthe).
LIBRAIRIE GÉNÉRALE FRANÇAISE - 6, rue Pierre-Sarrazin - 75006 Paris.

ISBN : 2 - 253 - 05483 - 6   ✥ 30/6883/0